버림 받은 황비

* 이 책은 ㈜디앤씨미디어가 저작권자와의 계약에 따라 발행한 것으로 저작권법의 보호를
받는 저작물입니다. 본 서의 내용을 무단 전재 및 무단 복제하는 것을 금합니다.
* 작가와의 협의에 의해 인지는 생략합니다.

THE ABANDONED
EMPRESS

버림 받은 황비

정유나 장편소설

3
달에 드리운 검은 구름

2부 현재편 Ⅲ · 9

1. 여름 별궁 · 11

2. 신탁의 아이 · 115

2부 현재편 Ⅳ · 239

1. 장미의 전쟁 · 241

2. Queen vs Queen · 321

부록 · 401

설정집 Ⅲ. 기사단에 관하여 · 402

독자 서평 Ⅲ. 은빛 아가씨의 이야기에 대한
한 독자의 단상 모음 · 409

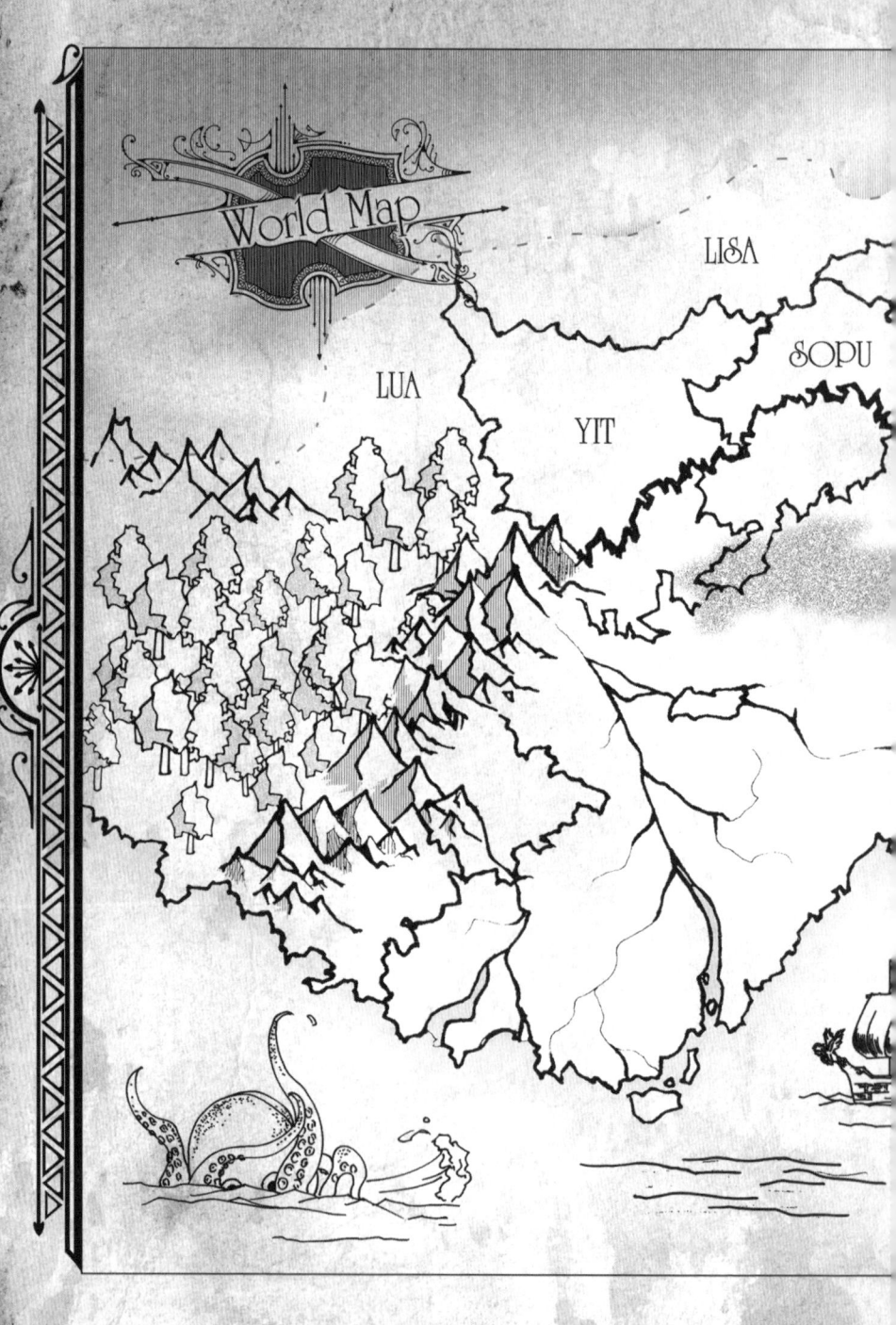

2부 현재편 III

검은 머리, 황궁에 갑자기 나타난 여자.
'그녀인가. 진정한 신탁의 아이, 지은이 온 것인가.'
눈앞이 온통 새하얗게 변했다.
아무것도 보이지도 들리지도 않는 순백의 세상 속에서,
나는 낮게 신음했다.

1. 여름 별궁

찌는 듯한 공기에 숨이 막혔다. 등줄기를 타고 땀방울이 주르르 흘렀다. 하나로 올려 묶은 머리카락이 뒷목에 스칠 때마다 후끈한 열기가 느껴졌다.

나는 팔을 들어 손등까지 덮고 있는 재킷을 내려다보았다. 열기를 머금은 검은 천을 보자 절로 한숨이 나왔다.

'아, 더워. 이걸 보고 있으니까 더 더운 것 같아.'

알렌디스와 라스 경을 비롯한 사절단이 떠난 날로부터 반년. 그 사이 두 번이나 계절이 바뀌고 봄이 돌아왔다. 회귀 전에는 분명 이런 적이 없었던 것 같은데, 올해는 날씨가 정말 이상했다. 작년 겨울도 이상하리만큼 따뜻하더니, 아직 새해가 시작되고 겨우 다섯 번째 달밖에 되지 않았음에도 몹시 더운 것이 아닌가.

'벌써 이렇게 더우면 한여름에는 어떡한다지.'

흐르는 땀을 닦으며 고개를 들자, 뜨겁게 내리쬐는 태양 아래 햇빛을 받아 황금색으로 빛나는 중앙궁의 지붕이 보였다. 견고하기 짝이 없어 보이는 내궁의 성벽과 그 위에서 흩날리고 있는 은빛 방패가 수놓인 군청색 깃발도.

거대한 성벽을 마주한 진입로에는 나를 비롯한 제1기사단의 기사들이 종대와 횡대를 맞춰 도열해 있었다. 중간중간 자리한 기수들이 높이 들고 있는 깃발에는 교차된 네 자루의 창이 수놓여 있었고, 땡볕 아래 벌겋게 달아오른 모두의 시선은 앞에서 열성적으로 무언가를 설명하고 있는 부기사단장 플렉 백작에게 고정되어 있었다.

"……이상이 우리의 임무이다. 알겠나?"

"네! 알겠습니다!"

"좋다. 가장 큰 공로를 세우는 분대에는 그에 상응하는 포상이 있을 것이니 최선을 다해 훈련에 임하도록."

전달을 마친 플렉 백작이 검을 뽑아 들며 외쳤다.

"가자, 카스티나의 창이여! 그대들이 뚫지 못할 것은 없다!"

"와아아!"

도열해 있던 기사들이 일제히 검을 뽑아 들며 함성을 질렀다. 나는 그 모습을 보며 새어 나오는 한숨을 삼켰다.

'정말 안 되는 걸까?'

오늘은 제국력 963년 다섯 번째 달의 첫 번째 날, 이 년마다 한 번씩 치러지는 모의 전투 훈련이 시작되는 날이었다. 준비 기간만 약 이 주. 전략을 구상하는 데만도 만 하루. 하지만 전략 회의에서 내가 냈던 제안은 전부 묵살당했다.

'나름대로 고심해서 제시한 의견이었는데, 그렇게까지 탁상공

론에 불과했던 걸까? 모두가 고개를 저을 만큼?
"전원 전투 준비!"
옆을 돌아보자 붉은 머리카락의 청년과 여덟 명의 기사가 눈에 들어왔다. 시선이 마주친 카르세인이 싱긋 미소를 지었다. 나는 그를 향해 마주 웃음을 지으며 답답한 마음을 털어 냈다. 그나마 그와 같은 분대라 다행이었다.
모의 전투는 두 개의 기사단이 각각 공격팀과 수비팀으로 나뉘어 황궁을 함락 혹은 방어하는 것을 목표로 겨루는 기사단의 정기 훈련 중 하나였다. 이번 훈련에서 내가 속한 제1기사단은 공격을 맡게 되었는데, 반나절 내에 내궁을 함락한 뒤 델라 궁에 잡혀 있는 라스 공작을 찾아야만 승리를 거둘 수 있었다.
"공격!"
"와아아!"
내가 속한 분대를 비롯하여 선봉을 맡은 기사들이 앞으로 달렸다. 올해의 훈련은 무더위 때문에 간소화하기로 한 터라 제대로 된 공성전과는 다소 거리가 있었다. 따라서 내궁의 성문은 이미 열려 있는 상태였고, 양 기사단에는 오로지 검과 방패, 활, 그리고 휴대용 무기들만이 지급되어 있었다.
"달려! 더 빨리!"
"곧 활의 사정거리에 들어간다! 모두 조심해!"
나는 말을 타고 달리지 못하는 것에 대한 아쉬움을 삼키며 방패를 들어 올렸다. 나와 같이 방패로 몸을 가린 채 질주하는 기사들의 머리 위로 백여 개가 넘는 화살이 날아왔다. 비처럼 쏟아지는 그것에는 뾰족한 화살촉 대신 노란 염료를 묻힌 뭉툭한 천이 휘감겨 있었다.

탱! 탱! 툭!

"윽, 젠장!"

"사망자는 뒤로 빠져!"

검은 제복에 노란 염료가 묻은 사망자들이 하나둘 뒤로 빠지는 사이, 무사히 성문에 진입한 앞 열의 기사들이 길을 막아서고 있는 제2기사단의 기사들과 어우러지기 시작했다. 성벽 위에서 날아드는 화살들이 필사적으로 성문을 막아서는 적군 때문에 더 이상 전진하지 못하는 아군의 숫자를 착실하게 줄여 나갔다.

나는 방패 뒤에 몸을 숨겨 날아오는 화살을 방어하는 아군을 슬쩍 돌아보며 눈썹을 찡그렸다.

'이렇게 지체되면 곤란한데.'

아직까지 화살의 사정거리 안에 노출되어 있는 아군은 상당수였다. 아무리 방패 뒤에 몸을 숨기고 있다 하더라도 거듭해서 쏟아지는 화살 비를 완벽하게 피할 수는 없는 법. 아직 전투 초기에 불과한데 벌써부터 이렇게 피해가 누적되면 곤란했다.

'어떻게 해야 저 화살 비를 멈추게 할 수 있을까?'

어느새 눈앞으로 다가온 적군에게 검을 휘두르며 입술을 깨물었다. 붉은 휘장의 물결 속에서 오직 홀로 은빛 휘장을 달고 있기 때문인지, 나를 노리고 달려드는 기사는 생각보다 많았다.

가슴 부근을 향해 날아드는 검을 막아 세우며 몸을 뒤로 뺐다. 복부를 찔러 오던 또 다른 검이 아슬아슬한 거리에서 멈춰 섰다.

"후우."

놀란 가슴을 쓸어내리며 검을 고쳐 쥐었다. 아무리 실전을 방불

케 하는 훈련이라 하더라도 조금 전의 공격은 위험했다. 놀란 것은 마찬가지인 듯, 나를 공격했던 제2기사단의 기사 역시 가슴을 쓸어내리고 있었다.

그 순간, 백 보 정도 떨어진 곳에 있는 작은 나무문이 눈에 들어왔다. 그것은 평민인 하급 하인, 하녀나 짐마차가 드나들기 위한 출입구였다.

그래, 저거다.

날아드는 검을 흘려 내며 크게 한 걸음 뒤로 물러나자, 후열에 자리하고 있던 아군이 뛰어나와 내 자리를 메꿨다.

나는 그 틈을 타서 재빨리 카르세인의 위치를 확인했다. 그는 때마침 상대하고 있던 적군을 쓰러뜨린 뒤 한 걸음 뒤로 물러나고 있었다.

"카르세인."

"……."

"카르세인!"

"엉? 뭐냐, 정신 산란하게."

검을 고쳐 쥐며 숨을 고르던 카르세인이 한 박자 늦게 나를 돌아보았다. 턱짓으로 출입구를 가리키자, 나무문을 발견한 카르세인의 눈이 반짝 빛났다.

"좋았어. 가자."

간결하게 답한 그가 재빨리 분대원들의 위치를 살폈다. 그리고는 적군과 대치 중인 그들을 도와 상대를 쓰러뜨린 뒤 하나둘 뒤로 물러나게 했다. 혼전이 거듭되는 상태에서 안전거리로 물러나는 것이 쉽지는 않았지만, 모두가 사망자인 척 슬쩍 뒤로 빠져나오자 카르세인이 말했다.
"모니크 경이 좋은 걸 발견했다. 저길 치자."
"음? 뒤로 돌아가자는 말씀이십니까?"
"아니. 그 옆을 봐라. 성벽으로 향하는 계단이 지척이잖나."
카르세인의 말을 들은 덩치 큰 기사 하나가 눈살을 찌푸리며 답했다.
"성벽을 점령하자는 말씀이십니까? 그건 우리 분대만으로는 불가능할 텐데요?"
"흠, 모니크 경?"
무어라 말하려던 카르세인이 나를 돌아보았다. 나는 못마땅한 표정을 짓고 있는 분대원들과 시선을 맞추며 빠르게 설명했다.
"가능합니다. 방어군은 우리와는 달리 내궁의 각 길목을 지키느라 그 수가 그리 많지 않으니까요. 물론 그걸 감안하면 내궁에 진입하는 것도 시간문제이긴 합니다. 하지만 생각보다 저항이 거센 탓에 애를 먹고 있지 않습니까. 이런 상황에서 우리가 성벽을 점령한다면, 진입 시간을 한결 단축할 수 있을 겁니다."
"그래도 열 명으로 성벽을 점령하는 건 현실적으로 불가능⋯⋯."
"이 정도 모험도 못 하겠다니, 생각보다 겁이 많으시군요."
다소 냉랭한 목소리로 도발하자, 덩치 큰 기사는 울컥하는 표정으로 나를 바라보며 이를 부득 갈았다. 씹어뱉듯 내게 앞장서라고 말한 남자가 검을 고쳐 쥐었다. 다른 분대원들 역시 마찬가지였다.
'예상했던 대로군.'
입가에 짙은 미소가 걸렸다. 처음부터 친근하게 굴던 딜론 경이나 그저 예쁘게 봐주던 가문의 기사들과는 달리, 나를 백안시하던 이들이라면 분명 도발에 넘어갈 거라 생각했다. 여자라고, 실력도 없으면서 가문의 후광을 입어 입단한 거라고 은근히 무시하던 그들이라면 내게 겁쟁이란 소리를 듣는 것을 참을 수 없을 테니까.

나와 카르세인, 그리고 여덟 명의 기사는 적군의 눈에 띄지 않도록 성벽에 바짝 붙어 조심조심 전진했다. 열 보, 스무 보, 오십 보, 그리고 백 보. 숨죽여 걸음을 옮긴 끝에 마침내 목적지에 도착한 우리는 눈앞에 있는 작은 문을 있는 힘껏 밀어붙였다.

쾅, 타다닥.

요란한 소리와 함께 나무문이 부서졌다. 모두는 황급히 주위를 둘러보며 이쪽을 주시하는 적군이 있는지 살폈다. 하지만 한창 전투 중이라서 그런지, 제법 큰 소리가 들렸음에도 다행히 발각된 것 같지는 않았다.

빠르게 달려 성벽 위로 향하는 가파른 계단을 올랐다. 뒤를 칠 것이라고는 미처 생각지 못한 듯, 제2기사단의 기사들은 성문 쪽에 시선을 고정한 채 활을 당기고 있었다.

소리 없이 그들을 제거해 나갔다. 얼마 지나지 않아 이상을 눈치 챈 몇몇이 뒤를 돌아보았지만, 이미 때는 늦은 뒤였다. 분대는 거듭해서 성벽 위를 전진했다.

나는 2열에 서서 마른 입술을 축이며 목적지까지의 거리를 가늠했다.

'대략 스무 보.'

악착같이 달려드는 제2기사단의 기사들을 검등으로 후려치기를 한참, 어느새 성벽 위에 남아 있는 적군의 수는 제법 줄어 있었다.

"다음 작전으로!"

목에 힘을 주어 소리치자, 적군이 움찔하며 검을 고쳐 쥐었다. 우리는 그런 그들을 있는 힘껏 밀어붙이며 목표를 향해 돌진했다.

"막아! 망루가 목표다!"

그제야 목적을 알아챈 제2기사단의 기사들이 외쳤지만 분대는 이미 높이 솟아오른 성탑의 입구에 도착한 뒤였다. 그새 사망 처리가 된 두 명을 제외한 전원이 진입하자, 방패를 든 두 기사와 카르세인이 입구 앞에 버티고 섰다. 나와 네 명의 기사들은 그런 그들을 뒤로한 채 나선형 계단을 오르며 망루 안에 있는 적군을 하나둘 제압했다. 그리고 마침내 성탑의 꼭대기에 도착했다.

"모두 시야는 확보하셨나요?"

"……그렇습니다."

"좋습니다. 한번 신 나게 당겨 보죠."

살며시 미소를 지으며 잔뜩 쌓여 있는 화살을 집어 들었다. 떨떠름한 표정으로 나를 돌아본 분대원들 역시 말없이 화살을 시위에 걸었다.

슈슈슉!

노란 염료를 묻힌 다섯 개의 화살이 성문을 방어하고 있던 제2기사단의 기사들을 향해 날아갔다. 난데없이 날아오는 화살에 그들의 신경이 분산된 사이, 예상치 못한 지원에 고무된 아군이 기세를 잔뜩 끌어 올렸다.

얼마나 시간이 지났을까. 나는 슬슬 이동하는 전장을 바라보며 활시위에서 손을 뗐다. 지원 사격이 주효했는지, 어느새 성문을 통과한 아군이 델라 궁으로 향하는 여섯 개의 길목을 향해 전진하고 있었다.

불현듯 제2기사단의 기사들이 성벽에서 내려가기 시작했다. 전장이 이동하고 있는 만큼, 이미 함락된 것과 마찬가지인 성벽을 버리고 길목 차단에 힘쓸 생각인 듯 보였다.

절로 입가에 미소가 걸렸다. 생각보다 빠르게 내궁 진입에 성공했으니, 승리할 가능성도 그만큼 높아진 것이 아닌가.

"자, 여러분. 마지막으로 다섯 발씩만 쏜 다음 내려가죠."

"알겠습니다, 모니크 경."

작전 개시 전까지만 해도 깔보는 티가 역력하던 분대원들의 목소리에서는 어느새 그런 기색이 확연하게 줄어 있었다. 조금은 뿌듯해진 마음으로 화살 다섯 발을 마저 날린 뒤 돌아섰다. 이제 그만 내려가도 될 것 같았다.

가파른 계단을 내려오자 흩날리는 붉은 머리카락이 눈에 들어왔다. 성탑의 입구를 막고 있던 세 사람 중 한 명은 그새 사망 처리가 된 것인지 보이지 않았고, 조금 전 나와 의견 대립이 있었던 덩치 큰 기사 지스 경과 카르세인만이 고군분투하고 있었다.

"수고하셨습니다, 분대장님, 그리고 지스 경. 조금 쉬십시오."

"어, 왔냐."

나를 포함한 다섯 사람이 앞으로 나서자, 끝까지 남아 있던 제2기사단의 기사들이 멈칫하며 길목을 막아 세웠다. 어차피 퇴각하기는 늦었으니 우리 분대만이라도 확실하게 제거하겠다는 생각 같았다.

얼마나 시간이 흘렀을까.

치열한 전투 끝에 끝까지 저항하는 그들을 간신히 물리쳤다. 마지막 기사를 쓰러뜨리자마자 모두는 녹초가 되어 털썩 주저앉았다. 자연스럽게 만들어진 휴식 시간 동안 뭔가를 곰곰이 생각하던 카르세인이 불쑥 말했다.

"어느 쪽으로 가는 게 낫겠나?"

"대로가 낫지 않을까요? 아무래도 다수와 함께 있는 편이……."

"안 됩니다. 소로로 가야 합니다. 무엇 때문에 최단 거리를 두고 돌아가야 한단 말입니까?"

"하지만 지스 경, 우리는 일곱뿐……."

"흠? 애초에 경의 의견을 받아들였기 때문에 이런 일이 생긴 것이 아닙니까. 이제 와 수가 적다고 할 자격이 있으신지?"

나는 못마땅한 표정으로 빈정거리는 지스 경을 보며 작게 한숨을 내쉬었다. 조금 전의 일로 다른 분대원들의 시선은 한결 나아졌건만, 그만은 여전히 내게 적대적인 태도를 견지하고 있었다. 아무래도 겁쟁이라 도발했던 일에 대해서 앙금이 남아 있는 듯했다.

"알았다. 그럼 이번에는 지스 경의 의견을 받아들여 소로로 가지."

고개를 끄덕인 카르세인이 결정을 내렸다. 분대는 그의 뒤를 따라 허용된 여섯 개의 길목 중 가장 좁은 곳으로 향했다.

"……포위됐군."

여기저기서 침음을 삼키는 소리가 들려왔다.

지스 경의 의견에 따라 소로로 침투한 우리 분대는 생각보다 수월하게 델라 궁이 보이는 곳까지 도착했다. 하지만 그것은 아무래도 적의 노림수였던 모양이었다. 신속하게 앞뒤를 막아선 모습을 보아하건대 거의 확실했다.

'어떡하지? 이 인원으로 돌파하는 건 무리인데.'

그새 한 명을 더 잃은 탓에 이제 남은 사람은 여섯, 그에 반해 적은 어림잡아도 앞뒤로 각각 한 분대. 삼 대 일이라는 불리한 싸움이었지만, 다섯 사람 정도만 나란히 서도 꽉 찰 정도로 좁은 길이라는 점이 그나마 다행이었다.

나는 어느새 바짝 다가온 적군을 바라보며 입술을 깨물었다. 눈앞에 선 적들이 기합 소리와 함께 덤벼들었다.

오른쪽에서 날아드는 검을 방패로 막자마자 또 다른 검이 어깨를 노리고 달려들었다. 황급히 자세를 낮췄다. 머리 위를 스쳐 지나가는 검을 보자 등골이 서늘했다.

안도의 한숨을 내쉬는 순간, 가슴 부근을 노리고 검이 날아들었다. 방패로 막기에는 이미 늦은 거리. 이대로 끝인가 생각하며 눈을 질끈 감는데, 어디선가 날아든 검이 나를 노리던 기사를 막아세웠다. 카르세인이었다.

"조심해."

"고마워."

감사를 표하며 한 걸음 뒤로 물러났다. 아군은 그새 한 사람이 더 줄어들어 이제는 다섯뿐. 이대로 가면 패배할 것이 자명했다.

'뭔가 방법이 없을까?'

입술을 잘근잘근 깨물며 뒤를 노리는 적군을 경계하는데, 문득 그리 멀지 않은 거리에 자리한 건물이 눈에 들어왔다. 그 순간 생각 하나가 머릿속을 스치고 지나갔다.

'과연 가능할까?'

우리가 자리한 곳은 주로 후궁들의 처소로 쓰이는 별궁 중 하나인 로터스 궁에 속한 길로, 마주 보고 있는 두 개의 건물 사이를 통과하는 장소인지라 그 폭이 꽤 좁았다. 그 덕분에 지금 내가 있는 곳에서 우측 건물까지의 거리는 두어 보 정도에 불과했다.

또다시 날아드는 검을 막아 세우며 거리를 쟀다. 잘하면 가능할 것 같기도 하고, 아닌 것 같기도 하고. 하지만 그보다는 쉴 틈을 주지 않고 몰아치는 적군이 문제였다. 이래서야 방법이 있다고 해도 써먹을 수가 없었다.

'이를 어쩐다?'

잠시 망설이다 모험을 해 보기로 결심했다. 어차피 이대로 버티다 전멸하나 모험을 하다 실패하나 매한가지가 아닌가.

검을 크게 휘둘러 적을 밀어낸 뒤, 왼손에서 힘을 풀었다. 단단하게 쥐고 있던 방패가 땅에 떨어지며 요란한 소리를 냈다. 내게 달려들던 기사의 시선이 순간적으로 방패로 향하는 찰나, 나는 재빨리 품에서 휴대용 갈고리 사다리공성전이나 시가전에서 사용하는 병기 중의 하나로, 두 개의 밧줄 사이를 엮어 만든 사다리의 끝부분에 두 개의 갈고리가 달려 있다. 평소에는 돌돌 말아서 휴대하고 다닐 수 있는 것이 특징를 꺼내 건물 위로 던졌다.

휘리릭! 턱!

그리 높지 않은 건물인 덕분일까. 사다리는 목표 지점에 정확하게 걸렸다. 나는 검을 크게 휘둘러 적을 뿌리친 뒤 사다리에 매달렸다. 그러고는 재빨리 건물 위로 올라가 등에 매고 있던 활을 꺼내 들었다.

입꼬리를 슬쩍 들어 올리며 화살을 시위에 걸었다. 노란 염료를 묻힌 화살이 나를 쫓아 사다리를 오르던 기사에게 맞았다. 크게 숨을 들이쉰 뒤, 곧장 두 번째 화살을 시위에 걸었다. 공기를 가르며 날아간 화살이 지스 경의 뒤를 치던 자를 정확하게 맞췄다. 그제야 저격 사실을 알아챈 제2기사단의 기사들이 황급히 몸을 틀었다. 하지만 분대원들이 사다리로 다가오는 그들을 막아서는 것이 먼저였다.

"좋았어! 이대로 밀어붙이는 거다!"

"알겠습니다!"

유쾌함이 묻어 나오는 카르세인의 목소리와 우렁차게 답하는 분대원들의 음성이 들렸다. 벽을 등지고 선 그들이 분전을 거듭하는 동안, 나는 이제 열 명 정도로 줄어든 제2기사단의 기사들을 향해 거침없이 화살을 날렸다.

가져온 화살이 모두 바닥났을 무렵, 마지막 남은 방어군을 쓰러뜨린 분대원들이 함성을 질렀다.

"이겼다!"

"해냈어!"

"멋진 저격이었습니다!"

"……감사합니다, 모니크 경."

나는 이마에서 흐르는 땀을 닦아 내며 미소를 지었다. 훌륭한 작전이었다며 엄지를 치켜세우는 분대원들과 슬쩍 고개를 숙여 보이는 지스 경을 보자 심장이 기분 좋은 울림을 담고 두근두근 뛰었다.

"이제 그만 내려오십시오. 지원군이 오기 전에 속히 빠져나가는 게 좋을 것 같습니다."

"네, 지금 내려갈게요."

아래로 내려가려다 멈칫했다. 격전 중에 누군가가 건드리기라도 한 것인지, 사다리를 고정하는 두 개의 갈고리 중 하나가 빠지고 없는 것이 아닌가.

"왜 그러십니까?"

"아, 아무것도 아니에요."

출렁이는 밧줄 위에 조심스레 발을 디뎠다. 외줄로도 쓰이는 갈고리 사다리이니 고정쇠가 하나 없다 해서 그리 문제되지는 않을 거라는 생각에서였다.

다소 흔들거리기는 하지만 제법 단단하게 고정된 듯한 느낌에 안도하며 한 발을 더 내딛는 순간, 갑자기 발밑이 쑥 꺼졌다. 몸이 공중으로 붕 떠오르는 듯한 느낌이 나를 감쌌다.

눈을 질끈 감았다. 곧 다가올 충격을 생각하며 최대한 몸을 동그맣게 말았다. 하지만 거센 충격은 느껴지지 않았다. 오로지 나를 꽉 끌어안는 힘만이 전해져 왔을 뿐.

"조심해야지, 꼬맹아."

조심스레 눈을 뜨자 붉은색의 무언가가 어른거리는 것이 보였다. 나는 천천히 눈을 깜빡이며 멍하니 물었다.

"……카르세인?"

"그래, 나야."

분명 멀리에 있던 것 같은데, 카르세인은 어느새 나를 두 팔로 안아 들고 있었다. 거친 숨을 몰아쉬던 그가 인상을 찌푸리며 말했다.

"너, 누가 무모하게 그런 짓 하랬어. 엉?"

"이, 일단 나 좀……."

"엉?"

붉게 달아오른 얼굴을 돌리며 말하자, 의아하다는 듯 바라보던 카르세인이 그제야 깨달았다는 듯 피식 웃었다. 나를 조심스럽게 내려 준 그가 벽에 기대섰다.

나는 너무 놀란 탓에 빠르게 뛰는 심장 위에 손을 얹으며 호흡을 골랐다. 크게 숨을 들이마셨다가 내쉬기를 거듭하자, 붉어진 볼과 가빠진 숨이 조금씩 정상으로 돌아오는 것이 느껴졌다.

한결 나아진 기색을 눈치챈 것일까? 팔짱을 낀 채 서 있던 카르세인이 까딱까딱 손짓을 했다. 머뭇머뭇 다가가자, 내게 가볍게 알밤을 먹인 그는 얼얼한 이마를 문지르는 나를 바라보며 사뭇 엄한 표정으로 말했다.

"벌인 거 알지? 다음에 또 그러면 이 정도로 안 봐준다. 알았냐?"

"……알았어."

"다친 데는 없고?"

"응. 조금 놀란 것 빼고는 괜찮아."

"그래. 그럼 됐네."

그제야 찡그렸던 눈썹을 편 카르세인이 벽에서 몸을 뗐다. 한결 누그러진 분위기를 느낀 것인지, 말없이 눈치만 보고 있던 분대원들이 그제야 하나둘 입을 열었다.

"이야, 분대장님, 엄청 빠르십니다?"

"그래도 그렇지, 어떻게 그리 적절하게 시간을 맞추셨답니까?"

"그야 계속 지켜보고 있었으니까."

"헉, 방금 그거 상당히 위험한 발언…….."

"시끄럽다. 이동 안 하나? 지원군이 오기 전에 자리를 뜨자며?"

저마다 한마디씩을 건네던 분대원들은 그제야 침묵하며 장비를 점검했다. 그새 한 사람을 더 잃은 탓에 남은 인원은 이제 다섯뿐. 델라 궁이 지척이기는 하지만, 우리끼리 가는 것보다는 아군이 좀 더 모인 후에 함께 공격하는 편이 나을 것 같았다.

나는 주위를 경계하는 세 사람의 뒤를 따라 걸으며 옆을 돌아보았다. 묵묵히 걷고 있던 카르세인이 고개를 한쪽으로 기울이며 물었다.

"왜 그렇게 봐? 반했냐?"

"……뭐래."

"어쭈. 크게 다칠 뻔한 걸 구해 줬는데, 고맙다고 하지는 못할망정 뭐래가 뭐냐, 뭐래가."

그러고 보니 정말 그랬다. 그의 품에 안겨 있던 것에 깜짝 놀라 감사도 제대로 표하지 못했으니까.

"미안. 그리고 정말 고마워, 카르세인."

"오냐. 근데 너, 솔직히 말해 봐. 방금 전에 나 좀 멋지지 않았냐?"

"……"

"뭐야, 아닌 척하기는. 얼굴 빨개진 거 다 봤구만."

"……델라 궁이다. 접전 중인 것 같은데 어쩌지? 바로 진입할 거야?"

슬쩍 시선을 피하며 묻자, 낮게 소리를 내어 웃은 카르세인이 고개를 끄덕였다.

"좋아. 이미 접전 중이라면 굳이 몸을 사릴 필요가 없지. 바로 진입하자."

나와 카르세인은 곧바로 델라 궁으로 달려 이미 전투를 벌이고 있는 아군과 합류했다. 이제는 셋밖에 남지 않은 분대원들도 가세했다.

얼마나 시간이 흘렀을까? 한참 동안 지루한 공방을 벌이던 아군은 훈련 종료 시각을 얼마 남기지 않았을 때에야 간신히 이 층에 도착할 수 있었다.

"조금만 더 버텨!"

"절대로 포로를 구하게 두어서는 안 된다!"

분위기를 보아하건대 포로, 즉 라스 공작이 있는 곳은 적군이 필사적으로 막아서고 있는 복도 끝에 위치한 방이 분명했다.

그렇다면 아군과 적군 모두 더 이상 물러설 곳이 없는 상황.

결국 목표 지점을 삼십 보 정도 남겨 둔 곳에서 양 기사단은 서로를 노려보며 멈춰 섰다. 잠시 소강상태.

한숨을 내쉬었다. 조금만 더 밀어붙이면 될 것 같은데, 필사적으로 버티는 제2기사단의 기사들 때문에 길을 뚫는 것이 몹시 힘들었다.

'뭔가 방법이 없을까?'

곰곰이 생각에 잠겨 있을 때, 어깨를 으쓱한 카르세인이 주위의 기사들을 돌아보며 말했다.

"시간이 없으니 그냥 정면 승부로 가죠. 돌진해서 밀어붙입시다."

"그러다가 막히기라도 하면 어쩝니까?"

"그럼 지는 거죠, 뭐. 시간이 초과되나 여기서 전멸하나 매한가지 아닙니까."

"하긴 그렇군요. 그렇게 합시다."

몇몇 분대장이 수긍하자, 싱긋 미소를 지은 카르세인이 말했다.
"좋습니다. 셋을 세면 밀어붙이는 겁니다. 아 참, 모니크 경?"
"네?"
갑작스러운 부름에, 나는 방패를 고쳐 쥐다 말고 고개를 돌렸다. 검의 상태를 한번 점검해 본 카르세인이 말했다.
"경은 몸놀림이 날랜 편이니, 2열에 서 있다가 돌파할 수 있겠다 싶으면 곧장 목표 지점으로 달리도록."
"네, 알겠습니다."
"본인이 빠르다고 생각하는 분들 역시 마찬가지입니다. 그럼 갑시다. 하나, 둘, 셋!"
모두는 방패를 앞세운 채 일제히 돌진했다. 제2기사단의 기사들은 우리가 무언가 대화를 나눌 때부터 방어 태세에 돌입해 있었지만, 전력을 다해 돌진하는 기사들을 막기는 버거웠는지 조금씩 뒤로 밀리기 시작했다.
안간힘을 다한 덕분일까? 뚫릴 듯 말 듯 버티던 방어막에 구멍이 생겼다. 그 사실을 알아챈 제2기사단의 기사들이 재빨리 틈을 막아서려 했지만, 그보다는 기회를 노리고 있던 내가 통과하는 것이 조금 더 빨랐다. 아슬아슬하게 방어막을 통과한 나는 뒤도 돌아보지 않고 달려 거세게 방문을 열어젖혔다.
"공작 각하!"
"호오, 모니크 경이 아닌가. 이곳까지 오느라 수고했네."
아버지와 더불어 느긋하게 찻잔을 기울이던 라스 공작이 말했다. 그 옆에는 제1기사단의 부기사단장 플렉 백작과 제2기사단의 부기사단장 버트 백작도 있었다.

"……."
 멍하니 눈을 깜빡였다. 어쩐지 허탈했다. 온갖 노력을 기울여 필사적으로 싸운 끝에 간신히 도착했는데, 아비규환과 다름없는 바깥과는 달리 몹시 여유로워 보이는 모습에 왠지 기운이 빠졌다. 할 말을 잃고 입만 벙긋거리는 나를 물끄러미 바라보던 플렉 백작이 말했다.
 "흠. 경이 많은 활약을 펼쳤다는 이야기는 들었네만, 설마하니 여기까지 올 줄은 몰랐군."
 "……."
 "내 경을 과소평가했던 것 같네. 미안하게 됐군. 무모하기는 했지만 괜찮은 전략이었네. 좀 더 정진하면 좋은 참모가 되겠어."
 "감사합니다, 부기사단장님."
 고개를 숙여 감사를 표하자, 찻잔을 내려놓은 라스 공작이 아버지를 돌아보며 무척 즐겁다는 듯 말했다.
 "케이르안. 영애의 성취에 기쁜 마음은 알겠지만, 그리 좋아하는 표정을 지을 때가 아닌 것 같은데. 자네 기사단이 진 것이 아닌가."
 "……그건 그렇군."
 빰빠밤!
 아버지의 눈썹이 꿈틀거리던 바로 그때, 멀리서 나팔 소리가 들려왔다. 훈련 종료를 알리는 나팔이었다.
 '이긴 건가? 정말로?'
 불현듯 입가에 미소가 걸렸다. 탈력감 때문에 축 처진 몸에 어느새 생기가 다시 돌아왔다. 자리에서 일어나 내게 다가온 아버지께서 머리를 쓱쓱 쓰다듬어 주며 말씀하셨다.

"티아."

"네, 아버지."

"아비에게 패배를 안겨 준 점은 괘씸하긴 하다만, 이리 훌륭하게 임무를 해낸 것을 보니 자랑스럽구나. 수고했다."

"아……."

가슴이 터질 듯 부풀어 올랐다. 회귀 직후 검술을 배우겠다고 말씀드렸을 때부터 군소리 한 번 하지 않고 내 결정을 지지해 주셨다고는 하나, 아버지께 한 사람의 기사로서 칭찬받은 것은 오늘이 처음이었으므로.

벅차오르는 마음에 어쩔 줄 몰라 하고 있을 때, 깃펜을 집어 든 라스 공작이 탁자 위에 놓여 있던 종이에 뭔가를 적어 넣으며 말했다.

"흠, 그럼 이제 평가를 마무리해야 할 시간이군. 케이르안, 마지막 점수는 이렇게 줄까 하는데. 자네는 어찌 생각하는가?"

"이의는 없네만, 뒷말이 나올까 걱정되는군."

"흠? 플렉 백작, 버트 백작, 그대들은 어찌 생각하나?"

"뒷말이라니, 그럴 리가 있겠습니까. 두 사람의 빼어난 활약을 본 기사들이 한둘이 아닌 것을요."

"들었나? 공연한 걱정을 하는군그래. 자, 그럼 이제 결과를 발표하러 가 보세나."

종이를 접으며 자리에서 일어난 라스 공작이 벽에 걸려 있던 두 개의 깃발 중 교차된 네 자루의 창이 수놓인 것을 뽑아 들었다. 그제야 고개를 끄덕인 아버지께서 은빛 방패가 수놓인 군청색 깃발을 뽑으셨다.
 나는 네 분과 함께 델라 궁을 빠져나와 외궁으로 향했다. 널찍한 공터에는 이미 깔끔하게 정비를 마친 기사들이 종대와 횡대를 맞춰 도열해 있었다. 단상에 올라서는 아버지와 라스 공작을 바라보는 그들의 눈빛은 하나같이 기대감으로 반짝이고 있었다.
 그때, 저 멀리서 일련의 무리가 다가오는 모습이 보였다. 선두에서 걸어오는 푸른 머리카락의 청년과 그를 호위하는 하얀 제복 차림의 기사들. 난데없는 황태자 전하의 출현에 여기저기서 웅성거리는 소리가 들려왔다. 물론 매섭게 훑어보는 라스 공작의 눈길을 받자마자 조용해졌지만.
 "사자에게 충성을. 제국의 작은 태양, 황태자 전하를 뵙습니다."
 "제국에 영광을. 방해가 되었다면 미안하오. 훈련 시작 시부터 참관하려 하였거늘, 어쩌다 보니 다 끝난 후에야 찾아오게 되었군."
 "방해라니요. 기사단의 일에 이리 관심을 가져 주시니 영광입니다."
 아버지의 답례에 고개를 끄덕인 그가 말했다.
 "비록 훈련을 참관하지는 못하였으나, 내 공훈을 세운 자들에게 직접 상을 수여하고 싶소만."
 "그리하십시오. 저들 모두에게 크나큰 광영이 될 것입니다."
 들고 있던 종이를 그에게 넘겨준 아버지께서 한 걸음 뒤로 물러나셨다. 종이를 펼쳐 든 청년이 내용을 훑어보았다. 그러고는 잠시 침묵하다 천천히 입을 열었다.
 "위대한 카스티나의 창과 방패, 영광된 제국의 기사들이여. 본인은 그대들의 노고와 열정에 경탄하며, 그 인내와 용기를 진심으로 치하하는 바이다. 경들의 앞날에 무궁한 영예榮譽가 함께하기를."

"와아아!"

"제국에 영광을!"

"사자에게 충성을!"

함성이 멎기를 기다린 그가 말했다.

"그럼 승자를 발표하겠다. 오늘 훈련의 우승팀은……."

"……."

"공격팀이다. 제국의 창이여, 경들의 날카로움에 찬사를."

"와아아!"

순간 제1기사단에서 함성이 터져 나왔다. 슬쩍 미소를 지은 라스 공작이 네 자루의 창이 수놓인 깃발을 높이 흔들었다. 반면에 제2기사단의 기사들은 침울한 얼굴이었다. 아버지께서는 무표정하셨고.

극명한 희비의 대조를 보여 주던 모두는 단상 위의 청년이 오른손을 들어 올린 후에야 입을 다물었다.

"그럼 이어서 최우수 분대를 발표하겠다. 이번 정기 훈련의 최우수 분대는……."

"……."

"제1기사단 소속, 제13분대이다. 제13분대는 앞으로 나오도록."

눈을 크게 떴다.

'제13분대라고? 정말로?'

"가자, 아리스티아."

어깨를 툭 친 카르세인이 싱긋 미소를 지었다. 그의 주위에는 지스 경을 비롯한 분대원들이 나처럼 어안이 벙벙한 얼굴로 서 있었다.

멍하니 앞으로 걸어 나가자, 제1기사단의 단원들이 일제히 환호하며 함성을 질렀다.

"제1기사단 제13분대, 분대장 카르세인 데 라스 외 아홉 명. 빼어난 용기와 전략을 보여 팀을 승리로 이끈 그대들에게 각각 검과 배지를 하사한다. 항상 오늘의 일을 기억하여 제국 기사들의 귀감이 될 수 있도록 하라."

간단하게 치하의 뜻을 표한 푸른 머리카락의 청년이 분대원 한 사람 한 사람에게 장식용 검과 배지를 건넸다. 모두가 하사품을 받고 마침내 내 차례가 되자, 두어 발짝 앞에 멈춰 선 청년이 나를 물끄러미 바라보았다.

"……그대."

"네, 전하."

"……아무것도 아니오. 수고가 많았소."

그는 무언가를 말하려다 말고 묵묵히 창 모양 배지를 집어 내 옷깃에 달아 주었다. 조금 구겨진 재킷을 툭툭 털어 내 차림을 정돈해 준 그가 장식용 검을 건넨 뒤 돌아섰다.

나는 그의 뒷모습을 잠시 바라보다 옷깃에 달린 창 모양 배지를 한 번 쓸어 보았다. 불현듯 입가에 미소가 걸렸다. 이것은 검술을 배우기로 한 이래 처음으로 이뤄 낸 성과였으니까. 아버지께 칭찬받았던 것까지 떠올리자 자꾸만 웃음이 나왔다.

어느새 시상을 마친 그가 말했다.

"힘든 훈련을 받느라 고생한 기사단 전원에게 특별 상여금으로 한 달 치 봉급을 하사한다."

"와아아!"

"황태자 전하 만세!"

"또한 모두에게 술과 고기를 내리니, 오늘 하루는 마음껏 즐기도록 하라. 이상."

말을 마친 그가 내 쪽을 힐끔 돌아보고는 단상을 내려갔다. 바닷빛 눈동자와 시선이 마주친 듯도 했지만, 곧장 몸을 돌린 그 때문에 정확하지는 않았다.

석양 속에 잠겨 드는 푸른 머리카락을 바라보고 있을 때, 낯익은 기사 하나가 내게 다가와 인사했다.

"축하드립니다, 모니크 경."

"감사해요, 딜론 경."

"듣자 하니 로터스 궁 사잇길에서 갈고리 사다리를 활용해서 저격을 하셨다면서요? 그 길에서 전멸당한 분대가 한둘이 아니었는데, 어떻게 그런 방법을 생각하셨답니까?"

"아, 그냥……."

어쩐지 민망한 마음에 어색한 미소를 짓자, 싱긋 웃어 보인 그가 말했다.

"그거 아십니까? 지금 이쪽을 힐끔거리는 녀석들이 한둘이 아닙니다."

"네? 어째서요?"

"저들도 느낀 것이 있나 보지요. 쯧, 그러게 그렇게 애길 했건만……."

천천히 주위를 둘러보았다. 딜론 경의 말대로 몇몇 기사들이 정말로 이쪽을 힐끔거리고 있었다. 시선이 마주치자마자 눈을 돌리는 모습에 불현듯 웃음이 비어져 나왔다. 평소처럼 은근히 경멸하거나 무시하는 태도가 아닌, 어딘가 민망해 하거나 어색해 하는 표정들.

'조금은 인정받은 걸까?'

분대원들, 지스 경, 아버지, 그리고 제1기사단의 기사들. 정도의 차이는 있으나 약간씩은 변한 그들의 눈빛을 생각하며, 나는 얼굴 가득 환한 미소를 지었다. 무척이나 보람찬 하루였다.

쨍쨍 내리쬐는 햇볕 아래 아지랑이가 피어오르고, 푹푹 찌는 열기 때문에 가만히 서 있기만 해도 땀방울이 솟아올랐다. 새하얀 지붕은 무서울 정도로 쏟아지는 햇빛을 받아 눈부시게 반짝이고, 열기 머금은 검은 재킷은 손끝 하나만 닿아도 데어 버릴 듯 후끈거렸다.

나는 온몸을 감싸는 뜨거운 공기를 들이마시며 제2기사단으로 향했다. 갑자기 일이 생겨 입궁하게 되었으니 퇴궐할 때는 함께 돌아가자는 아버지의 전언을 받았기 때문이었다.

'오늘은 비번이신데 어쩐 일로 입궁하신 걸까?'

연무장으로 들어서자 그늘에 삼삼오오 모여 앉아 수건으로 땀을

닭거나 물을 마시고 있는 기사들의 모습이 보였다.
"앗, 저희에게 무참한 패배를 안겨 준 모니크 경이 아니십니까!"
"오, 정말 모니크 경이시군요. 자주 놀러 오시지 않고요."
"헌데 제1기사단에는 언제까지 계실 겁니까?"
"적어도 다음 훈련 전에는 제2기사단으로 돌아오십시오. 그날 단장님께 얼마나 혹독하게 얼차려를 받았는지, 아직도 삭신이 쑤신단 말입니다."

나는 이런저런 말을 늘어놓는 기사들을 향해 스르르 미소를 지었다. 제1기사단과는 달리 이곳에는 처음부터 내게 호의적인 사람들이 다수 있었다고는 하지만, 확실히 그들 역시 훈련이 끝난 이후로 내게 한층 더 호감을 보이고 있었다.

"오랜만이네요. 모두 안녕하셨어요? 오늘도 무척 덥네요."
"그러게 말입니다. 벌써 이러는 걸 보면 올해는 무척 더울 것 같습니다."
"그러잖아도 그것 때문에 말이 많던데, 어찌 되려나 모르겠습니다."
"그런데 어쩐 일이십니까? 단장님을 뵈러 오신 것입니까?"

마지막 기사의 물음에 나는 고개를 끄덕이며 말했다.
"아, 네. 이 시간이면 연무장에 계실 줄 알았는데, 안 계시네요."
"폐하를 알현하러 가신 것으로 알고 있습니다. 제법 시간이 흘렀으니 아마 곧 오실 겁니다. 아, 마침 저기 오시는군요."

뒤를 돌아보자, 저 멀리서 걸어오는 은발의 기사가 보였다.
"왔구나, 티아."
"네, 아버지."

"그래, 새벽부터 근무를 서느라 고생이 많았겠구나. 더운데 들어가 있지 않고."

"이 시간이면 연무장에 계실 것 같아서 이리로 왔지요. 일은 잘 마치셨어요?"

"그래."

생긋 웃음을 지으며 올려다보자 아버지께서는 희미하게 미소를 지으며 내 머리카락을 가볍게 쓰다듬어 주셨다. 아쉬워하는 기사들에게 인사를 건네고서, 나는 그만 돌아가자고 말씀하시는 아버지를 따라 연무장을 빠져나왔다.

오랜만에 아버지와 함께 돌아가는 길이라 그런 것일까. 자꾸만 붕 뜨는 기분에 나는 오늘 있었던 일을 종알종알 얘기하며 마차 보관소로 향했다. 그러고는 대기하고 있던 마부의 인사를 받으며 마차에 올랐다.

부드럽게 전해 오는 진동을 느끼며 이런저런 이야기를 하고 있을 때, 갑자기 마차가 멈춰 섰다. 아직 집에 도착할 시간은 아닌 것 같은데. 의아한 마음에 창밖을 내다보자 수도의 중심가인 상업 지구의 모습이 눈에 들어왔다.

'집으로 가는 게 아니었나?'

고개를 갸웃하는 내게 아버지께서는 희미한 미소를 지어 보이며 말씀하셨다.

"요즘 들어 내 딸과 함께하지 못한 것 같아 아비가 조금 섭섭하였단다. 그래서 오늘은 같이 시간을 보내려고 하는데, 네 의견은 어떠하냐?"

"정말요?"

환하게 미소를 지었다. 막 회귀했던 시점에는 몹시 무뚝뚝하고 감정 표현에 서투르던 분이었는데, 어느새 내게 먼저 데이트를 청하시는 아버지. 감정을 잘 표현하지 않으시는 것은 지금도 마찬가지였지만, 가끔 이렇게 보여 주시는 애정 표현은 나를 몹시 행복하게 했다.

한발 앞서 마차에서 내리신 아버지께서 내게 손을 내미셨다. 나는 커다란 그 손을 잡고 조심스레 마차에서 내렸다. 황궁에서 나올 때부터 들떠 있던 기분이 하늘 높은 줄 모르고 솟아올랐다. 그 바람에 나는 평소에는 절대로 하지 못하던 짓을 저질렀다. 아버지의 팔짱을 끼는 엄청난 일을.

"흠흠."

헛기침을 하시면서도 팔짱은 풀지 않으시는 모습에 절로 웃음이 나왔다. 허리춤에 꽂혀 있는 검에 달린 은청색 수술을 보자 자꾸만 입꼬리가 올라갔다. 그것은 아버지께서 흉년 때문에 수도를 떠나시던 때에 내가 선물로 드렸던 것이었다.

"어디부터 갈까요, 아빠?"

"글쎄다. 혹 갖고 싶은 것이라도 있느냐?"

나는 멋쩍은 듯 시선을 다른 곳에 둔 아버지와 함께 이곳저곳을 구경했다. 그러다가 최근에 귀부인들 사이에서 최고로 평가받으며 선풍적인 인기를 누리고 있는 로사 부인의 가게 앞에서 걸음을 멈췄다.

'지난번 기억을 더듬어 보면 신사복도 취급했던 것 같은데.'

그래, 이거다!

"여기 잠깐 들렀다 가요."

"음? 여기 말이냐?"

잠시 멈칫하던 아버지께서는 무슨 생각을 한 것인지 의외로 순순히 고개를 끄덕이셨다.

"어서 오십시오, 모니크 영애. 그리고 은발이시라면 설마……."

황급히 달려 나온 로사 부인이 말끝을 흐리며 멈칫 멈춰 섰다. 은발을 가진 제국의 귀족은 아버지와 나, 오직 둘뿐. 따라서 귀부인들을 수없이 접하는 그녀가 아버지의 정체를 못 알아챌 리야 없겠지만, 사교계에 거의 출입하지 않는다는 아버지께서 이런 곳에 오신 것이 이상하게 보였던 것 같았다.

하지만 당황해 하던 것도 잠시, 그녀는 아버지를 향해 재빨리 허리를 숙여 보이며 말했다.

"모시게 되어 영광입니다, 모니크 후작 각하."

삼십 대 초반 정도의 육감적인 미녀인 로사 부인은 평민임에도 최고의 드레스 장인으로 명성을 날리고 있었다. 감각적인 디자인으로 유명한 그녀의 드레스는 많은 귀족 부인들에게 사랑을 받고 있었다. 그 때문인지, 멋을 좀 낸다 하는 귀족 남성들도 이곳에서 옷을 많이 맞추는 모양이었다.

"아버지께서 입으실 옷을 맞추고 싶은데. 예복 두어 벌, 그리고 평상복은 되도록 많이. 가능한가?"

"물론입니다. 안으로 드시지요, 각하, 그리고 영애."

로사 부인의 안내를 받으며 안쪽으로 향하자, 아버지께서는 곤혹스러운 표정으로 나를 돌아보며 말씀하셨다.

"웬 예복이더냐? 아비는 네 옷을 맞추려는 것인 줄 알았는데."

"매번 제복만 입으시잖아요. 전 다른 옷을 멋지게 차려입으신 모습도 보고 싶은걸요."

"……."

"네? 아빠."

"……알았다."

쩔쩔매시는 모습에 절로 웃음이 나왔지만, 나는 터지려는 웃음을 애써 꾹꾹 눌러 참았다.

'아직 저렇게 멋지신데 제복만 입기는 아깝잖아.'

이제 사십 대 중반에 접어드셨다고는 하나, 아버지께서는 기껏해야 삼십 대 중반 정도로밖에 보이지 않았다. 결이 좋은 은빛 생머리는 턱선 부근까지 찰랑찰랑하게 내려왔고, 기사답게 탄탄한 몸매나 넓은 어깨는 아직도 많은 귀부인들을 한숨짓게 했다. 어쩌다가 파티에 참석하시는 날이면 젊은 미망인들이나 혼기를 놓친 영애들의 눈빛이 무섭도록 반짝인다는 이야기도 들었다. 그런 분이신데, 아무리 기사라고는 해도 매번 제복 차림은 너무하지 않은가. 때문에 나는 모처럼 찾아온 기회를 십분 활용할 생각이었다.

"그럼 잠시만 실례하겠습니다, 각하."

줄자를 들고 나온 로사 부인이 말했다. 혹시나 엉뚱한 생각을 품을까 봐 빤히 바라보았지만, 그녀는 담백한 태도로 치수를 재는 일을 마쳤다. 그러고는 원단을 모은 책자를 들고 와 내게 건네며 물었다.

"원단이나 디자인은 어떤 것으로 하시겠습니까?"

"음, 어떤 것이 좋으세요, 아버지?"

"……아비가 뭘 알겠느냐. 네가 골라 보렴."

"네. 나중에 뭐라고 하시기 없기예요?"

배시시 웃어 보이는 나를 본 아버지께서는 움찔하며 시선을 회피하셨다.

'어떤 것이 좋을까?'

매번 제복만 입고 다니신다고 타박하긴 했지만, 사실 군청색과 은색의 조합으로 이루어진 제2기사단장의 제복은 그야말로 아버지를 위한 옷이라고 볼 수 있을 정도로 잘 어울렸다. 그 때문에 더욱 고민이 되었다.

한참을 상의한 끝에 간신히 윤곽을 잡은 뒤 그만 자리에서 일어나려 했을 때, 갑자기 나를 저지한 아버지께서 로사 부인을 돌아보며 말씀하셨다.

"로사 부인이라 했던가."

"그렇습니다, 각하."

"기왕 들렀으니, 딸아이가 입을 옷도 맞추고 싶군. 예복으로."

'응? 갑자기 웬 예복?'

고개를 갸웃하며 바라보았지만, 아버지께서는 그런 내 반응에 개의치 않고 계속해서 말씀을 이으셨다.

"세부 사항은 딸아이와 상의하도록 하고, 본인이 주문할 것은 한 가지뿐일세. 옷깃과 옷자락에 본가의 문장을 수놓을 것."

"아버지?"

절로 눈이 휘둥그레졌다. 지금 아버지께서 뭐라고 하신 것이지? 정말 내게 가주 대리권을 부여해 주시는 건가? 아직 정식 후계자도 되지 못한 내게? 제국의 귀족 중 예복의 깃과 끝자락에 가문의 문장을 수놓을 수 있는 사람은 오직 가주, 혹은 가주의 부재 시 그의 권한을 대리할 수 있는 자뿐이다.

"정말이세요?"

"그래."

"갑자기 왜······."

"훈련에서 보여 준 모습을 보아하니 충분히 잘 해낼 것 같더구나."

아버지께서는 희미하게 미소를 지으며 내 어깨를 부드럽게 두드리셨다. 그러고는 로사 부인에게 조만간 한번 저택을 방문하라고 말씀하신 뒤 자리에서 일어나셨다.

'가주 대리권이라니.'

벅찬 가슴을 끌어안은 채 아버지와 함께 가게를 나섰다. 밖으로 나오자마자 뜨거운 공기가 훅 밀려왔다. 눈썹을 찡그리며 손그늘을 만드는데, 광장 중앙에 있는 분수대를 돌아본 아버지께서 인상을 찌푸리시는 모습이 보였다.

무엇 때문에 그러시는 걸까? 깨끗한 바닥을 보니 관리도 잘되고 있는 것 같고, 그리 문제도 없어 보이는······. 아, 이런.

"네 눈에도 보이느냐?"

"네, 심각하네요. 벌써 이러면······."

분수대에는 물이 거의 없었다. 유난히 더운 날씨, 다섯 번째 달임에도 말라붙기 시작한 물. 제국에서 가장 관리가 잘되는 수도조차 이런 상황인 것으로 보아 올여름은 유독 혹독할 듯했다.

맙소사, 대흉년이 지난 지 얼마나 되었다고 또 이런 일이 생기는 거야.

갑자기 등골이 오싹해졌다.

'분명 회귀 전에는 이런 징조가 보이지 않았는데. 대체 이게 어떻게 된 일이지? 조금씩 바뀌던 미래가 이제는 완전히 틀어져 버

린 것일까?'

"폐하께서 궁을 비우셔야 하는지도 모르는 이때 가뭄의 징조라……. 곤란하구나."

"그게 무슨 말씀이세요? 폐하께서 궁을 비우셔야 한다니요?"

"밖에서 하긴 조심스러운 얘기지만, 작년 겨울부터 폐하께서 부쩍 쇠약해지고 있으시다는 건 너도 알고 있을 게다. 요즘 들어 황태자 전하께 업무가 집중되기 시작한 것도 그 때문이 아니더냐."

"네, 알고 있어요. 그런데 그건 갑자기 왜……."

작년 겨울부터 폐하께서는 부쩍 많은 양의 일을 전하에게 넘기기 시작하셨다. 리사 왕국과의 외교 협상을 일임하신 것도 그렇고, 기사단의 시찰 업무를 넘기시기도 했으며, 올봄부터 정무 회의의 절반 정도는 그가 주재하게 하셨다는 이야기를 들은 적도 있었다. 덕분에 나는 건국기념제에서의 만남 이후 그와 마주칠 일이 거의 없었다. 지은이 올 때까지는 판단을 보류하기로 마음먹었기에 그와의 만남을 최대한 피하고자 했던 나로서는 참으로 다행이긴 했지만, 갑자기 정무가 그에게 집중되는 건 분명 이례적인 일이었다.

"올해는 벌써 무척 덥지 않더냐. 폐하의 건강을 염려하여 여름 별궁으로 피접을 가시는 것이 어떠냐는 주청이 올라오기 시작하는 모양이다."

"아……."

약 천 년 전, 초대 황제께서 제국을 건국하실 당시에는 마법이라는 것이 존재했다고 한다. 지금은 마법을 사용할 수 있는 사람이 없기에 의구심을 표하는 학자들도 있지만, 대다수의 사람들은 마법이 존재했음을 믿었다. 제국에는 그 사실을 입증해 주는 생생한 증거가 셋이나 존재했기에.

그중 첫 번째는 바로 우리 모니크가의 피를 타고 내려오는 황가와의 언약이었고, 두 번째가 바로 지금 이야기가 나오고 있는 여름 별궁이었다.

유독 한 후궁을 총애하셨던 제11대 황제 폐하께서는 그 전까지만 해도 황제의 제2부인으로서 막강한 권력을 행사하던 황비의 자리에 그 후궁을 앉히셨다. 본디 황비란 황후가 아닌 후궁에게서 황태자가 태어났을 경우 그 생모에게 주어지던 명예로운 직위였으나, 제11대 황제 폐하 이후에는 그저 황제가 가장 사랑하는 부인의 자리가 되어 버렸다.

어쨌든 유독 더웠던 어느 여름에 그토록 사랑해 마지않던 황비가 더위로 인해 쓰러지자, 그는 당시만 해도 존재했던 궁중 마법사를 찾아가 대책을 마련해 달라고 화를 냈다고 한다. 흔치 않은 대마법사였던 궁중 마법사는 특수한 마법으로 나무를 키운 다음, 그 나무를 엮어 황궁의 지붕에 차양을 형성해 주었다. 마법이 걸린 것이라 그런지 그 차양 아래 있으면 매우 시원했기 때문에 한동안 두 사람은 시원한 여름을 날 수 있었다.

그러던 어느 날, 제11대 황제 폐하와 대마법사 사이가 틀어졌다. 대마법사는 제국을 떠났고, 겨울에도 남아 있는 차양 때문에 황궁은 여름에는 시원하나 겨울에는 몹시 추워서 사람이 살 수 없는 곳이 되었다.

결국 제11대 황제 폐하께서는 새로운 수도를 정해 황궁을 옮길 것을 천명하셨다. 그리하여 그때 새로 지은 것이 지금의 황궁이며, 마법이 걸려 있는 당시 황궁은 역대 황제 폐하들의 여름용 별궁이 되었다는 전설은 제국민이라면 누구나 한 번쯤은 들어 본 이야기였다.

"그 일 때문에 폐하를 알현하셨던 거군요."

"그렇단다. 아마도 조만간 정식으로 말이 나올 것 같구나."

여름 별궁이라. 말로만 들었을 뿐 한 번도 가 보지 못했는데. 곰곰이 생각에 잠겨 걷다가, 나는 갑자기 우뚝 멈춰 서시는 아버지의 모습에 놀라 같이 멈춰 섰다.

'여기가 어디지?'

주위를 휘휘 둘러보자 낯선 풍경이 눈에 들어왔다. 낮아진 집들, 허름해진 거리. 대화를 나누느라 정신이 팔린 나머지 귀족 지구를 벗어났다는 사실조차 못 알아챘던 모양이었다.

"너무 멀리 왔네요, 아빠. 돌아가요."

부드럽게 팔을 잡아끌었다. 하지만 아버지께서는 꿈쩍도 하지 않으셨다. 한 번 더 소매를 잡아당기려는데, 한참 동안 어딘가를 멍하니 바라보던 아버지께서 갑자기 뚜벅뚜벅 발걸음을 옮기셨다.

'응? 갑자기 왜 그러시지?'

우선은 따라가 봐야 할 것 같아서, 나는 아버지를 따라 바쁘게 발을 놀렸다.

거침없이 걸어간 아버지께서는 어느 외진 골목길 앞에서야 간신히 걸음을 멈추셨다.

'여기에 뭐가 있나?'

주위를 둘러보았지만, 좁다란 골목은 인기척 하나 없이 조용하기만 했다. 나는 고개를 갸웃하며 아버지를 올려다보았다. 쓸쓸해 보이는 군청색 눈동자, 아련하게 흐려진 표정. 마치 추억에 잠기신 것 같은 모습.

'뭔가 사연이 있는 곳일까?'

아버지께 방해가 될까 싶어 조용히 입을 다물었다. 햇볕이 들지 않는 골목, 회색 그늘 속에 잠겨 있으려니 문득 알렌디스가 떠올랐다. 그림자를 피하려면 어떻게 해야 하느냐는 질문에 그늘로 들어가면 된다고 답을 주었던 그가.

사절단이 떠나기 전 마지막으로 봤던 날, 그는 마치 다시는 못 볼 사람인 것처럼 이런저런 당부만을 늘어놓았다. 어쩐지 불길한 예감에 왜 그리 얘기하느냐고, 곧 돌아올 것이 아니냐고 거듭해서 물었으나 그는 끝까지 답하지 않았다. 그저 씁쓸하게 미소를 지으며 돌아섰을 뿐.

늘 따스한 빛을 머금고 나를 바라보던 에메랄드색 눈동자가 생각나자 속에서 울컥하고 뜨거운 기운이 치밀어 올랐다. 나는 흐릿해지는 시야를 밝게 하려 눈을 빠르게 깜빡였다.

'우울한 생각은 이제 그만하자. 알렌디스는 반드시 돌아올 거야.'

마음을 다잡으며 고개를 돌리자 아직도 그 자리에 우뚝 서 계시는 아버지가 보였다.

"아버지?"

미동도 없으신 모습에 점점 불안해지기 시작했다. 손을 뻗어 군청색 소맷자락을 조심스럽게 잡아당겨 보았지만 아무런 반응이 없었다.

조금 더 힘을 줘서, 다시 한 번 소매를 잡아당겼다. 그제야 나를 돌아본 군청색 눈동자에 밝은 빛이 돌아왔다. 조금 가라앉은 듯한 목소리가 나를 불렀다.
"……티아."
"아빠."
"미안하구나. 많이 놀랐느냐?"
"아니에요. 그보다 무슨 일이라도 있으신 거예요? 갑자기 왜……."
"음, 그게 말이다."
난처하신 듯한 기색을 못 알아챈 척하며 물끄러미 올려다보았다. 보통 때였다면 곤란하신가 보다 하고 그냥 넘어갔을 텐데, 그러기에는 평소답지 않은 모습을 보이신 이유가 궁금했다.
"……시간이 제법 흘렀구나. 이만 돌아가자꾸나."
'무슨 일이기에 답변을 회피하시는 걸까.'
석연치 않은 표정으로 바라보자 아버지께서는 고개를 돌려 시선을 피하며 말씀하셨다.
"오랜만에 외식은 어떠냐?"
"……저야 좋지만, 음."
"그럼 가자꾸나. 아비가 알아 둔 곳이 있다."
거듭 말을 돌리는 것을 보아하건대 아무래도 아버지께서는 내게 이유를 말씀해 주실 생각이 없는 듯했다. 이유가 궁금하기는 했지만, 나는 어쩔 수 없이 의문을 접으며 아버지와 함께 걸음을 옮겼다.
잠시 후 도착한 장소는 귀족을 상대로 하는 고급스러운 레스토랑으로, 나로서는 난생처음 와 보는 곳이었다.

나는 아버지와 함께 깊게 허리를 숙여 인사하는 지배인의 안내를 받으며 조용한 창가 쪽 테이블로 향했다. 은은하게 깔리는 음악 속에서 간간이 대화를 나누며 식사를 하고 있는 귀족들 중에는 아는 얼굴도 있었지만, 오늘은 아버지와 둘만의 시간을 보내고 싶었기에 그저 스쳐 지나갔다. 그들 역시 가볍게 묵례만 했을 뿐 다가오지는 않았다.

"저, 아버지."

"왜 그러느냐?"

나는 음식을 기다리는 동안 내내 망설이다 입을 열었다. 아무래도 한 번은 말씀을 드려야 할 것 같았다.

"음, 갑자기 이런 말씀드리기는 좀 그렇지만, 혹시 재혼하실 생각 없으세요?"

"……갑자기 그건 무슨 소리더냐?"

"어머니께서 돌아가신 지도 벌써 팔 년이 넘었는데, 언제까지고 혼자 사실 수는 없잖아요."

"그런 생각은 꿈에도 해 본 적 없다. 갑자기 그런 이야기는 왜 꺼내는 것이냐?"

"그냥, 언젠가는 한번 여쭙겠다고 생각하고 있었어요."

내 답을 들은 아버지께서는 포크와 나이프를 내려놓은 뒤 진지한 어조로 말씀하셨다.

"아직 어리다고 생각해서 그동안 네게 이런 얘기를 한 적은 없다만, 너도 우리 가문의 맹세가 어떤 것인지는 알고 있을 것이다."

"네, 물론이에요."

"그래. 너도 알다시피, 그것은 단 하나의 소원을 위해 황가에 평생을 바쳐야 하는 것이 아니더냐. 아비는 그것이 너무 싫었다. 그로 인해 우리 가문은 제국 제일의 충신가라는 명성을 얻었지만, 반대로 맹세가 없다면 믿을 수 없다는 뜻으로도 들렸지. 굳이 맹세를 하지 않더라도 황가에 대한 충성심을 보여 주면 되는 일이라 생각했다."

고개를 끄덕였다. 어머니의 기일 전날, 잠이 오지 않아 돌아다니다가 우연찮게 엿들었던 아버지의 말에서도 그런 내용이 있던 것이 기억났기에.

'저주라고 표현하셨지. 내게 그런 일을 시키고 싶지는 않았다고 하시면서.'

"해서 결코 맹세를 하지 않으리라 다짐했지만, 그런 내 결심을 깨게 한 사람이 바로 네 어미였다. 아비는 네 어미를 얻기 위해 이 몸에 흐르는 피를 걸고 황가에 충성을 맹세했다. 이것이 무슨 뜻인지 알겠느냐?"

"어머니를 얻기 위해…… 평생을 바치셨다는 얘기군요."

"그렇단다. 비록 네 어미가 일찍 떠났다고는 해도, 그 누가 있어 그녀의 빈자리를 대신 할 수 있겠느냐. 이미 내 인생을 다 걸었거늘."

'그랬구나.'

일전에 폐하께서 지나가듯 하셨던 말씀이 이제야 이해가 갔다. 세기의 로맨티시스트라는 수식어가 아버지께 붙은 이유도. 그 누가 한 여자를 위해 자신의 평생을 모조리 바칠 수가 있을까.

복잡한 기분이 들었다. 정성을 다해 사랑을 바쳤음에도 보답 받지 못했던 나. 그래서 사랑이란 것을 믿지 못하는 나. 그런 나와는 달리 죽어서까지 한 남자의 지고지순한 사랑을 받고 있는 어머니.
몹시 부러웠다. 동시에 질투가 났다. 대체 어떤 분이었기에 이리도 크나큰 사랑을 받고 있는 것일까.

문득 궁금해졌다. 얼굴조차 기억나지 않는 어머니가. 그래서 나는 한참을 망설이다 머뭇머뭇 입을 열었다.

"저, 아버지."

"음?"

"어머니는 어떤 분이셨나요?"

"네 어미 말이냐?"

잠시 생각에 잠겼던 아버지께서 말씀하셨다.

"제레미아는 굳센 여자였다. 평소에는 잔잔한 듯 소심한 듯 말이 없으나 꼭 필요한 순간에는 강철보다 굳은 심지와 놀라운 기지를 보여 주곤 했었지. 그래, 꼭 너처럼 말이다."

"……그런가요?"

"그래. 언젠가 아비가 황궁에 간 사이 저택에 화재가 난 적이 있었다. 불이 났다는 소리에 서둘러 집에 돌아왔더니, 얌전한 줄만 알았던 그녀가 매섭게 호통을 치며 사람들을 지휘하고 있더구나. 베르 궁의 화재를 진압하는 너를 보았을 때, 어쩜 그리 제 어미를 닮았나 싶어…… 복잡한 기분이었다."

아버지께서는 추억에 잠긴 듯한 표정으로 말씀하셨다.

"실은 말이다. 좀 전에 멈춰 섰던 그 거리가 바로 네 어미를 처음 만났던 곳이란다."

"네? 그 거리가요?"

눈을 크게 떴다.

한적하고 어두운 골목, 어지러운 낙서로 얼룩진 담벼락. 제대로 청소하는 사람이 없는 듯 군데군데 뒹구는 쓰레기와 퀴퀴한 냄새로 얼룩져 있던 그 길. 지나가는 사람 하나 없어 음침한 느낌을 주던 그곳에서 아버지께서는 어머니를 처음 만나셨던 말인가. 대체 무슨 일로?

"벌써 이십 년도 넘은 얘기로구나. 폐하께서 즉위하신 지 몇 년 지나지 않았을 때였지. 파벌 간 싸움이야 지금도 치열하지만, 당시에는 그것이 훨씬 더 심했단다. 아차 하는 순간 목숨이 날아가는 일들이 비일비재했지. 그러던 어느 날, 그런 상황이 몹시 답답하셨는지 폐하께서 갑자기 암행을 나가자고 하시더구나."

"그래서요?"

"위험하다고 반대했지만 요지부동이셨다. 결국은 아르킨트와 루스, 그러니까 라스 공작과 베리타 공작이 아비와 함께 폐하를 수행해서 밖으로 나왔지. 지금은 많이 나아졌지만 당시의 평민 구역은 눈을 뜨고 볼 수 없을 정도로 참담했다. 암행을 마치고 폐하를 비롯한 모두가 침통한 기분으로 돌아섰을 때, 갑자기 웬 여자의 비명 소리가 들렸지."

'폐하께서 막 즉위하셨을 무렵이라면 한창 제국이 무너져 가고 있을 때인가.'

나는 말없이 고개를 끄덕이며 아버지의 말씀에 귀를 기울였다.

"만류하기도 전에 폐하께서 먼저 걸음을 옮기셨다. 서둘러서 폐하의 뒤를 쫓아간 곳이 바로 그 골목이었지. 정체불명의 괴한 셋이 어떤 여자의 생명을 위협하고 있었다. 아비가 들었던 비명 소리는 목숨을 구하기 위한 그녀의 필사적인 도움 요청이었어."

"그분이 어머니셨군요."

"그렇단다. 일촉즉발의 상황이었기에 자초지종을 물어볼 틈도 없이 곧바로 뛰어들었지. 조금만 늦었어도 네 어미는 목숨을 잃었을 게다."

'그랬구나, 아버지와 어머니의 첫 만남은.'

어머니의 기일을 홀로 챙기시는 모습에서 묻어 나오던 절절한 그리움을 조금이나마 엿본 이후로, 나는 가끔 두 분은 어떻게 만나 어떤 식으로 사랑을 키웠던 것일까 궁금해 하곤 했다. 하지만 그런 식으로 만나셨을 거라고는 전혀 생각지 못했다.

'생명이 경각에 달해 있을 때 구해 준 은발의 기사라. 그야말로 로맨스 소설에나 나올 법한 낭만적인 이야기…….'

잠깐. 뭔가 이상한데.

"저, 아빠."

"왜 그러느냐?"

다정하게 나를 바라보는 군청색 눈동자를 마주하자 문득 망설임이 생겼다.

갑자기 머릿속에 떠오른 한 가지 의문점.

'이걸 과연 여쭤 봐도 되는 것일까? 어쩐지 감춰진 진실의 한 자락을 들치고 있는 듯한 기분이 드는데.'

하지만 그분은 내 어머니였고, 내게도 진실을 알 권리가 있었다. 그래서 나는 한참을 머뭇거리다가 조심스럽게 입을 뗐다.

"음, 어머니께서는 우리 가문의 가신 중 하나인 소니아 남작가의 사람이라고 알고 있었는데 말이에요. 어째서 두 분은 영지가 아니라 수도에서 처음 만나신 거죠? 그것도 하필 그런 곳에서?"

순간 곧게 뻗은 은빛 눈썹이 꿈틀하는 것이 보였다. 나는 딱딱하게 굳은 아버지의 얼굴을 바라보며 생각했다.

'역시 뭔가 있구나. 그렇다면 제나 공작이 내게 했던 말은 그저 허튼소리가 아니었단 말인가.'

잠시 침묵하던 아버지께서는 잔뜩 굳은 목소리로 물어 오셨다.

"누가 네게 그런 사실을 알려 주었더냐?"

"그냥, 어느 날 서재에서 우리 가문의 가신 가계도를 보다가 알게 되었어요."

아버지께 거짓말을 하고 싶지는 않았지만, 사실대로 말했다가는 리그 경과 다른 기사들이 크나큰 고초를 겪을 것 같다는 생각이 들었다. 그래서 나는 사실을 털어놓는 대신 군청색 눈동자를 피해 시선을 아래로 내리며 조심스럽게 말했다.

"실은, 얼마 전에 어머니의 기일을 알게 되었어요. 잠이 오지 않아 밖에 나왔다가…… 아버지를 뵈었거든요."

"……그랬더냐?"

"네. 그래서 어머니가 어떤 분이신지 궁금해졌는데, 음, 차마 여쭐 수가 없었어요. 건방진 말이지만, 그날 뵈었을 때 아버지께서는 무척 외로워 보이셨거든요."

"그래서 내게 재혼은 하지 않느냐 물었던 것이더냐?"

복잡한 표정으로 나를 바라보던 아버지께서 물으셨다. 그러고는 침묵하는 내게 말씀하셨다.

"아비에게는 말이다. 비록 피를 걸고 하지는 않았다고 하더라도, 이미 평생을 바치겠다고 굳게 맹세한 또 다른 이가 있단다."

"네? 그게 무슨 말씀……."

"너 말이다, 티아. 네 어미의 죽음을 알았을 때, 내가 끝까지 삶의 끈을 놓지 못했던 건 바로 너 때문이었다. 뒤늦게 달려오며 절망에 빠져 있다가, 울다 경기를 일으켜 숨이 넘어가게 생긴 너를 보자 정신이 번쩍 들었지. 새파랗게 질려 죽어 가는 너를 보며 살아나기만 한다면 앞으로는 너를 위해 살겠다고 결심했다. 그러니 티아, 앞으로는 이런 문제로 신경 쓰지 말거라. 아비는 너와 함께 하는 삶에 더할 나위 없이 만족하고 있단다."

"아빠……."

부드러운 표정과 애정이 한가득 묻어 나오는 눈빛을 마주하자 목이 메었다. 평소 심중을 거의 드러내지 않으시던 아버지의 속마음을 들었기 때문일까. 두 눈에 그렁그렁 물방울이 맺혔다.

뿌옇게 흐려진 눈을 깜빡이는 나를 보며 헛기침을 하신 아버지께서는 어색한 표정으로 말씀하셨다.

"흠흠, 그건 그렇고 말이다."

"……네?"

"조만간 여름 별궁으로의 피접 얘기가 본격적으로 논의되기 시작하면 기사단도 정신없이 바빠지겠구나. 그래, 보좌관 일은 이제 할 만하더냐?"

"아, 네. 얼핏 보면 서류에만 치이는 것 같지만 의외로 자유 시간도 있는 편이라 괜찮아요."

"다행이구나. 흠, 그나저나 걱정이다. 폐하께서 자꾸 쇠약해지시는 것도 그렇지만, 황태자 전하께서도 아마 갑작스럽게 일이 밀려드는 바람에 몹시 힘겨우실 터인데. 게다가 폐하께서 여름 별궁으로 행차하시게 된다면 행정부도 기사단도 반씩 쪼개어 움직여야 할 터. 그 일을 모두 지휘하려면 또 한참 동안 고생하시겠구나."
 아버지의 말씀에 문득 잊고 있었던 그의 모습이 떠올랐다. 되도록 피하고자 노력했지만 어쩔 수 없이 마주칠 때마다 뻣뻣하게 굳는 나를 그저 묵묵히 바라보기만 하던 그가.
 가문의 후계자가 되는 것을 재고해 줄 수 없겠느냐는 고백 아닌 고백을 들은 이후, 나는 그와 마주하는 것이 너무 불편했다. 만날 때마다 어색함을 감출 수가 없었다. 잠시 품었던 희망, 타인을 가슴속에 다시 들일 수 있을지도 모른다는 실낱같은 그 희망이 과거와 현재 중 어느 쪽의 그를 향한 것인지 알 수가 없었던 데다, 내가 그에게 다른 누군가를 투영해서 본다는 것을 그가 알고 있다는 사실이 나를 더욱 옥죄어 왔다. 지은이 등장할 것을 알고 있기에 더더욱 그랬다. 간신히 다시 피운 삶조차 그녀로 인해 짓밟히고 싶지는 않았다. 그러기 위해서는, 애초에 그 희망을 외면하는 것이 방법이라고 생각했다.
 반년 가까이 자신을 피하는 나를 보며 그는 무슨 생각을 했을까. 어쩔 수 없이 약혼녀로서 참석할 수밖에 없었던 그의 생일 연회에서, 눈조차 마주치지 못하는 나를 말없이 바라보던 그는 깊은 한숨을 쉬며 말했다. 그의 요청에 당장 답해 달라 한 것은 아니었다고. 아직 시간은 많이 남았으니 그동안 천천히 생각해 보라고. 그러니 이제는 자신을 그만 피해 다닐 수 없겠느냐고.
 그때 나는 바닷빛 눈동자 속에서 어른거리는 한 줄기 상처를 발견했다. 아니, 어쩌면 그것은 착각일지도 모른다. 그저 나의 상처가 그에게 투영된 것일지도. 그 순간 나는 그의 눈동자를 바라보지 못하고 그대로 시선을 돌렸다.

차라리 알렌디스처럼 선을 그을 수 있는 감정이었다면 쉬웠을 텐데. 그렇게도 못하는 내 마음이 저주스러웠다. 그토록 황비가 될 운명에서 벗어나겠다고, 기존의 자아를 벗어던지고 새로운 나를 만들겠다고 다짐했음에도 이러지도 저러지도 못하는 나 자신이 너무 답답했다.

지은이 올 때까지 앞으로 일 년.

지난 반년도 무척 힘겹고 어색했는데, 앞으로 일 년을 더 이렇게 버텨야 하는 것일까?

암담한 현실에 한숨만 나왔다. 나를 바라보던 바닷빛 눈동자, 수많은 감정을 무표정한 얼굴 뒤로 숨긴 채 내게 시간을 줄 테니 피하지만 말아 달라고 하던 그의 모습이 자꾸만 떠올랐다.

"……아."

"…….."

"티아."

"아, 네. 부르셨어요?"

"무슨 생각을 그리하느냐. 뭐 안 좋은 일이라도 있는 게야?"

혼자만의 생각에 너무 깊게 빠져 있던 모양이었다. 나는 걱정스러운 눈초리로 바라보시는 아버지를 향해 부러 환하게 미소를 지으며 아무렇지도 않다는 듯 농담을 던졌다.

"어째 아버지와 저는 사적인 시간에도 계속 일 얘기를 하는 것 같아서요. 남들이 보면 역시 제국 제일의 충신가인 모니크가의 사람들답다고 하겠는걸요."

"아, 미안하구나, 티아. 아비가 생각이 짧았다."

진지하게 사과하시는 모습에 당혹스러워졌다. 아니, 그게 아니라 그냥 농담이었는데.

"아, 아뇨. 농담이었어요. 그러니까 제게 사과하실 필요는……."

황급히 손사래를 치는 나를 바라보던 아버지의 입가에 희미한 미소가 맺혔다. 나 역시 어색하게 미소를 지었다.

일과 데이트, 그리고 여러 가지 이야기가 뒤죽박죽 섞였지만 아버지의 크나큰 사랑을 느낄 수 있어 몹시 행복했던 하루. 그 하루를 마감하기 위해 자리에서 일어나 아버지의 팔짱을 끼면서, 나는 따스하게 빛나는 군청색 눈동자를 향해 환하게 미소를 지었다.

"지금 뭐라고 하셨나요, 라스 경? 다시 한 번만 말씀해 주세요."

"베리타 공자는 세상을 좀 더 돌아보고 오겠노라며 사절단을 떠났습니다, 모니크 영애."

"……언제 돌아온다고 하던가요?"

"그런 얘기는 없었습니다."

심장이 철렁 내려앉았다. 문득 마지막으로 봤던 알렌디스의 모습이 떠올랐다. 체념 어린 녹안, 아무렇지 않다는 듯 웃는 얼굴에서 묻어 나오던 쓸쓸한 표정, 그리고 작별을 고하는 사람처럼 사소한 일 하나하나 당부하던 나지막한 목소리가.

어쩐지 내내 마음에 걸린다 했다. 그의 이니셜을 수놓은 머리끈을 건네주었을 때, 나를 향해 손을 뻗다 말고 어색하게 회수하던 모습이 신경 쓰인다 했다. 뭔가를 말하려다 말고 끝내 입을 다물고 말던 모습이, 이상하게도 자꾸만 눈에 밟힌다 했다.
 '원래 이럴 생각이었던 거니?'
 그래서 너는 그렇게 포기한 듯한 표정으로 나를 보고 있었던 거야?
 '내가 준 상처가 그토록 너를 아프게 했니? 네가 태어나고 자란 곳에서 벗어나고 싶었을 만큼, 언제라는 기약도 없이 무작정 낯선 곳으로 떠날 만큼?'
 과거와는 다르게 흐르는 시간, 비틀어지기 시작한 운명.
 어쩌면 나는 내 운명을 개척하겠다는 명분 아래 다른 이들의 운명을 흐트러뜨리고 있는 것은 아닐까. 내가 열 살로 돌아오지 않았더라면, 그래서 과거와 같이 운명이 흘러갔다면 알렌디스는 내 기억대로 행정부에서 승승장구하는 젊은 천재로 살아갈 수 있었을 텐데. 나로 인해 마음 아파할 일도, 제국을 떠날 일도 없었을 텐데.
 '신은 어째서 나를 회귀시킨 것일까?'
 이해할 수 없는 상황에 신전을 찾은 날, 신은 내게 '축복의 아이'로 인해 많은 이들의 운명이 뒤틀렸기 때문에 나를 돌려보냈다고 했다.
 그렇다면 신은 지은과 관계없는 삶을 살았던 이들의 운명이 회귀한 나로 인해 헝클어지기 시작한 것은 어떻게 할 생각인 걸까? 내가 운명대로 살아가는 것을 거부했기 때문에 다른 이들의 운명이 뒤틀리기 시작한 것이라면, 나는 꼬여 버린 운명의 실을 바르게 풀고 있는 것이 아니라 오히려 더 얽히고설키게 만들고 있는 것이 아닌가.

한숨이 나왔다.

뭐가 이리 복잡한 거야. 많은 것을 바란 것이 아니었는데. 그저 예전과 같은 비참한 삶을 다시 살고 싶지 않았을 뿐인데.

내가 바뀐 것으로 인해서 다른 사람들도 조금씩 변화했다는 사실은 알고 있었다. 무뚝뚝한 것은 여전하지만 어설프게나마 애정 표현을 하는 아버지, 이제는 예전처럼 차갑지만은 않은 황태자 전하, 과거에는 전혀 접점이 없었지만 이제는 절친한 벗이 된 알렌디스와 카르세인, 회귀 전에는 이름조차 몰랐으나 지금은 너무나 친근해진 가문의 기사들까지도.

하지만 나는 그런 사소한 변화가 쌓이고 쌓여 다른 사람의 운명을 이토록 크게 바꿀 수도 있다는 것은 전혀 생각지 못했다. 그저 나 한 사람이 바뀌었을 뿐인데, 그저 과거와 조금 다른 행동을 했을 뿐인데 주위 사람들의 운명까지 모두 휩쓸리고 있다니. 잘 걷고 있던 자신의 미래를 빼앗겨 버린 이들에게는 어떻게 보상을 해야 하는 걸까. 나로 인해 운명이 꼬여 버린 알렌디스에게는 뭐라고 해야 하는 거지?

눈앞이 깜깜했다. 뭐가 얹힌 것처럼 가슴이 답답해서 견딜 수가 없었다.

"……애!"

"…….."

"모니크 영애, 정신 차리십시오!"

어깨를 흔드는 강한 힘에, 나를 감싸고 있던 새카만 어둠이 밀려 나갔다. 라스 경이 딱딱하게 굳은 표정으로 나를 흔들고 있었다.

천천히 눈을 깜빡이며 꽉 막혔던 숨을 토해 냈다. 그제야 내 어깨에서 손을 뗀 라스 경이 말했다.

"무례를 용서하십시오."

"아니에요. 감사드려야 할 일인 것을요. 걱정을 끼쳐 드려서 죄송합니다."

"괜찮으신 겁니까? 안색이 영 좋지 않습니다."

"네, 괜찮아요. 염려하지 않으셔도 됩니다."

"……그렇습니까."

믿지 못하겠다는 듯한 눈초리였지만, 라스 경은 아무것도 묻지 않은 채 그저 이제야 생각났다는 듯 오는 길에 받아 왔노라며 내게 편지 하나를 건넸다. 혹시 알렌디스가 보낸 것인가 하고 재빨리 겉봉을 훑어보았지만, 옅은 핑크빛 봉투에 적힌 글씨는 낯선 이의 것이었다.

베아트리샤 로 페덴.

'리사 왕녀가 보낸 것이구나.'

나는 봉인을 뜯어 곱게 접힌 초대장을 펼쳤다. 제1기사단으로 향하면서 내용을 읽어 보고 있는데, 갑자기 머리 위로 검은 그림자가 드리워졌다.

"웬 초대장이야? 이번엔 또 어디서 보낸 거래?"

"안녕, 카르세인."

재킷은 어디다 던져 버린 건지, 카르세인은 새하얀 셔츠 차림이었다. 풀려 있는 단추 때문에 벌어진 깃 사이로 쇄골이 보였다.

'뭐지, 저 차림은.'

복장이 불량해도 너무 불량했다. 더운 것은 이해하지만, 저러고 있다가 걸리면 혼나는 정도로 끝나지 않을 것 같은데.

"아, 더워."

땀에 젖어 목덜미에 잔뜩 달라붙은 머리카락을 떼어 내던 카르세인이 신경질적으로 고개를 좌우로 흔들었다. 거센 그 움직임에 어깨까지 내려오는 붉은 머리카락이 불꽃처럼 흩날렸다. 대롱대롱 매달려 있던 땀방울도.

'꼭 루나 같잖아.'

웃음이 나왔다. 잔뜩 젖은 머리카락을 터는 모습이 어쩐지 목욕을 시킬 때마다 몸을 부르르 떨며 물방울을 털어 내던 루나와 겹쳐 보였다고나 할까.

"뭐냐. 왜 그렇게 웃고 있어?"

"아, 아무것도 아냐."

"흠. 아무것도 아닌 게 아닌 거 같은데. 뭐, 됐어. 근데 넌 안 덥냐? 뭘 그리 꽁꽁 싸매고 있어."

"나도 더워. 하지만 이게 원칙이잖아. 너야말로 그러고 있다가 공작 전하한테 걸리면 감봉 정도로 안 끝날 텐데?"

"뭐, 돈은 그리 필요 없으니까 괜찮아. 정직 처분이면 더 좋고. 가뜩이나 더운데 밖에서 일할 필요도 없잖아? 집에서 편안하게 쉬면 되겠네. 가끔 너 방해하러 와서 놀려 주기도 하고."

"……."

"왜. 너무 뛰어난 발상이라 할 말을 잃었냐?"

"……할 말을 잃긴 했어."

나는 실소를 머금은 채로 초대장을 곱게 접어 봉투에 넣었다. 고개를 삐딱하게 기울인 카르세인이 내게 물었다.
"음? 뭔데 다시 챙겨 넣어? 참석하게?"
"응. 페덴 경 알지? 그 부인 되시는 분에게 초대받았어."
"어, 그러냐. 잘됐네. 나도 요즘 통 찾아가지 못했는데. 같이 가자."
"응? 카르세인, 집에 왕래할 정도로 페덴 경이랑 잘 아는 사이야?"
아무렇지도 않게 툭 던지는 말에 고개를 갸웃했다.
리사 왕녀, 페덴 경, 그리고 카르세인. 세 사람 사이에 공통점이 뭐가 있지? 나야 건국기념제에서 리사 왕녀를 봤던 인연이 있다지만, 사교계에 그다지 관심을 두지 않는 카르세인으로서는 딱히 페덴 경을 챙기거나 할 이유가 없을 텐데.
"그게 말이지. 리사 왕국의 검술은 어떤 건가 궁금하더라고. 하필 또 페덴 경이 제2기사단으로 배속되는 바람에 황궁에서는 대련하기도 좀 그렇고. 그래서 집으로 찾아갔지."
"……그렇구나."
"엉. 유명한 검술은 다 견식해 봐야 하지 않겠냐. 언젠가 리그 백작가나 디아스 백작가, 에네실 후작가의 검술도 한번 보고 싶은데. 특히 에네실 후작가. 거기는 우리 가문과 비슷한 성향이라고 해서 엄청 궁금하단 말이지."
신이 나서 말하는 모습을 보자 저절로 미소가 새어 나왔다. 검술이 궁금해서 찾아갔다니. 뭔가 굉장히 카르세인다웠다.
응? 잠깐.

"뭐야. 우리 가문은 왜 빼는 건데?"

"엉? 기억 안 나냐? 너희 가문 검술은 나중에 전수받기로 했잖아. 일단 너부터 좀 가르친 다음에 본격적으로 배워야지."

"아, 맞다. 그랬지."

"아, 맞다라니. 안되겠다, 너. 내가 한시바삐 너희 가문 검술을 배우기 위해서라도 오늘부터 더 많이 굴려야겠어. 가자. 수련해야지."

"……왜 얘기가 그리로 가는 건데?"

"왜긴 왜야. 당장 따라와."

"아, 알았어."

나는 한숨을 내쉬며 열의에 불타오르는 카르세인을 따라 걸음을 옮겼다. 어쩐지 등 뒤에서 식은땀이 흘렀다.

"모니크 영애, 와 주셨군요."

"안녕하세요, 남작 부인. 오랜만에 뵙습니다."

"그러게요. 무척 오랜만인 것 같습니다. 카르세인 경도 안녕하셨어요?"

"불쑥 찾아와서 실례가 되지 않았나 모르겠습니다."

적금발을 곱게 틀어 올린 리사 왕녀가 청록색 눈동자를 빛내며 수줍게 인사했다. 그 옆에 서 있던 밤색 머리카락의 기사 페덴 경도 무뚝뚝하게 묵례했다.

나는 자리를 잡고 앉기도 전에 페덴 경에게 대련 요청을 하는 카르세인을 보며 고개를 절레절레 저었다.

'아무리 그래도 그렇지. 오자마자 대련 요청이라니.'

페덴 경, 그는 지난 건국기념제에 태자빈 후보로 왔었던 리사 왕녀의 호위 기사였던 사람이다. 지금은 제국의 기사가 되었지만.

겨우내 있었던 리사 왕국과의 외교 협상에서 전권을 일임받은 황태자 전하께서는 리사 왕녀의 임신 사실을 이용, 그 대가로 제국과 마주하고 있는 리사 왕국의 영토 중 일부를 할양받는 데 성공했다.

그 상황에서 왕녀를 돌려보냈다가는 목숨을 빼앗길 것이 뻔했기에, 폐하께서는 정식으로 두 사람의 혼인을 주관하고 페덴 경에게 남작의 지위를 내리셨다. 그리고 올 신년제에 있었던 기사 서임식에서 페덴 경은 정식 기사로 서임받아 제2기사단으로 배정되었다.

처음에는 타국 출신인데다가 단승도 아닌 계승 작위를 받았다는 사실에 시기하는 자들도 있었지만, 실력으로 모든 것을 증명하는 제국 기사단답게 반발은 금세 수그러든 모양이었다. 하기야 군사력으로는 왕국 중 최강을 자랑하는 리사 왕국에서 왕족의 호위 기사가 될 정도였으니, 페덴 경의 실력도 제법 출중할 것이 분명했다.

나는 양해를 구하자마자 횡하니 사라지는 두 사람을 잠시 바라보다가 리사 왕녀가 권유하는 대로 자리에 앉았다.

"제국에서의 생활은 어떠신가요, 부인?"

"영애께서 보살펴 주시는 덕분에 잘 지내고 있답니다. 어찌 감사의 표시를 해야 할지 모르겠습니다."

"제가 뭐 한 게 있나 싶습니다만, 혹시라도 불편하신 점이 있으시다면 언제든지 말씀해 주세요. 제 능력이 닿는 데까지 성심성의껏 도와 드리겠습니다."

"말씀만으로도 감사합니다."

얌전하게 답하는 왕녀를 보자 그동안 계속해서 궁금했던 점이 떠올랐다.

'두 사람, 대체 어떻게 사랑을 이룬 걸까.'

그들의 사연은 대체 어떤 것인지 묻고 싶었지만, 아직 친하지 않은 상태에서 그런 질문을 하는 것은 실례라는 생각에 꾹 눌러 참았다. 하지만 정말 궁금했다. 얌전하고 점잖은 두 사람이 어떻게 혼전에 아이까지 가질 수 있었던 걸까.

"한참 늦은 것 같지만, 축하드립니다. 예쁜 따님을 보셨다고요."

"감사합니다, 영애. 보내 주신 아기 용품은 잘 쓰고 있답니다."

"좋게 봐 주셔서 감사합니다. 그런데 아기가 보이지 않네요. 아직 외부인은 들일 수 없는 시기인가요?"

"아, 아뇨. 그런 것은 아닙니다만, 아이가 너무 더워 하는 것 같아서 시원한 그늘에 있으라고 유모를 시켜 내보낸지라……."

"그렇군요. 날씨가 너무 더워서 아이와 부인 모두 건강을 해칠까 염려됩니다. 부디 조심하세요."

예의상으로 던지는 말이 아니라, 진심으로 걱정이 되었다. 어렵사리 이룬 사랑의 결실인데다가, 그 아이는 리사 왕국의 입장에선 재앙이겠지만 제국에 있어서는 복덩이와도 같았다. 제국을 도모하려 애쓰던 리사 왕국에게서 피를 흘리지 않고도 영토의 일부를 할양받을 수 있었던 것은 모두 두 사람의 아이라는 좋은 명분이 있었기 때문이었으니까.

"아이의 이름은 뭔가요?"

"아직 짓지 못했답니다."

"네? 어째서요?"

"사실 생명의 은인이라 할 수 있는 폐하나 전하께 이름을 지어 주십사 하고 부탁드리고 싶지만, 공사가 다망한 분들이 아니십니까. 주제넘은 청인 것 같아 망설이다 보니 이리되었답니다."

그렇구나.

하긴, 요즘 정신없이 바쁜 전하나 부쩍 힘겨워 하시는 폐하께 부탁드리기엔 너무 사소한 것이다 싶어 망설여졌을 테지. 괜히 주청을 올렸다가 가뜩이나 따돌림을 당하고 있는 사교계에서 비난을 받을까 봐 두렵기도 했을 테고.

타국 출신, 그것도 모국을 배반하고 전향한 사람이라는 이유로 왕녀는 사교계에서 따돌림을 당하고 있었다. 혼인을 하지 않은 영애였다면 조금 수월했겠지만 그녀는 이제 남작 부인이었다. 귀부인에게는 영애들의 모임과는 다른 그들만의 모임이 있는 법. 내가 돌봐 줄 수 있는 것에도 한계가 있었다.

그래서 나는 그녀를 후원해 줄 사람을 찾고 있었지만, 마땅한 사람이 없었다. 그녀처럼 타국 왕녀 출신인 프린시아가 가장 적합하긴 했으나, 그녀는 리사 왕녀를 배척하고 있는 라스 공작 부인의 며느리였다.

'아무래도 제노아 영애에게 말해야 하려나.'

올여름에 베리타 대공자와 결혼식을 올린다고 했으니, 차기 공작 부인의 비호를 받으면 조금은 나아질지도 몰랐다. 제노아 영애에게 한번 얘기를 해 봐야겠다고 생각하며, 나는 은은한 향이 감도는 찻잔을 들어 올렸다.

카르세인은 내가 한참 동안 왕녀와 이런저런 대화를 나눈 후에야 간신히 대련을 마치고 돌아왔다.
제법 시간이 늦은 것도 같아서, 나는 그가 돌아오자마자 곧장 왕녀에게 작별을 고한 뒤 자리에서 일어났다. 그러고는 오랜만에 마차 대신 말에 올라 어둑어둑해진 거리를 카르세인과 함께 달렸다.
"오늘따라 더 한산하네."
"그러게. 뭐 걷는 사람이 없는 거야 당연하다지만, 어째 마차도 안 보인다?"
고개를 끄덕였다. 항상 북적북적한 평민 지구와는 달리 소수의 사람만이 거주하고 있는 귀족 지구가 조용한 것은 당연한 일이지만, 오늘따라 유독 한적하기는 했다.
"야."
"응? 왜, 카르세인?"
"풀떼기 녀석, 한동안 안 돌아온다며?"
"아……."
카르세인의 물음에 잠시 잊고 있던 것들이 떠올랐다. 신이 나를 회귀시킨 이유에 대한 의구심, 나로 인해 운명이 바뀌어 버린 알렌디스에 대한 미안함. 그리고…….
'카르세인, 네 운명은 과연 얼마나 뒤틀렸을까?'
죄책감이 들었다. 과거의 카르세인에 대한 기억은 성년이 되자마자 정식 기사로 서임된 검술의 천재라는 것, 그리고 그를 둘러싸고 라스 경을 대신해서 후계자로 삼아야 한다는 분쟁이 있었다는 것밖에 없었다. 그래서 나는 원래 그의 운명이 어땠는지, 그리고 지금은 얼마나 엉키고 있는 것인지 도무지 알 수가 없었다.

"조심해, 티아!"

깊은 생각에 빠져 있다가, 다급한 외침에 정신을 차렸다.

내게 날아드는 검은 그림자.

반사적으로 몸을 말 등에 찰싹 붙였다. 머리 위를 스치고 지나가는 날카로운 냉기에 소름이 오싹 돋았다. 황급히 박차를 가해 이 자리를 벗어나려고 했지만, 그보다는 단검이 날아드는 것이 먼저였다.

히히힝!

상처 입은 말이 미친 듯 날뛰었다.

나는 이를 악물며 고삐에서 손을 놓았다. 날뛰는 말을 달래려 애쓰기보다는 최대한 충격을 완화하여 떨어진 뒤 괴한들을 상대하는 편이 나을 것 같았다.

"큭!"

각오는 하고 있었지만, 잇새로 신음이 흘러나오는 것을 막을 길이 없었다. 거센 충격이 등골을 타고 자르르하게 올라왔다.

하지만 아프다고 지체할 시간이 없었다. 나는 내게 날아드는 단검을 피해 재빨리 몸을 반 바퀴 굴리며 일어섰다. 그 순간, 검은 그림자가 또다시 날아들었다.

'안……!'

"큭, 젠장!"

어느새 나를 감싸 안은 카르세인이 낮게 욕설을 내뱉었다. 그의 왼쪽 어깨에는 단검 하나가 깊숙이 박혀 있었다. 삽시간에 하얀 셔츠가 붉게 물들었다.

이를 악물며 허리춤에서 검을 뽑아 들었다. 부상당한 카르세인이 걱정되었지만, 우선은 습격을 막는 것이 먼저였다.

어스름이 깔리기 시작한 거리, 높다랗게 들어선 담벼락이 드리우고 있는 어둑어둑한 그늘. 습격자들은 과연 어디에 숨어 있는 것일까?

"괜찮아, 카르세인?"

"나는 괜찮으니까, 너나 조심해."

카르세인의 말이 떨어지기가 무섭게 사방에서 검은 그림자들이 나타나기 시작했다. 순식간에 우리를 에워싸는 새카만 인영들을 보자 입안이 바싹바싹 말라 왔다. 손바닥에 땀이 차오르는 것이 느껴졌다. 정체 모를 자들이 뿜어내는 차가운 살기에, 등줄기를 타고 식은땀이 흘렀다.

목을 노리고 단검을 찔러 오는 검은 인영.

사선으로 검을 들어 막았다. 강한 힘에 손목이 찌르르 울렸다. 때를 놓치지 않고 검을 휘두르는 다른 복면인.

찌직.

검은 제복이 잘려 나갔다. 검이 스치고 지나간 곳에서 붉은 핏물이 배어 나왔다.

오른쪽으로 반 바퀴를 돌아, 달려드는 세 번째 습격자를 횡으로 깊게 벴다. 검 끝에 뭔가 걸린 듯한 느낌. 살을 가르는 감각이 검을 타고 손끝으로 전해져 왔다. 깊게 베인 복면인의 가슴에서 피

분수가 뿜어져 나왔다.
 숨을 깊게 들이마시며 뒤로 물러섰다. 검 끝을 타고 흐르는 붉은 피를 털어 내며 카르세인 쪽을 힐끔 바라보았다. 이제는 완전히 붉게 물들어 있는 셔츠가 눈에 들어왔다.
 괜찮은 걸까.
 "윽."
 잠시 한눈을 판 사이, 검은 그림자에게 허리를 내줬다. 얕지 않은 상처. 뜨거운 피가 옷을 타고 아래로 흘렀다.
 열일곱 명의 괴한 중에 남는 것은 열넷.
 '과연 다 막아 낼 수 있을까?'
 허리를 숙여 머리를 노리고 들어오는 단검을 피했다. 비어 버린 습격자의 가슴을 사선으로 그었다.
 팍.
 얼굴에 튀는 뜨거운 피를 빠르게 닦아 내며 검을 뽑았다.
 이제 열셋.
 "으아아아!"
 분노한 듯한 카르세인의 외침. 공기를 가르는 소리와 누군가가 쓰러지는 둔탁한 소음이 들렸다.
 열둘. 방금 그 파공성, 심상치 않았는데.
 눈썹을 찡그리며 깊게 찔러 들어오는 검을 걷어 냈다.
 '설마 카르세인, 왼팔까지 쓰고 있는 건 아니겠지.'
 크게 숨을 들이마시며 호흡을 가다듬었다. 대련할 때와는 전혀 다른 변칙적인 공격 때문에 신경이 바짝 곤두섰다.
 다음엔 어디지?

가슴을 노리고 날아드는 중검을 피하며 깊게 파고들었다. 습격자의 심장을 찔러 들어가는 순간, 갑자기 오싹한 기분이 들었다. 검이 묶인 틈을 노리고 좌우에서 달려드는 검은 그림자.

'이런!'

검 손잡이를 놓으며 빠르게 뒤로 몸을 날렸다. 간발의 차로 피했지만, 그 대신 손이 비어 버렸다.

이제 끝인가.

한 발자국 앞에 떨어진 습격자의 검을 힐끔 보았다.

'저걸 집기만 하면 어떻게든 버텨 볼 수 있을 텐데.'

하지만 지금 검을 잡기 위해 허리를 숙였다간 그 즉시 목숨이 날아갈 것이 분명했다.

주춤하는 사이 순식간에 여러 군데를 스치고 지나가는 검들.

화끈한 통증과 함께 뜨거운 액체가 주르르 흐르는 것이 느껴졌다. 점점 짙게 드리워지는 죽음의 그림자에 별의별 생각이 다 떠올랐다.

'운명을 거부한 대가가 겨우 이것인가?'

순간 많은 이들의 얼굴이 머릿속을 스쳐 지나갔다. 아버지를 생각하자 목이 메었다.

'나로 인해 살아가신다고 하셨는데, 여기서 이렇게 허무하게 가 버리면 아버지는 어떡하지?'

나는 과거에 이어 또다시 아버지의 가슴에 못을 박은 불효녀가 되는 것인가.

안 돼. 여기서 끝날 순 없어.

입술을 질끈 깨물었다. 새로 얻은 삶을 또다시 허무하게 마감할 순 없었다.

'끝까지 버텨 보자. 피해는 조금 감수해야겠지만.'

날아드는 검을 피하는 대신, 허리를 숙이며 앞으로 몸을 날렸다. 그 순간, 뜨거운 통증이 느껴졌다. 깊게 베인 왼팔에서 여태까지 와는 다른 양의 피가 뿜어져 나왔다.

'어쨌든 검을 잡는 데는 성공했으니 됐어.'

덜덜 떨리는 팔에 애써 힘을 주며 검을 고쳐 잡았다. 사선으로 베어 들어오는 검을 막으려 했을 때, 세상이 빙그르르 돌며 시야가 검게 변했다.

안 돼!

"큭……."

"카르세인?"

깜깜하던 시야가 돌아오자, 나를 베려던 복면인을 가로막고 있는 카르세인이 보였다. 두 손으로 검을 쥐고 있는 모습. 양팔에 힘을 주어 검을 걷어 낸 카르세인이 습격자의 심장에 검을 박아 넣었다. 왼쪽 어깨에서 흐르는 피가 이미 붉게 물들어 버린 셔츠를 타고 바닥으로 뚝뚝 떨어지고 있었다.

"괜찮아, 티아?"

"너, 왼팔……."

"지금 팔이 문제냐."

그는 호흡을 가다듬으며 괴한들을 턱짓으로 가리켰다. 생각보다 강렬한 저항에 놀란 것인지, 잠시 공격을 멈춘 검은 그림자들이 진형을 추스르고 있었다.

암담한 기분이었다. 남은 습격자는 아직도 여덟, 우리는 둘. 게

다가 아직 생생한 저들에 비해 우리는 점점 지쳐 가고 있었다. 패색이 짙어 보였지만, 나는 입술을 앙다물며 검을 고쳐 쥐었다.

'절대로 포기 못해!'

더군다나 나만이 아니라 날 지키다가 다친 카르세인도 있었다.

기회를 살피며 빈틈을 노리고 있을 때, 저쪽 골목에서 달려오는 두 개의 그림자가 보였다. 저절로 신음이 나왔다. 지금도 힘에 부치는데 더 늘어나는 건가.

"핫, 역시 대비해 두고 있었나."

"응?"

"근위 기사다. 큭, 하여간 방심할 수 없는 상대라니까."

흐릿해지려는 눈에 힘을 줬다.

하얀 제복, 금색 휘장.

'정말 근위 기사구나.'

그들 또한 습격을 받았던 것일까. 하얀 제복 곳곳에 붉은 얼룩이 튀어 있었다. 난데없는 근위 기사의 출현에 복면인들이 우왕좌왕했다. 잽싸게 눈빛을 교환한 적들이 몸을 날리며 사방으로 흩어졌다.

"추격은 내가 할 테니, 자네는 영애와 경을 모시게."

"알았네. 수고하게."

빠르게 사라지는 동료를 일별한 금발의 기사가 돌아섰다. 나와 카르세인의 상태를 살핀 남자의 얼굴이 일그러졌다.

"죄송합니다, 영애. 저희의 존재를 알아차린 것인지, 동시에 습격을 해 오는 바람에 그만 늦었습니다."

"아니에요. 구해 주셔서 감사합니다."

"일단 치료부터 해야겠군요. 라스 공작가보다는 모니크가가 더 가까우니 그리로 가야겠습니다."

묻고 싶은 것은 많았지만, 나는 말없이 그를 따라나섰다. 카르세인의 어깨에 깊숙이 박힌 단검과 쉬지 않고 흐르는 피를 보자 몹시 심란해졌다. 부디 큰 상처가 아니어야 할 텐데.

"괜찮냐?"

"지금 내가 문제가 아니잖아. 너, 그 어깨……."

"아아, 이거? 뭐 치료해 보면 알겠지."

입술을 꽉 깨물었다. 습격을 한 자들이야 뻔했다. 귀족파의 소행이겠지. 그런데 왜 하필 지금일까? 어째서 작년에 있었던 건국기념제에서는 이런 시도가 없었던 거지?

혼란스러웠다. 늘어난 귀빈 때문에 한창 혼란스럽던 시기에 습격했다면 훨씬 수월했을 텐데, 어째서 나를 대신할 왕녀들이 있었던 당시에는 가만히 있다가 아무런 대안도 없는 이 시기에 와서야 이러는 건지 의도를 알 수가 없었다.

저택 입구에 들어서자마자 아버지와 맞닥뜨렸다. 문 앞을 지키고 있던 기사가 먼저 달려가 소식을 전한 탓인지, 날아갈 듯한 기세로 우리를 향해 다가온 아버지께서는 은빛 눈썹을 하늘 높이 추켜세우며 지시를 내리셨다.

"집사, 당장 의원을 불러오도록. 그리고 신전에 기별을 넣게. 모니크가에서 하는 공식 요청이라고 말하고, 무슨 일이 있어도 대신관을 모셔 와. 알았나?"

"알겠습니다, 각하."

깜짝 놀랐다.

'대신관이라니. 카르세인의 상세가 그만큼 위중하단 이야기일까?'

놀란 것은 마찬가지인 듯, 눈을 크게 뜬 카르세인이 말했다.

"각하, 대신관이라니요."

"자신의 상태도 모르는가? 분명 의원으론 해결되지 않을 걸세."

"그렇다면 본가로 돌아가서 신전에 청을 넣겠습니다."

"괜찮네. 일단 자리를 좀 옮겨야겠군. 응급처치라도 해야 할 것이 아닌가."

"하지만 각하."

"난 자네 아버지의 친우일세. 그런데도 거역할 셈인가."

단호한 아버지의 말씀에 카르세인은 어쩔 수 없다는 듯 감사를 표하며 걸음을 옮겼다.

붉게 얼룩진 그의 어깨를 바라보다 계단을 오르려는데, 나를 붙잡는 단단한 힘이 느껴졌다. 뒤를 돌아보자, 걱정과 분노가 교차하는 아버지의 얼굴이 눈에 들어왔다.

"티아, 괜찮으냐? 많이 다쳤구나."

"괜찮아요. 걱정을 끼쳐 드려서 죄송해요."

"우선 올라가자. 부축해 주마."

나는 아버지의 팔을 잡고 조심조심 계단을 올랐다.

방에 도착하자 미리 대기하고 있던 리나가 조심스럽게 누더기가 된 제복을 벗기고는 깨끗한 수건을 물에 적셔 상처를 닦아 냈다. 곧 달려온 의원에게 응급처치를 받고서, 나는 곧장 카르세인이 있는 방으로 향했다.

깊게 베인 팔을 제외하고는 그리 깊은 상처는 없는 나와는 달리, 카르세인의 상태는 썩 좋지 않았다. 두 번이나 나를 막아서는 바람에 왼쪽 어깨를 크게 다친 탓이었다.

"응급처치는 했습니다만, 왼쪽 어깨는……."

"됐네. 수고했소."

어깨를 중심으로 상체 전신에 붕대를 칭칭 둘러맨 카르세인이 싱긋 웃었다.

'너는 지금 웃을 기분이니?'

나는 울컥하고 치밀어 오르는 뜨거운 기운을 꾹꾹 눌러 삼키며 말했다.

"……대신관께서 곧 오실 거야. 조금만 참아."

"괜히 너희 가문에 부담을 지우는 것 같아서 미안하다."

"무슨 소리야, 그게. 넌 치유하는 거나 신경 써."

화를 내는 나를 보고 다시 한 번 웃어 보인 카르세인이 고개를 까딱였다. 조심조심 곁에 가서 앉자, 그는 오른손을 들어 내 머리카락을 흐트러뜨리며 말했다.

"아까 보니 제법이더라? 가르친 보람이 있어."

"……습격, 알아차리지도 못한걸."

"그거야 내가 너무 뛰어난 탓이고. 그보다, 괜찮냐?"

"응. 별로 심한 상처도 아닌걸."

"그거 말고. 기분 말이야."

고개를 갸웃했다. 습격을 당했는데 기분이 좋을 리가 있나?

의아해 하는 것을 알아차렸는지, 가볍게 혀를 찬 카르세인이 찬찬히 설명했다.

"그러니까, 사람을 벤 건 처음일 거 아냐. 괜찮냐고."

"아……."

불현듯 전투에서 느꼈던 감각이 생생하게 떠올랐다. 살을 가르는 느낌, 상대의 몸에서 뿜어져 나오는 뜨거운 피를 뒤집어썼을 때의 끔찍함. 분명 좋은 기분은 아니었지만, 그렇다고 해서 진저리를 치면서 현실에서 도피할 정도도 아니었다.

이미 한 번 죽음을 경험했기 때문일까? 그런 걸로 떨며 두려워하기에는 내가 이미 너무 많은 것을 겪은 모양이었다.

무엇보다도 그들을 죽이지 않았다면 내가 죽임을 당했을 터. 비참했던 생을 만회할 단 한 번의 기회를 얻었는데, 사람을 죽이고 싶지 않다는 이유로 그 삶을 포기할 만큼 나는 착한 사람이 못 되었다.

"응, 괜찮아."

"그래, 그럼 다행이고. 우리 꼬맹이, 이럴 땐 제법이네? 칭찬해 줘야겠다."

"꼬맹이 아니라니까."

"네네, 알겠습니다, 아가씨."

나를 유심히 살피던 카르세인은 빙그레 웃으며 장하다는 듯 내 머리카락을 쓰다듬었다.

어째서 저리 태연하게 구는 거야. 깊은 상처를 입었으니 고통이 이만저만이 아닐 텐데.

나는 카르세인을 저지하며 잔뜩 눈을 흘겼다. 그러고는 모르는 척 딴청을 피우는 그를 한껏 째려본 뒤에야 시모어 경을 돌아보며 입을 열었다.

"시모어 경."

"말씀하십시오, 영애."

"감사합니다. 시기적절하게 나타나신 것을 보니 아무래도 폐하께서 명하신 일이었나 보군요. 따로 인사를 올리겠지만, 폐하께도 감사하다 전해 주세요."

"아닙니다. 그······."

뭔가 더 말하려던 시모어 경은 머뭇거리다 그냥 입을 다물었다. 나는 고개를 갸웃하며 물었다.

"뭔가 하실 말씀이라도?"

"그것이······. 사실 영애를 비밀리에 호위하라고 명을 내리신 분은 황제 폐하가 아니라 황태자 전하이십니다. 그러니 영애의 말씀은 전하께 전해 드리겠습니다."

"네? 전하께서요?"

'전하께서 명하신 일이라고? 폐하가 아니라?'

의아한 마음에 더 캐물으려던 때, 새하얀 신관복을 입은 청년이 안으로 들어섰다.

새하얀 머리카락, 텅 빈 것처럼 투명하면서도 은은한 연둣빛이 감도는 눈동자.

그것은 바로 대신관들의 특징이었다. 말로만 들었을 때는 무척 기괴할 것이라 짐작했는데, 막상 그 눈동자를 직접 마주하자 무척 아름답고 신비롭다는 느낌만 있을 뿐 이상하다는 생각 같은 것은 전혀 들지 않았다.

이 세상의 것이 아닌 듯한 신비로운 목소리가 공기를 울렸다.

"생명의 축복이 함께하시기를. 주신 비타의 세 번째 뿌리 테르티우스Tertius입니다."

"처음 뵙겠습니다, 예하."

천 년 전, 마법이 존재했을 당시에는 신력도 무척 강해서 정식 신관의 지위에 오르기만 하면 누구나 신성력을 사용할 수 있었다고 한다.

하지만 현재 신성력을 발휘할 수 있는 신관은 오로지 생명의 아버지, 주신 비타의 대신관밖에 없었다. 전 대륙에 단 여섯 명만 존재하는 대신관은 태어날 때부터 주신의 뜻에 따라 신성력을 가지며, 그들의 탄생은 신탁으로 모든 이들에게 알려진다. 비타 교단의 대신관은 여타 신관과는 달리 태어나면서부터 정해져 있으며, 눈처럼 하얀 머리카락과 텅 빈 것처럼 투명하면서도 은은한 연둣빛 눈동자를 가진 것이 특징이다. 그들이 쓰는 신성력은 대상의 생명력을 극대화하는 것으로 외상과 내상 및 중독 치료 등에 탁월하나, 이미 생명력을 거의 소진한 사람에게는 통하지 않는다. 또한 그들은 교단의 정점에 있음에도 부귀와 영예에는 관심이 없다. 이런 성격은 그들의 이름에서도 나타나는데, 대신관은 고유의 이름 대신 각각 태어난 순서에 따라 프리무스Primus, 세쿤두스Secundus, 테르티우스Tertius, 콰르투스Quartus, 퀸투스Quintus, 섹스투스Sextus라고 불릴 뿐이며 한 사람이 사망할 경우 각기 태어난 순서에 맞춰 이름이 바뀐다.

한곳에 적을 두지 못하고 끝없이 돌아다니며 주신의 뜻을 실천하는 그들.

그렇기에 아무리 고위 귀족이라 해도 언제나 대신관의 치료를 받을 수 있는 것은 아니었다. 신전에서는 대신관의 치유를 받아 살아나는 것도, 그리고 치유를 받지 못해 죽음의 길을 걷는 것도 모두 만물을 주관하는 생명의 아버지, 주신 비타의 뜻이라고 했다.

거기다 자꾸만 정치에 발을 들이려는 신전을 경계하는 폐하 때문에 대신관들은 제국으로는 발걸음을 잘 하지 않았다. 신전은 대신관들의 신성력을 이용해서 막대한 이권을 챙기곤 했는데, 아주 급한 일이 아니고서야 폐하의 진노를 무릅쓰면서까지 신성력을 빌리고자 하는 고위 귀족이 적었던 탓이다. 그럼에도 지금 대신관이 내 눈앞에 있는 것은 폐하의 건강이 썩 좋지 못하다는 소문을 들은 신전에서 불러들인 탓이고, 마침 그와 같은 사실을 알고 계셨던 아버지께서 신전에 정식으로 요청을 넣었기 때문이었다.

"영애께서 바로 그 '신탁의 아이' 시군요. 주신의 축복을 전합니다."

"······감사합니다, 예하."

내게 가볍게 묵례한 대신관은 보일 듯 말 듯한 미소를 지었다. 투명한 연둣빛 눈동자가 반짝 빛나고 있었다.

신탁의 아이라. 지은이 나타나기 전까지는 어쩔 수 없이 계속해서 신탁의 아이라고 불려야겠지.

하지만 내 것이 아닌 호칭이라는 것을 알고 있는 지금, 그렇게 불리는 것이 조금 불편했다. 그래서 나는 그저 어색한 미소만 지었다.

"생명의 주 비타의 대지에서 피어나는 꽃 내음이 그대를 감싸 안을지니, 그대의 아픔은 생명의 아버지께, 생명의 사랑을 그대에게."

'……무슨 기도문이 저렇담.'

청년의 손에서 하얀빛이 뿜어져 나왔다. 그와 동시에 사방이 꽃향기로 가득 찼다. 처음 보는 신성력에 눈을 동그랗게 뜨자, 연둣빛 눈동자 가득 웃음을 머금은 그가 하얀빛이 뿜어져 나오는 손을 왼팔에 가져다 댔다. 순간 깊게 베었던 상처가 아물고 새살이 돋아 나왔다.

"예하, 치유가 필요한 사람은 제가 아니라 저쪽입니다만."

"신탁의 아이가 아니십니까. 당연히 영애의 치유가 우선입니다."

"그래도……."

군데군데 베인 상처를 훑고 지나간 그의 손이 옆구리에 닿았다. 허리를 깊게 숙여 내 귓가에 얼굴을 가까이 한 대신관이 작게 속삭였다.

"제가 바라서 하는 일이니, 사양하지 마십시오, 피오니아 님."

나지막이 속삭이는 목소리. 신비한 그 음성 속에 담긴 내용에 온몸이 뻣뻣하게 굳었다.

피오니아Pioneer.

내게 황위 계승권을 부여해 버린, 신탁으로 받은 중간 이름. 나를 황실과의 혼약에서 벗어나지 못하게 하는 가장 큰 원인이자 공연한 분쟁의 씨앗이 될까 염려한 폐하께서 친히 함구령을 내려 언급하는 것을 금한 그 이름.

피오니아, 운명의 개척자.

한동안 잊고 살다시피 했던 그 이름을 다시 듣게 될 줄은 몰랐다.

나는 굳어 버린 혀를 간신히 움직여 작은 목소리로 답했다.

"무슨 말씀이신지 모르겠습니다."

"'너는 나의 관심을 받는 자, 운명을 거부하는 자. 네가 가는 길이 곧 너의 운명이고, 네가 원하는 것이 곧 너의 길일지니. 그대의 이름은 운명을 개척하는 자, 아리스티아 피오니아 라 모니크.' 이래도 모른다고 하실 셈이십니까, 신탁의 아이시여."

"어, 어떻게 그걸······."

"저는 대신관이자 신의 징표를 받은 자 중 하나이니까요."

나지막하게 속삭인 대신관이 깊게 숙였던 허리를 세우며 희미한 미소를 지었다.

'그렇구나.'

방금 전에는 너무 당황해서 순간적으로 판단이 서지 않았지만, 생각해 보면 그는 신탁을 입수할 만한 충분한 지위에 있는 자였다. 게다가 신의 징표까지 받았다면 내 중간 이름에 대해 알고 있는 것이 당연하겠지. 머릿속에 울리는 신의 음성을 직접 들었을 테니까.

주신의 신탁은 다른 신들의 그것과는 조금 달랐다. 대개 고위 신관 중 신의 징표를 지닌 이들이 간절하게 기도를 하며 신의 뜻을 구하면 머릿속에서 그에 화답하는 신의 음성이 들리게 되는데, 신탁이 내려진 경우 신의 징표를 지닌 이들은 모두 같은 시간에 같은 내용을 듣게 된다는 것이 바로 그것이었다.

열 살로 돌아오고 나서 그 상황에 대한 답을 구하고자 신전을 방문했을 때, 신은 내게 '이름'을 신탁으로 내렸다. 신의 징표를 지닌 자라 했으니, 대신관도 그때 신탁을 직접 받은 사람 중에 하나였을 터. 그렇다면 피오니아라는 이름을 모르는 게 오히려 더 이상했다.

하지만 그저 알고만 있는 것과 부르는 것은 별개의 문제다. 그동안 아무 말 없이 잠잠하다가 이제 와서 갑자기 폐하께서 함구령을 내리신 이름을 언급하는 이유가 뭘까. 분명 당시에 폐하께서 신전에도 협조 요청을 가장한 압력을 넣으신 것으로 알고 있는데.

의심스럽게 바라보자, 투명한 눈동자에 웃음기가 어렸다. 코끝을 맴도는 꽃향기가 점점 더 짙어졌다.

"다 됐습니다, 영애."

"······감사합니다, 예하."

검을 세게 휘두르느라 찢어진 손바닥을 어루만지는 것을 마지막으로 치유를 마친 대신관이 엷은 미소를 지으면서 내게서 떨어졌.

몸을 돌려 카르세인에게 다가간 그가 가볍게 눈짓했다.

서둘러 다가온 시종이 카르세인의 어깨에 감긴 붕대를 풀었다. 새로 감은 지 얼마 안 됐음에도 온통 붉게 물든 붕대를 보자 죄책감이 가슴을 찔렀다. 나만 아니었어도 저렇게 다칠 일은 없었을 텐데.

뒤늦게 열이 오른 것일까, 아니면 대신관이 왔다는 사실에 긴장의 끈을 놓았기 때문일까. 조금 전까지만 해도 괜찮아 보이던 그는 열기가 올라 흐릿해진 눈으로 대신관을 바라보며 인사를 건넸다.

"······처음 뵙겠습니다, 예하. 카르세인 데 라스라고 합니다."

"주신의 축복이 함께하시기를."

대신관의 음성은 방금 전과는 달리 상당히 냉랭했다. 카르세인의 어깨를 살핀 대신관의 손바닥에 하얀빛이 맺혔다. 나는 불안한 마음으로 대신관이 카르세인을 치료하는 모습을 지켜보았다.
 '괜찮아야 할 텐데.'
 한참 후에야 치료를 마친 대신관이 조금 지친 듯한 표정으로 몸을 일으켜 세우며 말했다.
 "뼈도 크게 다쳤고, 근육도 다치셨군요. 신성력으로 치유했다고는 해도 한동안 재활 훈련을 하셔야 할 겁니다."
 "그렇군요. 감사합니다."
 '재활 훈련을 해야 한다고?'
 놀라는 나와는 달리 카르세인은 아무렇지도 않다는 듯 고개를 끄덕였다. 조금 전보다 훨씬 생기 있는 모습이었지만, 나는 그것에 기뻐할 여유가 없었다. 설마 신성력으로 치유해도 완벽하게 낫지 않는 건가?
 "예하, 재활 훈련이라면⋯⋯. 완벽하게 낫지 않는다는 얘긴가요?"
 "아, 그런 것은 아닙니다, 영애. 끊어졌던 근육이 다시 이어진 것이니 치유하자마자 예전과 같을 수는 없다는 얘기입니다. 한두 달 잘 정양靜養하시면 예전과 다름없을 것입니다."
 "그런가요? 아, 다행이다."
 "신탁의 아이께서는 참으로 마음씨가 따뜻하시군요. 역시 주신의 사랑을 받을 자격이 있으십니다."
 "⋯⋯감사합니다."
 주신의 사랑이라. 신이 정말로 나를 사랑하기는 하느냐고 따져 묻고 싶었지만, 사정을 모르는 대신관에게 따져 봐야 무슨 소용이 있겠는가.

조금은 떨떠름하게 감사 인사를 하는 내게 보일 듯 말 듯한 미소를 지어 보인 그가 카르세인의 상처에서 손을 떼며 말했다.

"다 됐습니다."

"감사합니다, 예하."

"별말씀을."

냉담하게 답한 그가 돌아서자, 카르세인의 상처를 살필 때부터 들어와 있던 아버지께서 묵례하셨다. 마주 고개를 숙인 대신관이 사르르 흩어지는 듯한 신비한 목소리로 말했다.

"생명의 축복이 함께하시기를. 제국의 창이시여, 주신 비타의 세 번째 뿌리, 테르티우스입니다."

"그새 이름이 바뀌셨군요. 모니크 후작가의 수장 케이르안 라모니크입니다. 치유의 손길을 베풀어 주신 점에 감사드립니다." 대신관의 경우 이름이 바뀌면 다시 소개하는 것이 예법이다.

"모든 것은 만물을 주관하시는 주신의 뜻이지요. 간혹 그를 오인하는 사람들도 있습니다만."

"……인간이 우매하여 신의 뜻을 바르게 해석하지 못하니 그것이 안타까울 따름입니다."

아버지의 말씀에 대신관이 슬쩍 웃음을 머금었다. 그 모습을 담담하게 바라보던 아버지께서 사뭇 정중한 어투로 말씀하셨다.

"조금 늦은 시간이긴 하지만, 예하께서 괜찮으시다면 식사 대접을 하고 싶습니다."

"아, 오늘은 조금 곤란할 것 같군요."

"그러십니까."

"하지만 이것도 신의 손길에 의한 인연. 그러니 영애, 다음에 따로 뵙는 것이 어떻겠습니까? 제가 기별을 넣지요."

"……네?"

'갑자기 나는 왜 끼워 넣는 거지?'

깜짝 놀라 바라보자, 예의 그 보일 듯 말 듯한 미소를 지은 대신관이 말했다.

"애초에 신성력 요청을 받은 분은 저쪽에 계시는 기사분뿐이었지요. 그러니 영애를 치유해 드린 대가를 추가로 받고 싶습니다만."

"그것이라면, 신전에 확실하게 후사하겠습니다."

"아니오. 저는 영애와 다음에 따로 뵙는 것으로 대가를 받겠다고 말씀드리고 있는 겁니다."

"……예하."

"본디 며칠 내로 제국을 떠날까 했습니다만, 신탁의 아이를 가까이서 뵐 수 있는 기회를 놓치고 싶지는 않군요."

아버지의 눈썹이 꿈틀했다. 카르세인과 시모어 경이 이쪽을 주목하는 것이 느껴졌다.

'대체 무슨 속셈이지?'

투명한 연둣빛 눈동자를 바라보았지만, 아무것도 읽어 낼 수가 없었다. 그는 그저 입가에 미미한 미소를 머금고 있을 뿐이었다. 나는 속으로 한숨을 삼키며 고개를 끄덕였다. 되도록 신전과는 얽히고 싶지 않았으나 딱히 거절할 명분이 없었다.

눈꼬리를 휘며 내게 고개를 숙여 보인 대신관이 그대로 등을 돌려 방을 빠져나갔다.

사락사락.

길고 긴 백발이 바닥에 끌리는 소리가 점점 멀어졌다.

"……죄송합니다, 각하. 아무래도 저 때문에 모니크가 신전과 얽히게 된 것 같군요."

"아닐세. 대체 무슨 속셈인지. 우선 배웅을 하고 올 테니 자네는 잠시 여기 있게나."

"알겠습니다."

"그럼 저는 이만 전하께 보고를 드리러 가 보겠습니다."

"살펴 가세요, 시모어 경. 아까는 정말 감사했습니다."

나는 아버지와 시모어 경이 방을 나서는 모습을 멍하니 바라보며 카르세인의 옆에 털썩 주저앉았다.

'단 하루 사이에 뭐 이리 복잡한 일이 많이 생기는 거야.'

한숨을 푹 내쉬는 나를 멀뚱멀뚱 바라보던 카르세인이 피식 웃었다.

"이러니 내가 꼬맹이 소리를 안 할 수가 있나."

"응?"

"어딜 털썩 앉는 거야, 너. 나 지금 셔츠 안 입고 있거든?"

삽시간에 얼굴이 붉어졌다. 반사적으로 자리에서 일어나려는 나를 저지한 카르세인이 쿡쿡 소리를 내어 웃었다.

"이미 늦었네요, 아가씨."

"어, 얼른 옷부터 입어."

"너 너무 매정한 거 아니냐, 티아. 신성력으로 치유했다고 해도 방금 전까지 어깨에 칼을 꽂고 있던 사람에게 알아서 옷을 입으라니."

"아, 미안. 도와줄게."

황급히 일어나, 그의 어깨에 걸쳐진 셔츠를 잡았다. 그러고는 뭐가 그리 좋은지 싱글거리면서 팔을 내미는 카르세인에게 조심조심 셔츠를 입혔다.

매무시를 가다듬은 후 소매의 커프스단추까지 채우고 나자, 카르세인은 잘했다는 듯 내 머리를 가볍게 토닥이며 미소를 지었다.

"고맙다."

"아냐. 내가 먼저 신경을 썼어야 했는데. 어깨는 정말 괜찮아?"

"움직일 때 좀 뻐근하긴 한데, 이 정도면 양호하지."

갑자기 우울해졌다. 만일 대신관이 제국에 없었더라면 그의 어깨는 회생 불가능이었을 것이다. 검술의 천재라고 불려 오던 그가, 최연소 정식 기사로 만인의 기대를 한 몸에 받고 있는 그가 하마터면 나 하나 때문에 평생 검을 잡지 못하게 될 뻔했다니.

"미안해, 카르세인."

"뭐가?"

"괜히 나 때문에 너까지 휘말리게 해서. 몇 년 전 내가 널 찾아가지 않았다면……. 그래서 네가 날 만나지 않았다면 이런 일도 없었을 텐데."

어이없다는 듯 바라본 카르세인이 나를 제 옆에 끌어 앉히며 말했다.

"뭐야, 너. 웃긴다?"

"……."

"인마, 네 곁에 있는 건 내 결정이야. 분명 먼저 찾아온 건 네가 맞지. 하지만 두 번 다시 안 볼 기세로 가 버린 널 먼저 찾아간 것도 나고, 귀족의 자세 운운하면서 축객령을 내렸던 널 다시 방문했던 것도 나야. 모니크 영지에 내려가 버린 너를 끈질기게 쫓아간 것도 나라고."

"그건 가문 간의 거래 때문……."

"야, 넌 날 그렇게 보고도 모르냐? 아무리 가문끼리 거래했어도 내가 내키지 않았으면 안 했어. 알았냐? 네 곁에 있겠다고 한 건 나라고. 내가 한 결정이야. 티아, 네가 책임져야 할 필요도 이유도 없다고."

강경한 기세에 눌려서 얼결에 고개를 끄덕이려다가, 나는 문득 드는 생각에 머뭇머뭇 항변했다.

"하지만……."

"하지만, 뭐?"

"네가 평생 검을 못 잡게 됐다면 그렇게 말하진 못했을걸."

카르세인은 잠시 침묵했다. 그러고는 생각에 잠긴 표정으로 나를 바라보다가 싱긋 미소를 지었다.

"흠. 뭐, 괜찮아. 내가 사랑하는 검은 하나 더 있거든."

"그게 뭔데?"

고개를 갸웃하는 나를 물끄러미 바라보던 그가 갑자기 알밤을 먹였다. 나는 오른손으로 이마를 문지르며 불만스러운 표정으로 그를 바라보았다.

"아야! 아프잖아. 왜 또 그래?"

"인마, 남자가 되어서 말이야. 그리고 선배가 되어서, 내가 너 하나 못 지키고 빳빳하게 고개를 들고 다닐 수 있을 거 같냐? 어차피 너 못 지키고 혼자 멀쩡했으면 쪽팔려서 더 이상 검도 못 잡아. 알았냐?"

"……."

"그러니까 자책 그만하고. 넌 괜찮은 거지?"

"……응."

"그래. 그럼 됐어."

부드럽게 웃으며 머리카락을 쓸어 넘겨 주는 카르세인. 그 모습이 어쩐지 낯설게 느껴졌다. 긴박했던 습격의 순간에서 두 번이나 막아 준 그가 아니었다면 나는 이미 목숨을 잃었을 것이다.

나는 갑자기 훌쩍 커 버린 것 같은 붉은 머리의 청년을 향해 감사의 뜻을 담아 미소를 지었다.

"고마워, 카르세인."

"별말씀을요, 아가씨."

나를 보며 카르세인도 빙그레 웃었다. 그렇게 그와 내가 서로를 바라보며 미소를 짓고 있을 때, 불현듯 다른 목소리가 끼어들었다.

"나 역시 감사의 표시를 하고 싶군, 카르세인 경. 내 딸을 구해 줘서 고맙네."

"당연히 할 일을 했을 뿐입니다, 각하."

방으로 들어서던 아버지의 말씀에 카르세인은 아무렇지도 않다는 듯 담담하게 대답했다. 생각에 잠긴 눈으로 카르세인을 바라보던 아버지께서 말씀하셨다.

"자네, 우리와 저녁이라도 함께 들겠나?"

"물론입니다. 초대해 주셔서 감사합니다."

"좋네. 그럼 함께 내려가세."

나는 어깨를 나란히 하고 식당으로 향하는 두 사람의 뒤를 따라 걸음을 옮겼다. 이 상황이 낯설긴 했지만 안심이 되면서 재미있다는 생각도 들었다.

'두 사람, 은근히 닮은 꼴이네.'

그랬다. 같은 기사라서 그런지, 정반대의 외모와 전혀 다른 성격에도 두 남자에게서는 묘하게 비슷한 분위기가 흐르고 있었다.

"어찌 된 일인지 설명해 줄 수 있겠는가?"

"제2기사단의 페덴 경 있잖습니까? 그의 집을 방문하고 돌아오는 길에 습격을 받았습니다."

"흠."

"아직 실력이 부족한 탓에, 최초의 습격을 막다가 부상을 입게 되었습니다. 어찌어찌 절반 정도를 쓰러뜨리기는 했습니다만, 근위 기사가 등장하지 않았다면 패하거나 양패구상兩敗俱傷했을 것입니다."

카르세인의 말에 아버지께서는 포크를 내려놓고는 고개를 끄덕이며 말씀하셨다.

"그렇군. 한동안 잠잠하여 방심했던 모양일세. 왜 하필 지금 같은 때에 티아를 노린 것인지는 모르겠지만……. 흠, 어쨌든 다시 한 번 자네에게 감사를 표하지."

"천만의 말씀이십니다. 아리스티아는 제게도 소중한 사람이니, 오히려 제대로 지키지 못한 것에 대해 사죄의 말씀을 드려야 할 것 같습니다만."

"……그런가."

서늘하게 내려앉은 군청색 눈동자가 카르세인을 직시했다. 하지만 싸늘한 아버지의 기세에도 카르세인은 동요하는 기색이 없었다. 그저 미미하게 입꼬리를 끌어 올린 채 아버지를 마주 바라보았을 뿐. 흉흉한 두 남자의 기세에 놀란 시종과 시녀들이 다음 요리를 들고 오다 말고 멈칫했다.

'말려야 하나?'

막 입을 열려는 순간, 희미하게 미소를 지은 아버지께서 말씀하셨다.

"자네, 재활 훈련을 하는 데 시간이 얼마 정도 걸린다고 했나?"

"한두 달 정도라고 했으니 한 달이면 충분할 겁니다."

"그렇군."

고개를 끄덕인 아버지께서 말씀을 이으셨다.

"재활이 끝나거든 찾아오게. 그동안 이행하지 못한 거래의 대가를 지불하도록 하지."

"검술, 말씀이십니까?"

"그렇다네. 일주일에 한두 번 정도 찾아와서 전수받도록 하게. 시간이야 맞추면 되겠지."

"알겠습니다, 각하!"

아버지께서는 반색하는 카르세인을 보며 엷은 미소를 지으셨다. 살벌하던 기세는 어디로 갔는지, 금세 의기투합한 두 사람은 기사단에 대한 이런저런 이야기를 나누었다. 그 모습을 바라보며 나는 오늘 내내 하던 고민을 정리했다.

'피오니아, 운명의 개척자……'

한동안 잊고 있던 내게 대신관이 일깨워 준 중간 이름, 그리고 운명을 거부한 나 때문에 정해진 궤도에서 벗어나 꼬여 가는 다른 이들의 운명. 그들을 배려하고 싶지만, 죄책감으로 마음이 무겁지만 어쩔 수 없다. 내게 가장 중요한 건 이전의 삶에서 벗어나는 것이니까.

화기애애한 분위기 속에서 무사히 식사를 마친 뒤, 나는 집으로 돌아가는 카르세인을 배웅하기 위해 저택 밖으로 나섰다. 미리 전갈을 받은 라스가의 마차가 입구에서 대기하고 있었다.

"조심해서 가, 카르세인."

"그래. 많이 놀랐을 텐데 푹 쉬어."

싱긋 웃으며 내 어깨를 가볍게 토닥인 카르세인이 마차에 올랐다.

'미안해, 카르세인. 내 일에 너까지 휘말리게 해서.'

어둑어둑해진 밤길로 사라지는 마차를 잠시 바라보다 몸을 돌렸을 때, 맞은편에서 급하게 달려오는 또 다른 마차가 보였다. 그 자리에 우뚝 멈춰 섰다. 유독 화려한 마차에 새겨진 문장이 눈에 들어왔기에.

포효하는 사자. 황실의 문장.

'황가의 마차가 여기엔 어쩐 일이지?'

빠르게 구르던 바퀴가 멈추자마자 문이 휙 열렸다.

나는 안에서 황급히 내려서는 사람을 바라보며 눈을 크게 떴다. 시리도록 푸른 머리카락, 눈처럼 하얀 옷. 황태자 전하가 아닌가.

"제국의 작은 태양, 황태자 전하를 뵙습니다!"

"……어찌 나와 있는 것이오. 큰일을 치렀다 들었는데."

"아, 잠시 손님을 배웅하느라……."

"그렇군."

잠시 침묵하던 그가 말했다.

"……습격을 받았단 얘기를 들었소. 크게 다칠 뻔하였다고."

"네, 전하. 잠시 불미스러운 일이 있었습니다."
"그대는, 그대는 괜찮은 것이오?"
"……송구합니다, 전하. 폐하께서 경계하심을 알면서도 감히 신전의 힘을 빌려 치유했습니다. 벌하여 주십시오."
"……."
그는 잠시 말이 없었다. 아무래도 솔선수범해서 신전을 경계해야 하는 내가 대신관의 힘을 빌렸다는 사실에 화가 난 것처럼 보였다.
슬쩍 눈치를 살피는 나를 묵묵히 바라보던 그가 말했다.
"그대는……."
"네, 전하."
"신전의 힘을 빌린 일로 내가 그대에게 화라도 낼 것이라 생각하는 건가."
"……전하."
화가 난 듯한 목소리, 조금씩 흔들리는 바닷빛 눈동자. 뭔가 잘못되었다는 생각에, 나는 그의 눈치를 살피며 머뭇머뭇 입을 열었다.
"송구합니다, 전하."
"……."
"안으로 드시지요. 기왕 이렇게 오셨는데, 차라도 한 잔 들고 가심이 어떠하십니까."
말없이 나를 바라보던 그가 작게 한숨을 쉬었다. 그러고는 내게 손을 뻗으려다 말고 멈칫하며 말했다.
"……몸은 진정 괜찮은 것이오?"

"네, 전하."

"후우, 어쨌든 무사하다니 되었소. 많이 고단했을 터이니 이만 들어가서 쉬시오. 차는 나중에 마시도록 하지."

그는 그 말을 끝으로 마차에 올랐다.

하나의 점이 되어 어둠 속으로 사라지는 마차를 하염없이 바라보다가 나는 한숨을 쉬며 돌아섰다. 이제는 복잡다단했던 하루를 마감하고 쉬어야 할 시간이었다.

친애하는 아리스티아.

폐하께서 여름 별궁에 무사히 도착하셨다는 이야기는 들었답니다. 그곳은 어떠한가요? 정말 소문처럼 서늘하던가요?

제국으로 오면 당신을 볼 수 있단 생각에 설레었는데, 얼굴도 보지 못하고 편지만 왕래하는 신세라니 왠지 서운하네요. 수도의 걱정은 하지 마요. 황태자 전하께서 정국을 잘 이끌어 가고 계시는 모양이고, 시안에게 들은 바에 따르면 후작 각하께서도 잘 지내고 계신 듯하니까요.

가을이 되면 볼 수 있겠죠? 다시 만날 그날을 기다리고 있을게요.

프리시아 데 라스.

나는 은은한 장미향이 묻어 나오는 연보라색 편지지를 편지철에 묶으며 미소를 지었다.

프린시아. 라스 경과 결혼해서 이제는 제국에서 살게 된 내 친구, 예비 공작 부인 프린시아 데 라스.

한 달 전 내가 정체불명의 괴한들로부터 습격을 받았던 때, 황제 폐하께서는 크게 분노하시며 배후를 찾으라고 명을 내리셨다. 하지만 예상했던 것처럼 귀족파가 관련되었다는 증거는 발견되지 않았다. 오직 심증만이 있을 뿐.

어째서 저들에게 아무런 이득도 없는 그와 같은 때에 습격이 있었는지도 결국 밝혀낼 수 없었기에, 아버지께서는 만일의 사태를 대비하여 내게 황궁에 출근하는 것을 제외한 일체의 외출을 엄금하셨다. 그나마 황궁에 갈 때도 근위 기사가 따라붙었다. 그러던 중 폐하께서 여름 별궁으로 피접을 떠나시게 되었고, 그 수행 기사로 근위 기사단의 절반과 제1기사단이 선택되었다. 그 바람에 나는 결국 프린시아와 재회하지 못한 채 여름 별궁으로 와야만 했다.

'잘 지내고 있다니 다행이네. 아버지께서도 건강히 계시는 듯하고.'

나는 쓸쓸하게 계실 아버지께 편지라도 써야겠다고 생각하며 자리에서 일어났다.

"뭔데, 그건? 형수님께서 보내신 건가?"

"아, 그러고 보니 프린시아, 이제 네겐 형수님이구나."

"그렇지. 참 나, 지금 생각해도 어이가 없다니까. 그 무뚝뚝하기 짝이 없는 형님이 그러실 줄이야."

"용감한 자가 미인을 얻는다잖아. 라스 경, 그때 분명 멋져 보였는걸."

"호오."

카르세인은 푸른 눈동자를 빛내며 나를 빤히 바라보았다.

뭐, 뭐야. 갑자기 왜 그런 눈으로 보는 건데.

"그래? 그런 걸 좋아한단 말이지."

"응?"

"아냐, 됐어. 그런데 웬 드레스 차림? 어디 가?"

"응, 폐하께서 부르셔서."

"그래. 잘 다녀와라."

아무렇지도 않게 왼팔을 흔들어 보이는 모습에, 나는 잠시 제복에 감싸여 있는 그의 왼쪽 어깨를 바라보았다. 한 달 동안 끈기 있게 재활 훈련을 한 끝에 카르세인은 이제 거의 예전과 다름없이 검을 사용할 수 있게 되었다. 조금만 더 훈련하면 완전히 나을 거라고도 했다. 참으로 다행이었다.

여름 별궁의 정원은 정원사들이 지속적으로 관리하기 쉽도록 낮은 키의 아기자기한 나무들과 철따라 피는 꽃들로 이루어져 있는 황궁의 정원과는 전혀 달랐다.

마법사가 직접 나무를 키웠다고 하는 전설이 남아 있어서일까? 이곳 정원은 높은 키의 나무들로 이루어져 있어 마치 숲 속에 들어온 것 같은 기분이었다. 흑록색 그늘 안으로 비쳐 드는 햇빛과 그토록 더웠던 날씨가 무색하게끔 시원하고도 신선한 공기. 그야말로 별세계에 있는 듯한 느낌이었다.

그 푸르름 속에 초로의 남자가 꼿꼿하게 서 있었다. 많이 쇠약해지셨다고들 하더니, 폐하께서는 정말로 눈에 띄게 힘겨워 보이는 모습이셨다. 반백이었던 머리는 어느새 푸른색을 찾는 것이 더 힘들어졌고, 항상 힘이 넘쳐 보이던 온몸에서도 피곤함이 잔뜩 묻어 나왔다.

노쇠해지신 폐하의 모습에 가슴이 아팠다. 과거에는 내게 아버지와도 같은 분이셨는데.

"제국의 태양, 황제 폐하를 뵙습니다."

"어서 오게, 영애. 오랜만이군."

빙그레 미소를 지은 폐하께서 내게 가까이 오라 손짓하셨다. 조심스럽게 곁으로 다가가자, 폐하께서는 천천히 걸음을 옮기며 말씀하셨다.

"별궁에 온 소감이 어떠한가?"

"놀랍기만 합니다. 수도에 있을 때는 그토록 덥더니 별궁에 들어서자마자 더위가 싹 가시는 것이 무척 신기하였습니다."

"그랬는가."

살랑살랑 불어오는 바람에 길게 늘어뜨린 머리카락이 흩날리고, 가지런히 갈무리한 드레스 자락이 둥그렇게 부풀었다. 온몸 가득 느껴지는 청량감. 절로 미소가 나왔지만, 그것은 이어지는 폐하의 말씀에 곧바로 사그라졌다.

"습격을 당했다는 말만 들었지, 이제야 안부를 묻는군. 대신관의 치유를 받았다지. 그래, 몸은 괜찮은가?"

"송구합니다, 폐하. 불미스럽게도 일이 그리되었나이다. 벌하여 주십시오."

"이해 못 할 사정도 아니었으니 그리 벌을 청할 것까지는 없네.

헌데, 대신관이 따로 만나길 청했다고."

"그렇습니다."

천천히 고개를 끄덕였다. 폐하께서는 이것을 추궁하기 위해 나를 부르셨던 것일까.

하긴, 늘 신전을 경계해 온 폐하로서는 대신관의 개입이 마음에 차지 않으실 터였다. 신탁의 아이라는 이름 때문에 어쩔 수 없다고는 하더라도, 중간 이름까지 있는 내가 신전, 그것도 대신관과 엮이는 것이 꺼려지기도 하셨을 테고.

그런데 그토록 신전을 경계하시는 폐하께서 신탁의 아이라는 이유로 나를 전하의 약혼녀로 세운 이유는 무엇일까? 백성들의 신탁에 대한 믿음을 저버리지 않기 위해서? 아니면 그저 전하와 나이가 맞는 마땅한 영애가 없었기 때문에?

"그래, 만남을 청한 이유가 무엇이라던가?"

"모르겠습니다. 치유의 대가로 한 번 만나자는 이야기만 하였을 뿐 정작 자리를 마련하지는 못했던지라……."

"흠, 추후에 대신관을 만나거든 그가 무슨 얘기를 하는지 잘 들어 뒀다가 보고하도록 하게."

"……명, 받들겠습니다."

주저하는 기색을 알아차리신 것일까? 느긋하게 주변 경치를 둘러보던 폐하께서 혀를 차며 말씀하셨다.

"야속타 생각지 말게. 영애도 제국의 역사를 배웠으니 알 것이 아닌가. 신권이 정치에 간섭해서 좋았던 적은 단 한 번도 없다네."

"네, 폐하."

"신앙은 신앙일 뿐. 신은 절대적이라 하나 그 뜻을 해석하는 자는 결국 인간일세. 그것을 명심하게."
 그것은 나 역시 익히 알고 또 공감하는 사실이었다. 회귀 후에는 그 자체에도 회의가 들기 시작했지만, 기본적으로 신이란 절대적인 존재였다. 그러나 신탁이나 성서 등을 해석하는 것은 모두 사람이 하는 일이라는 것이 문제였다. 신의 이름을 빌려 행하는 인간의 욕심 때문에 역사가 어지럽혀진 적이 얼마나 많던가.
 "알고 있습니다, 폐하. 다만⋯⋯."
 "무엇인가?"
 "외람된 말씀이오나 그토록 신전을 경계하시면서 속칭 '신탁의 아이'라고 불리는 저를 전하의 반려로 올리려고 하시는 연유가 궁금합니다."
 "영애는 짐이 단순히 '신탁의 아이'라는 이유로 영애를 황실에 들이려 한다 생각하는가."
 잘 생각해 보라는 듯, 폐하께서는 물음만을 던진 채 말없이 발걸음을 옮기셨다. 나 역시 그 뒤를 따라 묵묵히 걸었다. 수도에서는 한 번도 느껴 보지 못한 신선한 공기가 복잡한 머릿속을 깨끗하게 씻겨 주는 듯했다.
 한참 동안 침묵을 고수하던 폐하께서 나지막한 목소리로 말씀하셨다.
 "왜 영애를 루브의 반려로 삼으려 하느냐고 물었는가?"
 "네, 폐하."
 "여러 가지 이유가 있겠지만, 그중 하나는 후작과 나 사이의 약속 때문일세."
 "약속이라니요?"

"영애만큼은 반드시 지키겠다는 약조였지."

그게 대체 무슨 의미일까. 나를 지키겠다는 약속과 황태자 전하의 반려가 되는 것이 무슨 상관이 있는 거지?

의아한 눈으로 바라보았지만, 폐하께서는 아무런 말씀 없이 그저 미소만 지으셨다.

"흠, 오래 걸었더니 조금 피곤하구먼. 듣자 하니 영애가 끓이는 차가 일품이라고 하던데. 짐에게도 한 잔 줄 수 있겠나?"

"영광입니다, 폐하. 부족한 솜씨나마 최선을 다해 보겠습니다."

어느새 가져다 둔 것인지, 정원의 한가운데에는 새하얀 테이블이 설치되어 있었다. 나는 테이블 위에 놓여 있는 여러 가지 차 상자 중에서 루이보스를 골라내어 정성스럽게 우려낸 뒤 찻잔에 따라 냈다.

상큼한 과일 향이 은은하게 퍼지는 주홍빛 차를 음미한 폐하께서는 만족스러운 표정으로 잔을 내려놓으셨다. 다행히 입맛에 맞으시는 모양이었다.

"역시 소문대로군. 훌륭하네."

"황공합니다, 폐하."

"이런 점은 제레미아를 닮지 않아서 다행이군."

"네?"

폐하께서 어머니를 이름으로 부를 정도로 친밀한 사이셨던가? 그러고 보면, 일전에도 한 번 이름으로 부르신 것 같은데.

한참을 망설이다 머뭇머뭇 입을 열었다. 평소였다면 감히 여쭈어 볼 엄두도 내지 못했겠지만, 어쩐지 오늘은 해답을 얻을지도 모르겠다는 생각이 들었다.

"저, 폐하."

"음, 어찌 그러나?"

"저……. 한 가지만 여쭈어도 되겠습니까?"

"일단 얘기해 보게."

찻잔을 내려놓은 폐하께서 나를 바라보셨다.

"다른 사람들은 모르는 것 같지만…… 실은 제나 공작에게서 이상한 이야기를 하나 들었습니다."

"흠, 천한 피란 얘기 말인가."

담담하게 되물으시는 것을 보면, 어머니에 대한 사항은 역시 폐하께서도 개입하신 일이라는 걸까.

생각을 정리하는 것인지, 이미 식어 버린 차를 마저 훌쩍 털어 넣은 폐하께서 고민하는 듯한 표정으로 입을 여셨다.

"으음, 영애가 어느 정도까지 알고 있는지는 모르겠지만……."

"네, 폐하."

"그 이야기는 흘려버리게. 제레미아는 교양이 있고 쾌활한 귀족이었다네."

"……그렇습니까."

한 박자 늦게 답하자 폐하께서는 잘 생각해 보라는 듯 말씀하셨다.

"생각해 보게. 만약 그녀가 정말 천한 신분이었다면 제나 공작이 그대로 있을 리가 없지 않은가. 이미 여기저기 소문을 다 퍼뜨렸겠지."

"……."

"하지만 그렇지 않다는 건……. 음?"

폐하의 시선을 따라 고개를 돌리자 멀찍이 떨어져 있던 근위 기사 중 한 명이 조심스럽게 다가오는 모습이 보였다. 아무래도 자리를 파해야 할 시간인 모양이었다.

"이만 일어나야겠군. 이 이야기는 이 정도로 마무리하도록 하지. 이 정도로도 영애의 궁금증은 충분히 풀렸을 것이라 생각하네."

"네, 폐하."

"그럼 이만 일어나세나. 다음에 또 보도록 하세."

나는 자리에서 일어나 정원 반대편으로 사라지시는 폐하를 향해 깊게 예를 표했다.

신록이 우거진 그늘 속.

살랑거리는 바람을 맞으며 한참 동안 폐하께서 사라지신 방향을 바라보다가, 천천히 내가 머물고 있는 곳으로 걸음을 옮겼다. 어머니에 대한 생각을 곱씹으면서.

숲처럼 울창하게 나무가 우거진 정원 사이로 우뚝 솟은 새하얀 대리석 외벽이 햇빛에 반사되어 눈부시게 빛났다. 투명한 물이 한 가득 채워져 있는 거대한 연못에서 불어오는 시원한 바람이 더위를 저 멀리로 날려 버리고 있었다.

창문 너머로 들어오는 환한 햇빛, 살랑살랑 불어오는 바람이 휘감고 있는 방 안. 나는 그 방 한쪽 구석에 있는 책상 앞에 앉아서 은빛 편지지를 펼쳐 들었다.

'오늘은 아버지께 편지를 써야지. 쓰는 김에 프린시아에게 답장도 쓰고.'

나는 깃펜에 잉크를 적셔 편지지를 한 자 한 자 정성 들여 채워 나갔다.

아버지께.

이제야 편지를 보내는 저를 용서하세요.

수도는 무척 덥다고 하던데, 건강히 잘 지내고 계신가요?

이곳 여름 별궁은 수도와는 달리 무척 시원하답니다. 폐하께서도 흡족해 하시는 것 같아요.

저는 잘 지내고 있지만, 가내 식솔들을 둔 채 혼자 편안하게 지내고 있다는 걸 떠올리면 마음이 불편해지곤 합니다.

인원이 줄어드는 바람에 휴일도 없이 일하고 계실 듯한데, 맞나요? 바쁘시더라도 끼니는 절대 거르지 마시고, 부디 건강에 유의하세요. 아버지께 저밖에 없다고 하셨듯이 제겐 아버지밖에 없답니다.

제2기사단과 가내 식솔들에게도 안부 전해 주세요. 또 편지 보내겠습니다.

딸 티아 올림.

친애하는 프린시아에게.

보내 준 편지는 잘 받았습니다. 여름 별궁은 정말로 시원하더군요. 마법이 걸려 있다는 소문이 사실이었나 봐요.

수도의 소식까지 친절하게 보내 주다니 정말 고맙습니다. 아버지께서 어찌 지내실지 궁금했는데, 덕분에 걱정을 덜었답니다. 저 역시 다시 만날 그날을 기다리고 있을게요.

아리스티아 라 모니크.

은빛 편지지에 빼곡하게 적힌 글자의 잉크가 마르기를 기다리다가, 곱게 접어 봉투에 넣었다. 반짝이는 은빛 봉투에 서명을 마친 뒤 가문의 인장을 찍어 봉인했다.

두 통의 편지를 집어 들고 일어서려는데, 문득 생각 하나가 머릿속을 스치고 지나갔다.

'전하께도 편지를 보내야 할까?'

마지막으로 봤던 그의 모습이 마음에 걸린 탓일까? 수도의 소식이 전해질 때마다 왠지 그가 신경 쓰였다. 프린시아의 편지를 받은 이후로는 더 그랬다.

한참을 머뭇거리다가 펜을 들었다. 잉크를 적셔 은빛 편지지 위에 가져갔지만, 막상 첫 글자를 적고 나니 자꾸만 망설여졌다.

"후우."

한숨을 내쉬며 펜을 내려놓았다. 그렇지만 펼쳐져 있는 편지지가 왠지 눈에 밟혔다. 어쩌지? 어떡할까?

'아, 모르겠다.'

나는 다시 한 번 한숨을 내쉬며 자리에서 일어났다. 그리고 수도와의 왕래를 담당하고 있는 행정 부서에 가서 편지들을 넘긴 뒤 임시 기사단 훈련장으로 향했다. 일과를 시작할 시간이었다.

"모니크 경이십니까?"

"그렇네만, 무슨 일인가?"

"수도에서 온 것입니다."

"고맙군. 수고했네."

편지를 보낸 지 일주일.

나는 수련을 하다 말고 나를 찾아온 행정부 소속 시종에게서 편지 두 통과 작은 상자를 받아 들었다. 두 통의 봉투는 각각 은빛과 푸른빛이었다. 상자는 나무로 만든 자그마한 것이었고.

크게 심호흡을 한 뒤 수련장 구석으로 향했다. 짙게 드리워진 나무 그늘에 앉아 은빛 편지의 봉인부터 뜯었다.

딸, 티아 보거라.

시원하게 여름을 잘 보내고 있다니 다행이구나. 아비는 잘 지내고 있고, 가내 식솔들도 모두 평안하다. 폐하께서 건강히 지내고 계시다는 소식 역시 잘 전해 듣고 있다.

수도의 일은 걱정하지 말거라. 아비는 네가 걱정하지 않게끔 건강히 지내고 있을 테니, 너도 몸 건강히 잘 지내야 한다.

그럼, 또 연락하거라.

애정이 가득 담긴 편지에 절로 웃음이 나왔다. 나는 은빛 편지지에 적혀 있는 반듯한 글씨를 쓸어내리며 속삭였다.

"보고 싶어요, 아버지."

수도를 떠나온 지 그리 오래되지도 않았는데, 오늘따라 유독 아버지가 그리웠다.

'이제 이걸 읽어 봐야겠지.'

푸른색 봉투를 머뭇머뭇 집어 들었다. 언제나 그렇듯 금빛 펄이 촘촘히 뿌려진 봉투에는 새하얀 잉크로 적은 서명이 있었다. 봉투에 찍혀 있는 사자 인장을 물끄러미 바라보다, 한숨을 쉬며 봉인을 뜯었다. 금빛으로 은은하게 빛나는 푸른 편지지에는 항상 그래왔던 것처럼 짤막한 몇 개의 문장만이 적혀 있었다.

잘 지내고 있소?
듣자 하니 여름 별궁은 제법 시원하다더군. 부황 폐하께서 그대를 몹시 아끼시니, 별궁에 계시는 동안 곁에서 잘 보필해 주었으면 하오. 그럼.
루블리스 카말루딘 샤나 카스티나.

황실에서 사용하는 유려한 글자체, 화려하지만 차갑게 끊는 듯한 느낌을 주는 문장.

참았던 숨을 내쉬며 조심스럽게 편지를 접었다. 평소와 다름없이 짤막하기 그지없는 서신을 보자 오히려 안심이 되었다. 나는 잔뜩 힘이 들어가 있던 몸을 축 늘어뜨리며 상자를 끌어당겼다.

뚜껑을 열어 보려는데, 어느새 다가온 붉은 머리카락의 청년이 내 옆에 털썩 주저앉으며 말했다.

"뭐야. 수도에서 보낸 거야?"

"응."

"……황태자 전하께서 보내신 모양이지?"

"아, 그러네."

그러고 보니 뚜껑에 찍혀 있는 황실의 인장이 보였다. 그렇다면 이것 역시 그가 보낸 것인가.

잠시 망설이다 작은 나무 상자의 뚜껑을 열었다. 그 안에는 잘 말린 최상급 로즈힙 열매가 들어 있었다. 더위에 좋다는 작고 붉은 열매가.

"뭐야, 차?"

"응. 왜, 한 잔 끓여 줄까?"

"아니, 됐어."

"음, 알았어."

신경질적으로 머리카락을 쓸어 넘긴 카르세인이 나를 휙 돌아보았다. 흉흉한 기세를 이기지 못한 붉은 머리카락이 정신없이 흐트러졌다.

"야, 언제까지 편지만 들여다보고 있을래? 수련 안 하냐?"

"아니, 해야지."

"농땡이 피웠으니까 백 회씩 추가다."

"뭐야, 그런 게 어딨어."

"자꾸 망각하는 모양인데, 나는 네 선배이자 스승님이거든?"

"……알았어."

나는 입술을 삐죽이며 잠시 내려놓았던 검을 들었다.

'그나마 여름 별궁이라 덥지 않기에 망정이지, 백 회 추가가

뭐람.'

 속으로 종알거리다 멈칫했다.

 '아냐. 내가 이렇게 생각하면 안 되지.'

 수도에 있는 제2기사단이나 가문의 기사단들은 이 땡볕 아래에서 수련을 하느라 무척 고생하고 있을 텐데, 이렇게 투덜거리는 것은 복에 겨운 짓이었다.

 자세를 고쳐 잡고서, 어느새 몸에 밴 검로劍路대로 검을 휘둘렀다. 목숨이 걸린 사투를 경험했기 때문인지, 이제는 내가 생각하기에도 제법 날카로운 기세가 묻어 나오는 듯했다. 실제로 그 이후로 대련을 해 본 다른 기사들도 많이 늘었다고 칭찬해 주기도 했고.

 잠깐, 대련?

 그러고 보면 카르세인과는 한 번도 대련해 본 적이 없네. 이제 어깨도 다 나은 것 같은데, 한 번쯤 청해 봐도 되려나?

 일단 정해진 횟수를 다 채우고서, 나는 자세를 봐 주고 있던 카르세인에게 물었다.

 "카르세인."

 "왜, 티아?"

 "저기……. 응? 잠깐만."

 언제부터 카르세인이 나를 애칭으로 부르게 된 거지?

 나는 눈을 가늘게 뜨며 그를 노려보았다. 태연자약한 모습에 어이가 없으면서도 한편으로는 궁금증이 일었다.

 "너, 언제부터 날 애칭으로 부르게 된 거야?"

 "응? 새삼스럽게 무슨 소리야. 벌써 한참 됐잖아."

"한참 됐다고?"

"엉. 습격을 당했던 날부터였을걸, 아마."

"……그래?"

그러고 보면 급박했던 순간에 그렇게 불렀던 것 같기도 하고.

'아니, 그래도 그렇지. 허락부터 받고 부르는 게 순서 아닌가.'

내게 몇 안 되는 소중한 사람 중의 하나인 만큼 카르세인에게 애칭을 허락하는 것 정도야 그리 어려운 일은 아니었지만, 그래도 왠지 손해 보는 듯한 느낌이 들었다.

불만스러운 표정을 짓는 나를 바라보던 푸른 눈동자가 웃음기를 머금었다.

"왜, 억울해?"

"……왠지 손해 본 듯한 기분이야."

"그럼 너도 애칭으로 부르면 되겠네. 자, 불러 봐. 세인."

"……."

말없이 올려다보자, 카르세인은 피식 웃으며 내게 말했다.

"싫어? 그럼 오빠라고 부르던가."

"됐거든."

"그럼 불러 봐. 세인, 이렇게."

"……세인."

"참 잘했어요, 우리 꼬맹이."

카르세인은 흐뭇하게 미소를 지으며 내 머리를 쓱쓱 쓰다듬었다.

'또 어린애 취급이야.'

뭔가 얼렁뚱땅 넘어간 것 같아 찜찜한 기분이 들었지만, 기왕 허락한 것 어쩌겠느냐고 생각하며 검을 다시 집어 들었다.

"카르세인."

"세인, 아니면 오빠. 뭐 오라버니라고 불러도 좋고. 선택은 네 자유에 맡기겠어."

"……세인."

"왜, 티아?"

"나랑 대련 한 번만 하자."

"호오? 꼬맹아, 지금 이 오라버니한테 덤비는 거야?"

푸른 눈동자가 반짝 빛났다. 왠지 무시당하는 것 같은 기분이 들어 살짝 째려보자, 싱글싱글 웃던 그가 양손을 들어 보이며 말했다.

"알았어, 알았어. 너 말이야. 내가 지금 정상이 아니라고 우습게 보이나 본데, 나중에 울어도 모른다?"

"……그런 거 아니거든."

"좋아. 난 일단 검 들면 안 봐준다. 최선을 다하도록 해."

"바라던 바야."

나는 카르세인과 검을 들고 마주 섰다. 일단 검을 들자마자 확 달라지는 청년의 기세에 긴장을 늦추지 않으며 호흡을 가다듬었다.

날카롭게 나를 쏘아보던 푸른 눈동자가 반짝 빛났다. 순식간에 옆구리를 노리며 날아드는 검. 오른쪽으로 한 발짝 움직여 피해 낸 뒤 목을 향해 검을 찔러 들어갔지만, 그는 한 걸음 뒤로 물러나며 가뿐하게 막아 냈다.

그그극.

검과 검이 마주 긁히며 마찰음을 냈다.

'힘 대결로는 승산이 없는데. 조금만 버티다가 몸을 빼 볼까.'

검을 쥐고 있는 손에서 슬쩍 힘을 빼려던 때, 카르세인이 한 발 먼저 팔에서 힘을 뺐다. 순식간에 균형이 무너졌다.

"조심해야지, 아가씨."

앞으로 쓰러지려는 나를 부축하듯 끌어안은 카르세인이 쿡쿡 웃으며 속삭였다.

"……다시 해."

"뭐, 좋아. 일 승이다?"

다음도 그다음도 계속해서 도전해 봤지만, 카르세인은 마치 넘을 수 없는 벽과도 같았다. 매번 다른 방법으로 나를 제압하는 모습에 약이 올라 거듭 덤벼 보아도 도저히 상대가 되지 않았다. 결국 나는 숨이 턱에 차오를 지경이 되어서야 포기 선언을 하고 털썩 주저앉았다.

"힘드냐?"

"헉, 말, 시키지, 마아. 후우."

"흠, 제법이긴 하네. 많이 늘었어."

"흥, 어떻게, 한 번을, 후우, 못 이기지."

"말했잖아. 나는 일단 검 들면 안 봐준다니까."

헉헉거리는 나와는 달리 카르세인은 호흡이 조금 거칠어진 것을 제외하고는 그다지 힘들지도 않은 기색이었다.

'완전 괴물이잖아. 역시 검술의 천재라는 말이 괜히 붙은 게 아니었어.'

어쩐지 기운이 빠졌다. 정기 훈련에서의 일로 자신감이 조금 붙었었는데, 여전히 암담해 보이는 현실에 한숨이 나왔다. 나, 과연 정식 기사가 될 수는 있는 걸까.

"그래도 많이 늘었는……. 음?"

빙긋 웃으며 내 등을 가볍게 두드려 주던 카르세인이 갑자기 고개를 들어 한쪽을 응시했다.

두두두두.

맹렬하게 달려오는 말발굽 소리에 눈이 크게 뜨였다. 어지간히 급한 일이 아니면 궁 안에서 말을 달릴 일은 없을 텐데. 설마 수도에 무슨 일이라도 생긴 것일까?

"대체 무슨 일이지?"

"일단 가 보자, 티아."

나는 카르세인과 함께 말발굽 소리가 들려오는 방향으로 향했다.

짙은 나무 그늘 아래에 여러 사람이 모여 있었다. 꼿꼿하게 서 계시는 폐하와 빙 둘러싸듯 폐하를 호위하고 있는 근위 기사들, 그리고 무릎을 꿇은 채 뭔가를 보고하는 전령이 눈에 들어왔다.

'뭐라고 이야기하고 있는 거지?'

귀를 기울여 보았으나 잘 들리지 않았다.

답답한 마음에 입술을 깨물고 있는데, 나를 알아본 근위 기사들이 슬쩍 자리를 비켜 주었다. 왠지 모를 불길한 예감에 주춤주춤 다가가자, 서릿발 어린 목소리가 들려왔다.

"방금 뭐라고 하였느냐? 다시 한 번 말해 보라."

"아뢰옵기 송구하오나, 황궁 정원에 갑자기 검은 머리 여자가 나타났다고 하옵니다."

쿵.

엄청난 충격이 머리를 강타했다.

'뭐라고? 검은 머리 여자가 나타났다고? 검은 머리…….'

빠르게 뛰기 시작한 심장 고동이 발끝에서 머리끝까지 번지며 쿵쾅거렸다. 온몸을 급히 도는 피에 숨이 뜨거워졌다. 무릎이 휘청이며 푹 꺾였다.

검은 머리, 황궁에 갑자기 나타난 여자.

그녀인가. 진정한 신탁의 아이, 지은이 온 것인가.

어째서 일 년 뒤가 아니라 지금이지? 머릿속이 잔뜩 헝클어졌다. 눈앞이 온통 새하얗게 변했다. 아무것도 보이지도 들리지도 않는 순백의 세상 속에서, 나는 낮게 신음했다.

2. 신탁의 아이

아무 생각도 느낌도 들지 않는 순백의 세상.

순결한 그 백색 바닷속에서 나는 얼마나 오랜 시간을 표류하고 있던 것일까.

공허하게 비어 있던 시야가 서서히 돌아오고, 끊임없이 들려오던 이명이 조금씩 잦아들었다. 나는 초점이 맞지 않아 흐릿한 눈을 감았다 떴다.

깜빡.

뒤죽박죽 섞여 물결무늬를 그리고 있던 흰색과 붉은색이 점차 제자리를 찾아갔다.

깜빡.

흐트러진 색이 하나로 뭉쳤다.

깜빡깜빡.

흐릿하던 세상이 조금씩 선명하게 눈에 들어오기 시작했다.

마지막으로 크게 한 번 눈을 감았다 뜨자, 한결 또렷해진 시야에 나를 걱정스럽게 바라보고 있는 붉은 머리의 청년이 들어왔다.

"……아."

"……."

"티아?"

"……세인."

주위를 둘러보았다.

높이 솟은 나무들과 귓가를 스치고 지나가는 한 줄기 바람. 온 사방을 감싸고 있는 고요. 어느새 폐하께서도 전령도 구경하던 사람들도 모두 사라지고, 흑록색 그늘에는 나와 카르세인 두 사람만이 서 있었다.

푸른 눈동자 가득 의아함을 담은 카르세인이 고개를 갸웃하며 물었다.

"왜 그래? 갑자기 멍하니 서서는."

"아, 아냐. 아무것도."

"흠."

허리를 숙여 내게 눈높이를 맞춘 카르세인이 갑자기 양손을 내 볼에 가져다 댔다. 거칠지만 따뜻한 손바닥은 마치 아버지의 손과 같은 느낌이었다. 두 사람 모두 검을 잡는 기사니까 당연한 걸까?

"너, 표정이 왜 그래?"

"응? 뭐가?"

"정말 몰라서 묻는 거냐."

인상을 찌푸리며 손바닥을 뗀 카르세인이 엄지와 검지를 구부리며 내 볼을 잡았다.

'뭐 하는 거지?'

채 묻기도 전에 얼얼한 충격이 전해져 왔다. 그제야 비로소 나는 어딘가를 부유하는 듯한 울렁거림에서 헤어났다. 높은 파도 위에서 이리저리 끌려다니던 배에서 내려 마침내 땅에 발을 디딘 것과 같은 느낌.

정신을 차리고 앞을 바라보자, 내 뺨을 양쪽으로 잡아 늘이고 있던 카르세인이 싱긋 웃었다. 가을 하늘의 푸르름을 함빡 담은 눈동자가 웃음기를 머금은 채 춤을 추었다.

"아야. 하이 마아."

"뭐라고, 꼬맹아?"

"……하지 마."

아직도 볼을 잡아 늘이고 있는 커다란 손을 떼어 내자, 구부리고 있던 허리를 곧게 편 카르세인이 검지로 내 볼을 톡톡 두드렸다.

나는 미간을 좁히며 부루퉁한 목소리로 말했다.

"뭐야? 아까부터."

"우리 꼬맹이, 오늘따라 앙칼진 게 꼭 그 털 뭉치 같다?"

눈을 가늘게 뜨며 노려보자, 카르세인은 싱긋 웃으며 내 턱을 향해 손을 뻗었다.

'설마 간지럽히려는 건 아니겠지.'

불현듯 턱밑을 살살 긁어 주면 고롱고롱 소리를 내며 좋아하던 루나가 떠올랐다. 이제는 아이 취급도 모자라서 고양이 취급인가.

'그럼 나도 루나처럼 소리라도 내 줘야 하나?'

가르릉거리는 내 모습을 떠올리자 갑자기 웃음이 터져 나왔다. 뻗어 오는 손을 가볍게 저지하면서 쿡쿡 웃는 나를 유심히 바라보던 카르세인이 말했다.

"흠, 이제야 괜찮은 것 같네."

"응?"

"아깐 정말로 어디론가 사라져 버릴 것 같은 표정이었다고, 너."

"……그랬어?"

"엉. 아깐 갑자기 왜 그런 거야?"

뭐라 대답할 말이 없어 망설였다. 회귀 전 일에 대해서 말할 수도, 지은에 대해서 이야기할 수도 없는 노릇이 아닌가. 머뭇거리는 기색을 눈치챈 카르세인이 피식 웃었다.

"그렇게 걱정이 많으니까 키가 안 크는 거야, 꼬맹아."

"……."

"휴, 어느 세월에 키워서 시집보낼지. 이 오라버니가 너 때문에 요새 고민이 많다."

"……뭐래."

자기가 언제 날 키웠다고 저런 소리람.

입술을 삐죽이며 정원 밖으로 걸음을 옮기려는데, 근위 기사 하나가 나타나서 정중하게 인사했다.

"제국에 영광을. 안녕하십니까, 모니크 경."

"사자에게 충성을. 근위 기사께서 제게 무슨 볼일이 있으신가요?"

"황제 폐하께서 경을 급히 찾으십니다."

"폐하께서요? 어째서 시종을 시키지 않으시고……."

"그건 잘 모르겠습니다."

'어째서 나를 찾으시는 걸까. 조금 전의 일 때문인가?'

이유야 어찌 되었건 일단 가 봐야 할 것 같아서, 나는 카르세인에게 눈인사를 하고 근위 기사를 따라나섰다.

"어서 오게, 영애."
"제국의 태양, 황제 폐하를 뵙습니다."
"차라도 한잔 함께할까 해서 불렀다네."
"영광입니다."

정말로 단순하게 차나 한잔 마시자는 의도에서 부르신 것은 아닐 거라는 생각이 들었지만, 나는 그저 말없이 시녀가 가져온 찻주전자를 잡았다.

황실의 문장인 포효하는 사자가 정교하게 음각으로 새겨진 은주전자는 몹시 아름다웠다. 세트로 나온 은찻잔과 은스푼에도 사자의 문장이 새겨져 있었다. 언제 봐도 멋스러운 황실 전용 다기의 우아한 자태를 잠시 감상하다가, 나는 시녀를 시켜 가져오게 한 상자에서 로즈힙을 꺼내 은찻잔에 우려냈다.

"그 상자는 처음 보는 것인데. 영애의 것인가?"
"네, 폐하."
"흠."

뭘 그리 유심히 바라보시는 걸까. 그저 평범한 차 상자일 뿐인데. 의아한 마음에 폐하의 시선이 향하는 곳을 따라가자 상자에 찍힌 황실의 인장이 보였다.

'이런.'

죄지은 것도 없는데 왠지 찔리는 기분이 들어서, 나는 나도 모르게 변명조로 답했다.

"얼마 전에 전하께서 보내 주신 것입니다."

"호오, 그 아이가?"

푸른 눈동자 가득 이채가 어렸다. 입가에 슬쩍 미소를 머금은 폐하께서 상자에 시선을 고정한 채로 말씀하셨다.

"일전에 티아라를 만들어 짐에게 맡길 때도 의외라 여겼거늘. 루브가 영애에게 선물 공세까지 하는 줄은 미처 몰랐군."

"……송구합니다, 폐하."

"영애를 탓하려고 하는 말은 아니었네. 그저 조금 신기했을 뿐이었어. 몇 해 전까지만 해도 서로 맞지 않을 거란 생각에 근심하였거늘. 루브도, 영애도 참으로 많이 바뀌었음이야."

역시 그런가. 전하께서 많이 변했다고 느낀 사람은 나 혼자가 아닌 모양이네.

그러나 이제 와서 그것이 무슨 소용이 있을까. 이미 지은이 왔다는데.

너무도 큰 충격을 받은 탓에 나는 전령의 첫 마디만 들었을 뿐 그 이후의 보고 내용은 하나도 듣지 못했다. 그래서 지은이 온 이후의 사정에 대해서는 아무것도 아는 것이 없었다.

그는 이미 지은과 만났을까? 과거에 황궁 호수에 떨어진 그녀를 처음 발견했던 것처럼?

"영애."

"네, 폐하."

"실은 내 긴히 할 말이 있어 영애를 불렀다네."

"하명하십시오."

'드디어 올 것이 온 것인가.'

나는 마른침을 삼키며 불안하게 뛰기 시작하는 가슴 부근을 한 손으로 꾹 눌렀다.

대화가 들리지 않는 거리까지 근위 기사와 시녀들을 물린 폐하께서 내가 있는 쪽으로 몸을 기울이며 작게 속삭이셨다.

"실은 말일세. 엊그제부터 짐의 상태가 썩 좋지 않다네. 쉬이 피로하고 자꾸만 현기증이 나지 뭔가."

"당장 황궁의를 부르겠습니다."

비록 예상했던 내용은 아니었으나 그에 비견될 만큼 충격적인 말씀에 화들짝 놀랐다. 여름 별궁에 내려온 이후로 괜찮아지신 줄 알았는데, 대체 이게 무슨 변고란 말인가.

자리에서 벌떡 일어나 황궁의를 부르려는 나를 제지한 폐하께서 혀를 차며 말씀하셨다.

"쯧, 어쩌면 이런 면조차 후작과 판박이인가. 황궁의를 부를 생각이었으면 영애에게 말을 할 이유가 없지 않겠나."

"하지만 폐하."

"다른 사람들에게는 알리고 싶지 않네. 그러니 영애가 짐을 좀 도와주지 않겠나?"

"제가 어찌……."

조심스럽게 말을 고르는 나를 바라본 폐하께서는 테이블을 톡톡 두드리며 말씀하셨다.

"그저 짐의 곁에서 소소한 일을 도와주면 된다네. 시녀나 시종이 하는 하찮은 일을 시켜 영애에게 모욕을 준다고 생각하지는 말게. 신뢰할 수 있는 이를 곁에 두고 싶어 그러는 것이니."

"모욕이라니요, 당치 않습니다. 하오나 폐하, 정말로 황궁의를 부르지 않아도 되겠습니까?"

"공연한 일로 소란을 일으키고 싶지는 않구먼. 심해진다 싶으면 그때는 부르겠네."

"……약조하신 것으로 믿겠습니다."

아무래도 황궁의를 부르시는 게 나을 것 같은데. 회귀하기 전처럼 살갑게 대해 주지는 않으셨지만, 과거의 기억이 남아 있는 나로서는 폐하께서 자꾸 쇠약해지시는 모습을 보는 것이 괴로웠다. 지금의 폐하께서도 나름대로 내게 신경 써 주시는 것을 알고 있기에, 그리고 폐하께 남은 시간이 얼마 없다는 사실을 알고 있기에 더더욱 그랬다.

"……폐하."

"왜 그러는가?"

"부디 강녕하십시오. 폐하께선 제국민 모두의 어버이가 아니십니까."

"고맙네."

나를 빤히 바라보던 폐하께서 눈꼬리를 부드럽게 휘며 찻잔을 들어 올리셨다. 은찻잔에 새겨진 사자의 문장을 바라보다가, 나도 조용히 찻잔을 입가에 가져갔다.

분명 쉬러 오신 것이었음에도, 폐하께서는 별궁에서조차 정무를

내려놓지 못한 채 연일 계속해서 회의를 열고 계셨다. 제국 전역이 극심한 가뭄으로 몹시 고생하는 터라 수도의 전하께서 고군분투하고 있음에도 일손이 부족했던 탓이었다.

폐하의 수발을 들어 드리느라 정무 회의에 참석하게 된 지도 어언 사흘. 거센 반대가 있을 줄 알았는데, 의외로 내가 폐하와 함께 정무 회의에 참석하는 것에 대해 크게 반발하는 자는 없었다. 어쩌면 여름 별궁에 내려온 귀족 다수가 황제파인 덕일지도 몰랐다.

"드십시오, 폐하."

"고맙네."

피곤에 지쳐 있던 푸른 눈동자가 부드럽게 휘어졌다.

나는 은은한 라벤더 특유의 향기를 음미하며 지난 사흘간의 정무 회의 내용을 곱씹어 보았다. 지은에 대한 안건이 주를 이룰 것이라 생각했는데, 의외로 그 이야기는 나오지 않았다. 가뭄, 그리고 흉흉해진 민심에 대한 대책이 거론되었을 뿐.

'아 참, 수도 곳곳을 강타하고 있는 방화 사건에 대한 것도 있었구나.'

정무 회의에서 들은 바에 따르면, 최근 수도에서 자꾸만 방화 사건이 일어나고 있다고 했다. 누군가가 귀족 지구의 저택들을 대상으로 불을 지르고 있는데, 아무리 애를 써도 범인을 잡을 수가 없다고.

가뜩이나 민심이 흉흉한데 방화 사건이라니. 혹시라도 황실과 귀족에게 불만을 품은 자의 소행이 아닐까 싶어 내심 걱정스러웠는데, 폐하께서는 의외로 무덤덤하셨다. 그저 다음 안건으로 넘어가자 하셨을 뿐.

'가뭄이 더 중요하다고 생각하시는 걸까? 아니면 뭔가 내막이 있는 건가?'

흑록색 나무 그늘에서 곰곰이 생각에 잠겨 있는데, 나와 마찬가지로 상념에 빠져 있던 폐하께서 툭 내뱉듯 말씀하셨다.

"머리가 아프구먼. 이런 극심한 가뭄이라니. 백성들 사이에선 주신의 분노로 인해 이런 일이 일어났다는 소문이 돈다지."

"······예부터 풍수해, 가뭄, 지진을 일컬어 천재天災라 했습니다. 제국민의 신앙이 제법 두터우니 그렇게 생각하는 것도 무리는 아닐 것입니다. 주신의 교단에서는 별다른 말이 없는지요?"

내 물음에 폐하께서는 미간에 깊은 주름을 잡으며 한숨을 쉬셨다.

"권력에만 관심이 있는 신전에서 대책 같은 것을 세울 리가 없지 않은가. 신탁조차도 내려오지 않는 모양인데 말일세."

"수도의 전하께서도 고군분투하고 계시고, 각 영지의 영주들도 상호 긴밀하게 연계하면서 병자들을 돌보고 물을 배급하는 등의 방책을 시행하고 있다 들었습니다. 소문은 한때일 뿐, 모두 최대한의 노력을 기울이고 있으니 민심도 곧 진정될 것입니다. 허니 너무 심려하지 마십시오. 그렇지 않아도 미령하시지 않습니까."

조심스럽게 건네는 말을 묵묵히 듣던 폐하께서 빙그레 미소를 지으셨다. 보기 드물게 따뜻한 눈빛이 나를 향했다.

회귀 이후로는 거의 보지 못한 폐하의 모습에 문득 의아해졌다. 왜 그러시는 걸까.

"아무리 봐도 영애에게는 후작의 지위보다는 황후의 관이 어울려."

"······."

"짐이 참으로 끈질기다고 생각하겠지? 그러나 이건 그저 인재를 적재적소에 배치해야 하는 지배자로서 한 말이라네."

그저 하나의 인재로 보고 하신 말씀이라. 폐하께서는 방금 내 말의 어디에서 그런 느낌을 받으신 걸까.

고개를 갸웃하고 있는데, 갑자기 정원 한쪽이 소란스러워졌다. 소리가 들려오는 곳으로 눈길을 돌리자, 길을 열어 주는 근위 기사들 사이로 황급하게 들어서는 한 남자가 보였다.

나는 폐하께서 곁에 계시다는 사실도 잊고 자리에서 벌떡 일어났다.

반짝이는 은빛 머리카락. 뽀얗게 먼지가 내려앉은 군청색 제복.

'아버지?'

"아, 아빠?"

"……티아."

걱정스러운 표정으로 나를 살피는 아버지의 눈빛이 불안하게 흔들리는 것이 보였다. 넓은 어깨가 보일락 말락 하게 들썩였다. 폐하의 앞이라서 눈에 띄지 않게 한숨을 쉬신 것이리라.

어색하게 웃어 보이자, 내게서 간신히 시선을 뗀 아버지께서는 그제야 폐하를 향해 고개를 숙이며 예를 취하셨다.

"제국의 태양, 황제 폐하를 뵙습니다."

"오랜만일세, 후작. 헌데 여긴 어쩐 일인가? 그렇게 먼지까지 잔뜩 뒤집어쓰고서."

"보고를 드리러 왔습니다."

"후작이 직접 말인가?"

의아하다는 듯 아버지를 바라본 폐하께서 말씀하셨다.

"설마 그 일 때문은 아닐 테고……. 뭐, 어쨌든 잘됐구먼. 그렇 잖아도 수도의 소식이 궁금했는데 말일세. 그래, 어떻게 돌아가고 있는가? 검은 머리 여자가 빛무리와 함께 나타났다는 이야기는 들었네만."

"그것이……."

수도의 상황을 간략하게 보고한 아버지께서는 이어서 지은이 나타났을 당시의 상황에 대해 하나씩 설명하기 시작하셨다.

지은이 나타나던 날, 전하께서는 가뭄에 대해서 연일 격론을 벌이는 각료들을 향해 잠시 바람이나 쐬자고 제안하셨다고 한다. 그래서 아버지와 근위 기사단장, 베리타 공작, 최근에 작위를 물려받아 수도에서 머무르고 있던 에네실 후작, 그리고 제나 공작을 비롯한 몇몇 귀족파 귀족들이 전하와 함께 베르 궁의 정원을 산책하고 있었다고 한다. 하지만 앙숙인 양 계파의 핵심 세력이 함께 모여 있으니 분위기가 좋았을 리가 만무했다.

점점 험악해지는 공기를 전하께서 중재하고자 하셨을 때, 갑자기 환한 빛무리가 주위를 덮쳤다. 그리고 잠시 후 시야가 확보되자 그곳에는 웬 여자가 서 있었다는 내용이 이어졌다. 그녀는 근위 기사들에게 포위를 당했음에도 전하만을 멍하니 바라보다가 감옥으로 끌려갔다고 하는데, 이것이 바로 사건의 전말이었다.

"흠, 귀족파는 뭐라고 하던가?"

"제나 공작을 비롯한 귀족파 핵심 요인들도 목격자가 아닙니까. 범상치 않은 등장으로 보아 분명 신이 보낸 여인이라 주장하고 있습니다."

"역시. 전령의 첫 보고를 들었을 때부터 그럴까 봐 걱정하였거늘, 우려가 사실로 드러나는군. 루브는 뭐라고 하던가?"

긴장한 가슴이 쿵쿵 뛰었다. 과거와 마찬가지로, 그는 결국 지은의 등장을 처음으로 발견한 사람이 되었다.

'신은 두 사람이 운명의 실로 엮인 사이라고 했었지.'

지은은 등장하자마자 그만을 바라보았다고 했다. 그렇다면 그녀를 본 그의 반응은 어땠을까.

회귀 전처럼 한눈에 반했을까. 그녀가 제 짝임을 깨달았을까? 그리고…….

'운명의 이끌림을 느꼈을까?'

나는 두근거리는 가슴을 진정시키기 위해 크게 심호흡을 하며 아버지의 답변에 귀를 기울였다.

"정체불명의 침입자이므로 감옥에 가두라 하명하신 뒤, 폐하의 처분을 기다리겠노라고 하셨습니다."

"그런가."

"허나 귀족파의 반발이 워낙 격렬한데다가 신전에서도 들고일어나는 바람에, 신$_臣$이 떠나기 전에는 로즈 궁에 머무르게 하겠다고 하신 것으로 알고 있습니다."

나는 점점 아득해지는 정신을 잡기 위해 이를 악물었다.

'똑같아.'

과거에 지은이 나타났을 때 그가 그녀에게 내준 궁이 바로 로즈 궁이었다. 조금씩이지만 분명히 과거와 달라지고 있던 현재가 지은의 출현으로 인하여 갑자기 예전과 같은 궤도를 걷기 시작하는 것만 같았다.

손발이 차가워지고 숨이 차오르기 시작했다. 심장이 미친 듯 쿵쾅거렸다. 마음을 진정시키려 은찻잔을 들어 올렸지만, 손이 덜덜 떨려서 도저히 입으로 가져갈 수가 없었다.

나를 흘깃 돌아본 폐하께서 아버지를 향해 말씀하셨다.

"수고했네, 후작. 이만하면 일단 되었네. 오느라 고생이 많았구먼."

"황공합니다, 폐하. 그럼 이만 제 여식을 데리고 물러가도 되겠는지요?"

머뭇머뭇 돌아보자, 폐하께서는 빙그레 웃으면서 내게 나가 보라고 말씀하셨다.

어떻게 예를 갖췄는지 기억나지 않았다. 그저 아버지를 따라 본능적으로 몸을 움직였을 뿐. 그나마 정신이 돌아온 것은 한참을 걷던 아버지께서 걸음을 멈춘 뒤 내 어깨에 양손을 짚으셨을 때였다.

묵직한 느낌에 멍하니 눈을 깜빡이자, 걱정스러운 빛이 가득 담긴 군청색 눈동자가 나를 주시하고 있는 것이 보였다.

"……아빠?"

"……괜찮은 것이더냐?"

"네?"

"그동안 네가 마음고생이 심했겠구나."

다짜고짜 한마디 말만을 던진 아버지께서는 나를 와락 껴안으셨다.

든든하기 이를 데 없는 품에 안기자 세상 모든 시름을 다 덜어놓은 것만 같은 안도감이 나를 감쌌다. 그제야 나는 비로소 내가 계속해서 몸을 덜덜 떨고 있었다는 사실을 깨달았다. 이제는 괜찮다고, 무엇이든 도와주겠노라며 속삭이는 나지막한 목소리와 다정하게 머리카락을 쓸어 넘기는 따뜻한 손길에 차갑게 식어 굳어 버렸던 피가 다시 돌기 시작했다. 나를 칭칭 옭아매려 하던 암흑 속에서 한 줄기 서광이 비치는 것 같았다.

"……아버지."

"그래."

"어떻게 오신 거예요? 수도 방위를 맡고 계셨을 텐데……."

"갑자기 나타난 검은 머리의 여자를 보자 네 꿈 이야기가 떠오르더구나. 그토록 네게 깊은 각인을 남긴 꿈이라 혹시나 하는 마음에 경계하고 있었거늘. 시기는 다를지언정 검은 머리 여자의 소식을 들으면 네가 심한 충격을 받을까 두려웠다. 전령이 출발했을 때 같이 출발하고 싶었으나, 대강의 정보는 모으고 와야 할 것 같아 지금에서야 간신히 도착했구나. 수도의 방위는 에네실 후작에게 넘겼으니 걱정할 필요 없다. 그보다 너는 괜찮은 것이냐, 티아?"

조곤조곤 묻는 목소리에서 나를 향한 걱정이 한가득 묻어 나오고 있었다. 나를 감싸고 있는 따뜻한 품과 머리카락을 연신 쓸어 넘기는 손길에서도.

아버지께서는 내가 충격을 받을지도 모른다는 생각 하나만으로 일주일 거리를 직접 말을 달려서 오신 것인가. 진짜로 지은이 나타났으니 그저 단순한 꿈이 아니라 예지몽이라 생각하셨을 수도 있겠지만, 그렇다고 해도 내 이야기를 신뢰하기는 힘드셨을 텐데. 아버지께서는 그토록 중요시하는 공무마저 떠넘기고 달려오실 정도로 나를 걱정하고 계셨던 것일까.

"괜찮지 않았는데……."

"……."

"이젠 괜찮아졌어요. 아버지께서 계시니, 뭐든지 잘 해결될 것이란 믿음이 생겼어요."

"……티아."

"정말 감사해요, 아버지."

사흘 동안 가슴 졸였던 게 마치 거짓말이었던 것처럼 사르르 풀어졌다. 어리광을 피우듯 따뜻한 품으로 파고들자, 나를 끌어안고 있는 아버지의 손에 힘이 들어갔다.

말없이 등을 토닥여 주던 아버지께서는 한참 후에야 내게 시선을 맞춰 오며 물으셨다.

"티아."

"네, 아버지."

"대강의 이야기는 좀 전에 들어서 알 테지. 귀족파와 신전이 결탁하여 검은 머리 여자가 신탁의 아이라는 주장을 하기 시작했으니, 수도로 돌아가면 여기저기서 그 여인을 황태자비로 세워야 한다는 말들이 들려올 게다."

군청색 눈동자가 진지하게 나를 응시하고 있었다. 단호한 결심이 묻어 있는 목소리가 귓가를 울렸다.

"전하께서 그러실 분은 아닌 것 같긴 하다만, 아비는 네 선택을 존중하고 싶구나."

"……."

"어릴 적 말했던 대로 계속해서 가문의 후계자로서의 길을 걷겠느냐? 아니면 아비가 황제파와 함께 싸워서 네게 황태자비의 관을 씌워 주기를 원하느냐? 어떤 것을 원하든, 네가 바라는 쪽에 힘을 실어 주겠다."

"저는······."

누군가가 이렇게 물어 오면 망설임 없이 가문의 후계자로서의 길을 걷겠다고 말할 것이라 생각했었는데, 막상 질문이 던져지자 대답은 혀끝에서만 맴돌 뿐 선뜻 입 밖으로 나가지 않았다. 직접 눈으로 보지는 않았지만 어쩐지 과거가 또다시 재현되고 있는 것 같은 현재로서는 후계자의 길이 최선이라는 것을 알고 있는데, 그럼에도 멍청한 입술은 끝내 움직이지 않았다.

"미안하구나."

"네?"

"아비가 급한 마음에 중요한 결정을 너무 갑작스레 하라고 한 것 같다."

"······."

"지금은 너도 혼란스러울 테지. 함께 천천히 생각해 보자꾸나."

"······감사해요."

배려가 묻어 나오는 말씀에 나는 깔깔한 입술을 축이며 간신히 단어 하나를 끄집어냈다. 굽혔던 허리를 펴고 일어선 아버지께서 내 어깨를 가볍게 토닥이며 말씀하셨다.

"수도에 돌아갈 준비를 해야겠구나."

"저, 아버지."

"왜 그러느냐?"

"폐하께서 많이 편찮으신 듯한데, 수도까지 이동하실 수 있을까요?"

"폐하께서? 이상하구나. 조금 전 뵈었을 때 그런 느낌은 받지 못했거늘."

의아해 하시는 모습에 지난 사흘 동안 있었던 일을 간략하게 설명해 드리자, 뭔가를 곰곰이 생각하던 아버지께서는 빙그레 웃으며 말씀하셨다.

"폐하께서 네게 장난을 치셨구나."

"네?"

"그 소식을 전해 듣자마자 너를 부르셨다 하지 않았느냐. 아마도 너를 지키기 위해서 곁에 두려고 연기를 하신 게다."

"그런……."

할 말을 잃고 입만 벙긋거리다가, 나는 아버지께서 그만 돌아가자고 하셨을 때야 비로소 정신을 차리고 걸음을 옮겼다.

정말로 연기를 하신 것이었는지, 아버지와 대화를 마치고 돌아갔을 때 폐하께서는 이미 정정한 모습으로 수도로 환궁할 차비를 하라는 명을 내리신 후였다. 급하게 결정된 환궁이었지만, 수도의 사정을 아는 사람들은 차마 불평하지 못하고 손을 바삐 놀렸다.

그렇게 모두가 이리 뛰고 저리 뛰며 짐을 정리하기를 일주일, 폐하를 비롯한 여름 별궁의 인원들은 시원했던 피접 생활을 뒤로한 채 수도로 출발했다.

오랜만에 보는 수도의 전경은 여름 별궁으로 떠나기 전과는 너

무도 달랐다.

하필이면 행렬이 들어선 때가 오후여서일까? 마차 밖으로 보이는 거리는 살풍경하기 그지없었다. 잘 포장된 도로에는 아지랑이가 피어오르고 있었고, 폐하의 귀환을 환영하는 인파는 모두 시들어 버린 풀잎처럼 더위에 축 늘어져 있었다.

예상보다 훨씬 충격적인 수도의 모습에 가슴이 묵직해졌다. 여름 별궁에 있느라 미처 몰랐던 현실, 무시무시한 규모의 가뭄.

폐하께서는 무슨 생각을 하며 이 모습을 바라보고 계실까. 그리고 그는 막막한 이 상황을 대관절 어떻게 헤쳐 나가고 있는 걸까.

마차에서 내리자 숨이 막힐 정도로 뜨거운 공기가 온몸을 감쌌다. 얼굴과 손이 타들어 가는 듯한 느낌에, 나는 절로 솟아 나오는 침음을 삼켰다.

'이토록 심한 더위라니.'

주신이 분노한 것이 틀림없다는 등의 흉흉한 소문이 도는 이유를 이제야 제대로 알 것 같았다. 이글이글 내리쬐는 뙤약볕은 가히 살인적이라 일컬을 수 있을 정도였다.

"부황 폐하를 뵙습니다. 그동안 평안하셨습니까."

"제국의 태양, 황제 폐하를 뵙습니다. 제국에 영광을."

황궁의 정문 앞까지 나와 있던 푸른 머리카락의 청년을 비롯한 여러 귀족들이 마차에서 내리는 폐하를 향해 예를 취했다.

오랜만에 마주하는 그는 조금 수척해진 모습이었다. 하지만 특유의 서늘한 목소리와 알게 모르게 뿜어져 나오는 싸늘한 기운은 여전했다.

"지난날의 추억을 돌아볼 수 있어 좋았지. 특히 마지막 며칠은 여기 모니크 영애 덕에 아주 편안하게 지냈느니."

"그러셨습니까."

"더위엔 최고라 하더니, 태자가 며늘아기에게 보내 준 로즈힙이 아주 효과가 좋더구나. 덕분에 짐이 아주 호강하였느니라."

순간 일동의 시선이 내게 집중됐다. 흐뭇하게 바라보는 황제파 귀족들과 죽일 듯이 노려보는 귀족파 사람들. 극명한 시선의 대립 속에서, 슬쩍 미소를 머금고 있는 황제 폐하의 모습이 눈에 들어왔다.

'며늘아기라.'

씁쓸한 미소가 걸렸다. 과거에도 자주 들었던 호칭이었지만, 순수한 애정으로 불렸던 그때와는 달리 지금의 부름에는 정치적인 의도가 다분하게 들어가 있었으니까.

수많은 사람들 속에서 유일하게 폐하에게 시선을 두고 있던 청년이 내게로 고개를 돌렸다. 몇 달 사이 한결 깊어진 바닷빛 눈동자가 나를 응시했다.

"부황 폐하를 잘 모셔 주었다니 고맙소."

"황공합니다, 전하. 당연히 해야 할 일을 했을 뿐입니다."

"내게 그대의 시간을 허락해 줄 수 있겠소? 고마움을 전하고 싶은데. 시간이 조금 걸리기는 하겠지만, 그대만 괜찮다면 내 궁에서 기다려 줬으면 하오."

"그리하겠습니다, 전하."

"고맙소. 그럼 잠시 후에 봅시다. 부황 폐하, 어서 안으로 드시지요. 더위가 극심하니 오래 서 계시면 안 될 듯싶습니다."

내게서 시선을 뗀 그가 폐하를 모시고 돌아섰다. 여름 별궁에서 돌아온 인원과 폐하를 마중 나온 일행이 뒤를 따랐다.

하늘색 머리카락을 곱게 늘어뜨린 라스 공작 부인이 귀부인들을 이끌고 궁내부로 향하는 모습을 바라보다가, 나는 기사단의 동료들과 눈인사를 나눈 뒤 황태자궁을 향해 걸음을 옮겼다.

"어서 오십시오, 모니크 영애. 안내하겠습니다."

시종장의 안내를 받아 도착한 곳은 어느새 제법 익숙해진 장소였다.

육중한 문을 열고 들어가자 근 일 년 만에 보는 웅장한 서재가 나를 반겼다. 워낙 강렬한 햇살 탓인지, 정면의 통유리창에 하얀 커튼을 쳐 놨음에도 서재 안은 몹시 밝았다. 방대한 양의 장서도 여전했다. 아니, 오히려 더 늘어난 것 같기도 했다.

조용히 앉아서 기다릴까 하다가, 생각을 바꿔 끝없이 펼쳐진 책장 앞으로 다가갔다. 폐하와 더불어 그간 있었던 일들에 대해 이야기하고 있을 테니, 아무래도 그가 오려면 제법 시간이 걸릴 것 같았다.

그동안 눈독만 들이고 차마 펼쳐 보지는 못한 책들을 쭉 훑어보았다.

'역시 굉장해. 개인 서재에 이만한 분량의 책이라니.'

새삼 놀라웠다. 읽지 않는 책이라면 황궁 도서관에 두었을 터.

'그렇다면 그는 여기에 있는 책들을 모두 읽어 봤다는 걸까?'

천천히 책장을 살폈다. 가볍게 훑어보기만 했음에도, 미처 읽어 보지 못한 희귀한 책들이 여러 권 보였다. 나는 그중에서도 가장 끌리는 한 권을 뽑아 자리에 앉았다.

'이걸 다 읽을 때쯤이면 오려나.'

하지만 그는 처음에 뽑아 든 것과 그다음에 고른 책을 다 읽었을 때까지도 나타나지 않았다.

'제법 시간이 걸릴 거라고 예상은 했지만, 너무 오래 걸리는데.'

마지막 페이지까지 정독을 마친 두 번째 책을 덮으며 작게 한숨을 쉬었다. 긴 시간 동안 계속해서 활자를 읽어 내린 탓인지 눈이 몹시 뻑뻑했다. 나는 건조한 눈을 거듭 깜빡이며 다 읽은 두 권의 책을 원래 자리에 꽂아 넣었다.

서재 안을 천천히 걸으면서 읽을 만한 것들을 찾아보고 있는데, 문득 검은색 가죽에 금박으로 글씨가 적혀 있는 책이 빼곡히 꽂혀 있는 모습이 눈에 들어왔다. 반짝반짝 빛나는 책의 제목이 시선을 잡아끌었다.

『제국 귀족 명부』

그러고 보니 작년인가, 어머니의 일에 대해 한창 궁금해 하던 무렵 바로 이곳에서 명부를 살펴보려다가 미수에 그쳤던 적이 있었지.

잠시 망설였다. 폐하께서는 어머니가 천한 신분이 아니라 교양이 있고 쾌활한 귀족이었다고 말씀하셨지만, 그 말씀을 그대로 믿기에는 제나 공작의 말이 마음에 걸렸다.

'한번 살펴보기라도 할까?'

무의식중에 주위를 한 번 둘러보고서, 귀족 명부가 꽂혀 있는 책장으로 다가갔다. 어머니에 대한 실마리를 찾고자 한다면 지금이 기회였다.

오른쪽에서 다섯 번째, 약 이십 년 전의 것을 뽑아 들었다. 그러고는 뒷부분을 펼쳐 남작가 부분을 눈으로 훑었다.
소, 소나, 소니아.
'여기 있네.'

소니아 남작가.

모니크 후작가의 가신으로 모니크 영지의 작은 마을 하나를 맡아 관리하고 있음. 구성원은 소니아 남작, 적녀 제레미아 로 소니아.

가슴을 쓸어내렸다.
'폐하의 말씀이 맞구나.'
제국 귀족 명부에도 존재하고 있는 것으로 보아, 비록 후작가의 가신에 불과한 한미한 남작가의 여식일지언정 어머니께서는 중간성을 가진 당당한 계승 귀족이었다.
그렇다면 어째서 제나 공작은 그와 같은 말을 한 것일까? 그가 가지고 있다는 내 약점이라는 것은 분명 어머니와 관련된 것 같았는데.
한숨을 쉬면서 명부를 도로 꽂아 넣었다.
'괜히 시간 낭비만 했잖아. 다른 책이나 찾아볼 것을.'
좀 전에 눈여겨봤던 『제국의 역사』 초판본을 찾으러 가려는데, 문득 생각 하나가 머릿속을 스치고 지나갔다. 나는 나도 모르게 멈칫하며 멈춰 섰다.
'설마. 아니겠지.'

이십오 년 전의 명부를 뽑아 황급히 남작가 부분을 펼쳤다.

소니아 남작가.

모니크 후작가의 가신으로 모니크 영지의 작은 마을 하나를 맡아 관리하고 있음. 구성원은 소니아 남작, 적녀 제레미아 로 소니아.

오른쪽에서 일곱 번째, 삼십 년 전의 명부를 뽑아 들었다.

소니아 남작가.

모니크 후작가의 가신으로 모니크 영지의 작은 마을 하나를 맡아 관리하고 있음. 구성원은 소니아 남작이 유일함. 가까운 친척 또한 없으므로, 남작의 사망 이후 작위 환수 예정.

'뭐라고?'
황급히 삼십오 년 전의 명부를 뽑아 들었다.
역시나 같은 내용.

소니아 남작가.

모니크 후작가의 가신으로 모니크 영지의 작은 마을 하나를 맡아 관리하고 있음. 구성원은 소니아 남작이 유일함. 가까운 친척 또한 없으므로, 남작의 사망 이후 작위 환수 예정.

"이게 대체……."

내가 현재 열다섯 살.

몸이 약하던 어머니께서는 결혼하고 칠 년이 지난 다음에야 간신히 나를 낳으셨다고 했으니, 살아 계셨다면 적어도 삼십 대 후반은 되셨을 것이었다. 그런데 고작 삼십 년 전의 명부에는 이름이 존재하지 않는다고?

삼십오 년 전의 것은 그렇다 칠 수 있었다. 하지만 갓 태어난 아이도 아니고 열 살에 가까운, 그것도 가까운 친척조차 없어 후계자가 될 것이 유력한 유일한 적녀가 철저한 기재로 유명한 제국 귀족 명부에서 누락되었을 확률이 얼마나 될까.

가슴 한쪽이 서늘해졌다. 차갑게 식어 버린 피가 온몸의 구석구석까지 냉기를 전했다.

"그대, 뭘 그리 보고 있소?"

뜻밖의 사실에 멍하니 서 있다가, 별안간 들려오는 목소리에 정신을 차렸다. 화들짝 놀라는 나를 의아하게 바라보던 바닷빛 눈동자가 내 손에 들려 있는 책을 향했다. 나는 나도 모르게 명부를 그의 시선에서 숨기며 재빠르게 원래 자리에 끼워 넣었다.

"제국의 작은 태양, 황태자 전하를 뵙습니다. 뒤늦게 예를 갖춤을 용서하여 주십시오."

"괜찮소. 그리 서 있지 말고 앉으시오."

서재 한가운데에 놓인 탁자로 향하는 그의 뒤를 조용히 따랐다. 조심스레 옷자락을 갈무리하며 맞은편에 앉자, 특유의 서늘한 목소리가 들려왔다.

"부황 폐하께 말은 전해 들었소. 그대가 옆에서 많이 도왔다 하시더군."

"소녀가 한 일이 뭐가 있겠습니까. 폐하께서 어여삐 봐 주신 것뿐입니다."

"정황이야 어찌 되었건, 부황 폐하께서 흡족하셨다 하니 되었소. 그간 수고가 많았겠군. 내 그대에게 감사를 표하는 바요."

"황공합니다, 전하."

담담하게 고맙다고 말하는 청년.

뭐라 꼬집어서 말할 수는 없지만, 묘하게 달라진 듯한 모습에 가슴이 선득해졌다. 가지런히 모은 손끝만 내려다보고 있을 때, 문가에서 들려오는 작은 노크 소리가 정적을 갈랐다.

곧이어 시종 하나가 숨을 몰아쉬며 안으로 들어왔다.

"송구합니다, 황태자 전하. 급한 전갈이 와서 그만 무례를 범했습니다."

"괜찮다. 무슨 일인가?"

"로즈 궁에서의 급한 전갈입니다. 자세한 이야기는……."

시종은 다급하게 말을 하려다 말고 나를 흘끔 바라보았다.

'내 앞에서는 할 수 없는 이야기라는 뜻인가.'

로즈 궁.

그녀, 지은이 머물고 있는 곳.

반사적으로 시선이 그에게로 향했다. 자신을 향한 내 눈길을 아는 것인지 모르는 것인지, 그는 표정 하나 변하지 않은 얼굴로 시종에게 물었다.

"누구의 전갈이냐?"

"로즈 궁의 시녀장입니다. 황태자 전하를 얼른 모셔 오라고 하였습니다."

"시녀장이라고?"

슬쩍 눈썹을 찌푸린 그가 이내 고개를 끄덕였다.

"알았다. 당장 가도록 하지."

망설임 없이 떨어지는 대답에 가슴이 철렁 내려앉았다. 자리에서 일어난 그가 나를 돌아보며 말했다.

"미안하오. 나머지 이야기는 다음 기회에 하도록 합시다."

"······네, 전하."

"그럼."

어느새 저만치 멀어진 그의 뒷모습을 멍하니 바라보았다. 허탈한 웃음이 떨리는 입술을 비집고 흘러나왔다.

'결국 이런 것이었나.'

불현듯 신에 대한 분노가 치밀어 올랐다.

이토록 운명에 휘둘리게 할 것이었으면, 어째서 운명의 개척자라는 이름 따위를 내게 준 것이란 말인가. 차라리 이름을 부여해주지 않았더라면 진작 그와 다시 엮일 일 없이 내 갈 길을 걸어 나갈 수 있었을 텐데.

대체 신이 내게 중간 이름을 준 이유는 무엇이란 말인가. 그리고 지은이 예정보다 일 년이나 일찍 오게 된 이유는 또 뭐란 말인가.

입술을 잘근잘근 깨물며 황태자궁을 빠져나왔다. 무거운 발걸음으로 마차 보관소에 도착하자, 미리 대기하고 있던 가문의 기사가 내게 서찰을 한 통 건넸다.

원행에서 막 돌아오신 분을 이리 청함이 예가 아닌 줄은 알고

있습니다만, 제게 영애의 시간을 조금만 허락해 주실 수 있겠습니까? 오늘은 내내 신전에 있을 예정이니 편하신 시간에 들러 주시면 됩니다.

주신의 세 번째 뿌리, 테르티우스.

"생명의 축복이 함께하시기를. 모니크 영애께서 대신전에는 어쩐 일이십니까?"

"대신관 예하의 부름을 받고 왔습니다."

"……그렇습니까. 알겠습니다. 잠시만 기다려 주십시오."

나는 횡하니 사라지는 견습 신관을 보며 쓴웃음을 머금었다. 오 년 전 신탁을 받으러 왔을 때와는 달리 묘하게 나를 경계하는 신관들을 보자 지은이 왔다는 사실이 다시 한 번 실감이 났다.

뭐, 아무렴 어때.

신에게 매달렸던 회귀 전에도 황제파의 핵심 세력인 모니크가의 여식이라는 위치 때문에 신전에는 거의 들르지 않았는데, 신에 대해 회의를 느끼고 있는 지금 신관들의 태도에 신경 쓸 이유는 전혀 없었다.

복도에 걸린 성화聖畵를 감상하며 잠시 기다리자, 저 멀리 기다란 회랑 끝에서 걸어오는 새하얀 신관복 차림의 청년이 보였다. 땅까지 늘어진 기다란 백발이 사락사락 소리를 냈다.

"생명의 축복이 함께하시기를. 오랜만입니다, 모니크 영애."
"네. 오랜만에 뵙습니다, 예하."
"그러게 말입니다. 일전에 한 번 뵙자고 말씀을 드린 이후 너무 오랜 시간이 흘렀군요. 그간 안녕하셨는지요?"
"죄송합니다. 그간 여러 가지 일이 있었던지라……."
"괜찮습니다. 미인을 기다리는 시간은 언제나 즐겁거든요."
"……네?"
고개를 갸웃하며 바라보자, 보일 듯 말 듯하게 미소를 지은 대신관이 걱정스럽다는 듯한 표정으로 말했다.
"다치신 곳은 좀 어떻습니까? 혹 아직 아프시다거나……."
"아뇨. 치유해 주신 덕분에 깨끗이 나았습니다. 감사드립니다."
"다행이군요. 그런데……. 음?"
대신관의 수려한 얼굴이 찌푸려지는 순간, 갑자기 귓가에서 웅웅거리는 소리가 들렸다. 눈앞이 흐릿해지면서 언젠가 한 번 들어본 적이 있는 목소리가 머릿속을 울렸.
강렬한 여운을 남기며 커다랗게 울리는 그 음성, 그리고 그 내용에 나는 넋을 놓았다.

"너는 나의 사랑을 받는 자, 운명에 안주하는 자. 네가 머무는 곳에 곧 너의 운명이 있고, 네가 원하는 곳이 곧 너의 자리일지니. 그대의 이름은 운명을 붙잡는 자, 지은 그라스페."

"지은…… 그라스페……."
웅웅 울리던 목소리는 짧은 몇 마디 말을 남기고 사라졌지만, 나는 그 음성에서 벗어날 수가 없었다. 그 때문일까. 제멋대로 달싹인 입술이 몇 음절을 밖으로 토해 냈다.

그 순간.

누군가가 강한 힘으로 내 어깨를 잡아챘다. 깜짝 놀라 고개를 들자, 항상 여유로워 보이던 대신관이 투명한 연둣빛 눈동자를 부릅뜬 채 내 어깨를 붙들고 있는 모습이 보였다.

"방금 뭐라고 하셨습니까?"

"예하?"

"설마 영애께서도 들으신 겁니까? 이 음성을?"

놀란 기색이 역력한 목소리. 아차 하는 생각에 입술을 깨물었다. 방금 내가 들었던 음성이 신탁이 맞다면, 신의 징표를 받은 자 중 하나인 대신관 역시 그 내용을 들었을 것이다.

'피오니아라는 이름을 부여받았을 때도 내가 신탁을 직접 들었다는 사실을 안 사람은 아무도 없었는데.'

아무리 정신이 없었다고 한들, 경솔한 행동을 했다는 사실에는 변함이 없었다. 이 일을 어떻게 해야 하지? 아니라고 발뺌해야 하나?

"대답해 주십시오. 영애께서도 들으신 것이지요?"

부정하려 했지만, 대신관의 눈은 이미 확신에 차 있었다. 속으로 한숨을 삼켰다. 이 일의 파장을 생각하자 머리가 지끈지끈 쑤셔 왔다.

"그……"

"예하, 여기 계셨군요! 방금 그것…….."

"그래, 신탁이다. 여기, 상크투스 비타에 있는 징표들은 다 모인 것인가."

조심스럽게 입을 열었을 때, 다섯 명의 고위 신관이 견습 신관들을 딸린 채 다급하게 뛰어 들어오는 모습이 보였다. 그들이 입은 옅은 연둣빛 신관복에는 나무 같기도 하고 실타래 같기도 한 기하학적인 무늬가 수놓여 있었다.

'저들이 신탁을 직접 받는다는 '신의 징표'들인가.'

어느새 침착함을 되찾은 대신관이 입을 열었다.

"견습 신관, 종이와 펜을 가져오라."

"여기 있습니다, 예하."

"모두 생명의 아버지 비타의 이름을 걸고 이 자리의 증인이 되겠는가? 지금부터 신탁의 내용을 확인할 것이다."

"물론입니다, 대신관 예하."

그새 신탁이 내렸다는 소문이 퍼진 것인지, 속속들이 회랑으로 모이기 시작한 신관들이 일제히 허리를 숙이며 답했다. 견습 신관에게서 종이와 깃펜을 받아 든 대신관이 말했다.

"모니크 영애께도 펜과 종이를 드려라."

"네?"

"두 번 말하지 않겠다."

"죄송합니다, 예하."

서늘한 눈초리로 견습 신관을 일별한 대신관이 나를 향해 돌아서며 보일 듯 말 듯한 미소를 지었다. 언제 싸늘한 태도를 보였냐는 듯, 부드럽기 그지없는 목소리가 공기를 울렸다.

"영애, 방금 받은 신탁의 내용을 적어 주실 수 있겠습니까?"

"⋯⋯예하."

"비타께서 영애에게 신탁을 내리신 이유가 반드시 존재할 터. 이제 와 부정하신다 하여 이미 있었던 사실이 덮어지지는 않을 것입니다."

"……알겠습니다, 예하."

나는 한숨을 삼키며 견습 신관이 내미는 펜과 종이를 받아 들었다.

나와 대신관 사이에서 오가는 말을 들은 신관들이 웅성거리는 소리가 들려왔다. 넓디넓은 회랑 안이 소음으로 가득 차자, 눈썹을 찡그린 대신관이 오른손을 들어 모두를 침묵시켰다.

거침없이 종이에 신탁을 적어 내리는 대신관. 그 모습에, 나를 주시하던 신의 징표들 역시 하나둘 펜을 들었다.

"후우."

절로 한숨이 나왔다.

'왜 이렇게 된 걸까.'

새하얀 종이를 잠시 노려보다가, 나는 아직도 머릿속을 맴돌고 있는 신탁의 내용을 한 자 한 자 적어 넣었다. 마지막 글자까지 적어 넣은 종이를 반으로 접자 정식 신관들이 대신관과 다섯 징표들, 그리고 내게 다가와 손을 내밀었다.

"그럼, 신탁의 내용을 공개하겠습니다."

모두의 시선이 집중된 가운데 일곱 장의 종이가 동시에 펼쳐졌다. 그곳에 적혀 있는 신탁의 내용은 토씨 하나 틀리지 않고 동일했다.

"이게 대체……?"

"어째서 모니크 영애가?"

"이럴 수가······."

수많은 신관들의 시선이 내게로 집중됐다. 모두 신탁의 내용보다는 신의 징표도 아닌 내가 신탁을 들었다는 사실에 경악하고 있었다. 고위 신관으로 보이는 나이 많은 신관 하나가 침음을 삼키며 대신관에게 물었다.

"이것이 어떻게 된 일입니까, 대신관 예하?"

"보는 바와 같다. 모니크 영애도 신탁을 받은 듯하군."

"어떻게 주신의 징표도 받지 못한 일반인이 신탁을 받을 수가 있습니까? 뭔가 내막이 있는 것이 분명합니······."

"오마르 신관, 그대의 말은 마치 주신 비타의 세 번째 뿌리로서 테르티우스의 이름을 받은 이 나를 의심한다는 뜻으로 들리는군."

수려한 얼굴을 굳힌 대신관이 차갑게 말했다. 냉랭하기 짝이 없는 그 말에, 오마르라고 불린 늙은 신관은 잠시 멈칫하다가 이내 아무렇지도 않다는 듯 답했다.

"그런 뜻은 아니었습니다, 예하. 하지만 이런 일일수록 명확하게 처리해야 하지 않겠습니까?"

"주신의 이름과 그분께서 내게 주신 신성력을 걸고 맹세하지. 본인은 단지 영애가 신탁을 받았다는 사실을 최초로 발견한 사람일 뿐, 영애에게 신탁과 관련된 그 어떠한 언질도 준 적이 없다."

"······진실인가 보군요. 무례를 범한 점, 사죄드립니다."

"알았으면 이만 뒷방 늙은이들에게 달려가서 일러바치지그래."

'뒷방 늙은이?'

항상 여유롭고 침착해 보이던 대신관이 으르렁거리는 모습에 깜짝 놀랐다. 얼굴이 시뻘겋게 달아오른 오마르 신관이 씹어뱉듯이 답했다.

"예하, 아무리 대신관 예하라고 하더라도 그분들에 대한 무례는 용납될 수 없습니다!"

"용납 못하면 어쩔 건가, 오마르 신관. 그저 대접받기만 할 뿐, 신성력을 발휘하는 것은 고사하고 신탁조차 받지 못하는 뒷방 늙은이들 따위가 나를 쫓아낼 수 있을 것 같은가? 어디 한번 고해 보시지. 어떻게 나올지 몹시 궁금하군."

서늘하기 그지없는 목소리가 회랑을 울렸다. 바람이 분 것도 아닌데 길게 늘어진 백발이 돌연 사납게 흩날리기 시작했다. 매서운 기세에 모두 주춤하며 뒤로 물러났다.

"이게 무슨 소란입니까."

신탁의 위력일까? 아무런 장식 없이 밋밋한 대신관의 복장과는 달리, 금실로 온갖 기하학적인 무늬를 수놓은 백색 신관복 차림의 노신관들이 줄줄이 나타났다.

'최고위 신관들인가.'

폐하께서 신전을 그토록 꺼리시게 만든 원인 중 하나인 그들. 지위로만 놓고 보면 대신관보다 낮기에 예하라는 호칭으로 불리지는 못하지만, 신의 뜻을 실천하기 위해 뚜렷한 거처를 두지 못하고 떠돌아다녀야 하는 대신관과는 달리 한곳에 뿌리를 박고 있기에 신전에서의 위세는 더 강한 이들, 최고위 신관들의 등장이었다.

어수선하던 주위가 쥐 죽은 듯 고요해졌다. 밉보이지 않도록 작은 행동 하나라도 조심하려는 것이리라.

생각해 보면 그럴 법도 했다. 대륙에서 유일한 제국, 그중에서도 수도에 위치한 이곳 상크투스 비타에 있는 최고위 신관들은 비타

교단의 실세 중의 실세였으니까.

여러 명의 최고위 신관 중에서도 한가운데에 꼿꼿하게 서 있던 나이가 많은 신관이 앞으로 나섰다. 꽤나 지긋한 나이로 보이는 외모를 가진 그는 자신보다 훨씬 나이가 어려 보이는 대신관을 향해 무척 정중한 태도로 고개를 숙였다. 하지만 대신관을 바라보는 노신관의 밤색 눈동자는 싸늘하게 가라앉아 있었다.

"무슨 일이십니까, 대신관 예하?"

"그건 오마르 신관이 잘 알 거라 생각하는데."

나풀거리던 백색 머리카락은 이미 차분하게 가라앉아 있었지만, 대신관은 여전히 심기가 불편해 보이는 표정으로 냉랭하게 답했다.

오마르 신관을 향해 고개를 돌린 최고위 신관이 말했다.

"오마르 신관, 석 달간 견습 신관들과 함께 신전을 청소하는 벌을 내리겠습니다."

"호오, 이유조차 묻지 않은 처벌이라?"

"예하의 심기를 불편하게 한 죄가 있지 않습니까. 응당 그에 따른 처벌을 받아야겠지요."

"날 거슬리게 하는 것이 죄라면, 그대들 스스로에게도 처벌을 내리지그래."

"예하의 뜻이 곧 비타의 뜻이니, 원하신다면 그리하겠습니다."

여유로운 태도로 받아치는 최고위 신관을 살짝 내리뜬 눈으로 오만하게 바라보던 대신관이 말했다.

"내 뜻이 곧 아버지의 뜻이라. 재미있군."

"……"

"어쨌든 신탁을 받은 것은 확인했고 그 내용도 모두 일치하니, 그대들은 이만 물러가서 그토록 좋아하는 해석이라는 짓이나 실컷 하는 것이 어떤가."

"알겠습니다, 예하. 그럼 이만 물러나지요."

끝까지 정중하게 고개를 숙인 최고위 신관이 돌아서자 다른 신관들이 곧바로 뒤를 따랐다. 심지어는 견습 신관들조차 잠시 대신관의 눈치를 살피다 우르르 빠져나갔다.

보지 말아야 할 것을 목격한 것 같아 불편한 마음으로 서 있는데, 어느새 내 옆으로 다가온 대신관이 보일 듯 말 듯한 미소를 지으며 말했다.

"이거, 영애께 좋지 않은 모습을 보여 드렸군요. 부끄럽습니다."

"아닙니다, 예하."

하지만 편치 않은 기분은 여전했다. 회귀 전에도 신전에 가 본 적은 손에 꼽을 정도였던 데다 대신관들과 마주친 적은 단 한 번도 없었기에, 나는 저들이 이토록 대립하는 사이인지 미처 몰랐다.

'어째서 이렇게까지 서로 반목하고 있는 것일까.'

대신관이라는 지위의 특성상 서로 껄끄러울 수 있다는 것을 모르는 바는 아니었지만, 이 정도로 심하게 서로 경계하는 이유가 대체 뭐지? 부귀와 영예에는 관심이 없다는 대신관이 최고위 신관들과 주도권 싸움을 하는 것도 아닐 텐데.

곰곰이 생각에 잠겨 있는데, 공기 중으로 사르르 흩어지는 듯한 목소리가 들려왔다.

"갑작스러운 신탁에 놀라 드리려던 말씀을 잠시 잊었군요. 그럼 자리를 옮길까요? 이곳은 대화를 나누기에는 그리 적합해 보이지 않는군요."

"아……. 네, 그리하시지요."

"그럼 이쪽으로 오십시오. 제가 안내하겠습니다."

대신관을 따라 한참을 걸은 끝에 도착한 장소는 엄청난 규모를 자랑하는 상크투스 비타에서도 가장 깊숙한 곳에 위치하고 있었다.

넓은 회랑을 사이에 두고서 커다란 방이 셋씩 마주하고 있었고, 회랑 한가운데에는 작은 분수를 비롯한 실내 정원이 조성되어 있었다. 잘 가꿔진 녹색 식물들이 싱그러운 생명의 기운을 뿜어냈다.

이곳은 지나치게 화려한 감이 있어 왠지 모를 거부감을 주던 신전 안의 다른 장소들과는 달랐다. 오로지 녹색과 백색으로만 이루어진 공간에서는 생명 특유의 활기와 함께 성스러운 느낌이 한가득 묻어 나왔다.

'대신전에 이런 곳도 있었나?'

주위를 둘러보며 눈을 동그랗게 뜨자, 웃음기를 머금은 목소리가 들려왔다.

"이곳, 산투아리움Sanctuarium이 마음에 드십니까?"

"성소聖所란 뜻이군요."

"그렇습니다. 오직 주신의 여섯 뿌리와 그의 허락을 받은 자만 들어올 수 있는 곳이지요. 이곳이라면 조용히 이야기할 수 있을 것 같아 이리로 모셨습니다."

실내 정원에 마련된 테이블로 다가간 대신관이 내게 의자를 빼 주고는 맞은편에 앉았다.

'대체 무슨 말을 하려고 성소라 불리는 곳에 나를 데려온 거지?'

옷자락을 움켜쥔 손에 힘이 꽉 들어갔다.

나를 물끄러미 바라보던 대신관의 눈꼬리가 부드럽게 휘어졌다.

"잡아먹기라도 할까 봐 그러십니까. 그리 불안해 하지 않으셔도 됩니다, 신탁의 아이시여."

"······아직도 제가 '신탁의 아이'인가요? 예하께서도 조금 전 신탁을 듣지 않으셨습니까."

"이번에 갑자기 나타난 검은 머리 여자의 이름이 지은이라지요. 흠, '그라스페Grasper'라. 어쩐지 영애에게 부여된 '피오니아Pioneer'와는 상당히 대비되는 이름이군요."

"······."

"자세한 일은 조사해 봐야 알겠지만, 그라스페라는 이름을 받은 그분께서 신탁을 직접 받으셨을 가능성은 극히 희박합니다. 피오니아 님, 신의 징표를 받지도 않은 당신이 어째서 신탁을 들으실 수 있었던 겁니까? 그것도 당신에 관한 내용도 아닌 그분에 대한 신탁을 말입니다."

딱히 답해 줄 말이 없었다. 나도 몰랐으니까.

어째서 신은 내게 신탁을 두 번씩이나 내린 것일까. 한 번은 내 이름에 관한 것이었으니 그렇다 치더라도, 왜 지은에 관한 것을 내게 들려준 거지?

지은 역시 나처럼 신탁을 받았을까? 대신관은 그럴 가능성이 거의 없다 하였지만, 내가 피오니아라는 이름을 받을 때 직접 들었던 것을 생각하면 그녀 역시 그랬을 가능성을 배제할 수는 없었다.

"영애?"

"······저도 잘 모르겠습니다. 그저 갑자기 눈앞이 흐릿해지더니 머릿속에서 어떤 음성이 울렸을 뿐이라서요."

"뭔가 짚이는 곳은 없으신지요. 평소에도 예지몽을 꾸거나 신언을 들으셨다거나, 혹은 다른 신탁을 받으셨다거나 한 적은 없습니까?"

"……없습니다."

과거에 직접 신탁을 받은 적이 있기는 했지만 대신관에게 그러한 사실을 일러 줄 수는 없는 노릇이었다. 물론 적의 적은 친구라고 했으니, 만일 좀 전에 본 것이 진실이라면 대신관은 같은 편이라 할 수도 있을 터였다. 그러나 그렇다고 해서 무턱대고 신뢰할 수는 없는 노릇 아닌가.

팔도 안으로 굽는다고, 아무리 반목하는 사이라고 하나 결국 그들 모두는 같은 울타리 안에서 생활하는 사이였다. 게다가 뭔가 다른 꿍꿍이가 있을 가능성도 배제할 수 없었다.

"흠, 뭔가 숨기시고 있다는 생각은 듭니다만……."

"……."

"레이디께서 감추고자 하는 사실을 굳이 캐내는 것도 도리가 아니지요. 알겠습니다. 영애의 의사를 존중하지요."

"……감사합니다, 예하."

진지한 어조로 말하던 그가 갑자기 한 손으로 턱을 괴며 나를 향해 얼굴을 불쑥 들이밀었다. 깜짝 놀라 몸을 뒤로 빼자, 온통 백색으로 휘감은 가운데 유독 선명하게 보이는 붉은 입술이 호선을 그리며 휘어졌다.

"영애, 올해 연치年齒가 열다섯이셨던가요."

"그렇습니다만, 그건 어찌하여 물으시는지요?"

"황태자 전하께서는 참으로 복이 많으신 분이시군요. 이토록 아름다운 분을 약혼녀로 두고 계시니 말입니다."

"네?"

뜬금없이 던져진 말에 멍하니 바라보자, 대신관의 입가에 걸려 있던 미소가 좀 더 짙어졌다. 한층 더 사근사근해진 목소리가 귓가를 울렸다.

"아니, 정정하죠. 황태자 전하께서는 참으로 불행하신 분이시군요. 이토록 아름다운 약혼녀를 두고 있음에도, 아직 연치가 어리신지라 손가락 하나 대지 못하고 계실 테니."

"예하."

"시린 달빛을 품은 머리카락은 성스럽기까지 하고, 태양을 머금은 듯한 황금색 눈동자는 눈부시도록 황홀하게 빛나는군요. 비타께서 주신 이 몸에 대해 불경한 소리겠습니다만, 계속해서 바라봤다가는 제 눈이 멀어 버릴 것만 같습니다."

"……."

뭐라고 대꾸할 말이 생각나지 않아 그저 듣고만 있는 나를 빤히 쳐다보던 대신관이 눈꼬리를 접으며 웃었다.

"이런, 연치만 어리신 것이 아니었나 보군요. 흠. 그럼 오늘은 여기까지만 하지요. 생명의 아버지께서 주신 아름다움을 찬미하라. 그대에게 우리 주 비타의 축복을 전합니다."

대신관의 손에 하얀빛이 맺혔다. 사방이 꽃향기로 가득 차고 분홍색 꽃잎이 내 주위로 하나둘 떨어지기 시작했다.

'이게 뭐하는 짓이람.'

당혹스러웠다. 최근 들어 신의 뜻이라는 것에 많은 회의가 들고 있기는 하지만, 아무리 그래도 명색이 신이라는 존재가 신성력을 이런 데다 쓰라고 준 것은 아닐 텐데.

기가 막혀서 뭐라고 쏘아붙이려던 때, 나는 방금 전까지만 해도 몹시 피로하던 몸이 가뿐해졌다는 사실을 깨달았다.

'축복하겠다는 말이 이런 의미였나.'

왠지 찜찜한 기분이 들었지만, 나는 일단 대신관을 향해 가볍게 묵례를 했다.

"감사합니다, 예하."

"별말씀을."

"헌데, 저를 보자고 하신 이유는 무엇인지요?"

"아, 그것 말입니까? 실은 그저 신탁의 아이를 가까이서 뵙고 싶어서였습니다만, 오늘 있었던 일을 보아하건대 아무래도 비타께서 저를 이끄셨던 건가 봅니다."

'겨우 그런 이유로 따로 보자고 했다고?'

미심쩍은 눈초리로 바라보자, 대신관은 보일 듯 말듯하게 입꼬리를 들어 올리며 말했다.

"그럼 이야기도 끝났고 하니 이만 나가 볼까요? 심정 같아서는 모니크가까지 모셔다 드리고 싶습니다만, 그랬다가는 후폭풍이 몹시 거셀 테지요. 아쉽지만 저는 요 앞까지만 동행하겠습니다."

"배려해 주셔서 감사드립니다, 예하."

"아닙니다. 아름다운 레이디를 모실 수 있으니 오히려 영광이지요."

자리에서 일어난 대신관이 앞장서서 걸어 나갔다. 나는 기다란 머리카락을 사락사락 끌며 걷는 청년의 뒷모습을 지그시 노려보

앉다.

대체 무슨 꿍꿍이로 내게 이러는 걸까? 지은에 대한 신탁이 내려왔음을 알면서도 나를 계속해서 신탁의 아이라고 부르는 이유는 뭐지? 내가 신탁을 들었다는 사실을 공개한 이유는?

"그리 뚫어져라 보시면 민망하답니다."

"……."

앞장서서 걷던 대신관이 뒤를 돌아보며 보일 듯 말 듯한 미소를 지었다. 그 모습에, 나는 낮은 한숨을 내쉬며 그를 따라 성소를 빠져나갔다.

"이제 오십니까, 아가씨. 무사히 귀환하신 것을 환영합니다."

"오랜만이야, 집사. 다들 잘 지냈고?"

"네, 별다른 일은 없었습니다. 아가씨께서도 잘 지내셨지요?"

"응. 아버지께서는?"

"급한 일이 생겨서 아무래도 오늘은 돌아오지 못할 것 같다는 전언을 보내셨습니다."

"……그래?"

아무래도 신탁 때문이려나.

신탁은 받는 즉시 황궁에 알리도록 되어 있으니, 지금쯤이면 폐하께서도 그 사실을 아셨을 것이었다.

신이 보낸 여인이라는 수식어가 붙은 지은에게 내려온 '그라스페'라는 이름.

깊은 한숨이 절로 새어 나왔다.

중간 이름. 그것은 지은에게도 황위 계승권이 생겼다는 것을 의미했다. 몇 해 전 내게 하셨던 말씀으로 미루어 짐작하건대, 지은에게 황위 계승권이 존재하는 이상 폐하께서는 결코 그녀를 놓아주시지 않을 것이 분명했다. 이제 지은은 죽음 외에는 어떤 방식으로든 황태자 전하와 엮일 수밖에 없게 되었다.

'운명을 붙잡는 자, 그라스페.'

신이 지은에게 그런 이름을 내린 것은 그녀에게 황후로서의 운명을 다시 한 번 붙잡을 기회를 주겠다는 뜻일까. 아니면 뭔가 다른 의미가 있는 걸까.

대신관과 나눴던 대화를 곰곰이 곱씹어 보았지만, 이렇다 할 답을 찾아낼 수는 없었다. 대신 축복을 받아 가뿐해졌던 몸에 급격히 피로감이 밀려왔을 뿐.

'모르겠다. 나머지는 내일 생각해야지.'

리나의 도움을 받아 겨우겨우 옷을 갈아입고서, 나는 침대를 향해 몸을 던졌다.

다음 날 아침.

나는 눈을 뜨자마자 한 통의 편지를 받았다. 그것은 오후에 있을 정무 회의에 참석하라는 소환장이었다.

'드디어 시작인가.'

한숨을 쉬며 소환장을 접었다. 남는 시간 동안 잠시 수련이라도 할까 생각하고 있을 때, 리나가 들어와 내게 작은 종이쪽지 하나를 내밀었다.

정무 회의에 소환되었다는 이야기는 들었다. 오후에 보자꾸나.

추신. 입궁하면서 지난번 아비가 네게 선물한 것을 가져올 수 있겠느냐?

어쩐지 위화감이 들어서, 추신을 다시 한 번 읽었다.

'아버지께서 내게 선물한 것이라고?'

얼핏 보기에는 그저 잊은 물건을 가져오라는 당부처럼 보였지만, 아무리 봐도 글자 그대로 해석하기엔 뭔가 이상했다. 지난번이라는 것은 아무래도 여름 별궁으로 떠나기 전에 함께했던 외출을 말씀하시는 것 같은데.

'당시에 아버지께서 내게 선물하신 것은 예복이 아니었나.'

설마하니 여벌로 챙겨 오라는 말씀은 아닐 테고. 그렇다면 그걸 입고 오라는 말씀인가?

"아!"

불현듯 깨달음이 왔다.

오후에 있을 정무 회의에 기사단 제복이 아니라 아버지께서 선물해 주신 예복을 입고 참석하라.

'그렇구나.'

정무 회의가 어떤 식으로 이루어지고 있는지 대충 짐작이 갔다. 내가 해야 할 일이 무엇인지도. 나는 회의를 위한 준비를 하다가 예복으로 갈아입은 뒤 시간에 맞춰 황궁으로 향했다.

사안이 사안이니만큼 일 년에 두어 번 열린다는 대회의가 소집된 모양이었다. 회의가 시작된 후에도 잠시 대기실에서 기다린 후에야 간신히 들어선 대회의장은 어마어마하게 넓었다.

천천히 걸음을 옮기며 대회의장 안을 살폈다. 이미 착석해 계시는 황제 폐하와 황태자 전하를 위한 단상 위의 자리를 사이에 두고서 좌우로 늘어서 있는 여러 줄의 책상 앞에는 수많은 귀족들이 앉아 있었다.

예상했던 대로군. 아버지께서 그런 전갈을 보내신 이유가 바로 이거였어.

"모니크 경의 자리는 이쪽입니다."

시종이 안내하는 자리는 단상과 마주하고 있는 자리였다. 간혹 법정으로도 사용하는 이곳 대회의장에서 재판이 열릴 경우 심판의 대상이 되는 자가 앉는 자리.

'시작부터 이런 식으로 나오시겠다?'

또각또각.

일부러 구두 굽 소리를 내며 안내된 자리 앞으로 걸어갔다. 그러고는 의자에 앉는 대신 단상에 앉아 계시는 폐하를 올려다보았다. 내 차림을 보신 폐하께서 슬쩍 미소를 짓는 모습이 눈에 들어왔다.

'혹시나 했더니 역시나였군.'

아버지께서는 아마도 폐하의 암묵적인 동의를 받아 그런 전갈을 보내신 것이리라. 다만, 나중에 미리 언질을 주었다며 귀족파가 꼬투리를 잡을까 봐 돌려서 표현하신 것이겠지.

'어쨌든 폐하께서도 묵시적으로 승인하신 일이란 말이지. 그렇다면 어디 한번 해 볼까?'

"제국의 태양, 황제 폐하와 작은 태양이신 황태자 전하께 아리스티아 라 모니크가 인사 올립니다."

한 손으로 가슴을 짚고 다른 손으로는 드레스 자락을 살짝 잡은 채 허리를 굽혀 단상을 향해 예를 올렸다. 나와 같은 자리, 단상과 마주 보고 있는 곳에 이미 앉아 있던 지은의 시선이 느껴졌다. 하지만 나는 오 년 만에 다시 보는 검은 머리의 소녀를 외면한 채 입을 열었다. 지금은 그녀를 돌아보거나 배려할 시점이 아니었다. 이건 나 자신뿐만이 아니라 내 가문, 더 나아가 계파의 자존심이 달린 문제였으므로.

"황제 폐하, 아뢰옵기 송구하오나 착석하기 전에 한 가지 여쭙고 싶은 것이 있습니다."

"그리하게."

"소녀는 지금 죄인의 자격으로 이 회의에 참석하게 된 것입니까?"

"음? 그럴 리가 있겠는가."

"그렇습니까. 그렇다면 저 아리스티아 라 모니크는 제게 주어진 정당한 권리에 의거, 배정된 자리에 대해 정식으로 이의를 제기하는 바입니다."

뜻밖의 말 때문일까? 장내가 조금씩 소란스러워지기 시작했다. 입꼬리를 슬쩍 들어 올린 채 주위를 돌아보자 각양각색의 표정이 눈에 들어왔다. 웅성거리는 귀족들, 빙그레 웃음을 짓는 황제 폐하, 무표정한 푸른 머리카락의 청년, 그리고 흐뭇한 미소를 머금은 채 나를 바라보고 있는 두 공작.

하얀 문관 예복을 입은 베리타 공작을 보자 문득 알렌디스가 떠올랐다. 그러나 아려 오는 가슴에 감상에 젖은 것도 잠시, 나는 제나 공작의 분기탱천한 목소리에 현실로 다시 돌아왔다.

"들어오자마자 이게 무슨 짓인가! 작위도 없는 일개 후작 영애 주제에 이의 제기라니."

"바로 그 때문입니다, 제나 공작 전하."

소음을 뚫고 말을 전달하기 위해서, 나는 성량을 키우면서도 격앙된 것 같지는 않은 어조로 말문을 열었다. 회귀 이후로는 써먹을 일이 없을 줄 알았는데, 과거에 죽도록 배웠던 것들이 이런 식으로 쓸모가 있을 줄은 몰랐다.

어느새 조용해진 회의장 안.

수많은 시선들이 흥미롭다는 듯 나를 주시했다. 그 눈길 속에서, 나는 허리를 꼿꼿하게 세운 채 제나 공작을 돌아보며 또박또박 말했다.

"일개 후작 영애라고 하셨지요? 바로 그 때문에 제가 지금 이의를 제기하고 있는 것입니다."

"그건 무슨 소리인가."

"저는 평민도 단승 귀족도 하급 귀족도 아닌 대귀족, '제국의 창' 모니크 후작가의 여식입니다. 공작 전하께서도 아시겠지만,

제국법에 따르면 대귀족의 경우 황제 폐하의 재가가 없는 한 청문 혹은 심문할 수 없습니다."

"그래서?"

나는 싸늘하게 노려보는 제나 공작과 귀족파 사람들을 똑바로 마주 보면서 말을 이어 나갔다.

"폐하께서는 방금 제가 죄인의 자격으로 참석한 것이 아니라 하셨습니다. 그렇다면 제국법에 따라 대귀족의 자녀인 저를 심문할 수는 없습니다. 따라서 저는 심문받는 자의 자리인 지금 이 좌석에 착석할 수 없습니다."

"건방진!"

"그만하게, 제나 공작. 영애의 말에도 일리가 있네."

제나 공작을 제지한 폐하께서 말씀하셨다. 푸른 눈동자가 흥미롭다는 듯 반짝이며 나를 주시했다.

황급히 다가온 의전관이 새로운 자리로 나를 안내했다. 한숨이 나왔다. 방금 전의 자리 배치는 귀족파의 입김이 들어간 것이겠지만, 지금 이것은 폐하께서 치시는 장난이 분명했다. 어떻게 할까 잠시 고민했지만 답은 하나였다. 이 옷을 입고 온 이상 이대로 물러날 수는 없었다. 보내신 전갈의 내용으로 보아 아버지께서도 그것을 원하시는 것 같고.

"⋯⋯다시 한 번 말씀드리지만, 저는 모니크가의 장녀로서 이 자리에 와 있는 것입니다. 그러니 이 좌석 역시 인정할 수 없습니다."

"별다른 직책도 없는 일개 견습 기사 주제에 지금 상석에 앉겠다고 말하는 건가?"

이건 또 무슨 말도 안 되는 소리야.

피식 웃음이 나왔다. 소리가 들려온 쪽으로 고개를 돌리자 귀족파 사이에 앉아 있는 황토색 머리카락의 남자가 보였다.

누구지? 서로를 깎아내리는 것쯤이야 일상다반사이지만, 자칫 잘못하면 가문 간의 싸움으로 번질 수 있는 사안에서 수위 조절도 못하는 멍청한 귀족이 제국에 있을 줄이야.

눈에 힘을 줘서 자세히 살피자, 남자의 옷깃에 달린 문장 브로치가 보였다.

아마란타인, 사막에만 피는 불멸의 꽃.

'어느 가문의 문장이더라. 로니에르? 뤼니에르? 라니에르? 음, 라니에르 백작가가 맞는 것 같네.'

나는 일부러 고개를 크게 갸웃하며 의아하다는 듯 말했다.

"지금 좌석 배치가 직책순으로 이루어진 것이었습니까? 저는 비록 귀족평의회 부의장이라고는 하나 공식 직함은 갖고 있지 않은 제나 공작가의 후계자 되시는 분이나 기사단과 행정부 어느 곳에도 적을 두지 않고 있는 미르와 후작 영식, 그리고 행정부에 이제 막 입부한 하멜 백작 영식께서 상석에 앉아 계시기에 작위순으로 좌석이 배치되어 있는 줄 알았습니다."

"……이들은 각 가문의 후계자 혹은 가주의 전권 대리인으로서 이 자리에 앉아 있는 것이니 후작가의 장녀에 불과한 영애와는 전혀 다른……."

"거리가 멀어서 보지 못하셨나 봅니다, 백작. 제 예복에 놓인 수나 옷깃의 브로치를 눈치채지 못하신 걸 보니 말입니다."

좌중의 시선이 내 옷으로 쏠렸다. 은실로 자수를 놓은 군청색 드레스. 그저 평범하게 보일 수도 있는 이 옷의 특별한 점은 가슴 부분과 치맛자락에 놓여 있는 수, 그리고 옷깃에 꽂혀 있는 브로치에 있었다.

은빛 방패와 교차하고 있는 네 자루의 창.

'제국의 창' 모니크 후작가의 문장.

바로 가문의 문장이었다.

가문의 문장을 수놓은 예복을 입을 수 있는, 그리고 문장 브로치를 달 수 있는 사람은 가주와 후계자, 혹은 유사시 가주를 대리하여 가문의 일을 처리할 권한이 있는 자뿐이었다. 그러므로 내가 백작에게 한 말은 나 역시 이곳에 단순한 영애의 지위로 참석한 것이 아니라는 뜻이었다.

내 옷을 본 라니에르 백작은 한참 동안 입만 벙긋거리다 더듬더듬 말했다.

"이, 이게 무슨 말도 안 되는……."

"그만. 영애의 말이 옳군. 의전관, 모니크 영애를 올바른 자리로 안내하라."

흡족하게 미소를 지은 폐하께서 말씀하셨다.

조심스럽게 다가온 의전관이 나를 또 다른 자리로 안내했다. 이번에 안내받은 곳은 아버지의 바로 옆자리, 상석 중의 상석이었다.

'이제 된 건가.'

나는 자리에 앉으면서 작게 한숨을 쉬었다.

'회의는 아직 시작도 하지 않았는데, 벌써 이렇게 피곤해서야.'

"안녕하십니까, 모니크 영애. 오랜만에 뵙습니다."

"아, 안녕하세요, 에네실 후작 각하. 얼마 전 작위를 물려받으셨다는 얘기는 들었습니다. 선고장先考丈, 선대 가주의 명복을 빕니다."

"감사합니다."

아버지의 우측에 앉아 있던 백금발 청년이 묵례하며 말을 건넸다. 얼마 전 선대 후작의 사망으로 인해 작위를 물려받았다는 젊은 후작이었다.

'에네실 후작가라.'

회귀 전에는 그저 변방에 머물러 있는 가문에 불과했는데, 젊은 후작이 자리를 잇더니 중앙으로 치고 들어오려는 모양이었다. 과거와는 달리 최근 들어 귀족파가 조금씩 약세를 보이는 것도 한몫했겠지.

'제3기사단을 창설한다는 소문이 있던데, 혹시 기사단장 자리라도 노리려는 걸까.'

"그럼 당사자도 모두 출석한 것 같으니 회의를 재개하지. 재상, 안건을 제시하게."

"네, 폐하. 이번 안건은 바로 신탁에 관련된 것입니다. 어제 저녁……."

베리타 공작이 일어나서 어제의 신탁에 관한 이야기를 하는 동안, 나는 이쪽을 무섭게 쏘아보고 있는 제나 공작과 라니에르 백작을 향해 환하게 미소를 지었다. 무표정한 제나 공작과는 달리 곧바로 표정이 일그러지는 백작을 보자 진심 어린 웃음이 나왔다.

'당신은 아직 멀었군.'

속으로 혀를 차 주고서, 원래 둘이서 앉아 있을 뻔했던 자리에 홀로 남아 있는 지은을 향해 고개를 돌렸다.

언제부터 나를 바라보고 있었던 것일까? 심연을 품은 듯한 검은 눈동자가 한 치의 오차도 없이 나를 향하고 있었다. 시선이 마주치자 무표정하던 그녀의 얼굴에 미소가 걸렸다. 과거와 같은, 그러나 어딘가 달라 보이는 것 같기도 한 미소. 그 모습을 보자 만날 때마다 뭐가 그리 좋은지 생글거리면서 웃고 있던 과거의 지은이 떠올랐다.

"티아."

상념에 빠져 있다가, 나지막하게 부르는 아버지의 목소리에 고개를 돌렸다. 어느새 개요 설명이 끝난 것인지, 많은 이들의 시선이 나를 향하고 있었다.

"다시 한 번 묻겠네. 영애가 신탁을 직접 받았다는 이야기가 있던데, 사실인가?"

"……네, 그렇습니다."

"근거는?"

"당시 입회했던 신관들과 대신관 예하께서 증명해 주셨습니다."

"흠, 좋네. 이 부분은 예하께서 출두하실 때 확인해 보도록 하지."

베리타 공작의 말에 황토색 머리카락을 신경질적으로 쓸어 넘긴 라니에르 백작이 말했다.

"어떻게 신의 징표도 아닌 일개 후작 영애가 신탁을 받을 수 있단 말입니까. 아무래도 조작된 것이 확실합니다."

"다른 사람도 아니고 대신관의 증명이 있거늘, 그것이 어찌 조작될 수 있단 말인가. 그 자신의 신성력을 걸고 확인한 것이라 하지 않았는가."

"흠, 이런 가정은 어떠한가. 영애 스스로가 '신의 징표'일 수도 있지 않겠느냐 말일세."

라스 공작의 말에 이은 황제 폐하의 말씀에 주위가 잔뜩 소란스러워졌다. 웅성거리는 사람들을 잠시 바라보던 폐하께서 오른손을 들어 침묵을 명하고는 나를 돌아보셨다.

"이제 와서 하는 얘기지만, 짐은 영애가 직접 받은 신탁이 하나 더 있다고 생각하네. 그렇지 않은가?"

나를 곧게 응시하는 푸른 눈동자가 예리하게 빛났다.

'대체 어떻게 아신 거지? 누구에게도 말한 적이 없는데.'

가슴이 철렁했다. 아버지께서 예복을 입고 오라고 하셨을 때부터 마음의 준비를 하고 있었지만, 그럼에도 두려웠다. 날카롭게 빛나는 폐하의 눈빛에서 어떻게든 나를 황태자비로 만들겠노라는 의지가 보이는 듯했기에.

'침착하자, 아리스티아. 아직 방법은 있잖아.'

긴장한 마음을 가라앉히려 크게 심호흡했다. 속으로 한숨을 삼키며 긍정을 표하자, 폐하께서는 그럴 줄 알았다며 입꼬리를 슬쩍 들어 올리셨다.

"역시 그랬군. 영애는 자신에게 중간 이름을 부여한 신탁도 직접 들은 것이었어."

"……"

"폐하, 이것이 무슨 말씀이십니까. 중간 이름이라니요?"

"지금껏 함구해 왔네만, 중간 이름을 부여받은 사람은 지금 저곳에 앉아 있는 지은이란 여인만이 아닐세. 모니크 영애 역시 오 년 전에 신탁으로 중간 이름을 부여받았지."

너무 크나큰 충격을 받아서일까. 황제파도 귀족파도 모두 침묵했다. 멀쩡한 안색을 유지하고 있는 사람은 이미 사실을 알고 있던 아버지와 두 공작을 비롯한 몇몇 귀족들뿐이었다. 그중에는 제나 공작도 있었다.

태연한 표정을 보자 쓴웃음이 나왔다. 하기야 겉으로만 드러내지 않을 뿐 신전과도 공공연하게 관계를 유지하고 있는 제나 공작이 이 사실을 몰랐을 리가 없었다.

얼마나 시간이 흘렀을까.

굵은 목소리가 정적에 휩싸인 공간을 갈랐다. 라니에르 백작이었다.

"그게 무슨 말씀이십니까. 오 년 전에 받았다면 이제야 그런 사실이 알려질 리가……."

"함구령을 내렸다 하였거늘. 지금 짐이 조작이라도 하고 있다는 것인가, 라니에르 백작."

폐하의 서릿발 같은 말씀에 라니에르 백작은 조용히 입을 다물었다. 불만스러운 표정으로 수군거리는 귀족파 사람들과는 달리 내내 침묵하던 제나 공작이 그제야 입을 열었다.

"폐하께서 조작하셨다는 뜻으로 한 말은 아닐 것입니다. 그저 모니크 후작이 실수로 가르쳐 줬다거나 하는 가능성을 배제할 수는 없다는 말이겠지요. 신관도 아닌 영애가 신의 징표일지도 모른다는 것보다는 이쪽이 훨씬 신빙성이 있지 않겠습니까."

그 말을 시발점으로 맞은편에 앉은 여러 사람들이 너 나 할 것 없이 시끄럽게 떠들어 대기 시작했다. 조작이라느니, 미심쩍다느니, 어떻게든 황태자비가 되겠다고 안달복달한다느니. 그에 맞서서 황제파 사람들도 하나둘 반박을 시작했다.

조용히 사태를 관망하던 아버지의 얼굴에 점점 노기가 차오르고 침묵하던 에네실 후작이 뭐라고 입을 열려는 순간, 탁 하며 책상을 내려치는 소리가 들려왔다. 제법 큰 그 소리에 일동의 시선이 단상으로 쏠렸다.

그동안 폐하의 옆에 말없이 앉아 있기만 하던 푸른 머리카락의 청년이 싸늘하게 좌중을 훑어보고 있었다.

"시끄럽군. 결국 중요한 것은 모니크 영애가 신탁을 직접 받았는지 여부와 두 여인에게 신탁으로 중간 이름이 부여되었는지에 관한 것, 그리고 둘 중 누가 신탁의 아이냐는 것이 아닌가."

"그렇습니다, 전하."

"그렇다면 간단하지 않은가. 지금쯤이면 대신관이 도착했을 터. 그에게 확인하면 될 것을."

냉기 어린 목소리로 말한 그가 손짓했다. 의전관이 대신관을 부르러 간 사이, 설전이 벌어지던 회의장은 잠시 소강상태에 접어들었다.

잔뜩 긴장하고 있던 탓일까. 축축해진 손바닥을 들여다보고 있는 내게 손수건 하나가 불쑥 내밀어졌다. 오른편에 앉아 있던 백금발의 청년이 빙그레 미소를 짓고 있었다.

"아……. 감사합니다, 각하."

"입장하실 때 보여 주신 모습은 정말 인상적이었습니다, 모니크 영애. 제1기사단 소속이시라고 들었는데, 그 나이 또래의 기사치고 제국법까지 통달하신 분은 찾기 힘들거든요. 아, 혹시나 무관을 폄하한다고 생각하지는 말아 주십시오. 저희 가문 역시 무가랍니다."

"칭찬, 감사드립니다."

"제가 조만간 기사단에 입단할 듯한데, 혹시 제1기사단에 배정되게 된다면 잘 봐주십시오."

나는 친근하게 말을 붙여 오는 에네실 후작에게 손수건을 돌려주면서 잠시 생각에 잠겼다. 기사단에 입단한다고 하는 것을 보면 정말로 중앙 정계로의 진출을 노리는 것 같은데.

'역시 제3기사단의 창설을 노리는 건가?'

문득 그의 옷깃에 달린 금빛 매의 문장 브로치가 눈에 들어왔다. 금빛 매가 목에 걸고 있는 왕관 목걸이도.

에네실 후작가.

초대 황제 폐하의 동생이었던 분이 세운 방계 황족 출신 가문이자 굴욕의 역사를 갖고 있는 곳.

과거에는 이런 일이 없었는데, 하나씩 미래가 바뀌기 시작한 지금 마침내 그들도 굴욕의 역사를 딛고 일어나 비상하려는 모양이었다.

"대신관 예하 드십니다."

의전관의 알림에 삼삼오오 대화를 나누던 좌중의 시선이 입구를 향해 쏠렸다. 찰나의 순간 바닷빛 눈동자와 시선이 마주친 듯했지만, 워낙 순식간에 일어난 일이라 확신은 없었다.

육중한 문이 열리고 온통 새하얀 색으로 휘감은 대신관이 안으로 들어섰다. 티끌 한 점 없는 순백의 신관복, 사락사락 끌리는 기나긴 백발이 신비로운 느낌을 연출했다.

황제 폐하와 황태자 전하께서 계시는 단상 바로 아래, 자신을 위해 마련된 자리까지 다가간 대신관이 가볍게 묵례했다.

"생명의 축복이 함께하시기를. 주신 비타의 세 번째 뿌리, 테르티우스입니다."

"그새 세 번째 뿌리가 되었구려. 오랜만이오, 대신관. 근 이십 년 만에 보는 듯한데 여전히 젊어 보이는구려."

'이십 년이라고?'

기껏해야 에네실 후작 또래로밖에 보이지 않는 대신관이 그리도 오랜 세월 동안 황제 폐하를 알고 지냈다니. 하긴, 태어난 순서대로 이름을 붙이는 대신관의 특성상 세 번째 뿌리라고 불릴 정도면 삼십 대 중후반 정도여야 했다.

"모두 비타께서 이끄신 덕분입니다. 이십 년이라. 벌써 세월이 그리 흘렀군요."

"대신관에게 몇 가지 묻고 싶은 것이 있소만, 확인을 부탁해도 되겠소?"

"물론입니다. 그리하십시오."

허공 속으로 흩어지는 듯한 목소리가 공기를 울리자, 한 걸음 앞으로 나선 베리타 공작이 질문을 던졌다.

"이미 확인한 바 있으나 한 번만 다시 여쭙겠습니다, 대신관 예하. 모니크 영애가 신탁을 받은 것이 사실입니까?"

"주신의 이름과 그분께서 제게 주신 신성력을 걸고 맹세하건대 진실입니다."

"모니크 영애와 지은이라는 저 여인에게 신탁으로 중간 이름이 부여된 것 역시 사실입니까?"

"본인은 대신관인 동시에 신의 징표이기도 합니다. 그 두 가지 신탁은 저 역시 들었습니다. 주신께 맹세코 모니크 영애에게는 '피오니아'라는 이름이, 지은이라는 여인에게는 '그라스페'라는 이름이 부여된 것이 맞습니다."

대신관의 말이 끝나자 대회의장은 또다시 웅성거리는 소리로 가득 찼다.

잠시 후.

시끄러운 소리가 잦아들자 베리타 공작은 그를 향해 마지막 질문을 던졌다.

"마지막으로 여쭙겠습니다. 그렇다면 아리스티아 피오니아 라 모니크와 지은 그라스페 중 누가 진정한 '신탁의 아이'입니까? 예하의 고견을 듣고 싶습니다."

"어려운 질문을 하시는군요. 흠, 뭐, 좋습니다. 제 생각을 말하도록 하죠."

붉은 입술이 호선을 그리며 휘어졌다. 투명한 연둣빛 눈동자가 잠시 내 쪽을 향하는 듯하더니 이내 단상 위를 응시했다. 모두가 숨죽여 기다리고 있을 때, 굳게 닫혀 있던 입술이 서서히 열렸다.

"아리스티아 피오니아 라 모니크는……."

"……."

"……신탁의 아이가 아니다. 지은 그라스페가 기존의 것을 덮는 새로운 신탁의 주인공으로서 진정한 '신탁의 아이' 이다."

"말도 안 되는!"

"역시 가짜였던 것이었군."

대신관의 말이 끝나자마자 분기탱천한 황제파 사람들이 고함을 질렀다. 제나 공작을 비롯한 귀족파 사람들이 흐뭇한 미소를 지으며 고개를 끄덕이는 모습이 보였다. 여태까지와는 비교할 수 없을 정도로 엄청난 소란에 왠지 모르게 기시감이 들었다.

'그러고 보면 회귀 전에도 이런 일이 있었구나.'

지은의 등장 이후, 그녀가 진짜 신탁의 아이라는 소문이 퍼지면서 나는 보장받았던 삶에서 끌어내려져 황후가 아닌 황비로 살았다.

신탁의 아이란 나를 가리키는 말이 아님을 알고 있었음에도, 과거와는 다른 내용의 신탁이 내려왔음에도 결과적으로는 똑같이 해석이 도출되는 모습에 불현듯 과거의 일이 떠올랐다. 어쩐지 가슴이 선득했다.

대신관을 돌아보자, 붉은 입술이 부드럽게 호선을 그리는 것이 보였다. 한참 동안 나를 응시하던 연둣빛 눈동자에 웃음기가 어리는가 싶더니, 곧이어 신비로운 목소리가 대회의장을 울렸다. 사르르 흩어지는 그 음성은 기이하게도 귓가에 바로 울리는 듯 들려와 시끌벅적하던 주위를 삽시간에 조용하게 만들었다.

"라는 것이 신전의 공식적인 입장입니다."

"······그렇다는 것은, 대신관 예하의 견해는 다르단 말씀이시군요."

"그렇습니다. 주신의 세 번째 뿌리인 저 테르티우스는 아리스티아 피오니아 라 모니크와 지은 그라스페 모두 신탁의 아이라 생각합니다."

"그런 말씀이 어디 있습니까!"

라니에르 백작이 자리를 박차고 일어나며 소리를 질렀다. 무심한 눈길로 그를 바라본 대신관이 싸늘한 목소리로 답했다.

"신탁이란 그 하나하나에 의미가 있습니다. 기존의 것을 덮는 신탁이라는 것은 어불성설입니다. 저는 피오니아 님은 피오니아 님대로, 그라스페 님은 그라스페 님대로 주신의 뜻에 따라 이름을 부여받은 것이라 생각합니다. 그렇다면 신탁으로 이름을 부여받은 두 분 모두가 신탁의 아이라 할 수 있겠지요."

"예하의 말씀은 잘 알겠으나, 저로서는 그 말을 쉽게 믿을 수가 없군요. 예하께서 스스로 증명해 주시지 않았습니까. 여기 모니크 영애는 신탁을 직접 받은 사람이라는 것을. 그에 비해 저기 지은 그라스페는 단순히 이름을 받았을 뿐 아무런 능력이 없지 않습니까. 두 사람이 동등한 자격이라는 것은 어불성설이라 생각합니다."

에네실 후작의 발언에 황제파는 일제히 그렇다는 듯 고개를 끄덕였다.

몸을 돌려 한참 아래 말석에 앉아 있던 지은을 물끄러미 바라보던 대신관이 나긋나긋한 목소리로 말했다.

"그라스페 님."

"……."

"비타께서 그대에게 주신 힘을 이미 느끼고 있지 않습니까. 어째서 침묵하고 계시는지요?"

'신이 그녀에게 준 힘이라고?'

고개를 갸웃했다. 회귀 전에도 그런 일은 없었던 것 같은데. 그저 신탁의 아이, 신비의 여인, 신의 사랑을 받는 자란 호칭만 주렁주렁 부여되었을 뿐 지은이 특별한 능력을 보이거나 했다는 이야기는 단 한 번도 들은 적이 없었다.

'그런데 갑자기 무슨 소리람. 설마 그녀도 나처럼 신탁을 듣기라도 했단 소리일까?'

피로한 기색으로 앉아 계시던 폐하께서 갑자기 몸을 앞으로 기울이며 말문을 여셨다. 푸른 눈동자가 호기심으로 번쩍였다.

"신이 준 힘이라? 그것이 사실이오?"

"아직 깨닫지 못하신 것인지, 아니면 그저 말하지 않고 있으신 것인지는 모르겠습니다만, 그라스페 님에게서 신성력이 느껴지는군요."

'뭐라고? 신성력?'

사람들의 경악한 눈초리가 지은을 향해 쏠렸다. 나 역시 마찬가지였다.

신성력. 대륙에서 단 여섯 명밖에 갖고 있지 않은 능력이자 주신의 축복을 받은 증거라 일컬어지는 바로 그것을 그녀가 갖고 있단 말인가? 온통 백색으로 휘감긴 대신관과 밤하늘색으로 둘러싸인 지은, 심히 대조적인 저 두 사람 사이에 신성력이라는 공통점이 있다고?

갑자기 자신을 향해 쏟아지는 시선이 불편한 듯, 검은 머리의 소녀가 움찔 몸을 떨었다. 눈을 아래로 내리깐 채 입을 열 생각을 하지 않는 모습에, 지은을 향하던 좌중의 눈길이 마침내 그녀에게서 답을 찾는 것을 포기하고 대신관을 향했다.

진지하게 고개를 끄덕인 대신관이 말했다.

"주신의 또 다른 뿌리라 칭할 정도의 신성력은 아닙니다만, 불완전하게나마 그녀에게 주어진 주신의 힘이 느껴집니다. 이 또한 맹세할 수 있습니다."

황제파도 귀족파도 모두 할 말을 잃고 침묵했다.

얼마나 시간이 흘렀을까. 곰곰이 생각에 잠긴 황제 폐하를 대신해서 싸늘한 목소리가 울려 퍼졌다. 황태자 전하였다.

"아무래도 다들 더 이상 할 말이 없는 모양이군. 재상, 오늘의 안건은 대신관의 증명으로 모두 해결되었으니 이만 회의를 파하도록 하지."

"네, 전하. 혹시 더 발언하고 싶은 자가 있습니까?"

"……."

"없군요. 그렇다면 황태자 전하의 말씀대로 오늘의 회의는 여기서 파하도록 하죠. 다음 안건은 내일 오전에 진행하도록 하겠습니다."

베리타 공작이 회의의 종료를 선언하자 황제 폐하와 전하께서는 곧바로 회의장을 빠져나가셨다. 뒤이어 다른 귀족들도 하나둘씩 자리를 뜨기 시작했다.

왔다 갔다 하는 사람들, 시끌벅적한 소리.

지은이 앉아 있던 곳을 돌아보았다. 그녀는 어느새 시종의 안내를 받아 회의장 밖으로 향하고 있었다. 검은 머리카락이 물결치며 조금씩 멀어졌다. 눈길을 잡아끄는 흑색 파도에 사로잡혀 있다가, 나는 귓가에서 들려오는 사근사근한 목소리에 고개를 돌렸다.

"생명의 축복이 함께하시기를. 오늘도 여전히 눈부시게 아름다우시군요, 영애."

"예하."

빙긋 웃는 대신관을 향해 뭐라고 답을 하려 했을 때, 자리에서 일어난 아버지께서 내 앞을 가로막으셨다. 정중하게 대신관을 향해 묵례해 보인 아버지께서는 나를 돌아보며 단호한 목소리로 말씀하셨다.

"예하께 잠시 드릴 말씀이 있으니, 너는 먼저 마차에 가 있거라."

"네, 아버지. 먼저 자리를 뜨는 것을 용서하십시오, 예하."

"괜찮습니다. 비타께서 허락하신 인연이 닿았으니 또 뵐 수 있겠지요."

"감사합니다. 그럼."

대회의장을 빠져나와 마차에 도착한 나는 오늘 하루 동안 있었던 일들을 회상하며 생각에 잠겼다.

황제파와 귀족파.

신의 징표와 신성력.

나와 지은.

피오니아와 그라스페.

그리고 그.

한참 동안 상념에 빠져 있을 때, 마차의 문이 벌컥 열렸다. 몹시 피곤해 보이는 와중에도 엷은 미소를 지어 주시는 아버지를 보자 왠지 죄송스러웠다. 나만 아니었어도 이렇게까지 바쁘실 일은 없었을 텐데.

"잘 어울리는구나."

"……정말요? 감사해요, 아버지."

"그래. 항상 어딘가 움츠러들어 있는 것 같아서 속상했거늘. 오랜만에 당당한 내 딸의 모습을 보니 흐뭇하였단다. 앞으로도 계속

이런 모습을 보여 주렴."

어색한 미소만 지었다. 대귀족으로서의 자존심과 귀족 영애들 중 일인자라는 긍지는 여전히 갖고 있지만, 회귀한 이후에 그를 내세운 적이 거의 없기는 했으므로.

차기 황후로서 항상 오만하고 당당하게 행동할 수 있었던 과거와는 달리 제약이 많은 지금은 무턱대고 행동할 수가 없었다. 자존심을 세우려면 얼마든지 할 수는 있지만, 언젠가는 전하의 약혼녀라는 신분에서 벗어나 가문을 잇고자 하는 지금 그러한 모습은 내게 독이 될 뿐이었으니까.

하지만 주변의 상황은 그리 쉽게 나를 놓아주지 않았다. 나는 여전히 황태자 전하의 약혼녀였고, 그 때문에 완전히 자유로울 수가 없었다.

오늘 같은 경우도 그랬다. 당당하게 행동하지 않고 그저 조용히 있었다면 모욕은 받았을지언정 황실과의 인연에서 한 걸음 멀어질 수도 있었을 것이었다. 하지만 아버지께 비상시의 가주 대리권까지 부여받은 이상, 그리고 내가 계파 전체를 대변하는 것과 마찬가지인 상황인 이상 도저히 자존심을 세우지 않을 수가 없었다.

물론 따로 믿는 구석이 있지 않았다면 나는 아무리 그런 상황이었어도 굽히고 나갔을 것이었다. 회귀 전의 나였다면 목숨을 잃을지언정 대귀족으로서의 긍지를 저버리지는 않았을 테지만, 지금의 나는 자존심보다는 내 주위를 둘러싸고 있는 소중한 것을 지키는 일이 더 중요했다. 그걸 위해서라면 잠깐의 굴욕감 따위야 얼마든지 감수할 수 있었다.

"⋯⋯티아."

"네, 아버지."

"미안하다. 네게 시간을 주겠다 약속했건만, 이제 더는 여유가 없구나. 다시 한 번 물어보마. 아비가 네게 어찌해 줄까? 너는 황태자비의 관을 원하느냐, 아니면 가문의 후계자가 되기를 원하느냐?"

진지하게 나를 응시하는 군청색 눈동자, 단호한 결심이 어려 있는 눈빛. 잠시 망설였지만, 이미 정해진 답은 하나였다.

"……가문의 후계자가 되겠습니다."

"그러하냐? 알았다. 최선을 다해 너를 돕도록 하마."

"저, 아버지."

"음?"

"어째서 제 의견을 존중해 주시는 거죠? 지금과 같은 상황에서 저를 황실에 보내지 않는다면 그녀에게 황태자비의 관이 넘어갈 텐데요."

나 혼자만이 황태자비 후보였을 때 아버지께서 돕겠다고 하신 것은 이해할 수 있었다. 나를 대신할 황제파 영애를 찾으면 되는 일이었으므로.

그러나 지금은 상황이 다르지 않은가.

순순히 도와주겠노라고 말씀하시는 모습에 어안이 벙벙했다. 지은의 진실에 대해 알고 있는 나야 그렇다손 치더라도, 아버지께서는 우리 파벌을 생각하신다면 그리 대답하실 수는 없을 텐데.

회귀한 이후 황실과의 인연을 거부하려고 마음먹었을 적에 한참 동안 고민한 것이 있었다. 지은이 오는 것이 확실시되는 이상, 내가 황비로서의 운명을 거부한다면 귀족파 쪽에 무게가 실릴 우려가 있다는 것. 그렇다고 해서 황제파의 다른 영애를 황비로 들이밀 수는 없는 노릇이었다. 과거의 나와 같은 길을 밟을 수도 있었으니까.

그러다가 문득 지은의 능력이 별 볼 일 없었던 것에 생각이 미쳤다. 아무리 귀족파에서 밀어서 황후가 된다 한들, 그녀가 황후로서의 일을 제대로 해낼 확률은 거의 없었다. 그렇다면 꼭 황비가 아니더라도 그녀를 보좌할 만한 적당한 사람을 황제파에서 뽑아 붙이기만 한다면 되는 것이 아닌가.

그렇기에 나는 가문의 후계자가 되겠다고 말할 수 있었다. 해결책을 갖고 있었으므로. 하지만 아버지께서는 그와 같은 사실을 모르고 계시지 않은가.

의아해 하는 내 모습을 본 아버지께서는 희미한 미소를 지으며 말씀하셨다.

"티아."

"네, 아버지."

"네 말대로 신탁의 아이라는 이름의 무게가 있는 이상, 네가 거부한다면 분명 황태자비는 그 지은이라는 여아가 되겠지. 그러나 황제의 여자는 황후 혼자만이 아닌 법. 정비의 자리만 포기한다면 간단하다. 너를 대신하여 전하께 들여보낸 후 그 지은이라는 여자를 감시하며 대신 권력을 휘둘러 줄 황제파의 영애야 널리고도 널린 것을."

'그렇구나. 아버지께서도 나와 비슷한 생각을 갖고 계신 거였어.'

하긴, 같은 길을 밟게 할 순 없어서 다른 영애들을 들이밀 생각은 하지 않은 나와는 달리 아버지께서는 과거의 일에 대해서 잘 모르시니까. 그걸 감안하면 충분히 하실 수 있는 생각…….

잠깐. 뭔가 이상한데.

지난번에 아버지께 과거를 털어놓으면서 분명 반역죄로 누명을 썼다는 얘기도 했었잖아. 그렇다면 설마 그걸 아시면서도 그리 말씀하신 건가?

놀란 눈으로 바라보는 나를 향해 씁쓸하게 웃은 아버지께서 말씀하셨다.

"……지난 세월 동안 황가의 충신으로 살면서 아비가 마냥 깨끗한 삶만을 살아온 것은 아니란다. 하긴, 본가의 가주 중 깨끗하게 살아온 자가 누가 있겠냐마는."

"……아버지."

"싫다는 너를 황실로 들여보낼 생각은 없다. 검은 머리의 여자가 실제로 나타난 것을 보니 네 꿈이 심상치 않다는 생각이 드는구나. 누가 그 역할을 맡건 간에, 네가 걱정하는 일이 생기지 않도록 충분히 방비를 하마. 그러니 걱정하지 말거라. 우선은 내일 있을 회의에 대해서만 신경 쓰렴."

"네, 그럴게요."

고개를 끄덕였다. 아버지의 말씀대로 당장 시급한 것은 내일 오전에 다시 열릴 대회의였다. 신탁의 아이를 손아귀에 넣었다고 몹시 좋아했을 귀족파가 '나'라는 걸림돌이 건재하다는 사실에 분노하는 모습이 눈에 선했다.

'내일은 아마도 대대적인 공세로 나오겠지.'

아버지의 말씀이 옳았다. 아직은 생각해 볼 시간이 있는 황비 건

보다는 당장 내일 있을 회의가 훨씬 더 중요했다.

다음 날.

나는 어제와 마찬가지로 가문의 문장이 수놓인 예복을 입고 문장 브로치를 패용한 뒤 아버지와 함께 집을 나섰다.

대회의장에 도착해서, 어제와 같은 자리에 앉아 있는 지은을 일별하며 상석으로 향했다.

"좋은 아침입니다, 모니크 영애."

"안녕하세요, 에네실 후작 각하."

"마음의 준비는 좀 하고 오셨습니까? 오늘은 훨씬 더 대단할 텐데요."

먼저 도착해서 앉아 있던 백금발 청년이 말했다. 이런 대회의에 직접 참석한 경험은 얼마 되지 않았을 것임에도, 짙은 초록빛 눈동자에는 여유로운 빛이 가득 담겨 있었다.

에네실 후작과 잠시 대화를 나누고 있을 때, 의전관이 들어와 폐하와 전하의 입장을 알렸다. 모두가 단상을 향해 예를 갖춘 후 착석했다.

회의를 시작하자마자 발언권을 요청한 제나 공작이 입을 열었다.

"황제 폐하, 한 가지 요청드릴 것이 있습니다. 윤허해 주십시오."

"그게 무언가, 제나 공작?"

"저기 앉아 있는 저 여인, 지은 그라스페를 저희 가문의 양녀로 들이고 싶습니다."

'뭐라고?'

절로 눈이 휘둥그레졌다.

진심인가? 아무리 정치적 의도가 담겨 있다고 하더라도 그토록 지독하리만큼 혈통의 우월성을 강조하는 제나 공작이, 그 피에 대한 자긍심이 지나쳐 방계 혈족에서조차 양자를 들인 적이 거의 없던 제나가에서 그 출신조차 불분명한 지은을 양녀로 받아들이겠다고?

나를 비롯한 모든 귀족이 경악했다. 심지어는 단상 위에 계신 폐하조차 놀란 기색이 역력했다. 하지만 정작 이 사태를 야기한 장본인은 아무렇지도 않다는 듯 태연하게 말을 이었다.

"대신관의 말대로 신탁의 아이가 둘이라면 황태자 전하의 반려가 될 자격이 있는 여인 역시 둘이라는 말이 됩니다. 게다가 두 여인의 능력 역시 비슷비슷합니다. 한쪽은 불완전하게나마 신성력을 갖추고 있고, 다른 한쪽은 신탁을 들을 수 있다니 말입니다."

"흠, 그래서 그것이 어쨌다는 것이오?"

폐하의 말씀에 제나 공작은 사뭇 진지한 표정으로 말했다. 보랏빛 눈동자가 기이한 빛을 담고 번뜩였다.

"이 상태에서는 모니크 영애에게 힘이 실릴 수밖에 없습니다. 후작가의 여식인데다가, 유사시 가주 대리권까지 부여받을 만큼 제 가문의 전폭적인 지지를 얻고 있으니 말입니다. 흠, 그러고 보니 이상하군요. 대리권이란 본디 가문을 물려주고자 하는 이에게 부여하는 법. 그를 모를 리가 없는 후작이 황태자비 후보로 거론되는 영애에게 가문을 물려주고자 한다니 말입니다."

"……."

"어쨌든, 갑자기 나타난 저 여인은 신분에서 밀리는 고로 모니크 영애와 동등한 자격을 갖지 못하게 됩니다. 둘 다 신탁의 아이라면 최소한 신분 때문에 불이익을 받는 일은 없어야 할 것 바, 그 출신 성분이 마음에 걸리기는 하나 제가 거두어들이고자 합니다."

가슴이 점점 선득해졌다.

여태까지의 계획은 모두 지은이 황후로서의 일에 무지함을 전제로 세워진 것.

이대로 제나 공작가에 들어가게 둔다면, 제나 공작은 분명 황궁 내부의 실권을 장악하기 위해 지은을 혹독하게 가르칠 터였다. 더불어 공작은 그녀를 손아귀에 넣고 좌지우지할 수 있는 공식적인 신분을 획득하게 된다. 그렇게 된다면, 내가 나서지 않는 한 귀족파의 독주를 막을 길이 없었다. 절대로 그럴 순 없었다. 지은이 제나 공작가에 양녀로 들어가는 일은 결단코 없어야 했다.

잠시 침묵하던 라스 공작이 낮게 깔리는 음성으로 입을 열었다.

"동등한 자격을 부여하는 것이 목적이라면, 본인이 거두어도 되겠구려. 의전 서열 사 위에 불과한 제나 공작가보다야 제국 제일 가문이라 불리는 본가가 저 여인에게 더 큰 힘을 실어 줄 수 있을 테니."

"그 전에, 말이 되지 않습니다. 그래 봐야 평민 출신이 아닙니까? 제아무리 공작가에 양녀로 들어간다 한들 대귀족의 고귀한 피가 흐르는 모니크 영애와 동등한 자격이 될 수는 없습니다."

라스 공작의 말에 이어 휘르 백작이 말했다. 그 뒤를 이어 제노아 백작이 발언했다.

"휘르 백작의 말이 맞습니다. 갑자기 나타난 여인이 아닙니까. 어떤 신분의 여자였는지 알 수도 없는데, 무작정 공녀의 지위를 부여한다 하여 감히 모니크 영애와 비교할 수는 없음입니다. 같은 신탁의 아이라니요. 모니크 영애가 받은 신탁이 훨씬 먼저였을 뿐만 아니라, 영애는 태어나서부터 지금까지 황태자 전하의 약혼녀로서 훌륭하게 자신의 역할을 수행하고 있지 않습니까. 그 자질조차 검증되지 않은 여인과 동등하다는 말은 인정할 수 없습니다."

"하, 고귀한 피라. 언제부터 모니크 영애가 고귀한 피가 흐르는 여인이 되었지?"

순간 일동의 시선이 제나 공작에게 집중되었다. 갑자기 가슴이 쿵쿵 뛰기 시작했다. 손끝이 차가워지고, 온몸의 피가 빠르게 돌았다.

'설마, 설마. 뒤에 나올 말이 내가 예상하고 있는 그건 아니겠지.'

냉기 어린 보랏빛 눈동자가 나를 응시했다. 시선이 마주치는 순간, 제나 공작의 입꼬리에 비웃음이 걸렸다. 심장이 철렁 내려앉았다.

"천한 피가 섞인 영애가 어찌 고귀한 여인이 될 수 있단 말인가."

대회의장 가득 침묵이 깔렸다.

"그게 대체 무슨 소리입니까!"
"이것은 제국의 창에 대한 모욕입니다!"

"천한 피가 섞인 여인이라니요!"

"말도 안 되는 소리입니다!"

한참 후에야 정신을 차린 황제파 귀족들이 자리를 박차고 일어나며 악을 썼다. 그에 반해 귀족파 사람들은 어안이 벙벙한 얼굴로 제나 공작을 바라보고 있었다. 그들 역시 미리 언질을 받은 바가 전혀 없는 모양이었다.

악의적으로 빛나고 있는 보랏빛 눈동자를 마주하자 얼굴에서 핏기가 싹 가시는 듯했다. 마주 잡은 두 손에 저절로 힘이 들어갔다.

"모니크 후작 부인에 대한 이야기는 본인에게도 치부가 되는지라 공개하지 않으려고 했지만, 장차 제국의 주인이 되실 황태자 전하의 반려를 뽑는 일에 공정성을 기하기 위해서라면 무엇인들 못하겠나. 내 후작 부인의 실체를 이 자리에서 밝혀 주도록 하지."

"제나 공작, 그쯤 해 두는 것이 어떻겠나. 방금 공작의 발언은 모니크가에 대한 모욕으로도 해석될 수 있음이야."

황제 폐하의 말씀에, 공작의 옆에 앉아 있던 보라색 머리카락의 중년 남자가 반박했다.

"황제 폐하, 이는 비단 모니크가뿐만 아니라 저희 가문에도 치부가 되는 일입니다. 그럼에도 저희 가문은 수치를 감수하고 진실을 밝히고자 하였습니다. 신탁의 아이로서의 자격을 논하는 것은 궁극적으로는 제국의 어머니가 되실 분을 정하기 위함이기 때문이지요. 저희 가문도 그럴진대, 속칭 제국 제일의 충신가라 일컬어지는 모니크가라면 마땅히 제국을 위해서 사실을 규명하는 데 협조해야 할 것입니다."

"공작 후계자의 말씀이 옳습니다, 폐하. 이미 의혹이 제기된 이상 이대로 덮으신다 하여도 영애에 대한 의심은 일파만파 커지기만 할 것입니다. 차라리 지금 명확하게 진실을 밝히는 것이 합당하다 사료됩니다."

제나 공작의 먼 친척뻘 되는 하멜 백작이 동조하고 나섰다.

그럴싸한 말을 내세워 황제파의 손을 들어 주지 못하도록 압박하는 그 말에 가소롭다는 듯 입꼬리를 말아 올린 폐하께서 말씀하셨다.

"하멜 백작, 지금 중요한 것은 그게 아니라 지은 그라스페라는 여인의 거처 문제가 아닌가. 논점을 흐리지 말도록."

"……."

"그리고 이 자리에 있는 사람 중에서 아리스티아 피오니아 라 모니크가 황태자비로서 부족하다고 생각하던 이가 있는가. 만일 있었다면 그토록 긴 세월 동안 왜 아무런 반론도 나오지 않았겠는가. 일 년 전의 일을 생각해 보라. 타국의 왕녀들을 불렀을 때조차 정비가 아닌 태자빈 후보로 불렀을 뿐이었거늘. 짐은 모니크 영애의 자격이 그 정도면 충분하다고 생각하느니. 이에 대해서는 더 이상 논하지 말라. 알겠는가."

서릿발 어린 말씀에 하멜 백작을 비롯한 귀족파 귀족들은 모두 입을 다물었다. 제나 공작 역시 뭐라 반박하지는 못한 채 속으로 화를 삭이듯 숨을 몰아쉬었다.

서늘한 눈초리로 귀족파 진영을 한번 훑어본 폐하께서 말씀하셨다.

"분위기가 지나치게 과열된 듯하니, 잠시 쉬었다가 계속하도록 하지."

"황공합니다, 폐하."

뭔가를 곰곰이 생각하던 라스 공작은 폐하께서 퇴장하시자마자 곧바로 아버지와 나, 그리고 에네실 후작에게 따로 이야기할 것을 요청했다.

나를 포함한 네 사람이 별실로 이동하자, 이미 도착해 있던 베리타 공작이 심각한 표정으로 말문을 열었다.

"상황이 생각보다 좋지 않군."

"그러게 말일세. 아무래도 극단적인 조치를 취해야 할 듯하군."

"그 전에 저 친구의 의견을 물어야 하지 않겠나. 케이르안, 이 상황을 타개하기 위해서는 자네의 동의가 필요하네."

"동의라. 무엇을 말인가?"

아버지의 말씀에 베리타 공작은 조심스럽게 입을 뗐다.

"여태껏 검은 머리 여아의 위험성을 알고 있었음에도 우리 계파로 끌어들이지 않고 귀족파가 접촉하도록 내버려 둔 것은 자칫 잘못하다가는 자네와 척을 질 수도 있다는 생각 때문이었네. 아마도 계파의 모든 귀족이 같은 생각이었겠지."

눈을 크게 떴다.

'그렇구나. 그러고 보면 분명 지은을 황제파로 끌어들이는 방법도 존재했는데.'

회귀 전의 일이 뇌리 속에 박혀 있는 탓에 나는 지은이 귀족파에 속할 거라고 너무도 당연하게 생각해 버린 모양이었다. 과거의 일을 대략적이나마 들으신 탓인 듯, 아버지 역시 그건 미처 생각지 못했다는 표정으로 침묵하고 계셨다.

얼마나 시간이 지났을까? 내내 침묵하던 아버지께서 천천히 입을 여셨다.

"……그건 미처 생각지 못했군. 진작 묻지그랬나."

"차기 황후가 될 것이 확실시되었던 영애가 있는데, 영애와 대적할 만한 여아를 양녀로 들여 모니크가와 척을 지고자 하는 사람이 누가 있겠나. 굳이 그런 위험을 감수하지 않아도 귀족파를 충분히 저지할 수 있을 거라 생각했지. 설마 저 완고한 제나 공작이 평민을 양녀로 들이겠다고 할 줄이야 누가 알았겠나."

베리타 공작의 말에 이어 라스 공작이 입을 열었다. 생각에 잠긴 눈으로 나를 한번 돌아본 그가 아버지를 향해 나지막한 목소리로 말했다.

"지나치게 방심했음이야. 자네의 확답이 필요하네. 영애를 어찌할 작정인가. 황태자비로 세울 것인가, 아니면 자네의 후계자로 삼으려나?"

"내 후계자로 삼을 생각이네."

아버지의 단호한 대답에 한숨을 내쉰 라스 공작이 말했다.

"사적으로는 기쁜 일이네만, 계파 입장에서는 안타깝기 그지없는 일이로군. 알았네. 그렇다면 자네의 동의를 얻은 것으로 보고 그 여아를 내 양녀로 삼겠다고 정식으로 주청을 올리겠네."

"본가 역시 마찬가지네. 조금 찝찝하긴 하다만, 제나 공작에게 넘어가는 것은 어떻게든 저지해야 하지 않겠나."

"흠, 이 자리에 저를 부르신 이유를 이제야 알겠군요. 만일을 대비해서 저희 가문 역시 그 여아를 받아들일 준비를 하라는 것입니까?"

세 분 사이에서 이루어지는 대화를 묵묵히 듣고만 있던 백금발 청년이 말했다. 안경을 끌어 올린 베리타 공작이 빙그레 미소를 지었다.

"대화가 통해서 기쁘군, 에네실 후작. 앞으로 든든한 동반자가 될 수 있을 것 같네."

"감사합니다. 그런데 말입니다. 모니크가에서 그 여아를 받아들이는 것은 어떠한지요?"

"오, 그거 좋은 방법이군. 영애의 그림자가 너무 큰 탓에 미처 생각하지 못했지만, 후작의 말이 맞네. 케이르안, 자네가 받아들이면 간단하게 해결될 일이 아닌가."

"흠, 그렇긴 하네만……."

베리타 공작의 말에 아버지께서는 잠시 생각에 잠기셨다.

전혀 해 보지도 못한 발상.

'지은을 우리 가문의 양녀로 들인다?'

과거에 늘 자매처럼 지내자고 했던 그녀의 말이 떠올랐다. 그녀가 황후가 되고 내가 가문의 후계자가 된다면 과거와 같은 일은 더 이상 생기지 않을까? 어쩌면 그것이 과거를 되풀이하지 않으면서도 가문과 계파의 이익도 지킬 수 있는 가장 합리적인 방법인지도 몰랐다.

생각을 정리한 아버지께서 의견을 묻는 듯한 눈빛으로 나를 돌아보셨다. 가볍게 고개를 끄덕이자, 아버지께서는 나지막한 목소리로 말씀하셨다.

"알겠네. 우리 가문에서도 우선 제의해 보도록 하지."

"잘 생각했네. 그럼 이제 슬슬 돌아가 볼까. 회의를 재개할 시간이 다가오는군."

"그렇게 함세."

논의를 마치고 대회의장으로 들어가려는데 하필이면 문 앞에서 제나 공작을 비롯한 귀족파 사람들과 마주쳤다. 누가 먼저 들어가느냐의 문제로 잠시 신경전이 벌어졌지만, 승리는 의전 서열 일 위인 라스 공작이 있는 이쪽이었다. 분한 얼굴로 씩씩거리는 보라색 눈동자의 노인과 다른 이들을 뒤로한 채 먼저 회의장에 들어선 우리는 각자의 자리에 착석했다.

"계속해서 회의를 진행하도록 하겠습니다."

베리타 공작의 선언이 있자마자 라스 공작이 곧바로 발언권을 요청했다.

"황제 폐하. 말씀하신 대로 모니크 영애의 자격은 이미 충분히 입증되었기에 더 이상 논할 것도 없다 생각됩니다만, 이대로 논의를 끝내면 분명 지은 그라스페의 문제를 두고두고 들고 나올 사람들이 있을 것 같아 주청을 올립니다. 정히 저 여인에게 이른바 '동등한 자격'을 부여해야 한다면, 저희 가문의 양녀로 들이도록 하겠습니다. 의전 서열 사 위에 불과한 제나 공작가보다야 저희 가문의 양녀가 되는 것이 저 여인으로서도 이득이 되는 일 아니겠습니까."

"무슨 말도 안 되는!"

라니에르 백작이 버럭 소리를 지르며 자리를 박차고 일어났다. 하지만 베리타 공작이 그런 그를 저지하며 말했다.

"저희 가문 역시 지은 그라스페를 양녀로 맞이할 의사가 있습니다."

"에네실 후작가에서도 지은 그라스페를 양녀로 맞이할 의사가 있습니다, 폐하."

"……모니크가에서도 지은 그라스페를 거둬들일 의사가 있습니다."

베리타 공작에 이은 에네실 후작, 그리고 아버지의 발언에 귀족파 진영이 잔뜩 시끄러워졌다. 말도 안 되는 소리라며 악을 쓰는 라니에르 백작을 선두로 하여 양 계파의 사람들은 너 나 할 것 없이 말다툼을 시작했다.

나는 어처구니없다는 듯한 제나 공작의 눈길을 무시하며 지은을 돌아보았다. 무표정한 얼굴로 나를 바라보던 지은의 입가에 스르르 미소가 번지는 것이 보였다.

'웃어? 지금 이 상황에서?'

뭔가 잘못되어 가고 있다는 불길한 예감이 들었다.

"허, 그렇다면 지은 그라스페를 황녀로 받아들이는 것은 어떠한가."

의전 서열로 치면 일 위부터 오 위까지에 해당하는 가문의 수장들이 전부 지은을 양녀로 받아들이겠다는 말에 폐하께서는 피식 웃으며 농담처럼 한마디 말씀을 툭 던지셨다. 그것은 가뜩이나 혼란스럽던 회의장을 공황 상태로 몰아넣었다.

그때, 할 말을 잃고 입만 벙긋거리는 사람들 사이에서 높은 톤의 목소리가 울려 퍼졌다.

"황제 폐하, 저 지은 그라스페가 한 말씀 올려도 되겠습니까?"

"……흠? 말해 보라."

"제게 내려진 신탁의 내용은 전해 들었습니다. 주신께서 제가 원하는 곳이 곧 저의 자리라 하셨다지요? 그러니 저는 몸을 의탁할 가문을 스스로 선택하고 싶습니다."

뭐라고?

눈이 크게 뜨였다.

'지금 저기 앉아 있는 사람이 내가 알고 있던 지은이 맞는가?'

나는 조금씩 가빠 오는 호흡을 애써 가다듬으며 지은을 내려다보았다. 시선을 돌려 슬쩍 나를 올려다본 그녀가 다시 한 번 생긋 웃었다. 좋지 않은 예감이 더 크게 엄습해 왔다. 불안한 심장이 빠르게 뛰었다.

"그대가 원하는 곳이 곧 그대의 자리라. 그리고 신탁의 내용에 대한 본인의 권리를 주장하고 싶다? 그렇다면 짐이 앉아 있는 이 자리도 그대가 원한다면 내줘야 한다는 소리로 들리는군그래."

"설마 그럴 리가 있겠습니까. 소녀는 황제의 그릇이 되지 못합니다. 그러나……."

서늘하기 짝이 없는 말씀을 부드럽게 받아친 지은이 검은 머리카락을 뒤로 쓸어 넘기며 말했다.

"황후로서 황제를 보필하는 것이라면 이야기가 다르지요. 좀 전에 어떤 분이 말씀하셨듯 저는 모니크 영애와 동등하지 않습니다. 저는 신이 직접 이곳으로 보낸 사람입니다. 천한 피 따위가 아니랍니다."

"그래서?"

"허나 모니크 영애는 이야기가 다르지요. 만일 제나 공작 전하의 말씀이 맞다면 그녀에게는 뭔가 천한 피가 흐른다는 이야기일 테니까요. 그런 의미에서 공작 전하의 이야기를 계속해서 듣고 싶군요. 몸을 의탁할 곳이 만일에 천한 피가 흐르는 집안이라면……."

말끝을 흐린 지은이 화사한 미소를 지었다. 생략된 말속에 담겨 있을 내용을 생각하자 온몸이 부르르 떨렸다. 하지만 내가 그러거나 말거나, 지은은 검은 눈동자를 빛내며 단정 짓듯 말했다.

"신께서 인정하신 제 선택을 존중해 주시리라 믿습니다, 폐하."

"허······."

잠시 침묵하던 황제 폐하께서 고개를 끄덕이셨다. 그 모습을 본 제나 공작이 득의양양한 표정으로 말했다.

"이미 오래전 일이라 기억하지 못하는 사람도 많을 것이오만, 본인에게는 병사했다고 기록된 여동생이 하나 있소. 그러나 그것은 사실이 아니오. 가문의 수치인지라 덮어 두었지만 사실 그 아이는 저를 열렬하게 사모하던 한 평민 기사에게 납치되었지."

회의장은 머리카락 한 올 떨어지는 소리까지 들릴 정도로 고요했다. 사위를 한번 훑어본 제나 공작이 계속해서 말을 이어 나갔다.

"추격대를 편성해서 쫓았으나 한참 시간이 걸렸소. 간신히 찾아냈을 때 그녀는 이미 평민 기사의 아이를 갖고 있었지. 강제로 가진 아이였소. 이제 다들 아시겠소? 평민, 게다가 납치범인 그놈의 천박한 피가 흐르던 배 속의 아이가 바로 전 후작 부인이오. 후작의 비호를 받은 덕분에 그녀는 대귀족의 부인이 될 자격이 전혀 없음에도 후작 부인으로 살았지."

온몸의 피가 차갑게 식는 것이 느껴졌다.

'이것이었던가, 어머니에 대해 숨겨진 진실은.'

그래서 아버지는 그토록 내게 어머니의 이야기를 하는 것을 꺼리셨던 것일까. 폐하께서는 그와 같은 사실을 알고 계셨음에도 묵

인하셨던 것이었고?'

모든 이들의 시선이 내게 쏠리는 것만 같았다. 나는 책상 아래로 옷자락을 있는 힘껏 틀어쥐며 애써 태연함을 연기했다. 어떤 이유가 있건 간에, 책잡힐 만한 행동을 해서는 안 되었다.

"제나 공작은 소설가의 자질이 있으시군. 재미있는 이야기 잘 들었소."

말없이 제나 공작의 발언을 듣고만 있던 아버지께서 입을 떼셨다. 평소와 다름없어 보이지만, 내게는 아버지의 목소리가 착 가라앉은 것이 느껴졌다.

'어느 정도는 사실이라는 소리구나.'

나는 떨리는 두 손을 꼭 맞잡으며 간신히 표정을 가다듬었다. 무슨 소리냐는 듯 고개를 기울인 제나 공작이 말했다.

"소설이라? 본인은 사실을 말한 것뿐이오만."

"어떤 것이든 사실이라 주장하기 위해서는 증거가 필요한 법. 공작은 지금 본인이 한 말에 대한 증거를 댈 수 있소? 만일 근거도 없이 이런 비방을 한 것이라면, 그때는 본가를 능멸한 대가를 치러야 할 것이오."

"그러는 후작, 당신은 증거를 내놓을 수 있는가? 후작 부인의 출신을 증명할 수 있느냔 말일세."

"근거 없는 소리를 먼저 꺼낸 쪽은 공작이오만. 누구더러 증거를 내놓으라 하는 것인지 모르겠군."

어이가 없다는 듯한 아버지의 발언에 제나 공작이 이를 드러냈다. 눈썹을 한껏 추켜세운 그가 뭐라고 받아치려 했을 때, 서늘하면서도 단호한 목소리가 들려왔다.

"거기까지 하지. 후작의 말이 맞네, 공작. 그대는 지금 명확한 증거 없이 주장만 늘어놓고 있지 않은가. 후작 부인의 출신에 대한 의혹 제기는 모니크가의 명예와 직결되는 바, 명백한 증거 없이 이루어진 의혹 제기는 비방으로밖에 해석되지 않네."

"하오나 폐하."

"그만. 이 일에 대해 더 이상 왈가왈부하는 것은 허락하지 않겠네. 짐은 제국의 주인으로서 두 명문가 사이에 분쟁이 일어나는 것을 묵과할 수 없네. 알겠는가?"

"……알겠습니다, 폐하."

"폐하, 저자는 이미 저희 가문을 모욕했습니다. 부디 실추된 명예를 회복할 수 있도록 윤허해 주십시오."

"이미 양가 사이의 분란을 원치 않는다 하였거늘. 후작도 그만하게. 그 대신 엉뚱한 의혹을 풀기 위해서 후작 부인의 결혼 당시 작위를 환수했던 절차를 담은 서류와 회수한 소니아 가문의 인장 등을 공개해 주도록 하겠네. 지은 그라스페, 이 정도면 되겠는가?"

주위를 훑어보는 폐하의 눈은 더 이상 의혹을 제기했다가는 아무도 가만히 두지 않겠다는 듯 위험한 빛으로 번뜩이고 있었다. 서늘한 그 기세에 황제파와 귀족파 모두 입을 다물었다. 하지만 이미 나를 향한 사람들의 눈초리에는 짙은 의혹이 담겨 있었다.

불현듯 깨달았다.

'제나 공작은 처음부터 이걸 노린 것이었구나.'

그는 애초에 증거 같은 것은 갖고 있지 않았던 것이었다. 다만 어느 정도 확신이 있었을 뿐. 아마도 내 명예에 흠집을 낼 수 있을 정도만 되어도 충분하다는 생각이었겠지.

그가 한 말이 어디까지 사실인지는 알 수 없지만, 지난번 보았던 제국 명부를 떠올려 보면 어머니의 신분에 문제가 있는 것은 확실했다. 그것은 명부를 공개하는 가장 쉬운 방법이 있음에도 그에 대해서는 일언반구도 하지 않는 황제 폐하의 모습을 봐도 알 수 있었다.

싸늘하게 노려보는 푸른 눈동자를 마주하고서도 지은은 태연한 표정으로 입을 열었다.

"네, 폐하. 두 분의 말씀을 듣고 나니, 제가 어느 가문에 몸을 의탁해야 할지 확실하게 알게 되었습니다."

"그래, 어느 곳인가?"

"저는 제나 공작가의 양녀로 들어가겠습니다. 신께서 인정하신 제 선택을 존중해 주시리라 믿습니다, 폐하."

"……승인하도록 하지."

"황은에 감읍할 따름입니다. 그럼, 모니크 영애가 그랬듯 저 역시 대귀족의 자녀로서 제게 주어진 합당한 자리로 가도 되겠는지요?"

"……그리하라."

폐하의 말씀이 떨어지자 지은은 천천히 몸을 일으켰다.

또각또각.

정적 속에서 내가 그랬던 것과 마찬가지로 구두 굽 소리가 울려 퍼졌다. 상석을 향해 걸어간 그녀가 제나 공작을 향해 허리를 숙였다. 그러고는 방긋 미소를 지으며 말했다.

"받아들여 주셔서 감사합니다, 아버지. 주신 은혜, 잊지 않도록 하겠습니다."

"허허, 그래. 앞으로 잘 부탁한다, 내 딸아. 여기 앉으려무나."

훈훈한 분위기를 연출하며 제나 공작과 인사를 나눈 후에야 지은은 내가 그랬던 것처럼 공작의 바로 옆자리에 앉았다. 나와 대등한 위치에 앉은 채 주위를 한번 돌아본 그녀의 눈길이 내게로 향했다.

순간, 지은과 나의 시선이 하나의 선을 이루었다.

새카만 눈동자로 나를 바라보던 그녀의 입가에 스르르 미소가 맺혔다. 붉은 입술이 달싹이며 내게 뭔가를 말하고 있었다. 나는 눈에 힘을 주어 그녀의 입술 모양을 읽었다.

'오. 랜. 만. 이. 야.'

등골을 타고 서늘한 기운이 흘렀다.

어떻게 회의가 진행되었는지, 무슨 말들이 오고 갔는지도 알 수가 없었다. 하얗게 비어 버린 머릿속에선 오직 지은의 말만이 맴돌고 있었다.

'오랜만이야.'

이런 경우의 수는 미처 생각해 보지도 못했기에, 그 어떤 대책도 판단도 서지 않았다.

'뭐가 어떻게 되고 있는 거지? 난 앞으로 어떻게 해야 하는 거야?'

눈앞이 깜깜했다. 극한의 공포가 나를 단단히 옭아맸다.

뭐라 말을 건네는 소리가 들려오고, 곧이어 누군가가 나를 조심스럽게 일으켜 세우는 것이 느껴졌다. 나는 부드럽게 나를 이끄는 손길을 따라 멍하니 발걸음을 옮겼다.

그렇게 얼마나 걸었을까?

갑자기 강한 힘이 내 손목을 잡아챘다. 오스스 돋는 소름에 나는 나도 모르게 손을 뿌리치며 뒤를 돌아보았다. 그곳에 서 있는 사람은 다름 아닌 푸른 머리카락의 청년이었다.

'황태자 전하?'

순간, 찬물을 뒤집어쓴 것 같은 기분이 온몸을 휘감았다.

'내가 무슨 짓을 한 거지?'

그제야 상실된 감각이 돌아오며 찌는 듯한 더위가 느껴졌다. 나는 허겁지겁 고개를 숙이며 입을 열었다.

"소, 송구합니다, 전하."

"괜찮소. 그보다……."

감히 황족의 손을 뿌리쳤으니 처벌을 받아도 뭐라 할 말이 없는 상황이었다. 하지만 그는 다행히도 화난 것처럼 보이지는 않았다. 한결 짙어진 눈동자로 나를 물끄러미 응시하고 있었을 뿐.

한참 동안 나를 묵묵히 바라보던 그가 나지막한 목소리로 말했다.

"잠시 시간을 내어 달라 하려 했건만, 그대의 표정을 보니 오늘은 안 되겠군. 들어가 쉬시오. 다음에 청하리다."

분명 뭔가 할 말이 있어 찾아왔을 텐데, 그에 대해서는 일언반구도 없이 들어가서 쉬라고 말하는 청년. 뭐라 답할 말이 없어 머뭇거리는 나를 대신해 한 발짝 앞으로 나선 아버지께서 고개를 숙여 예를 갖췄다.

"배려해 주시니 감읍할 따름입니다, 전하. 그럼 명일明日, 내일 회의장에서 뵙도록 하겠습니다."

아버지와 함께 마차에 오른 후에도 그는 그 자리에 그대로 서서 나를 바라보고 있었다. 유리창 하나를 사이에 두고 마주한 바닷빛 눈동자는 깊고도 깊었다.

"티아."

마차가 출발하고 어느 정도 시간이 지났을 때, 아버지께서 착 가라앉은 목소리로 나를 부르셨다.

"……내 앞에서까지 그렇게 태연한 척 굴지 않아도 된다. 그러니 이제 그만 가면을 벗으려무나."

"네? 그게 무슨 말씀……."

"아비 앞에서까지 사교용 미소를 짓고 있을 테냐. 티아, 이곳에는 아비와 너 둘밖에 없다. 그러니 이제는 풀어져도 된단다."

"아……."

그제야 나는 나도 모르게 계속해서 사교용 미소를 짓고 있었다는 사실을 깨달았다. 고개를 숙여 시선을 아래로 내리자 덜덜 떨리고 있는 손이 보였다. 아니, 손뿐만 아니라 온몸이 사시나무 떨듯 부들부들 떨리고 있었다.

'지은이 말을 건넨 이후로 계속해서 이런 상태였던 건가, 나는.'

갑자기 맥이 풀려서, 나는 휘청이는 몸을 애써 가누며 등받이에 몸을 기댔다.

"그렇게나 충격이었더냐?"

"……."

"전하께서도 그런 네 모습에 많이 놀라신 모양이다. 그냥 돌아가라고 하신 것을 보면."

"……그랬군요."

그래서 그는 그런 눈으로 나를 바라보았던 걸까. 문득 창문을 사이에 두고 마주쳤던 바닷빛 눈동자가 떠올랐다. 깊게 가라앉아 있던 눈빛도.

"……아."

"……."

"티아?"

"……네?"

"걱정스러운 마음은 알겠지만, 너무 심려치 말거라. 네가 염려하는 일은 결코 없도록 하겠다."

"……네. 그럴게요."

걱정스레 바라보는 아버지를 향해 작게 답했다.

하지만 내심은 그렇지 못했다. 온갖 생각이 머릿속을 뱅뱅 맴돌았다.

과연 계획한 대로 일을 풀어 나갈 수 있을까. 지은이 회귀한 것을 알게 된 이상, 무수히 많은 계획이 수정되어야 할 텐데.

지끈지끈 아파 오는 머리를 부여잡으며 창밖을 바라보았다. 눈부시게 밝은 햇살이 오후의 거리를 내리쬐고 있었지만, 이상하게도 오늘따라 그 거리가 유독 검게 보였다.

"잠시 이야기 좀 하지."

분명 침대에 누워 눈을 감았던 것 같은데, 어느 사이엔가 나는 황궁 마차 보관소 앞에 서 있었다. 내 손목을 잡아챈 푸른 머리카락의 청년이 냉기 어린 목소리로 말했다. 한동안 들어 보지 못한 그 음성에 흠칫 몸이 굳었다.

"감히 평민의 천한 피가 흐르는 몸으로 황가에 들어오려 했다니. 기가 차는군."

싸늘하게 돌아서는 그의 뒤에서 영롱하게 빛나는 티아라를 쓴 지은이 나타났다. 다정하게 그의 어깨를 끌어안은 그녀가 나를 향해 화사하게 미소를 지었다.

"과거에도 지금도 그는 내 것이야."

"당연한 말을 하는군, 지은. 내가 언제는 그대의 것이 아닌 적이 있었던가."

"어머, 루브. 부끄럽게 무슨 그런 얘길 해요."

다정하게 서로의 손을 잡은 두 사람이 나를 차갑게 내려다보며 손가락질했다.

"천박한 것."

"천한 피."

차갑게 나를 비웃은 두 사람이 돌아섰다. 바닥에 털썩 주저앉아서, 답답해져 오는 숨을 몰아쉬었다. 꽉 막힌 가슴을 뚫으려 세게 두드려 보았지만 아무리 애를 써도 호흡은 편해지기는커녕 계속 힘들어져만 갔다.

눈앞이 점점 아득해졌다.

숨이 막히기 일보 직전, 눈이 번쩍 뜨였다.
익숙한 천장과 가문의 문장이 새겨진 휘장이 눈에 들어왔다.
'꿈이었구나.'
나는 가쁜 숨을 몰아쉬며 창밖을 바라보았다. 어느새 동이 터 오고 있었다.
악몽을 꾼 탓일까? 회의를 시작할 시간이 되었음에도 축 처진 심신은 쉽사리 회복되지 않았다. 물 먹은 드레스를 입은 것처럼 몸이 무거웠다.
제나 공작의 옆에 앉아 있는 지은을 보자 지난 이틀과는 달리 복잡한 심정이 들었다. 그녀 역시 회귀할 것이라고는 정말이지 꿈에도 생각지 못했다. 지은이라면 얼마든지 내 예상대로 움직일 거라는 자신감에 차 있었는데, 그녀 역시 과거의 기억을 가지고 돌아온 이상 이제는 어떻게 해야 할지 알 수가 없었다.
멍하니 앉아 회의가 시작되기를 기다렸다. 개의開議를 선언하자마자 발언권을 요청한 에네실 후작이 말했다.

"황제 폐하, 회의가 시작되기 전에 한 가지 말씀드릴 것이 있습니다."

"그것이 무엇인가, 에네실 후작."

"지은 그라스페의 좌석에 대한 문제 제기입니다."

에네실 후작의 발언에 귀족파 쪽의 시선이 집중되는 것이 느껴졌다. 그들을 향해 싱긋 미소를 지은 백금발 청년이 녹색 눈동자를 빛내며 말했다.

"분명 대회의가 열렸던 첫째 날, 라니에르 백작은 모니크 영애에게 이렇게 말했습니다. 상석에 앉는 자는 오로지 가주나 가주의 전권 대리인뿐이라고요. 그러니 일개 후작 영애에 불과한 영애의 자리는 말석이면 족하다, 라고 말입니다."

"분명 그랬네. 그래서?"

"지은 그라스페 데 제나, 어제부로 제나 공녀가 된 저 여인은 제나 공작가의 가주나 그의 대리권자가 아닌 일개 공녀에 불과합니다. 그런데 어찌해서 그녀가 상석에 앉아 있을 수 있단 말입니까?"

"확실히 그렇군. 베리타 공작은 어떻게 생각하는가?"

슬쩍 입꼬리를 끌어 올린 폐하께서 베리타 공작을 돌아보셨다. 그는 재상, 모든 법도에 통달한 자이니까. 사뭇 진지한 표정으로 고개를 끄덕인 베리타 공작이 말했다.

"분명 일리 있는 말입니다. 가주 혹은 가주의 대리권자가 아닌 자는 특별한 직위가 없는 한 대회의장의 상석에 앉을 수 없는 것이 원칙이지요."

"제나 공녀는 신탁의 아이입니다. 일개 공녀에 불과하다고 볼 수는 없습……."

붉은 눈썹을 위로 추켜세운 라스 공작이 라니에르 백작의 말을 잘랐다. 붉은 눈동자 가득 불쾌한 빛이 담겨 있었다.

"라니에르 백작, 그대는 언행이 일치가 되지 않는군. 불과 이틀 전 그대는 같은 신탁의 아이인 모니크 영애에게 일개 후작 영애라고 하지 않았던가. 앞으로는 언동을 함에 있어 좀 더 신중을 기해 주길 바라네."

"……."

"또한, 아무리 신탁의 아이라 하나 그녀는 어제부로 제나 공녀가 되지 않았나. 공녀라면 공녀답게 제국의 법도에 맞게 행동하는 것이 옳다고 보네만. 아니면……."

잠시 말을 끊은 라스 공작이 제나 공작을 차갑게 노려보며 말을 이었다.

"제나 공작은 이미 있는 후계자를 제치고 공녀를 새로운 후계자로 삼기라도 할 셈인가? 그렇다면 이 문제는 없던 것으로 하지."

"라스 공작의 말이 옳군. 제나 공작, 어찌하려는가? 공녀를 후계자로 삼을 생각인가, 아니면 올바른 자리로 인도하겠는가."

어쩐지 즐거운 기색이 역력한 황제 폐하의 목소리에 잠시 침묵하던 제나 공작이 지은을 돌아보았다.

"네 자리로 가거라."

"……알겠습니다, 아버지."

입술을 살짝 깨물며 자리에서 일어난 지은이 언제 그랬냐는 듯 금세 표정을 지웠다. 나는 말석으로 내려가는 지은의 뒷모습을 잠시 바라보다가 단상을 향해 시선을 돌렸다.

슬쩍 입꼬리를 끌어 올린 채 지은이 향한 말석 쪽을 바라보던 폐하께서 말씀하셨다.

"그래. 그럼 좌석 문제도 해결되었고 하니 이제 그만 회의를 시작하도록 하지. 오늘의 안건은 무엇인가?"

"오늘의 안건은, 두 영애 중 누가 더 황태자비로서 적합한가에 관한 것입니다."

흠칫 몸이 굳었다.

'결국 올 것이 왔나.'

어제 회의 시작 전까지만 해도 나는 지은에 대한 대책을 이미 다 세워 놨다고 생각하고 있었다. 그래서 조금은 여유를 부릴 수 있었는데, 이제는 어떻게 해야 할지 알 수가 없었다.

능력이야 어쨌든 지은은 황후의 자리에 한 번 앉아 봤던 사람이다. 그런 그녀가 다른 사람에게 그리 호락호락하게 권력을 내줄 것 같지는 않았다. 내게 보여 주는 태도나 말하는 것을 보아 할 때 그녀는 이미 단단히 작정을 한 듯했고, 설사 그녀에게 그런 욕심이 없다 하더라도 그녀의 양부가 되어 버린 제나 공작이 가만히 있을 리가 만무했다.

'어떻게 해야 하나.'

계파를 생각한다면 이제는 내가 황태자비가 되는 것 말고는 방법이 없었다. 신탁의 아이라는 지은을 상대로 정비 후보로 내세울 수 있는 사람은 오로지 나 하나뿐이었고, 지은을 꼭두각시 황태자비로 만들겠다는 계획은 그녀가 회귀했다는 것을 알게 된 순간 자동적으로 폐기 처분되었으니까.

하지만 나는 황태자비가 되기 싫었다. 그가 과거와 다른 사람이라는 것은 알고 있지만 그래도 두려웠다. 게다가 내게는 이미 지켜야 할 것이 너무도 많았다. 아버지도, 가문도, 회귀 후 알게 된 수많은 사람도, 그리고 나 자신도.

"본인으로서는 어째서 이런 안건 자체가 성립하는지 모르겠소."

제일 먼저 발언권을 부여받은 라스 공작이 말했다.

"모니크 영애는 태어나자마자 황태자 전하와 약혼한 사이일 뿐만 아니라, 전하의 성인식 때 데뷔한 이래 이 년이 넘는 시간 동안 흠잡을 곳 없는 행보를 보여 왔소. 그뿐이오? 본격적으로 수업을 시작하기도 전에 영애는 이미 제국의 차기 안주인으로서의 모든 소양을 갖추고 있었소. 때문에 폐하의 승인을 받아 교육을 철회할 정도였지. 모니크 영애는 그 정도로 총명한데다가 이미 오래전부터 검증된 인재란 말이오."

가슴이 서늘해졌다. 라스 공작은 역시 그저 방관하는 것에서 나를 적극적으로 황태자비로 미는 것으로 입장을 바꾼 모양이었다. 어제는 나를 가문의 후계자로 삼고자 한다는 아버지의 말씀에 동의한 그였지만, 그것은 어디까지나 지은이 황제파의 손아귀에 들어왔을 때를 전제로 삼은 것이었을 뿐. 어제와는 상황이 많이 달라진 지금 그는 황제파의 수장으로서 이것이 최선의 방법이라고 생각한 모양이었다. 그것이 사실이기도 했고.

"반면에 제나 공녀는 갑자기 나타나지 않았소. 신이 내린 아이라고는 하나, 공녀가 그동안 어떤 삶을 살아왔는지 알고 있는 사람은 아무도 없소. 전혀 검증되지 않은 인재란 말이오. 그러니 당연히 모니크 영애가 황태자비의 자리에 합당하다 생각하오만."

라스 공작의 말에 하멜 백작이 입을 열었다.

"그게 무슨 말씀이십니까. 제나 공녀는 신성력의 소유자입니다. 전 대륙에 단 여섯 명밖에 되지 않는, 오로지 대신관만이 쓸 수 있는 신성력을 갖고 있단 말씀입니다. 이는 곧 주신의 사랑을 받았다는 뜻. 즉 제나 공녀는 신께 검증을 받은 인재라는 말이 됩니다. 모니크 영애에 비할 바가 아니지요."

"그러나 모니크 영애 역시 신탁을 두 번이나 직접 받은 몸이오. 신의 검증을 운운하자면 이쪽 역시 동등한 자격을 갖고 있다 보오만."

황제파 쪽에 앉아 있던 제노아 백작이 반박하자, 하멜 백작은 비웃는 듯한 표정으로 말했다.

"신의 징표보다 대신관의 숫자가 적듯, 신탁을 듣는 능력보다 신성력 쪽이 신의 축복을 더 받은 증거임은 자명합니다. 게다가, 신전의 공식 해석에 따르면 제나 공녀만이 신탁의 아이라는 것을 다시 한 번 말씀드려야겠군요."

가볍게 혀를 찬 라스 공작이 재차 입을 열었다. 붉은 눈동자가 차가운 빛을 머금고 번뜩였다.

"하멜 백작, 논점을 흐리지 마시오. 본인은 현실적으로 두 영애가 황태자비로서의 직무를 수행할 수 있는가 없는가에 대해서 말한 것이오만. 신의 인정이 있었다 하여 황태자비의 직무를 제대로 해낼 수 있는 것은 아니잖소?"

"그것에 대해서라면 본인 역시 할 말이 있소."

회의가 진행되는 내내 조용하던 제나 공작이 기나긴 침묵을 깨며 입을 열었다.

"일전에 본인이 태자빈을 들이자고 주청을 올렸던 것을 기억할 것이오. 비록 불미스러운 사고로 인하여 제대로 일이 성사되지는 못했지만 말이오."

나는 태연하게 말하는 제나 공작을 물끄러미 바라보았다. 참으로 어이가 없었다.

작년 건국기념제 연회에서 폐하의 협박 아닌 협박이 있었던 이후, 제나 공작은 그 일의 담당자였던 아피누 백작에게 죄를 덮어씌워 세력의 보존을 꾀했다. 그 결과 제나 공작을 비롯한 다른 귀족파 귀족들은 어느 정도 타격을 입는 선에서 끝났지만, 아피누 백작은 잘못된 업무 처리에 대한 책임을 지고 자작으로 작위가 강등되었다.

'그런데 어떻게 저리도 뻔뻔할 수가.'

아무렇지도 않게 그 일을 '불미스러운 사고'라 표현하는 제나 공작. 아피누 백작에게 죄를 덮어씌운 것까지는 정치적인 행동으로 이해할 수 있었지만, 저를 위해 희생한 수하에게 저리 쉽게 말해서는 안 되는 것이었다. 이 자리에 당사자가 참석하고 있다면 더더욱.

나도 모르게 눈길이 아피누 백작, 아니, 자작에게로 향했다. 쏟아지는 시선 속에서 벌겋게 달아오른 얼굴로 고개를 푹 숙이고 있는 중년 남자가 눈에 들어왔다. 어찌나 힘을 주었는지, 말아 쥔 두 주먹이 하얗게 변해 있었다.

하지만 제나 공작은 그런 것에는 전혀 개의치 않는 태도로 계속해서 말을 이었다.

"그때도 지금도 문제는 바로 이것이오. 모니크 영애가 아직 미성년이라는 것. 아무리 뛰어난 인재면 무엇 할 것이오. 당장 황태자비로서 황태자 전하께 보탬이 되어 드리지도 못하는 것을."

"……."

"전하께서 성년이 되신 지도 벌써 두 해가 지났소. 게다가 요즘은 폐하를 대신하여 정무도 처리하고 계시오. 그럼에도 당장 내조할 수 없는 황태자비 후보가 무슨 소용이 있단 말이오. 그에 비해 내 딸아이는 이미 성년이 지났다고 하니, 당장에라도 전하를 보필할 수 있지."

제나 공작의 말에, 라스 공작에게 면박을 받은 이후로 잠시 잠잠하던 라니에르 백작이 득의양양한 표정을 지으며 맞장구쳤다.

"맞습니다. 게다가 아무리 생각해도 모니크 영애는 그 출신이 마음에 걸립니다. 어제 제나 공작 전하께서 말씀하셨듯, 영애에게는 천한 평민의 피가 흐르고 있지 않습니까."

"라니에르 백작, 말을 삼가하시오!"

"입증되지도 않은 사실을 계속해서 떠드는 저의가 뭐요!"

"이건 모니크 영애를 깎아내리려는 음모입니다!"

나는 애써 태연한 표정을 유지하며 라니에르 백작을 바라보았다. 황갈색 눈동자가 비열한 빛을 담고 나를 응시하고 있었다. 구역질이 나올 것만 같아 황급히 손수건으로 입을 가렸다. 회의장 곳곳에서 고성이 오고 갔다.

탕!

시끄럽기 짝이 없는 공간을 가르며 책상을 거세게 내리치는 소리가 들렸다. 모두의 눈이 일시에 단상으로 향했다. 보기 드물게 분노한 표정으로 자리에서 일어난 폐하께서 라니에르 백작을 매섭게 노려보셨다. 푸른 눈동자가 서슬 퍼렇게 빛났다.

"라니에르 백작, 그대는 짐이 만만한가."

"폐, 폐하."

"이 일로 분란을 일으키는 것은 더 이상 용납하지 않겠다 하였거늘. 요즘 들어 정무에서 손을 놓고 있으니 짐이 만만해 보였나 보지?"

"그, 그런 것이 아니오라……."

"시끄럽다. 짐의 명을 무시한 라니에르 백작의 퇴장을 명하고, 향후 삼 년간 대회의의 참석을 금한다. 불만이 있는 자는 지금 나서도록."

회의장은 싸늘한 침묵에 휩싸였다. 지금 이 자리에 있는 자 중 비록 지금은 성황聖皇이라 불리며 조용히 군림하고 있으나 한때 피의 숙청을 지휘하며 반대파를 쓸어버렸던 현 황제 폐하의 과거를 모르는 사람은 아무도 없었다.

숨소리 하나 들리지 않는 조용한 공간을 가르며 서늘한 음성이 울려 퍼졌다.

"양쪽의 의견 모두 일리가 있다 생각되는군. 그러니 짐이 제안을 하나 하지."

"……."

"모니크 영애가 황태자비로서 훌륭한 자질을 가지고 있음은 분명하다. 제나 공녀 역시 신탁으로 이름을 부여받았으니 황태자비로서의 자격을 갖추고 있다 할 것이고. 허나 이미 그 자질을 검증받은 모니크 영애에 비해 제나 공녀는 황태자비로서의 직무를 제대로 수행할 수 있을지 알 수 없는 것도 명확한 사실. 그러니 모니크 영애를 황태자비로, 제나 공녀를 태자빈으로 삼는 것이 어떠한가."

심장이 덜컥 내려앉았다. 어느새 차가워진 손발이 뻣뻣하게 굳었다. 나도 모르게 말석으로 향한 시선이 중간에서 마주쳤다. 검은 눈동자에는 나와 마찬가지로 경악한 빛이 역력했다.

"동의합니다, 폐하."

"……동의합니다, 폐하."

잠시 침묵의 시간이 흐른 후, 황제파와 귀족파를 대변하여 라스 공작과 제나 공작이 각각 대답했다. 약간의 반발은 있었지만 어쨌든 정비의 자리를 지켰으므로 황제파 귀족의 대부분은 수긍한 표정이었다. 시끌시끌했던 귀족파 역시 그럭저럭 만족스러운 얼굴이었다. 애초에 황실과의 끈을 잡는 것이 목표였으니, 조금 아쉽기는 하지만 어느 정도 성과를 냈다는 것에 의의를 둔 모양이었다.

'안 돼!'

나는 아득해져 오는 정신을 애써 붙잡으며 아버지를 돌아보았다. 눈썹을 추켜세운 채 무언가를 골똘히 생각하시는 모습에 애가 탔다.

도와주겠다고 하셨잖아요? 어떻게 좀 해 주세요, 아버지. 제발.

간절하게 주위를 둘러보았지만, 나를 도와줄 수 있는 사람은 아무도 보이지 않았다. 모두 자신의 이익에 눈이 멀었을 뿐.

나를 황태자비로, 지은을 태자빈으로. 지위만 달라졌을 뿐 결과적으로는 과거와 전혀 달라진 것이 없는 상황에 속이 바짝바짝 타들어 갔다. 지난 오 년 동안 죽도록 노력했는데 아무것도 변하지 않았다는 사실에 눈앞이 캄캄해졌다.

툭하면 쓰러지는 허약한 육체로 열심히 연무장을 달린 기억, 뙤약볕 아래에서 쓰러지기 일보 직전까지 검을 휘두르던 나날. 가문의 일을 배우면서 힘겹게 전술과 전략을 외우던 시간, 기사단에 들어가고 사교계에서 내 자리를 만들기 위해 이리 뛰고 저리 뛰던 일. 그 모든 행동이 폐하의 한마디 말씀에 모래성처럼 와르르 무너지고 있었다.

허탈한 웃음이 나왔다.

어차피 이럴 거였다면 나는 지난 오 년간 무엇 때문에 이토록 열심히 노력해 왔나. 정기 훈련에서의 일로, 그리고 아버지께 가주 대리권을 부여받은 일로 잔뜩 들뜬 것이 얼마 되지도 않았는데.

어렵사리 내딛고 있는 후계자의 길에 비하여 그토록 피하고자 하는 운명은 이리도 쉽게 나를 옭아맬 수 있다는 사실에 깊은 절망감이 들었다. 그저 생각에 잠겨 있을 뿐 무어라 나설 생각이 없어 보이시는 아버지의 모습에 눈앞이 온통 새까맣게 뒤덮이기 시작했다.

세상이 빙빙 돌았다.

귓가에 윙윙거리는 소리가 울려 퍼졌다.

칠흑 같은 암흑 속으로 끌려들어 가던 바로 그때, 아득해지는 시야 속에 언뜻 바닷빛의 무언가가 일렁이는 것이 보였다. 그 순간, 냉기 어린 목소리가 회의장 가득 울려 퍼졌다.

"싫습니다."

모두의 시선이 단상을 향했다. 황태자 전하, 늘 무표정하던 그가 단호한 눈빛으로 좌중을 바라보고 있었다.

"방금 뭐라고 했는가, 태자?"

"저는 이 결정에 동의하지 못한다 하였습니다, 부황 폐하."

분명 폐하의 질문에 답을 하고 있지만, 그의 시선은 좌중을 향해 고정되어 있었다.

나와 지은을 제외한 모든 이들이 만족스러운 결론을 내렸다 생각한 순간에 갑자기 이루어진 이의 제기.

그 때문일까? 다들 어안이 벙벙한 표정이었다.

"어찌해서?"

말없이 그를 바라보던 황제 폐하께서 질문을 던지셨다. 청년은 답을 하는 대신 내 쪽을 돌아보았다. 찰나의 순간, 바닷빛 눈동자와 시선이 마주쳤다. 하지만 그는 내가 눈을 한 번 감았다 뜨기도 전에 곧장 시선을 돌려 제나 공작을 바라보며 물었다.

"제나 공작, 부황 폐하께 답변을 드리기 전에 한 가지 질문을 하고 싶소만."

"하문하십시오."

"공녀를 태자빈으로 들이는 것에 찬성하는 대신, 지난번 왕녀들의 경우처럼 모니크 영애에 앞서 공녀를 먼저 맞이하라는 조건을 걸 생각이었소?"

"그렇습니다, 전하. 이제 정무에도 참여하고 계시니, 전하를 보필하며 내조할 여인이 필요하지 않으시겠습니까."

"그렇군."

냉랭하게 답한 청년이 말했다.

"부황 폐하, 지금 당장 황태자비 문제를 정하는 것은 합당하지 않다고 생각됩니다."

"어찌해서?"

"좀 전에 부황 폐하께서도 말씀하시지 않으셨습니까. 오랜 세월을 두고 지켜보았기에 그 자질이 검증된 모니크 영애에 비해 제나 공녀는 황태자비로서의 직무를 제대로 수행할지 알 수 없다고 말입니다."

"그랬지. 그렇기에 모니크 영애를 황태자비로, 제나 공녀를 태자빈으로 삼으라 한 것이 아닌가."

그는 폐하의 말씀에 고개를 끄덕이면서도 계속해서 말을 이어 나갔다.

"허나 모니크 영애는 아직 미성년이기에, 영애를 황태자비로 삼는다는 결정을 내려도 어차피 그녀가 성년이 될 때까지는 황태자비 자리가 비어 있게 됩니다."

"그렇겠지."

"그러니 문제라는 것입니다. 그렇다면 제나 공녀를 황태자비로 들이건 태자빈으로 들이건 간에, 결과적으로는 그 자질이 검증되지 않은 공녀가 황태자비로서의 직무를 수행하게 되는 것이 아닙니까."

슬쩍 입꼬리를 끌어 올린 폐하께서 말씀하셨다.

"반론이 생각나지 않는 것은 아니다만, 일단 태자의 말을 계속 들어 보도록 하지. 그래서?"

"그러니 제안하는 바입니다. 모니크 영애가 성인이 될 때까지 이 결정을 잠시 미뤄 두심이 어떠하십니까? 그리한다면 일 년이라는 시간 동안 제나 공녀의 능력에 대한 검증도 충분히 할 수 있을 것이라 생각됩니다."

"흠."

보기 드물게 즐거운 얼굴로 그를 바라보던 폐하께서 서늘한 눈빛으로 제나 공작을 돌아보며 말씀하셨다.

"황실에 딸을 보내는 일에 감사하지는 못할망정 감히 진심으로 조건을 걸 생각이야 했겠냐마는……."

"……."

"어쨌든 태자의 말에도 일리가 있는 바, 이 결정을 일 년 뒤로 미루는 것도 좋을 듯하군. 그대들은 어찌 생각하는가?"

양 계파는 잠시 상호 논의에 들어갔다. 손해 볼 것이 없는 귀족파는 쉽게 동의했다. 검증이 되지 않았다는 이유로 인해 태자빈의 지위로 밀려난 것이었으니, 일 년 동안 황태자비로서의 자질을 보여 주기만 한다면 지은이 황태자비에 올라설 수 있을지도 모르는 노릇이었으므로. 그에 반해 의견이 분분하던 황제파의 논의는 베리타 공작이 귀족파에서 황태손을 먼저 볼지도 모르는 위험을 원천 봉쇄하는 편이 낫지 않겠느냐고 얘기하고서야 간신히 종결되었다.

"동의합니다."

"동의합니다."

"좋군. 그럼 대회의를 이만 종료하도록 하지. 그간 다들 수고가 많았네."

사흘에 걸친 대회의는 결국 내게 일 년이라는 유예 기간만을 남긴 채 끝이 났다.

폐하와 전하께서 회의장을 뜨시고 주변의 귀족들이 하나둘 자리에서 일어났지만, 나는 그저 멍하니 자리에 앉아 있었다. 짙은 허무감이 나를 먹어 치우고 있었다. 지난 오 년의 노력이 한순간에 무너질 뻔했다는 사실이 너무나 허탈하고, 그 일이 일 년 후에도 반복될 수 있다는 생각에 깊은 회의감이 들었다. 황가에 충성할 수밖에 없는 모니크의 일원으로 태어났다는 사실이 너무나도 뼈아팠다. 만일 그렇지 않았다면 반항이라도 해 볼 수 있었을 텐데.

"티아, 이만 돌아가자꾸나."

"……."

휘청이는 다리에 애써 힘을 주며 자리에서 일어났다.

회의가 뜻대로 풀리지 않았음에도 담담한 아버지를 보자 문득 의아해졌다. 태연해 보이는 표정도 그렇고 내내 깊은 생각에 잠기셨던 것을 봐도 그렇고, 어딘가 이상했다. 혹시 뭔가 복안이라도 있으신 것일까.

하지만 지은을 꼭두각시로 세워 좌지우지할 수 없게 된 지금, 황제파로서는 나를 황태자비로 세우는 것 말고는 뾰족한 대책이 없었다. 그러니 아버지께서도 아마 별다른 대안이 없으실 터였다.

깊은 한숨을 쉬었다. 어쩔 수 없다는 것은 알고 있지만, 이런 마음을 가지는 것이 이치에 어긋난다는 것을 알고 있지만 그럼에도 아버지를 원망하는 마음이 자꾸만 솟아 나왔다. 가슴이 답답했다.

"케이르안, 잠시 나 좀 보지. 영애, 미안하지만 자리를 좀 비켜 줄 수 있겠는가."

아버지를 따라 대회의장을 빠져나가려는데, 문 앞에서 우리를 기다리고 있던 라스 공작이 말했다. 자못 심각하게 보이는 모습에 나는 말없이 고개를 끄덕이고는 물러섰다. 멀리 떨어진 곳으로 이동한 공작이 아버지, 에네실 후작과 더불어 뭔가를 이야기하는 모습이 눈에 들어왔다.

'회의에서 있었던 일에 대한 이야기일까.'

금방 끝나리라고 생각했지만, 세 사람의 대화는 생각보다 훨씬 길었다. 분위기도 심각해 보였다.

심상치 않은 표정으로 무어라 말하는 라스 공작과 어색한 미소를 짓고 있는 에네실 후작, 그리고 무덤덤해 보이시는 아버지.

'대체 무슨 일이기에 저런 분위기인 거지?'

의아함을 감추지 못하고 있을 때, 때마침 나타난 시종 하나가 무어라 말을 건넸다. 곧이어 아버지와 라스 공작이 시종을 따라나서는 모습이 보였다. 홀로 남은 에네실 후작이 내게 다가오는 모습도.

"모니크 영애."

"말씀하십시오, 각하."

"영존令尊께서는 폐하의 부르심을 받아 알현실로 가셨습니다. 제게 에스코트를 부탁하셨으니, 댁까지 모셔다 드리겠습니다."

눈앞에 멈춰 선 백금발 청년이 정중하게 손을 내밀었다.

나는 그의 손 위에 손을 얹으며 살짝 고개를 숙였다.

"감사합니다."

"별말씀을."

이제는 텅 비어 버린 대회의장을 나섰다. 복도에 걸려 있는 그림을 감상하면서 말없이 걷다가, 옆에서 조용히 걸음을 옮기고 있는 백금발 청년을 올려다보았다. 시선을 눈치챈 청년의 짙은 녹색 눈동자가 나를 향했다.

"하실 말씀이 있으십니까, 영애?"

"저, 각하."

"네, 말씀하십시오."

"실례가 되지 않는다면, 조금 전 두 분과 나눈 대화가 어떤 것인지 들을 수 있을까요?"

침착하던 평소와는 달리 영 심상치 않아 보이던 라스 공작의 표정이 계속해서 마음에 걸렸다. 상관으로 일 년 반 가까이 모셨지만 그와 같은 모습은 처음 보았기에 더욱 그럴지도 몰랐다.

잠시 멈칫한 에네실 후작이 애매한 미소를 지었다. 공연히 말을 옮기는 것은 아닌가 싶어 난처한 모양이었다.

"음, 그게 말입니다."

"……"

"두 분께서 아신다면 별로 좋아하실 것 같지는 않지만, 아무래도 당사자인 영애께서도 아시는 편이 좋을 것 같아 말씀드리는 것이니 부디 공작 전하께 섭섭해 하시지 않으셨으면 합니다."

"알겠습니다."

망설이던 에네실 후작이 결심한 듯 차분하게 말했다.

"공작 전하께서는 현실적으로 영애 말고는 대안이 없으니 황실로 보낼 것을 각오하라는 말씀을 하셨습니다만, 영존께서는 그리 동의하시지 않는 눈치셨습니다. 그 때문에 두 분께서 조금 언쟁을 하셨습니다."

"……그렇군요. 말씀해 주셔서 감사합니다."

역시 예상한 대로였나. 계파에서 지은과 대적할 만한 존재가 나밖에 남지 않았다는 사실은 이미 깨닫고 있었다. 이제는 맹세를 통해 정해진 운명에서 벗어나는 일도 요원해졌음도 알고 있었다.

아무리 내가 싫다고 한들, 일 년의 유예 기간이 지나고 나면 또다시 이들은 계파의 이득을 위해서 나를 황태자비의 자리에 앉히려 노력할 것이라는 사실도.

그토록 노력했는데, 아무리 발버둥 쳐도 벗어날 수는 없는 것일까. 잠시 잊고 있었던 공허함이 밀려왔다. 극도의 허무감이 나를 감쌌다.

"실례합니다. 모니크 영애십니까?"

"……그렇다만, 무슨 일이지?"

"황태자 전하께서 뵙기를 청하십니다."

"그런가. 알았다."

대체 무슨 일이기에 전하께서는 어제부터 날 찾고 계신 걸까. 이미 결정이 내려졌는데 무슨 할 이야기가 더 있기에. 꼭 가야 하나. 지난 오 년간의 노력이 물거품이 될지도 모르는 지금, 그저 만사가 귀찮은데.

'하는 수 없지.'

나는 한숨을 삼키며 에네실 후작에게 양해를 구한 뒤 시종을 따라 걸음을 옮겼다.

시종이 안내한 곳은 황궁 후원에 있는 널찍한 호수였다.

회귀 전 지은이 떨어진 바로 그곳, 황궁 호수.

가뭄 때문에 그 크기는 많이 줄어 있었지만 그래도 제법 큰 규모를 자랑하는 호수에서는 산들바람이 살랑살랑 불어오고 있었다. 호수 주위를 빙 둘러싼 나무마다 한가득 피어오른 델라꽃이 햇빛을 받아 눈부시도록 하얗게 빛났다.

입구를 지키고 있는 근위 기사들에게 살짝 묵례한 뒤 안으로 들어서자, 호수를 바라보고 있는 푸른 머리카락의 청년이 보였다.

"제국의 작은 태양, 황태자 전하께 인사 올립니다."

"어서 오시오."

나는 눈앞에 내밀어진 손을 바라보며 잠시 멈칫했다. 공식 석상도 아닌데 에스코트를 자청하는 그가 영 어색했다.

하긴, 이제 와 그게 무슨 상관일까. 어차피 내가 무슨 생각을 하건 간에 운명은 정해진 대로 흘러갈 터인데.

단단한 손 위에 내 손을 얹은 채, 말없이 그가 이끄는 대로 걸음을 옮겼다. 한참 동안 호숫가를 따라 묵묵히 걷던 그가 불현듯 멈춰 섰다. 특유의 서늘한 목소리가 들려왔다.

"……그대, 괜찮은 것이오?"

"네, 전하."

호수에 시선을 고정한 채 멍하니 답했다. 제대로 잠을 자지 못한 탓일까, 아니면 마음이 텅 비어 버린 탓일까. 물먹은 솜처럼 온몸이 무겁고, 텅 빈 머릿속은 꿈속을 노니는 것처럼 몽롱했다. 공중에 붕 뜬 것 같은 부유감이 나를 감쌌다.

"정말이오? 요 며칠 겉보기와는 달리 내내 안절부절못하고 있었잖소."

"……송구합니다."

"사과받고자 한 말은 아니었소. 실상 지금도 그리 좋아 보이지는 않지만, 어쨌든 괜찮다니 되었소."

"……."

"그러고 보니 그대가 예복을 입은 모습은 처음 보는 듯하군. 잘 어울리오."

"감사합니다, 전하."

투명한 물 위로 반짝이는 햇살이 아름다웠다. 눈부시게 빛나는 호수의 표면에 시선이 고정됐다.

문득 그 찬란한 빛살 속에 녹아 들어가고 싶다는 생각이 들었다. 저 안에 속해 있으면 까맣게 어두운 절망도 공허함도 없이 그저 아름답게 빛날 수 있을 텐데.

"일전에는 갑작스럽게 일이 생겨 제대로 인사도 못한 듯하군. 부황 폐하를 정성껏 보필해 줘서 고맙소."

"아닙니다, 전하."

"그때는……."

"……."

"로즈 궁에서 분쟁이 있었소. 이제는 제나 공녀가 된 여인과 라스 공작 부인 간에 의견 충돌이 있었지."

"그렇습니까."

살랑살랑 불어오는 바람에 하얀 꽃잎 한 장이 팔랑팔랑 떨어져 내렸다. 천천히 유영游泳한 그것은 이내 넉넉한 호수의 품을 향해 몸을 던졌다. 절로 한숨이 나왔다. 빛살 속으로 녹아 들어가 이제는 모습조차 보이지 않는 그 꽃잎이 몹시 부러웠다.

"신이 내린 아이라 불리는 여인과 내궁의 살림을 맡아 하는 공작 부인 사이에 분쟁이 생기니 해결할 사람이 없었던 모양이오. 로즈 궁에 들어서자마자 사색이 된 시녀장이 자초지종을 설명하더군."

"……그랬군요."

"신의 아이라고는 하나 별다른 신분이 없었던 제나 공녀를 시녀들이 무시했던 모양이오. 그를 꾸중하던 제나 공녀를 라스 공작 부인이 막아서는 바람에 분란이 생겼다 하더군."

반짝이는 호수에 계속해서 시선을 고정하고 있던 탓일까? 아니면 뜨거운 햇살 때문?

별안간 참을 수 없을 정도로 몸이 나른해졌다. 공중에 붕 뜨는 듯한 느낌, 마치 따뜻한 물속에 온몸을 담근 채 눈을 감고 있을 때와 같은 기분. 옆에서 뭐라 말하는 소리가 들려왔지만, 그것은 그저 내 귓가를 스쳐 지나가고 있을 뿐이었다.

"……이오?"

"……네, 전하?"

정적이 흘렀다.

나는 그제야 눈을 깜빡이며 그를 올려다보았다. 바닷빛 눈동자가 나를 빤히 바라보고 있었다.

"송구합니다, 전하. 소녀가 불민하여 그만 윤언綸言을 놓치고 말았습니다."

"……그대라면 그 상황에서 어떻게 해결했을 것이냐 묻고 있었소."

"아……."

그러니까 나를 무시하는 시녀들을 어떻게 처리할 것이냐고 묻고 있는 걸까. 어디 보자. 과거에 분명 그런 경우가 있었던 것 같기는 한데. 그때 내가 어떻게 했더라?

안개가 낀 듯 흐릿한 머릿속을 열심히 더듬어 보았지만, 아무리 생각해도 기억이 잘 나지가 않았다. 애를 쓰면 쓸수록 몽롱한 정신은 자꾸만 엉뚱한 곳을 배회했다.

"그게, 그러니까……."

"……."

"저라면……."

아무리 생각해도 적당한 말이 생각나지 않아 머뭇거리고 있을 때, 갑자기 강한 힘이 나를 끌어당겼다. 속절없이 끌려간 몸이 시원한 향에 둘러싸였다.

'뭐지, 이 좋은 향은.'

느릿느릿 눈을 깜빡였다. 몸을 단단히 감싼 무언가에서 따스한 온기가 전해져 왔다. 든든하고 포근한 느낌.

'아, 따뜻해. 왠지 이대로 잠들 수 있을 것만 같…….'

"제발……!"

"저, 전하?"

흐릿하던 머리가 삽시간에 개었다. 온몸을 휘감은 강한 힘과 귓가에서 들려오는 간절한 목소리에 정신이 번쩍 들었다.

'내가 지금 누구의 품에 안겨 있는 거지?'

깜짝 놀라 그의 품에서 빠져나오려 발버둥을 쳤다. 하지만 내가 몸을 비틀면 비틀수록 단단한 팔은 나를 더 강하게 끌어당길 뿐이었다.

"그대는 대체……."

"저, 저, 전하, 이, 이것 좀……."

"……아리스티아."

머리를 강타하는 충격에 몸이 굳었다. 절로 눈이 크게 뜨였다. 방금 그가 뭐라고 했지? 방금 그의 입에서 나온 말이 내 이름이 맞나? 단 한 번도 이름으로 부른 적 없던 그가 어느새 내 이름을 기억하고 있었나?

쿵쿵.

심장이 빠르게 뛰기 시작했다.

손끝에서부터 시작된 떨림이 파문을 그리며 온몸으로 번져 나갔다. 정체를 알 수 없는 말이 혀끝에서 뱅뱅 맴돌았다. 귓가에 와 닿는 숨결이 느껴지자, 솜털이 오스스 솟아올랐다. 어떻게든 빠져나오려고 애를 쓰던 몸에서 힘이 쭉 빠져나갔다. 휘청거리는 나를 꽉 붙든 그가 작게 속삭였다.

"미안하오."

온몸이 뻣뻣하게 굳었다.

얇디얇은 천으로 만든 옷 사이로 느껴지는 가슴은 넓고 단단했다. 듬직한 아버지와는 다른, 포근했던 알렌디스와도 다른 그의 품.

그 너른 가슴 안에 안겨서 나는 온통 뻣뻣하게 굳어 있었다. 그가 속삭인 말이 귓가에서 뱅뱅 맴돌았다.

"미안하오."

예의상, 형식적으로 하는 것이 아니라 감정을 담은 사과의 말은 이름을 불린 것에 이어 또다시 나를 경악하게 만들었다. 연이은 충격에 머리가 어질어질했다.

"그대가 싫어함을 알면서도 억지로 강요해서 미안하오."

"……전하."

"제대로 도와주지 못해 미안하오."

"……."

"최대한 그대의 의사를 존중해 주고 싶었지만…… 나로선 이것이 한계였소."

그의 품에 밀착되다시피 안겨 있기 때문일까. 결코 크지 않은 데도 가깝게 들려오는 음성에서 가득 묻어 나오는 자조적인 느낌에 움찔 몸이 굳었다. 정신이 없는 와중에도 확연하게 느낄 수 있는 감정, 평소답지 않은 그 목소리에 연이은 충격의 여파가 조금씩 사그라졌다.

천천히 눈을 깜빡였다.

답답하고 허무한 기분이 들었던 것은 내 의사와 관계없이 정해진 운명을 밟아 간다는 사실 때문이었지, 이 상황을 해결해 주지 못하는 그에 대한 원망 때문은 아니었는데.

내가 아무것도 할 수 없듯 그 역시 별달리 할 수 있는 것이 없었을 것이다. 원래 황가의 혼약이란 당사자의 의견 따위는 반영되지 않는, 서로의 이해득실에 맞춰 이루어지는 정략적인 것이었으니까.

그러니 내게 사과할 필요까진 없는데. 오히려 그는 나름대로 내게 시간을 벌어 주기 위해 노력하지 않았는가.

"하지만 이것 하나는 그대에게 약속하겠소. 내 이름을 걸고 말하건대, 그대가 바라지 않는 일을 억지로 하지는 않으리다. 일 년 후에도 그대의 뜻에 변함이 없다면 내 절대로 그대를 강제로 취하지는 않을 것이오."

공허했던 가슴에 따뜻한 무언가가 가득 차오르기 시작했다. 너무나도 허무하던 때에 그가 던진 한 줄기 희망의 말은 나를 몹시 설레게 했다. 자신의 이름을 걸고 내 의사를 존중해 주겠다는 말과 억지로 취하지는 않겠다는 약속에 눈물이 핑 돌았다.

"그러니, 제발 부탁이오. 부디 그때까지 마음을 굳건히 가지고……."

"……."

"스스로를 외면하지만 말아 주시오."

"……전하."

단단한 가슴에 기대고 있던 얼굴을 떼어 그를 올려다보았다. 조금이나마 마음이 놓이자, 그제야 그의 표정이 눈에 들어왔다. 간절한 목소리, 그리고 눈빛. 이름을 걸겠다는 그의 말에서도 그랬지만, 진지하게 나를 바라보고 있는 그의 얼굴에서 깊은 진심이 느껴졌다.

불현듯 깨달았다.

그는 정말로 과거의 그와는 다르다는 사실을.

눈앞의 청년이 과거의 그라면 절대로 내게 이런 말을 할 리가 없었다. 늘 오만하게 주위를 내려다보던 그라면, 차갑게 벼려진 이성으로 무장되어 있던 과거의 그라면 이렇게까지 나를 배려해 줄 리가 없었다. 아니, 이렇게 오래 끌 필요도 없이 중간 이름을 받는 순간 즉시 나를 취했을 터였다. 지은과 함께.

문득 쓴웃음이 나왔다. 자신을 있는 그대로 봐 달라 하였는데,

나도 모르게 또다시 두 사람을 비교하고 있었다는 생각에.
'언제쯤이면 이 기억에서 자유로워질 수 있을까.'
답답한 마음에 한숨이 절로 나왔다. 씁쓸하게 미소를 지으며 몸을 빼내려 하자, 나를 안고 있는 팔에 힘이 들어가는 것이 느껴졌다. 낮게 가라앉은 목소리가 들려왔다.
"……왜 이렇게 마른 것이오?"
"……전하."
"누가 보면 후작이 그대를 굶기기라도 하는 줄 알겠소. 식사는 제대로 하고 다니는 것이오?"
"……네, 전하."
"아침에도 급하게 달려왔을 텐데, 오늘은 뭣 좀 들었소?"
침묵했다. 말을 돌리려고 애쓰는 그가 조금은 안쓰러웠다. 이것저것 챙겨 주는 그가 고마우면서도 어색했다. 나를 감싸 안고 있던 손을 떼어 어깨 위에 얹은 그가 시선을 맞춰 오며 물었다.
"보아하니 하루 종일 아무것도 들지 않은 것 같군. 맞소?"
"……네, 전하."
"안 그래도 작은 몸인데 먹는 것까지 거르면 아니 되오. 아무래도 안 되겠군. 나와 같이 뭐라도 듭시다."
"저, 전하, 저는 괜찮습니다."
"명령이오."
정색하며 딱 잘라 말하는 그를 멍하니 올려다보았다. 바닷빛 눈동자가 단호한 빛을 띠고 나를 응시하고 있었다.
뭐라 할 말이 없어 입만 벙긋거리고 있는 내게 그가 손을 내밀었다. 나는 어쩔 수 없이 한숨을 삼키며 그의 손 위에 가볍게 손을 없었다.

───────※───────

어느새 시종을 시켜 일러둔 것인지, 그가 이끄는 대로 황궁을 한 바퀴 돌고 황태자궁에 들어서자 이제는 익숙한 얼굴이 된 시종장이 나타나 우리를 안내했다. 자리에 앉자마자 음식이 끊임없이 들어오기 시작했다. 하나둘 쌓이기 시작한 접시가 테이블을 가득 메웠다.

'뭐가 이렇게 많지?'

고개를 갸웃했다. 그는 원래 깔끔한 코스 쪽을 선호했을 뿐만 아니라 간단하게 먹는 것을 좋아하던 사람이었는데, 이렇게 잔뜩 차려 놓고 먹는 건 그의 취향과는 거리가 멀었다.

뭔가 이상했다. 그는 분명히 신선하면서도 간이 거의 되지 않은 요리를 선호했는데, 웬일인지 여기 놓인 음식들은 그의 기호에 맞지 않는 것도 많았다. 채소로 만든 요리만 해도 그랬다. 아삭아삭한 식감이 그대로 살아 있는 생채소로 만든 것이나 간을 거의 하지 않고 데친 것도 있지만, 그에 반해 향신료를 넣고 고기와 함께 볶은 것이나 식초와 설탕을 넣고 절인 것도 있었다. 심지어는 톡 쏘는 맛으로 유명한 델라꽃 열매까지 있었다.

'설마 그새 그의 취향이 바뀌기라도 한 것일까?'

마음속 한구석에 의아함을 품은 채로 여러 가지 종류의 채소 요리를 먹어 보다가, 문득 따끔따끔한 시선이 느껴져 고개를 들었다. 나를 빤히 바라보던 푸른 머리카락의 청년이 슬며시 미소를 지으며 말했다.

"그리 채소 종류만 편식해서야 되겠소."

'그랬나?'

나는 고개를 슬쩍 기울이며 생각에 잠겼다. 지금까지 딱히 편식한다고 생각해 본 적은 없었는데, 그러고 보면 지금껏 채소 종류만 골라서 먹은 것 같기도 했다. 워낙 음식의 가짓수가 많았던 탓에 미처 인식하지 못한 모양이었다.

그토록 바랐던 다정한 그의 모습. 직접 볼 수 있을 것이라고는 상상조차 하지 못했던 그의 태도에 씁쓸하면서도 가슴이 쓰라렸다.

'이런 날이 올 거라고는 꿈에도 생각지 못했는데.'

왠지 눈물이 날 것만 같아서, 나는 아무것이나 생각나는 대로 말을 꺼냈다.

"전하."

"음?"

"제나 공녀에게는 가 보지 않으십니까?"

"……내가 어째서 그래야 하오?"

어이없다는 듯 나를 바라보던 그가 깊은 한숨을 내쉬며 말했다.

"총명하다 소문난 그대이니 본인이 회의장에서 한 말이 공녀를 황태자비로 삼기 위해서였다고 생각하는 건 아닐 테고. 그리 부탁하였거늘, 또 나를 밀어내려는 것이오."

"……."

"내 마음속에는 이미 한 사람이 있기에 제나 공녀에게 내줄 자리가 없소. 비단 그녀뿐만 아니라, 그 어떤 이라도 마찬가지요."

"……."

"회의장에서는 그런 이야기를 했던 것은, 그저 아직 내 힘이 약한 탓에 그리 단언할 수가 없었기 때문이오. 그러니 그대, 이제 그만 밀어내면 아니 되겠소?"

뭐라 할 말이 없어 고개를 떨궜다.

지은이 오면 그녀에게 끌릴 것이라고 생각했는데, 변함없이 내게 보여 주는 다정한 모습에 복잡한 심정이 들었다. 얼어붙은 심장이 욱신거리고, 씁쓸한 기분과 원망스러운 마음이 뒤죽박죽 섞였다.

눈앞의 사람이 과거의 그와 다르다는 것은 알지만, 그래도 왠지 그가 원망스러웠다.

'과거에 이랬다면 얼마나 좋았을까. 그때도 이렇게 좀 해 주지.'

그랬다면 지금 이렇게 쓰디쓴 감정만 남지는 않았을 텐데. 이렇게 아픈 기억을 안고 돌아와 고생할 일도, 얼어붙은 마음에 쓰라릴 일도 없었을 텐데.

눈앞이 조금씩 흐려졌다. 자꾸만 쓴웃음이 나왔다. 깊은 한숨을 내쉬자, 잠시 침묵하던 그가 말했다.

"……그나저나, 왜 그리 적게 들고 마는 것이오. 그러니 그대가 그토록 마른 것이 아니오. 좀 더 드시오. 내 지켜보리다."

그저 해 본 말이 아니었던 것인지, 그는 정말로 내가 먹는 모습을 지켜보면서 이것저것 먹어 보라 권했다. 입안 가득 맴도는 쓴맛에 이미 아무런 맛도 향도 느껴지지 않았지만, 나는 말없이 그가 권하는 대로 음식을 집어 입에 넣었다. 뒤늦게나마 보여 주는 친절을 차마 거절할 수가 없었다.

얼마나 시간이 지났을까? 산더미 같던 접시가 하나둘 치워지고 은 포크와 나이프가 테이블보 위에서 사라졌다. 레이스로 뜬 하얀 테이블보가 새롭게 깔리고, 그 위에 작은 유리잔 하나씩이 새롭게 올라왔다. 앙증맞은 은스푼이 그 옆에 자리했다.

나는 불투명한 유리잔에 담겨 있는 주황색의 무언가를 물끄러미 바라보았다. 하얀 김을 뿜어내는 그것에서는 왠지 모를 냉기가 느껴졌다. 뽀얗게 흐려진 유리잔에 차가운 물방울이 송골송골 맺혀 있었다.

'얼음 셔벗인가.'

자그마한 은스푼을 집어 주황색 물체를 떴다. 한겨울 눈밭을 밟을 때와 같은 뽀드득뽀드득 소리에 입꼬리가 절로 스르르 올라갔다.

상큼하고 시원한 셔벗이 몸 안으로 흘러 들어가자 이런저런 고민 때문에 답답했던 마음이 조금은 뚫리는 듯했다. 뜨거운 공기 때문에 흐느적거리던 몸이 비로소 정상으로 돌아온 것만 같은 느낌.

눈을 감고 온몸 가득 번지는 서늘한 기운을 만끽하고 있을 때, 나지막한 음성이 들려왔다.

"이제야 좀 괜찮아 보이는군."

"네, 전하?"

"음······. 조금 전까지만 해도 그대는 어딘가 위태위태해 보였소. 대답은 꼬박꼬박 하고 있었다지만, 자칫 잘못하면 어디론가 사라져 버릴 것처럼 보였다고나 할까."

"……그랬습니까."

묵묵히 고개를 끄덕인 그가 망설이듯 잠시 머뭇거리다 말했다.

"무엇이 그리도 충격적이었던 것이오? 그대는 늘 가문의 후계자가 되겠다 하였으니, 황실에서 벗어나지 못하게 될까 봐서 그런 것이오? 아니면…… 혹시 어제의 그 일 때문이오?"

"네? 어제의 일이라면……."

"그러니까……. 후작 부인에 관한 이야기 말이오."

'응? 갑자기 웬 어머니?'

고개를 갸웃하다가, 문득 머릿속을 스치고 지나가는 생각에 움찔 몸을 굳혔다.

'그러고 보니 그 일도 있었구나.'

지은의 일 때문에 너무 충격을 받아 깜빡 잊고 있었지만, 생각해 보면 그것도 몹시 심각한 문제였다.

"……."

침묵하는 나를 물끄러미 바라보던 그가 말했다.

"이럴 때일수록 그대가 흔들려서는 아니 되오. 마음을 굳건히 가지시오."

'이것이 마음을 강하게 먹는다고 해서 해결될 문제이던가.'

잠시 잊고 있었던 어머니의 문제가 떠오르자 별안간 의구심이 들었다.

'어째서 그는 나를 비난하지 않는 거지?'

귀족이라면 누구나 혈통을 중시하기에 비록 겉으로 드러내 놓고 표현하지는 못한다 해도 나를 손가락질할 것이 분명한데, 하물며 그는 귀족 중의 귀족인 황족이 아닌가. 제나 공작의 이야기 중 일정 부분만이 사실이라 하더라도 그가 나를 경멸할 이유는 충분하다 할 것이었다.

'그런데 어째서.'

"그대의 어머니는 훌륭한 분이셨소."

"……."

무슨 의도인지 몰라 그저 바라만 보고 있는데, 내 시선을 어떻게 이해한 것인지 그가 서둘러 말을 이었다.

"이건 후작 부인과 나만의 비밀인데, 그대의 어머니는 어렸을 적 나를 혼낸 적도 있다오."

"……그랬습니까."

그는 대체 무슨 의도로 어머니의 이야기를 꺼내고 있는 걸까. 머릿속이 복잡해졌다. 마지못해 던지는 물음에 그는 고개를 끄덕이며 말했다.

"그랬소. 그대가 태어나기 전, 부황 폐하를 따라 모니크가에 간 적이 있었지. 지루한 어른들의 대화가 듣기 싫어 홀로 넓은 저택을 돌아다니다가 어떤 물건을 발견했소. 홍옥으로 만든 것이었는데, 한 손에 들어오는 짧은 봉과 같은 모양이었소. 정교한 문양이 세공되어 있는 데다 청은색 술까지 달려 있어 무척 아름다운 물건이었지."

'우리 집에 그런 물건이 있었던가?'

기억을 더듬어 보았지만, 아무리 생각해도 그런 것은 보지 못한 것 같았다. 그렇다면 그건 대체 뭐였을까.

순간적으로 복잡했던 마음도 침울함도 잊고 귀를 기울였다. 얼핏 들어서는 제법 귀한 것 같은데, 나도 모르는 귀물貴物이 집에 있었다니 의아했다.

"어린 마음에 너무 갖고 싶어 그것을 들고 나왔다가 그만 그대의 어머니에게 들켰지 뭐요. 덕분에 눈물이 쏙 빠지도록 혼이 났다오."

"그런 일이 있었습니까."

"음, 처음에는 감히 황태자인 나를 야단치다니 무척 괘씸하다고 생각했었소. 황궁에 돌아와 곰곰이 떠올려 본 후에야 깨달았소. 나를 따끔하게 혼내던 후작 부인의 눈에는 애정이 가득 담겨 있었다는 것을 말이오. 그 누구도 진심 어린 마음으로 나를 타이른 사람이 없었는데, 그대의 어머니만이 예외였소."

그는 추억에 잠긴 표정으로 찻잔을 내려놓으며 말했다.

"그 이후로 자꾸만 그대의 어머니가 생각났소. 하지만 그 전에 혼난 일도 있고 해서 찾아가기가 망설여졌다오. 그런데 후작 부인이 먼저 갓 태어난 그대를 안고 황궁으로 찾아왔었지. 그리고 그때, 나는 태어나서 처음으로 엉엉 울었다오. 그대 어머니의 품에 안겨서 말이오."

"……그랬군요."

"민망해 하는 내게 후작 부인은 먼저 손가락을 걸며 말했지. 이것은 우리 둘만의 비밀이라고 말이오. 그대의 어머니는 그처럼 밝고 따뜻한 사람이었소. 일국의 황태자를 야단칠 정도로 강단도 있었고 말이오."

말을 마친 그는 잠시 침묵했다. 나 역시 말없이 은스푼만 만지작거렸다. 비어 있는 유리잔에 한번 시선을 준 그가 자리에서 일어나 내게 손을 내밀었다.

"내 욕심에 그대를 너무 오래 잡아 둔 듯하군. 갑시다. 마차까지 에스코트하겠소."

"……감사합니다, 전하."

평소와는 다르게 이런저런 이야기를 하는, 더욱이 일전에 한 번 물어봤을 때 정색하기까지 했던 어머니의 이야기까지 자발적으로 해 주는 청년. 그 모습이 영 어색했지만, 나는 그저 말없이 그와 함께 마차까지 걸었다.

오랜 시간 대기하고 있었던 듯 지쳐 보이는 마부에게 미안하다 말하며 마차에 오르려는데, 갑자기 그에게 잡혀 있던 손에 힘이 가해지는 것이 느껴졌다.

'왜 그러지?'

"그 피라는 것……."

"네?"

"본인은 피라는 것이 그렇게 중요하다고 생각하지 않소. 혈통이라는 것이 그렇게 중요하다고는…… 결코 믿지 않소."

"……전하."

"그러니, 그대도 그렇게 생각해 줬으면 좋겠소."

문이 닫히고 곧이어 부드럽게 바퀴가 굴러가는 것이 느껴졌.

마차 안에 홀로 남은 나는 서서히 손으로 입을 틀어막았다. 어딘가 절박해 보이던 그의 표정, 피라는 것이 그렇게 중요하다고 생각하지 않는다는 그의 말이 가슴을 찔렀다. 뜨거운 기운이 울컥하고 목을 타고 올라왔다. 눈가가 촉촉하게 젖어 들어가는 것이 느껴졌다.

평소의 그답지 않게 어머니와의 추억을 한참 동안이나 이야기했던 것은 바로 그 말을 해 주기 위함이었을까.

서투르기 짝이 없는 방법이었지만, 진심이 담겨 있던 그 말이 절실하게 가슴에 와 닿았다. 지은의 등장도, 또다시 반복될지도 모르는 운명의 장난도, 갈팡질팡하는 마음에 대한 부담감도 있었지만 내 마음 저편에는 어머니의 출신에 대한 깊은 불안이 도사리고 있었다는 것을, 나조차 미처 모르고 있던 그 사실을 알아채고 위로해 준 그의 마음이 가슴에 사무쳤다.

삽시간에 시야가 흐릿해졌다.

뜨거워진 눈시울을 훔칠 사이도 없이 검은 예복 자락 위로 투명한 눈물이 뚝뚝 떨어졌다. 귀족 중의 귀족인 그가 나를 비난하지 않는다는 것이, 무엇보다 혈통을 중시해야 할 황족인 그가 그렇게까지 얘기해 주었다는 것이 놀라웠다.

나를 향한 그의 마음에 고마웠고, 또 두려웠다. 서럽고도 서러웠다. 그토록 바라던 진심 어린 태도를 얻었음에도 보답할 수 없음에. 두려움을 딛고 다가서기에는 나약하기 짝이 없는 나 자신 때문에.

지금이라도 노력한다면 나는 과연 다시 사랑을 시작할 수 있을까? 언젠가는 버려질지도 모른다는 두려움에서 벗어날 수 있을까.

아냐. 아마도 나는 그 누구도 결코 완벽하게 신뢰할 수 없을 게다. 그토록 헌신하고 사랑하던 이에게 비참하게 버려졌던 과거를 쉽게 잊을 수는 없을 것이기에.

아무리 회귀 전의 그와 현재의 그가 다른 사람이라는 것을 알고 있다고 해도, 과거의 그 사람과 같은 목소리와 같은 얼굴을 가진 그와 함께하면서 과거의 일을 떠올리지 않고 살아갈 자신이 없었다. 아무리 내가 원치 않는다고 해도 과거의 기억은 시시때때로 찾아들 것이 분명했다.

'생각해 봐, 아리스티아. 너는 그 모든 기억을 완벽하게 치유할 수 있다고 생각하니?'

상처가 나면 새살이 돋더라도 흉터가 남듯, 과거의 기억을 덮어 두고 앞으로 나아갈 수는 있을지언정 아무 일도 없던 것처럼 살아갈 수는 없을 게 분명했다. 그러니 나는 결코 누구와도 함께할 수가 없었다.

시리도록 아픈 가슴을 부여잡았다. 찢어질 듯 아려 오는 심장에서, 뜨겁게 식어 버린 피가 눈물처럼 흘렀다.

2부 현재편 IV

한 바퀴. 귓가에서 윙윙거리는 소리가 들렸다.
두 바퀴. 세상이 미친 듯이 빙빙 돌았다.
세 바퀴. 다리에서 힘이 풀렸다.
'제발……!'
시야가 암흑으로 물들었다.
나락으로 떨어지는 의식을 느끼며, 나는 그대로 정신을 잃었다.

1. 장미의 전쟁

후두둑, 후두두둑.

잿빛으로 변한 하늘에서 굵직한 빗줄기가 쏟아져 내렸다. 단단히 굳어 버린 땅바닥을 두드리는 시원한 빗소리와 나뭇잎이 빗방울에 부딪히며 내는 소리가 들려왔다. 뿌옇게 보이는 유리창에 맺혀 흘러내리는 투명한 물방울이 온통 시선을 빼앗아 갔다. 도란도란 대화를 나누는 소리가 어느새 점점 멀어져 갔다.

세상에 홀로 존재하는 것 같은 고요함. 나는 그 평화로움 속에 흠뻑 빠져들었다.

앞에 놓인 찻잔을 들어 영롱하게 붉은 차를 한 모금 머금었다. 히비스커스 특유의 신맛이 입안에서 맴돌았다. 유리창 밖으로 비 내리는 풍경을 바라보며 따뜻한 차를 마시고 있자니, 문득 작년 가을에 있었던 일이 떠올랐다.

건국기념제에 연속해서 참석하던 어느 날, 황태자궁에서 그와 함께 차를 마시며 가을비가 내리는 창밖을 바라봤던 기억이.
 '비록 한마디의 대화도 나누지 않았지만, 길고 긴 침묵 속에서도 뭔가를 공유하고 있는 듯한 기분이었지.'
 당시에는 그의 마음을 몰랐지만, 그럼에도 무척 평화로웠던 한때의 추억.
 그는 지금 뭘 하고 있을까. 그도 나처럼 이렇게 차 한 잔을 마시며 그때의 일을 회상하고 있을까? 바쁜 사람이니 그럴 일은 아마도 없을 테지. 기나긴 가뭄 끝에 내린 단비라서 처리해야 할 일이 산더미같이 쌓여 있을 테니.
 "……아."
 "……."
 "아리스티아?"
 "아, 미안해요, 프린시아."
 의아한 듯 나를 바라보는 백금발 여인을 향해 미안함을 담아 미소를 지었다. 팔 안에서 고롱고롱 소리를 내며 잠들어 있는 루나의 털을 부드럽게 쓰다듬으며 사과를 하자, 프린시아의 연보랏빛 눈동자가 곱게 휘어졌다.
 "비를 좋아하나 봐요."
 "아……. 네."
 사실 딱히 좋아하는 편은 아니었지만, 굳이 정정해 줄 필요성까지는 느끼지 못해서 그냥 고개를 끄덕였다. 루비색 히비스커스가 담겨 있는 찻잔을 들어 돌리자 새하얀 사기잔에 정교하게 새겨져 있는 검과 장미의 문장이 눈에 들어왔다.
 라스 공작가에서는 찻잔에도 가문의 문장을 새기는 모양이네.

우리 집은 그렇지 않은데. 하긴, 창과 방패를 찻잔에 넣기에는 좀 살벌한가?

"그동안 많이 바빴느냐고 묻고 있었어요. 너무 당연한 질문이었으려나요?"

"아, 아뇨. 음, 아무래도 별궁에서 막 돌아오자마자 대회의가 열리는 바람에 조금 바쁘긴 했지만, 지금은 괜찮아요."

"그렇군요. 다행이네요. 별궁에서는 재밌었어요?"

"경치는 좋았어요. 시원하기도 했고."

"부럽다. 저도 다음에 한번 가 볼 기회가 있으면 좋겠네요. 아, 베아트리샤, 아이는 잘 지내고 있나요? 감기에 걸렸다고 들은 것 같은데."

"이제는 괜찮아요. 그것 때문에 리언과 제가 얼마나……."

나는 베아트리샤, 그러니까 이제는 페덴 남작 부인이라 불리는 리사 왕녀가 프린시아와 대화를 나누는 것을 들으며 무릎 위에서 잠이 든 루나를 내려다보았다.

고로롱고로롱.

어느새 조금은 묵직해진 은빛 고양이가 몸을 뒤치며 입맛을 다셨다. 귀엽기 짝이 없는 그 모습에 나는 가볍게 루나의 등을 토닥이며 미소를 지었다.

문득 대회의가 있던 날 저녁, 나를 맞으시던 아버지의 모습이 떠올랐다. 한참 동안 눈물을 쏟고 나서야 집에 들어간 나를 안절부절못하며 기다리고 계시던 그 모습이.

회귀 전에 있었던 일을 어느 정도는 알고 계셨던 탓일까, 아니면 내가 줄기차게 황태자비가 되는 것을 거절해 온 탓일까. 아버지께서는 내가 전하의 부름을 받아 갔다는 말에 몹시 걱정하고 계셨더랬지.

조심스럽게 어머니의 이야기를 꺼내던 아버지의 표정은 무척 슬퍼 보여서 가슴 아팠던 기억도 났다.

길고 긴 세월 끝에 간신히 듣게 된 어머니의 사연은 마치 무슨 소설 속의 여주인공 같았다. 성은 있으나 중간 성이나 작위는 없던, 사실상 평민이나 다름없던 기사와 사랑에 빠진 외할머니는 그녀를 그 당시 황태자였던 현 황제 폐하의 비로 삼고자 했던 제나 공작의 격렬한 반대에 부딪혀 참다못해 도주했다 하였다.

그러나 꿈결 같은 시간은 잠시였을 뿐. 곱게 자란 외할머니는 아무것도 할 줄 아는 게 없었고, 기사는 어머니와 외할머니를 먹여 살리기 위해 용병이 되어 세상을 전전했다. 그리고 어느 날 싸늘한 주검이 되어 돌아왔다고 했다.

어린 딸과 함께 혹독한 세상에 버려진 외할머니는 이런저런 일을 하다 병에 걸렸다. 어머니는 외할머니의 병을 고치기 위해 겨우겨우 상경하여 제나 공작가를 찾았으나 문전박대를 당했다. 제대로 치료받지 못해 결국 돌아가신 외할머니의 장례를 치르고 터덜터덜 고향으로 돌아가려던 어머니는 정체불명의 괴한들에게 습격을 받았지만, 다행히도 마침 암행을 나왔던 폐하의 명으로 아버지에 의해 간신히 구출되었다는 것이 아버지께서 내게 말씀해 주신 내용이었다.

그래서 폐하께서는 어머니가 훌륭한 '귀족'이었다고 말씀하셨나 보다. 단성 귀족에 불과했다 한들 어쨌든 내게 외할아버지라 할 수 있는 그 기사는 귀족 출신이었으니까.

그 바람에 아버지께서 조심스럽게 물어 오시지 않았다면, 나는 아마도 제나 공작이 내게 외외종조부外外從祖父가 된다는 사실을 미처 깨닫지 못했을 것이다. 그동안 아버지께서 내게 어머니의 출신에 대해 이야기하길 꺼려 하신 이유가 혹시라도 내가 일가친척 되는 제나 공작의 싸늘한 태도에 상처받을까 염려하셨기 때문이었다는 사실도.

"찾으셨다고요, 형수님. 여기 계셨군요."

"어서 오세요, 도련님."

찻잔을 기울이며 상념에 빠져 있을 때, 덜 마른 머리카락을 어깨까지 늘어뜨린 평상복 차림의 카르세인이 응접실로 들어섰다. 자기 몫의 찻잔을 받아 들며 내 옆에 앉은 그가 싱긋 웃으며 말했다.

"어이, 농땡이 보좌관. 일이 쌓여 있는데 한가하게 차나 마시고 있다니. 이거 안 되겠는데?"

"……안 그래도 내일부터 무도회 전날까지 연속 출근이거든."

"그러냐? 열심히 해라. 난 구경이나 해야지."

나는 싱긋 웃고 있는 붉은 머리의 청년을 흘겨보았다.

'말이나 못하면 얄밉지라도 않지.'

입술을 삐죽이는 나를 신기하다는 듯 바라보던 베아트리샤가 웃음을 터뜨렸다.

"모니크 영애, 아니, 아리스티아의 그런 모습 처음 봐요. 두 분 정말 친하신가 봐요."

"……그런가요?"

"네. 음, 그런데 무도회라. 그러고 보니 이제 일주일 남았네요."

"어머, 정말 그렇네요, 베아트리샤. 저기, 아리스티아, 전하께서는 역시 제나 공녀와 함께 참석하시는 건가요?"

"네, 제나 공녀의 입적을 축하하는 자리니까요."

베아트리샤의 말을 들은 프린시아가 조심스럽게 내게 물었다. 나는 쓴웃음을 지으며 고개를 끄덕였다.

지은의 양녀 입적이 결정 난 날, 제나 공작은 그 사실을 기념하고자 한다며 대회의에 참석한 귀족들을 전부 초대했다. 파벌을 막론하고 골고루 돌려진 초대장은 많은 황제파 귀족을 분노케 했다. 게다가 대놓고 불참할 명분이 없어 다들 이를 갈던 와중에 갑자기 내려온 전하의 명은 그들을 몹시 불안케 했다. 가뜩이나 회의에서도 지은을 옹호하는 것처럼 보이는 발언을 했던 그가 그녀를 위한 무도회를 황궁에서 열어 주겠노라고 했기 때문에.

그의 의도가 무엇인지는 알 수 없었지만, 어쨌든 지은의 입적을 환영하는 무도회였기에 그의 파트너는 그날의 주인공인 지은이 되어야 했다. 그 때문에 황제파는 다시 한 번 분노했고, 내게 은근한 압박을 가하고 있었다.

'하지만 나더러 뭘 어쩌란 말이야. 내가 이 상황에서 할 수 있는 게 뭐가 있다고.'

나는 안쓰럽다는 듯 바라보는 베아트리샤의 눈길을 슬쩍 피하며 무릎 위에 엎드려 있는 루나의 은빛 털을 쓰다듬었다.

들고 있던 찻잔을 내려놓은 카르세인이 피식 웃으며 말했다.

"우리 꼬맹이, 불쌍하게 혼자 입장해야겠다?"

"내가 왜? 아버지랑 가면 되지."

"야, 그게 더 없어 보이거든? 그리고 각하께서 그날 근무이시면 어쩌려고?"

"아, 그렇네. 여쭤 봐야겠다."

"괜히 바쁘신 분 귀찮게 하지 말고. 어때, 이 오라버니가 구제해 줄까?"

카르세인의 말에 프린시아가 나를 돌아보았다. 연보라색 눈동자에 반짝 빛이 스치고 지나갔다.

"웬일이에요, 도련님이 파티에 참석할 생각을 다 하시고. 잘됐네요, 아리스티아. 이참에 두 분이 함께 가시는 게 어때요?"

"그래요. 분명 잘 어울리는 한 쌍으로 보일 거예요."

프린시아에 이은 베아트리샤의 말에 나는 잠시 생각에 잠겼다.

'뭐, 괜찮겠지.'

아버지께 여쭤 보면 분명 근무라 해도 바꾸고 함께 참석해 주실 테지만, 원래 사교계 출입을 즐겨 하시는 분도 아니고 하니 괜히 번거롭게 해 드릴 필요는 없을 것 같기도 하고.

"그러죠, 뭐. 고마워, 카르세인."

"그래. 근데 너, 그만 가 봐야 하는 거 아니냐? 내일부터 근무라면서."

"아, 그러네. 벌써 시간이 이렇게 됐구나. 프린시아, 베아트리샤, 미안해요. 먼저 일어나 봐야 할 것 같네요."

"괜찮아요, 아리스티아. 시간 내줘서 고마웠어요. 일주일 후에 봐요."

"다음에 봐요, 아리스티아."

타국에서 시집온 왕녀라는 공통점이 있어서일까. 어느새 친해진 두 사람은 좀 더 티타임을 즐길 생각인 듯해서, 나는 그들에게 인사를 건네고 먼저 자리에서 일어났다. 그러고는 공작저 밖으로 나와 궂은 날씨에 혼자 보낼 수는 없다며 부득불 따라온 카르세인과 함께 마차에 올랐다.

턱을 괸 채 말없이 창밖에 쏟아지는 빗줄기를 바라보던 그가 갑작스럽게 침묵을 깨며 나를 불렀다.

"야."

"응?"

"속상하냐?"

"응? 갑자기 무슨 소리야, 그게."

뜬금없이 무슨 소리인가 싶어 고개를 갸웃하자, 푸른 눈동자가 나를 물끄러미 응시했다. 한참 동안 말없이 바라보던 그가 평소답지 않게 진지한 어조로 말했다.

"전하 때문에 말이야. 제나 공녀를 황태자비로 만들겠다고 귀족파에서 덤벼들고 있잖아."

"그거야 뭐……."

말끝을 흐리며 은근슬쩍 시선을 돌렸다. 밀어내지만 말아 달라던 전하에게는 미안했지만, 회귀한 직후에도, 그리고 지금도 황태자비가 될 생각은 없었다.

그것은 사실상 내가 황태자비가 되는 것 말고는 지은을 견제할 수단이 없어진 지금도 마찬가지였다. 그녀가 황태자비가 될 경우 계파와 가문에 미칠 영향이 걱정되기는 했지만, 그렇다고 해서 시시때때로 날아드는 과거의 기억과 씁쓸한 가슴을 안고 살 수는 없었다.

"왜 또 그런 표정이야? 역시 신경 쓰여?"

"……아냐, 그런 거."

"흠."

가볍게 도리질하자, 탐색하듯 나를 바라보던 카르세인이 싱긋 웃었다. 그러고는 장난기 어린 음성으로 물었다.

"그럼 나는 어때?"

"응?"

"집안 좋아, 능력 있어, 한 사람만 바라봐. 네가 아직 몰라서 그렇지, 이 오라버니도 나름 일등 신랑감이란다."

"……뭐래."

나는 피식 웃어 버리며 무릎 위에서 잠들어 있는 은빛 고양이를 쓰다듬었다. 카르세인과 일등신랑감이라니, 뭔가 어울리지 않는 조합 같았다. 물론 객관적으로 놓고 봤을 때 틀린 말은 아니었지만, 왠지 어색하다고나 할까.

얼마나 시간이 지났을까. 마차가 멈춰 서는 것이 느껴졌다. 문을 열자마자 들이치는 빗방울 소리에 황금색 눈동자를 비비던 루나가 귀를 쫑긋 세웠다. 잔뜩 털을 세우며 경계하는 루나를 보며 가볍게 혀를 찬 카르세인이 말했다.

"하여튼 제 주인이랑 똑 닮았다니까. 야, 우산 이리 줘 봐. 내가 펼게."

"아, 고마워, 세인."

두 손으로 루나를 꽉 끌어안자, 우산을 펼치며 한발 앞서 내린 그가 비어 있는 손으로 내 허리를 감쌌다. 나는 단단한 팔에서 전해 오는 강한 힘에 의지하며 조심조심 땅에 발을 디뎠다.

후두둑.

세차게 쏟아지는 빗줄기가 옷자락을 축축하게 적셨다. 바짝 붙은 카르세인과 품에 안은 루나에게서 전해 오는 따뜻한 열기, 그리고 서늘하게 몸을 적시는 차가운 비. 상반된 그 느낌에 부르르 몸을 떨며 걸음을 옮기려는데, 등 뒤에서 익숙한 음성이 들려왔다.

"이제 돌아오는 길이더냐, 티아. 오랜만이군, 카르세인 경."

고개를 돌리자 제복 차림인 탓에 그대로 비를 맞고 계신 아버지의 모습이 보였다.

나는 루나를 안고 있다는 것도 잊은 채 황급히 아버지께로 달려갔다. 그 바람에 홀딱 젖은 은빛 고양이가 앙칼지게 울었다.

"야, 아무리 각하가 걱정된다고 해도 그렇지, 그렇게 급하게 가면 어떡하냐. 다 젖었네."

서둘러 다가온 카르세인이 혀를 차며 내게 우산을 씌웠다. 그 모습에, 엷은 미소를 지은 아버지께서 말씀하셨다.

"어서 들어가자꾸나. 아, 카르세인 경, 잠시 안에 들렀다 가지. 자네에게 할 얘기가 있다네."

"네. 그러겠습니다, 각하."

기나긴 가뭄 끝에 내리는 것이라 그런지 억수같이 쏟아지는 비는 대문에서 저택 현관까지 이동하는 짧은 순간에도 우리를 흠뻑 적셨다.

간신히 현관에 들어섰을 때, 착 달라붙은 옷에서는 이미 물방울이 온통 뚝뚝 떨어지고 있었다. 품에서 휙 뛰어내린 루나가 몸을 부르르 떨었다. 그 바람에 은빛 터럭 가득 매달려 있던 물방울이 눈부시게 비산했다.

나는 대기하고 있던 집사에게서 마른 수건을 받아 들어 물기를 대강 닦아 내며 지시를 내렸다.

"집사, 따뜻한 목욕물을 준비해 줘. 그리고 라스 공작가에 사람을 보내서 카르세인 경이 갈아입을 옷을 가져오도록 하고. 목욕을 마치면 바로 들 수 있도록 식사 준비도 부탁해."

"알겠습니다, 아가씨."

"그럼 먼저 올라가 볼게요, 아버지. 잠시 후에 봐, 세인."

방에 돌아와, 리나의 도움을 받으며 흠뻑 젖어 무겁기 그지없는 옷을 벗었다. 따뜻한 물속에 들어가자 차가운 비를 맞아 식은 몸이 비로소 노곤하게 풀렸다.

그러고 보면 작년 가을에도 이런 일이 있었다.

갑작스러운 가을비에 흠뻑 젖어 그와 함께 황태자궁으로 뛰었던 건국기념제의 어느 날. 괜찮다 사양하는 데도 굳이 몸을 녹이라며 목욕물을 준비시켰던 그는 내게 연회에 참석하지 말고 쉬라고 했더랬다. 그랬던 때가 있었다.

거세게 고개를 휘저었다. 비 때문에 감상적으로 변하기라도 한 것일까. 오늘따라 왜 자꾸 그를 떠올리는 건지.

'어차피 나는 그와 함께할 수 없는데. 이미 이 심장은 그 누구에게도 줄 수 없게 되어 버렸는데.'

쓴웃음을 지으며 눈을 감았다. 따뜻하게 덥혀진 물에서 전해져 오는 온기가 나를 감쌌다. 이 따스함이 차갑게 얼어붙은 가슴속까지 전해진다면 얼마나 좋을까. 그렇게 된다면, 누군가를 사랑할 수 있을지도 모른다는 작은 희망이나마 품어 볼 텐데. 잠시 피어오른 줄 알았지만 이내 꺼져 버렸던 희망의 싹이 다시 자라날 수 있을지도 모르는데.

온몸에 라벤더 향이 잔뜩 밸 때까지 물속에 잠겨 있다가, 나는 리나의 잔소리를 듣고서야 밖으로 나왔다. 겨우겨우 옷을 갈아입고 식당에 들어서자, 대화를 나누고 있던 두 남자가 나를 돌아보았다.

"왔느냐."

"네, 아버지."

언제 그렇게 친해진 것일까? 습격 사건 이후로 부쩍 가까워진 두 사람은 훈련, 편제, 운용, 전술 등 기사단에 관한 온갖 주제로 대화를 나눈 끝에 급기야는 검술에 대한 이야기에 도달했다.

"거래의 대가를 이행한다고 해 놓고 차일피일 미루기만 했군. 미안하네."

"아닙니다, 각하. 그동안 이런저런 일이 많지 않았습니까."

"자네만 괜찮다면 황궁 무도회가 끝난 다음 날부터 검술 전수를 시작하도록 하지. 어떠한가?"

"저야 언제든지 괜찮습니다, 각하. 앞으로 많은 지도와 편달 부탁드립니다."

"기대하고 있겠네. 검술의 천재라고 명성이 자자한 경이 아닌가."

"과찬의 말씀이십니다."

카르세인과 대화를 마친 아버지께서 냅킨을 접으며 자리에서 일어나셨다. 그러고는 서둘러 일어나는 내게 희미하게 미소를 지어 보이며 말씀하셨다.

"아비는 좀 피곤해서 먼저 올라가 볼 테니, 티아, 네가 아비를 대신해서 카르세인 경을 배웅해 주도록 하거라."

"네, 그럴게요."

"그럼 카르세인 경, 다음에 보세."

"네, 각하. 편히 쉬십시오."

'아버지께서 웬일이시지?'

고개를 갸웃했다.

'조금 피곤해 보이시기는 했지만, 절대 그런 이야기를 남 앞에서 꺼내시는 분이 아닌데.'

뭔가 이상했다. 지난번 사건 이후로 아버지께서 카르세인을 좋게 보셨다는 것은 알고 있었지만, 알렌디스 때와 비교하면 너무도 다른 모습이었다.

게다가 지금 아버지께서는 어떻게 보면 내가 카르세인과 둘이서 시간을 보내도록 놔두신 것이 아닌가. 공연한 구설에 오를 필요는 없노라며 내게 주의하라 하셨던 그 아버지께서.

상념에 빠져 있는데, 갑자기 얼굴 하나가 불쑥 들이밀어졌다. 나는 황급히 몸을 뒤로 빼며 놀란 가슴을 쓸어내렸다.

"깜짝이야. 놀랐잖아, 세인."

"그러게 누가 그렇게 넋을 놓고 있으래? 명색이 기사라는 사람이 그래서야 되겠어? 안 되겠다. 내일부터 다시 특훈을 시키던가 해야지."

"……하지 마, 그런 거. 가자. 배웅해 줄게."

"됐어. 별로 멀지도 않은걸. 그보다 티아."

"응?"

카르세인은 말없이 손을 뻗어 내 머리카락을 쓸어 넘겼다. 머리카락에 와 닿는 부드러운 손길을 느끼며 올려다보자, 푸른 눈동자에 슬쩍 웃음기가 어렸다. 갑자기 반걸음 더 다가온 그 때문에 샹

들리에의 불빛이 가려 짙은 음영이 드리워졌다.

'그러고 보면 카르세인, 꽤 키가 크구나.'

원래 큰 편이라고 생각하고는 있었지만 이렇게까지 차이가 나는지는 몰랐는데.

'응?'

불빛에 가려진 탓에 잘 보이지 않는 그의 얼굴이 왠지 점점 더 가까워지는 듯한 기분이 들었다. 잘못 본 건가 싶어 두어 번 눈을 깜빡이는데, 이마에 뭔가 촉촉한 것이 닿았다가 떨어졌다.

'응? 이게 뭐……'

"뭐, 뭐야, 세인?"

깜짝 놀라 한 걸음 뒤로 물러서자, 나를 물끄러미 바라보던 푸른 눈동자에 웃음기가 어렸다.

"놀랐냐? 뭘 새삼 놀라고 그러냐. 어차피 풀떼기랑도 해 봤을 거 아냐."

"……그건 어릴 때였지."

"어릴 때라니. 내 눈엔 아직도 꼬맹이거든? 야야, 아서라. 넌 이상한 생각을 하기에는 아직 십 년은 일러."

'또 어린애 취급이야.'

입술을 삐죽이며 노려보자, 손가락으로 내 이마를 가볍게 튕긴 카르세인이 돌아서며 등 뒤로 손을 흔들었다.

"나 간다? 내일 보자."

"……"

"삐쳤냐? 쯧쯧, 그러니까 네가 꼬맹이……."

"……얼른 가기나 해."

낮은 웃음소리가 들려왔다.

성큼성큼 걸어 나간 그가 이내 사라졌다. 그 뒷모습을 잠시 바라보다가, 나 역시 내 방으로 향했다.

"잠시 들어가겠습니다, 아가씨."

나지막한 목소리에 고개를 들었다. 양손에 뭔가를 잔뜩 들고 나타난 집사가 집무실 문 앞에 서 있었다. 고개를 끄덕이자, 책상 앞으로 다가온 그가 손에 들고 있던 것을 차곡차곡 내려놓으며 정돈했다.

"아침에 말씀하신 서류들입니다. 헌데 이걸 정말로 다 보실 생각이십니까?"

"응. 요새 바빠서 가문의 일에는 별로 신경을 못 썼잖아. 봐야지."

"그러다 몸이 축나실까 걱정됩니다. 쉬엄쉬엄하십시오, 아가씨."

"고마워."

빙그레 미소를 지으며 고개를 돌리는데, 문득 책상 한쪽에 놓인 커다란 상자가 눈에 들어왔다. 저것도 집사가 가져다 둔 건가?

"그런데 집사, 그 상자는 뭐야?"

"카르세인 경께서 아가씨께 보내신 것입니다. 열어 보시겠습니까?"

"아니, 조금 있다가. 우선 서류부터 확인하는 게 나을 것 같아."

내용물이 뭔지 궁금했지만, 나는 우선 상자에서 시선을 떼어 산더미처럼 쌓여 있는 서류에 시선을 주었다.

프린시아와 티타임을 가진 때로부터 사흘, 여름 별궁에 다녀오는 사이 밀린 업무는 참으로 많기도 했다. 보통 집안의 살림만을 맡는 귀부인이나 영애와는 달리 나는 후계자 수업도 겸하고 있었기에 더더욱 그랬다.

갑자기 한숨이 나왔다.

'회귀 전에도 내내 일만 하고 살았는데.'

어찌 보면 오히려 그때가 일은 더 적었던 것 같았다. 당시에는 그저 가문의 일을 보다가 황궁의 안살림만 챙겼을 뿐이었지만, 지금은 살림을 돌보는 것에 더불어 다음 대의 가주로서의 일, 그리고 차기 기사단장으로서의 업무도 배워야만 했으니까.

게다가 내게는 그 무엇보다 중요한 과제가 있었다. 바로 검술을 연마해서 정식 기사가 되는 것.

오로지 정식 기사만이 가주 및 가문의 후계자가 될 수 있는 모니크가의 가법家法상, 그 모든 업무를 아무리 잘 해낸다고 해도 정식 기사로 서임되지 않으면 아무 소용이 없었다. 아무리 아버지께서 나를 사랑하신다 해도 이 부분에 대해서는 내 편의를 봐주실 수가 없었다. 모니크가의 가주는 대대로 기사단장이 되어야 했고, 그러기 위해서는 당연히 정식 기사가 되어야 했기 때문에.

"참, 아버지께서는?"

"아직 돌아오시지 않으셨습니다."

"아, 응. 고마워. 그럼 가서 일 봐. 수고했어."

집사를 내보내고 한참 동안 서류를 검토하다가, 뻑뻑하다 못해 시리기 시작한 눈을 천천히 감았다 떴다. 급격히 피로감이 몰려왔다. 하긴 아침부터 비를 맞으면서 수련을 한데다 오후 내내 제1기사단의 서류를 봤고, 퇴궁한 다음에도 집무실에 앉아 밤늦게까지 일하고 있으니 그럴 만도 했다.

'안 되겠다. 오늘은 여기까지 해야지.'

나는 무거운 몸을 일으켜 은색 상자를 집어 들었다. 붉은 리본을 풀자 얇은 종이로 싸여 있는 무언가와 라스 공작가의 문장이 찍혀 있는 붉은색 편지 봉투가 보였다.

'이게 대체 뭘까.'

얇은 종이를 걷어 내자, 새하얀 드레스가 눈에 들어왔다.

'갑자기 웬 드레스? 설마 내가 아는 그런 의미는 아니겠지?'

깜짝 놀라서, 황급히 동봉된 편지의 봉인을 뜯었다. 편지지를 펼쳐 들자 날아가는 듯한 카르세인 특유의 필체가 눈에 들어왔다.

일은 잘하고 있냐, 꼬맹아?

보나마나 요 며칠 동안 밀린 일을 하느라고 끙끙 앓고 있겠지. 그러느라 드레스 준비 같은 것은 생각도 못했을 테고.

어차피 주인공도 아닌데 대충 가면 되지, 라고 생각하고 있는 거면 죽는다. 다른 사람은 몰라도, 이 오라버니는 네가 제나 공녀에게 지는 꼴은 못 봐. 뭐, 그렇다고 황태자비가 되란 얘기는 아니지만.

어쨌든, 처음으로 너와 정식 파트너로 연회에 참석하는 걸 기념할 겸 해서 준비해 봤어. 그러니 예쁘게 꾸미고 오도록.

카르세인 데 라스.

추신. 혹시 이거 받고 또 쓸데없는 생각하는 거 아니지?
 아서라. 꼬맹이 주제에 이런 거에만 조숙해서 말이야, 마음을 놓을 수가 있어야지.

 얼굴이 달아오르는 것을 느끼며 붉은색 편지지를 접었다. 당사자는 그럴 생각조차 없는데 공연히 놀랐던 것이 몹시 민망했다.
 '칫. 그러게 왜 이런 걸 보내 가지고.'
 입술을 삐죽이며 곱게 접혀 있는 드레스를 꺼내 펼쳐 보았다. 하얀 바탕의 모슬린 드레스에는 여러 겹의 붉은 주름 장식이 달려 있어 단조로움을 덜어 주고 있었고, 동봉되어 있는 하얀 언더스커트에는 붉은 장미 장식이 곳곳에 달려 있었다. 팔꿈치 부분에 덧대어진 앙가장뜨 역시 타오르는 듯한 붉은색으로 나풀거렸다.
 분명 아름다웠지만, 평소에 입던 것과는 너무 다른 스타일의 드레스. 나는 새하얀 드레스를 잠시 감상하다 한숨을 쉬었다.
 '이를 어쩐다. 돌려줘야 하나?'
 하지만 그런 의미로 준 건 아니라는 데도 굳이 돌려주겠다고 하는 것도 이상한데.
 '모르겠다. 그냥 입지, 뭐.'
 어깨를 으쓱했다. 다른 사람들이야 선물받았다고 말하지 않으면 모를 테고, 정작 당사자가 그런 의미로 보낸 것도 아닌데 굳이 신경 쓸 필요는 없을 것 같았다. 그의 말대로 너무 바빠서 옷을 준비할 생각을 못한 것도 사실이고.
 새하얀 드레스를 곱게 접어 상자에 넣은 뒤 불을 껐다. 내일도 밀린 일을 처리하려면 이제는 그만 자 둬야 했다.

일주일 내내 억수같이 쏟아지던 비가 이제야 간신히 그치려는 모양이었다. 나는 활짝 열어 둔 창문 앞에 서서 부슬부슬 내리는 비를 바라보다 손을 창밖으로 내밀었다.

손바닥에 와 닿는 시원한 물방울의 느낌, 비 오는 날 특유의 흙 내음.

'다행이다.'

가뭄 뒤에 내리는 단비치고는 지나치게 많이 오는 것 같아서 걱정이 이만저만이 아니었는데. 극심한 가뭄 뒤에는 홍수해가 발생하기 쉽다는 말도 있지 않은가.

문득 어제 황궁에서 들은 이야기가 생각났다. 그것은 바로 지은에 대한 얘기였다.

귀족파에서는 그녀가 제나 공녀로 입적된 이후 그토록 심했던 가뭄을 해소하는 비가 내리는 것으로 보아 그녀가 진정한 신탁의 아이임이 분명하다고 주장한다 했다. 그에 반해 우리 파벌에서는 극심한 더위와 가뭄 도중에 지은이 나타난 것으로 보아 불길하기 짝이 없다며 공격한다고 했고.

한숨이 나왔다. 대귀족가의 일원으로 태어난 이상 정치와 연루되지 않을 수 없지만, 나 자신의 의지와는 상관없이 계파 전체를 위해서 질질 끌려다녀야 한다는 사실에 가슴이 답답했다.

전하의 성인식에서 사교계에 데뷔한 이래 항상 그의 파트너는 나였기 때문에, 처음으로 그가 내가 아닌 다른 여자와 함께 등장하는 공식 무도회가 열리는 오늘 내게 가해질 압력은 필시 어마어마할 것이었다. 귀족파는 나를 깎아내리려고 최대한 노력할 테고, 황제파는 내가 지은과 맞서는 동시에 전하의 마음을 단단히 붙들어 두기를 바라겠지.

생각만 해도 머리가 아팠다. 마음 같아서는 참석하고 싶지 않았지만, 그랬다가는 분명히 질투한다느니 속이 좁다느니 하는 등의 좋지 않은 소문이 돌 것이 뻔했다.

그러니 싫어도 가야 했다. 순간의 기분 때문에 괜히 책잡힐 일을 할 수는 없었다.

'그나저나 카르세인은 언제 오려나? 에스코트하러 온다고 했으니 지금쯤이면 도착할 때가 된 것 같은데.'

"아가씨, 카르세인 경께서 오셨습니다."

나는 때마침 나타난 리나의 말에 살며시 미소를 지었다. 늑대도 제 생각하면 나타난다고 하더니, 어쩜 이렇게 시기적절하게 나타나는 건지.

어쩐지 웃음이 나왔다. 그럼 카르세인이 늑대인가? 붉은 털 늑대라니. 그것 참 신기하겠는걸. 뛰어다니면 불꽃처럼 보일지도.

"지금 내려갈게."

"잠시만요, 아가씨. 머리 장식이 삐뚤어졌어요."

"아, 응."

리나에게 머리카락을 맡기고서, 나는 전신 거울에 비치는 낯선 소녀를 바라보았다. 거울 속에 보이는 은발 소녀는 붉은색 주름 장식과 장미로 포인트를 준 새하얀 모슬린 드레스를 입고 은줄에 루비를 장식한 장신구를 두르고 있었다.

 평소에 잘 입지 않는 스타일이라서 그런지, 나조차도 생소한 내 모습.

 조심스럽게 머리카락을 풀어낸 리나가 절반을 잡아 큼지막한 루비로 세공된 은비녀로 틀어 올린 후, 구불구불한 상태 그대로 풀어 둔 나머지 절반을 잡고 빗질을 했다. 그러고는 머리카락에서 반짝반짝 윤이 나고서야 만족스러운 표정으로 빗을 내려놓았다.

 나는 리나에게 고맙다고 말한 뒤 카르세인이 기다리고 있을 응접실로 향했다.

"안녕, 세인."

"엉, 안녕."

 제1기사단의 정복을 차려입은 카르세인이 자리에서 일어나 내게 다가왔다. 검은 바탕에 붉은 휘장, 정식 기사임을 상징하는 두 개의 붉은 어깨끈이 달려 있는 제1기사단의 정복은 그의 머리카락과 어우러져 몹시 잘 어울렸다.

 가슴 부분에 달린 창 모양 배지를 보자 문득 정기 훈련에서의 일이 떠올랐다. 회상에 잠겨 스르르 미소를 짓는데, 위아래로 나를 훑어보던 세인이 갑자기 내 주위를 빙글빙글 돌았다.

 '왜 그러지?'

 어딘가 잘못된 부분이라도 있나? 방금 전에 거울을 봤을 땐 분명 괜찮았던 것 같은데.

"왜 그래, 세인?"

"흠, 그것참. 역시 옛말이 틀린 것 하나 없다니까."

"응? 갑자기 무슨 소리야?"

"옷이 날개라더니, 오늘따라 너무 눈이 부셔서 말이야. 어디 좀 덜 눈부신 곳을 찾아보려고 했는데……. 실패했다."

"뭐야, 그게."

웃음이 터져 나왔다. 농담만 잘 던지는 줄 알았더니, 의외로 공치사에도 소질이 있었던 건가.

쿡쿡 소리 내어 웃는 나를 바라보던 카르세인이 고개를 끄덕이며 말했다.

"좋아. 바로 그거야."

"응?"

"그 표정 그대로 다녀오는 거다. 알았냐, 꼬맹아?"

"아……."

설마 걱정하고 있었던 것일까. 계파에서 들어오는 압력 때문에 부담감을 가질까 봐?

새삼스러운 눈으로 눈앞의 청년을 바라보았다. 빙긋 웃어 보이는 카르세인이 오늘따라 무척 고마웠다.

'그래. 파벌의 이익도 복잡한 생각도 모두 잊어버리고 오늘은 그저 그의 말대로 웃으면서 다녀오자. 내게는 아직 일 년이라는 시간이 남아 있으니까.'

나는 카르세인을 향해 밝게 미소를 지으며 말했다.

"응. 그럴게. 신경 써 줘서 고마워, 세인."

"좋아. 그럼 가실까요, 레이디?"

정중하게 허리를 숙여 보인 카르세인이 내게 손을 내밀며 말했다. 커다란 손 위에 살며시 손을 얹고서, 나는 그와 함께 황궁을 향해 출발했다.

"라스 공작가의 차남, 카르세인 데 라스 경과 미래의 달, 아리스티아 피오니아 라 모니크 영애 드십니다."

황궁에서 열리는 무도회에서는 언제나 내게 붙는 미래의 달이란 수식어.

전하의 약혼녀라는 각인과도 같은 그 말에 잠시 몸이 굳었다. 언제나 그와 함께 등장했기에 별생각 없이 넘겼던 단어의 무게가 새삼 가슴을 짓눌렀다.

'그의 파트너가 아님에도 의전관이 공식 명칭을 부른 건 혹시 폐하나 황제파의 입김이 작용했기 때문일까.'

나는 사람들의 시선을 의식하며 억지로 입꼬리를 끌어 올렸다. 그리고 이제는 익숙해진 사교용 미소를 지으며 연회장 안으로 걸음을 옮겼다.

"도련님, 아리스티아, 왔군요."

"안녕하세요, 프린시아, 그리고 라스 경."

제2기사단의 정복을 차려입은 라스 경과 그의 팔짱을 낀 프린시아가 우리를 향해 다가왔다. 연보랏빛 눈동자를 빛내며 생긋 미소를 지은 프린시아가 말했다.

"아리스티아, 옷이 참 예뻐요. 정말 잘 어울리네요."

"고마워요, 프린시아."

"오늘 고생이 많겠네요. 제가 도움이 될지는 모르겠지만, 최선을 다해서 성심성의껏 돕겠어요. 필요하면 언제든 찾아 주세요."

"고마워요, 프린시아. 말씀만으로도 충분히 힘이 나네요."

따스한 그녀의 말에 살짝 미소를 지었다.

그때, 의전관의 알림이 들려왔다. 오늘의 주인공의 입장이었다.

"제국의 작은 태양, 루블리스 카말루딘 샤나 카스티나 황태자 전하와 지은 그라스페 데 제나 공녀 드십니다."

행동을 멈춘 모든 이들이 입구를 향해 허리를 숙였다. 나 역시 한 손을 가슴 위에 얹고 다른 손으로 치맛자락을 살짝 잡은 채 허리를 숙였다.

사락사락 스치는 옷자락 소리가 들리고, 곧이어 일어나라 명하는 서늘한 목소리가 들려왔다. 허리를 펴자, 하얀 바탕에 푸른색으로 포인트를 준 예복 차림의 그와 은빛 큐빅이 촘촘하게 박힌 검은 드레스를 입고 푸른 진주로 만든 장신구를 두른 지은이 눈에 들어왔다. 척 봐도 한 쌍으로 맞춘 것 같은 모습.

웅성거리는 황제파 귀족들을 보자 벌써부터 머리가 아파 오는 듯했다. 관자놀이를 꾹꾹 누르며 고개를 돌리려는데, 문득 이쪽을 향하고 있는 바닷빛 눈동자와 시선이 마주쳤다. 찰나의 순간, 깊고 깊은 눈동자에서 한 줄기 번뜩이는 빛이 스쳐 지나가는 듯했다.

"괜찮아, 티아?"

나도 모르게 멈칫한 것일까? 카르세인이 내 손을 힘주어 잡았다. 간신히 그에게서 눈을 떼어 붉은 머리의 청년을 바라보자, 싱긋 미소를 지은 그가 손등을 가볍게 토닥였다.

"······고마워, 세인."

"아까 약속했던 것 기억하지?"

"응."

"그래. 그럼 웃어 봐, 꼬맹아. 오늘 하루 예쁘게 잘 웃으면 이 오라버니가 맛있는 것 사 준다."

"······그래 봐야 자기 맘대로 골라 줄 거면서."

"그거야 네가 매번 풀떼기만 고르니까 그렇지. 내가 편식하지 말라고 했지? 이거 안 되겠네. 매일 감시라도 해야 하나."

장난스럽게 윽박지르는 모습에 웃음이 나왔다. 쿡쿡 웃는 나를 향해 마주 웃어 보인 그가 말했다.

"그럼 가 볼까요, 아가씨?"

"응? 어딜?"

"이렇게 눈이 부신데, 첫 곡은 뺏긴다 하더라도 다음 곡의 주인공은 되어야 하지 않겠어?"

"다음 곡, 쿠랑트courante 아냐? 그건 좀······."

멈칫했다.

언젠가 전하의 생일 연회에서 스텝이 꼬여 넘어질 뻔했던 적이 있었던 곡, 쿠랑트. 그것은 종종 박자가 교대되며 일정하지 않기 때문에 집중하지 않으면 발이 꼬이기 십상인 춤곡으로, 과거 사교계에서 활발하게 활동했던 나로서도 어려운 곡 중의 하나였다.

게다가 쿠랑트는 파트너와의 호흡이 중요했기에 주로 결혼하거나 약혼한 커플들이 추는 춤곡이기도 했다. 그렇기에 선뜻 그러마고 답하기에는 조금 그랬다. 아무리 싫어한다 하더라도 공식적인 내 신분은 황태자 전하의 약혼녀가 아니던가.

"왜? 자신 없어서 그래? 걱정 마. 나만 믿어. 절대로 망신당하게 하지는 않을 테니까."

"아니, 그것도 그렇지만……. 그냥 그것 말고 그다음 곡으로 추면 안 돼?"

"아, 싫어. 난 느린 춤곡은 딱 질색이란 말이야. 가뜩이나 춤 자체에 흥미도 없는데 느리기까지 하면 무슨 재미야."

나는 고개를 절레절레 내젓는 카르세인을 보며 한숨을 쉬었다. 하지만 그는 그런 나를 보면서도 막무가내였다.

"아, 그냥 가자니까. 첫 곡은 뺏겼어도 두 번째 곡의 주인공은 돼야 할 거 아냐. 이대로 지고 있을 거야?"

"……"

"그럼 가는 거다?"

카르세인은 싱긋 미소를 지으며 머뭇거리는 나를 잡아끌었다. 부드럽지만 강한 힘에, 나는 어쩔 수 없이 그를 따라 걸음을 옮겼다.

댄스플로어에 도착하자, 마침 첫 번째 춤곡이 막 끝났는지 환하게 미소를 띤 얼굴로 뭔가를 말하고 있는 지은과 무표정한 얼굴로 고개를 끄덕이는 푸른 머리카락의 청년이 보였다. 바닷빛 눈동자와 시선이 마주쳤지만, 다음 곡이 시작되려고 하고 있었기에 나는 가볍게 묵례만 한 뒤 그를 지나쳤다.

"……잘 부탁해."

"오냐. 나만 믿고 따라와, 꼬맹아."

정중하게 허리를 숙여 시작 전 인사를 한 카르세인이 싱긋 웃으며 춤의 첫 자세를 취했다. 곧이어 가벼우면서도 뜀뛰기를 하듯 경쾌한 느낌의 음악이 연주되기 시작했다.

나는 스텝이 꼬이지 않도록 열심히 발을 놀리며 카르세인의 리드에 따라 몸을 움직였다. 힘차게 상대방을 이끄는 스타일 덕분일까. 그와 춤을 춘 적은 몇 번 되지 않았음에도, 예전에 전하와 췄을 때보다는 훨씬 편안한 느낌이었다.

"매일 검만 수련한 줄 알았더니, 이런 건 언제 연습한 거야?"

"어, 지금 질투하는 거냐? 다른 여자랑 춤추고 다녔을까 봐 걱정 돼?"

허리에 두른 손에 힘을 줘서 나를 바짝 끌어당긴 카르세인이 말했다.

가까워진 거리 탓일까. 얇은 모슬린 드레스를 타고 춤을 추느라 올라간 뜨거운 체온이 느껴졌다. 순간 몸이 굳어 스텝을 놓친 나를 재빠르게 다음 동작으로 유도한 카르세인이 작게 소리를 내어 웃었다.

"곤란한데."

"응? 뭐가?"

"너 말이야. 이 곡은 되도록 추지 마라."

"……그러게 자신 없다고 했잖아."

괜찮다며 굳이 끌고 온 게 누군데.

입술을 삐죽이며 노려보았지만, 그는 아무렇지도 않게 빙글빙글 웃으며 말했다.

"사람들 쳐다본다, 이 아가씨야. 표정 관리해야지."

"아, 얄미워. 정말."

"어어, 진짜야. 그러다가 성격 안 좋다고 소문이라도 나면 어쩌려고 그러냐."

'말이나 못하면.'

어이가 없어서 픽 웃어 버리자 나를 바라보던 푸른 눈동자가 웃음기를 가득 머금었다.

어느새 막바지에 다다른 곡에 맞춰 춤을 마무리하고서, 나는 치맛자락을 잡고 살짝 예를 취했다. 그러고는 사뭇 정중하게 허리를 숙여 보이는 그의 손을 잡고 댄스플로어 밖으로 나왔다.

도란도란 대화를 나누며 몇 발짝을 떼었을 때, 한 쌍의 커플이 앞을 막아섰다. 흰색과 검은색을 각각 기본으로 잡은 다음, 함께 푸른색으로 포인트를 준 옷을 맞춰 입고 있는 남녀. 황태자 전하와 지은이었다.

"제국의 작은 태양, 황태자 전하께 카르세인 데 라스가 인사 올립니다."

"아리스티아 라 모니크가 황태자 전하께 인사 올립니다."

"……오랜만이군, 카르세인 경. 그리고 그대도."

청년은 평소와 그리 다를 바 없는 무표정한 얼굴로 고개를 끄덕였다. 바닷빛 눈동자가 말없이 나와 카르세인을 응시했다. 그의 손을 잡은 채로 한발 앞으로 나선 지은이 얼굴 가득 화사한 미소를 지으며 나를 바라보았다.

'먼저 인사하란 소리인가.'

의전 서열로 따지면 분명 내가 그녀보다 위였지만, 지금은 전하의 파트너로 참석한 지은이 나보다 높은 지위라 할 수 있었다. 나는 왠지 모르게 불쾌한 마음을 누르며 살짝 묵례했다.

"안녕하세요, 제나 공녀."

"안녕하세요, 모니크 영애. 대회의장에서 뵙고 처음 뵙는군요."

처음이라. 회귀 후의 만남으로 치면 분명 그럴지도.

대회의장에서도 그랬지만, 내가 기억하고 있는 과거와는 너무도 달라 보이는 모습에 가슴이 서늘했다. 오랜만이라고 한 것을 봐서는 그녀 역시 회귀한 것이 분명한데, 도대체 무슨 속셈일까.

"드레스가 참 잘 어울리시네요. 붉은색은 아무나 소화하기가 쉽지 않은데. 특히 어린 나이라면 더더욱 말이에요."

"그런가요? 감사합니다."

"파트너 되시는 분께서도 너무 멋지신 걸요. 제복을 입으신 것을 보니 아마도 기사분이신가 보죠? 두 분 정말 잘 어울리시는 것 같아요."

"감사합니다, 제나 공녀. 소개가 늦었습니다. 저는 라스 공작가의 차남 카르세인 데 라스라고 합니다. 제1기사단 소속이죠."

"어머, 라스 공작가의 분이셨군요. 그러고 보니 공작 전하의 머리카락을 쏙 빼닮으셨네요."

그녀의 말이 자꾸만 거슬리게 들리는 것은 내 착각일까. 마치 사교계에서 흔히 쓰이는 수법, 칭찬하는 듯하면서 속에 담긴 뜻으로 상대방을 깎아내리는 화법처럼 들리는데.

뭔가 이상했다. 어째서 내게 적의를 품고 있는 거지? 과거에는 그토록 내게 친근하게 달라붙던 그녀였는데. 혹시 견제라도 하는 걸까? 그의 공식적인 약혼녀는 아직 나이니, 자칫 잘못하면 그를 빼앗길까 봐?

"두 분께서 너무 잘 어울리셔서, 전하께서 오해라도 하시면 어쩌나 하고 걱정이 되네요. 아, 곡해해서 듣지는 말아 주세요. 그저 두 분께서 오늘 입으신 옷도 그렇고, 춤추던 모습도 그림같이 아름다워 보여서 하는 얘기랍니다."

"전하께서 설마 그러실 리가 있겠습니까. 일전에 제게 영애를 잘 돌봐 주라는 말씀까지 하셨는데요."

"어머, 그렇군요. 그렇다면 다행이네요."

"네. 어쨌든, 칭찬 감사드립니다."

지은과 카르세인은 화기애애한 대화 속에 가시를 숨긴 채 설전을 벌이고 있었다. 하지만 눈앞의 청년은 그런 그들에게는 한 치의 시선도 주지 않은 채 나만을 빤히 바라보고 있었다.

뭔가 할 말이 있어 보이는 표정, 그리고 눈빛.

나는 천천히 호흡을 가다듬으며 최대한 자연스럽게 그에게서 시선을 돌렸다.

그때, 저쪽에서 한 사람이 다급하게 걸어오는 것이 보였다. 일전에 몇 번 본 적이 있는 그의 보좌관이었다.

"무례를 용서하십시오, 전하. 긴급한 보고가 있어서……."

"괜찮다. 무슨 일인가?"

"일주일 내내 쏟아진 비 때문에 루모 강이 범람했다는 급보가 왔습니다. 인접 영지의 피해가 막심하다 합니다."

"가뭄 끝 홍수라, 그토록 방비하라 일렀거늘. 당장 백작 위 이상의 자들을 소환하라. 행정부의 담당 관료들도."

"명을 받듭니다."

싸늘한 기색으로 보좌관에게 지시를 내린 그가 우리 쪽을 돌아보며 말했다.

"사정이 생겨서 먼저 자리를 떠야 할 것 같군. 제나 공녀, 양해를 바라오."

"……괜찮습니다, 전하. 어서 가 보시어요."

"그대도, 나중에 봅시다. 카르세인 경, 만나서 반가웠네. 즐거운 시간 보내도록."

"네, 전하."

"영광이었습니다, 전하."

하나하나 인사를 마친 그가 마지막으로 내게 한번 시선을 주고는 휙 돌아섰다. 보좌관과 함께 성큼성큼 걸어 나가는 그의 뒷모습을 잠시 바라보는데, 웃음기를 머금은 카르세인의 목소리가 들려왔다.

"이런. 오늘의 주인공이신데 많이 서운하시겠습니다. 제가 홀로 왔다면 에스코트를 청했을 텐데, 그럴 수도 없으니 이를 어쩝니까."

"……괜찮습니다. 뜻만 받죠. 감사합니다."

"이런 미인을 홀로 두고 가셨으니, 전하께서도 마음이 좋지 않으실 겁니다. 허나 어쩌겠습니까. 워낙 공사가 다망하신 분이니, 저희가 이해해 드려야지요."

"……물론입니다."

"아니, 이런. 모니크 영애가 아니십니까?"

카르세인과 지은의 신경전을 보고 있을 때, 어느새 다가온 새하얀 제복 차림의 남자가 말했다. 뒤이어 나타난 군청색 제복 차림의 남자가 정중하게 고개를 숙였다.

"안녕하십니까, 모니크 경. 드레스 차림은 가끔 뵈었습니다만, 이런 모습은 처음 봅니다."

"안녕하세요, 쥬느 경, 리안 경."

갑작스러운 두 사람의 출현에, 계속해서 카르세인을 쏘아보던 지은이 고개를 까딱하고는 몸을 휙 돌려서 사라졌다.

빙그레 미소를 지으며 그 모습을 바라보던 쥬느 경이 말했다.

"이런, 카르세인 경, 시작부터 거하게 한판 하셨나 봅니다?"

"한판이랄 것까지야 있겠습니까. 그저 대화를 조금 나눈 것뿐이지요."

의미심장한 미소를 지은 채 대화하는 두 남자를 뒤로한 채 나를 돌아본 리안 경이 말했다.

"오늘따라 한결 빛나 보이십니다, 모니크 영애. 이것 참, 불참한 동료들에게 미안할 지경이군요."

"과분한 칭찬이시네요. 어쨌든 감사합니다. 일주일 내내 비가 오는 바람에 모두 고생하고 계시는데, 저 혼자 편하게 지내는 것 같아 마음이 불편하네요."

"무슨 말씀이십니까. 영애께서 걱정해 주신 걸 알면 다들 몹시 기뻐할 겁니다. 그리고 이제는 비도 그쳤으니 괜찮습니다."

"아, 그런가요? 다행이네요."

홍수가 났다는 말에 걱정하고 있었는데, 비가 그쳤다니 다행이었다. 물론 해당 영지 쪽에서는 아직 비가 오고 있을지도 모르는 일이었지만, 폐하께서 계시는 수도에서 물난리라도 났다면 정말 큰일이었을 테니까.

"그나저나 그 얘기는 들으셨습니까?"

"어떤 얘기 말씀이신가요?"

"제3기사단을 창설할지도 모른다는 소문 말입니다. 지금 수도에 에네실 후작과 미르와 후작 영식이 와 있는 것이 그 때문이란 말이 있더군요."

나는 고개를 끄덕이며 답했다. 확실히, 요즘 기사단을 돌아다니다 보면 어디서나 들을 수 있는 소문이었다.

"네, 저도 듣긴 했습니다. 분명 필요한 일이긴 하죠. 제1과 제2기사단은 이미 포화 상태니까요."

"그렇긴 합니다만······. 모자라는 정식 기사는 어찌 충원하려고 하시는 걸까요. 어쨌든, 에네실 후작은 조만간 제1기사단의 부단장으로 들어갈지도 모른다고 하더군요."

"아, 그런가요? 일전에 한두 번 뵌 적이 있는데, 무척 유능하신 분 같았습니다. 아버지께는 죄송한 말씀이지만 부디 제1기사단으로 오셨으면 좋겠네요."

"이거이거, 섭섭합니다? 지난번 정기 훈련 때도 그렇고, 이번에도 그렇고. 경께선 언젠가 제2기사단으로 돌아오셔야 할 분입니다. 잊고 계시면 곤란합니다."

"이런. 제가 말실수를 했군요. 죄송해요, 리안 경."

슬쩍 고개를 숙여 사과하자, 리안 경은 눈에 띄게 당황하면서 아니라고 고개를 저었다. 문득 웃음이 새어 나왔다. 아무리 그래도 자작가의 후계자인데 저렇게 순진해서야 장차 사교계에서 어찌 버티려고 그러는지.

두 사람과 적당히 대화를 나누고 돌아서는데, 문득 공기가 조금 답답하다는 생각이 들었다. 비가 그쳤다니 이제는 나가 봐도 되지 않을까. 그렇잖아도 일주일 내내 비가 쏟아지는 바람에 바깥 공기를 쐬지 못한 터라 갑갑하던 차였는데.

"세인."

"엉?"

"잠깐 나갔다 오면 안 될까. 조금 답답해서."

"그럴까? 비도 그쳤다니까 진흙만 조심하면 되겠지."

나는 순순히 그러자고 대답하는 카르세인과 함께 연회장 밖으로 빠져나왔다.

한참 동안 말없이 정원을 걸었다. 온갖 소리의 향연으로 가득 차 있던 연회장과는 달리 포근한 적막감이 맴도는 한밤의 정원. 시원하면서도 축축한 공기를 가득 들이마시니 답답했던 속이 조금은 풀리는 느낌이었다.

비가 그친 지 얼마 되지 않은 탓일까. 별도 달도 보이지 않는 흐릿한 하늘을 올려다보았다. 한 치의 앞도 보이지 않는 희뿌연 어둠이 마치 지은의 등장으로 더욱 알 수 없게 된 내 미래처럼 보였다.

새까만 밤하늘을 보고 있노라니 문득 의문 하나가 떠올랐다. 지은은 어째서 내게 적의를 품고 있는 것일까. 대회의장에서의 일이나 조금 전 가시 돋힌 말을 쏟아내던 일을 보아서는 내게 무언가 악감정이 있는 것이 분명한데.

그녀가 내게 그러는 이유가 뭐지? 적의를 품어야 할 사람은 그녀가 아니라 내가 아닌가. 그녀는 나와는 달리 행복한 삶을 살지 않나. 운명의 실로 엮인 상대의 곁에서, 무척이나 아끼고 사랑해주는 제 반려와 마음을 나누면서.

그런데 대체 왜? 나를 적대해서 얻을 만한 게 뭐가 있다고?

곰곰이 생각해봤지만, 아무리 이것저것을 가정해 봐도 이렇다 할 이유가 떠오르지 않았다. 잠시 풀렸던 속만 다시 답답해졌을 뿐.

"후우."

깊은 한숨을 내쉬었다. 내내 말없이 걷던 카르세인이 나를 돌아보며 걱정스럽다는 듯 물었다.

"조금 걸으면 나아질 줄 알았더니. 그렇게 답답해? 왜 그렇게 한숨을 쉬어?"

"아, 그냥……."

나는 말끝을 흐리며 주위를 둘러보았다. 언제가 보았던 낯익은 풍경이 눈에 들어왔다. 어, 여긴…….

"너도 알아차렸냐? 여기, 어딘지 기억나?"

"응. 작년 건국기념제 때 너랑 마주쳤던 곳이잖아."

"기억하네. 난 또 아무 말도 안 하길래 잊어버렸나 했더니."

"아냐. 잠깐 뭐 좀 생각하느라고. 음. 그러고 보니 라스 경과 프린시아를 발견했던 곳도 여기였지."

"엉. 그랬지. 아, 형님이 다짜고짜 청혼하셨을 때의 그 충격은 아직도 잊을 수가 없다."

"왜? 멋있었잖아."

카르세인의 말에, 프린시아가 떠나던 날 라스 경이 청혼하던 모습이 떠올랐다. 모두가 한결같이 충격받은 얼굴로 뻣뻣하게 굳어 있었지.

당시 배웅을 나갔던 이들의 표정이 떠오르자 문득 웃음이 새어 나왔다. 스르르 미소 짓는 나를 바라보던 카르세인이 말했다.

"그게 진짜 맘에 들긴 했나보다? 금세 표정이 풀리는 걸 보니. 꼬맹이 주제에 그런 건 또 좋아하는구나?"

"뭐……."

놀리는 듯한 표정에 뭐라 얘기하려 했을 때, 저 멀리서 걸어오는 남녀가 보였다. 하늘색 머리카락을 곱게 틀어 올린 귀부인과 타오르는 듯 붉은 머리카락의 중년 남자. 나를 발견한 여인의 눈썹이 슬쩍 찌푸려졌다.

멈칫하는 나를 막아 세우듯 한발 앞으로 나선 카르세인이 말했다.

"아버지, 어머니, 여기 계셨군요. 어쩐지 연회장에서 보이시지 않는다 했습니다."

"……안녕하세요, 공작 전하, 공작 부인."

"오랜만이군요, 모니크 영애."

카르세인과 같은 푸른 눈동자, 그러나 늘 따뜻한 그와는 달리 서늘한 기운이 묻어 나오는 눈빛.

저절로 긴장이 되었다. 사교계에서 활동하다 보면 이 정도의 적의는 아무것도 아닌 축에 속하기는 했지만, 이상하게도 그녀만큼은 항상 조금 어려웠다. 나 때문에 카르세인이 크게 다친 이후로는 더 그랬다.

"세인, 잠시 얘기 좀 하지 않겠니? 모니크 영애, 보자마자 이런 말을 해서 미안하지만, 자리를 좀 비켜 주지 않겠어요?"

"아, 네. 그리하겠습니다."

"어머니, 아무리 황궁 안이라고는 해도 밤입니다. 정히 그러시다면, 영애를 연회장까지 에스코트해 드리고 돌아와서 하면 안 되겠습니까."

"너……."

카르세인의 말에 공작 부인이 미세하게 미간을 좁히자, 한 발짝 앞으로 나선 공작이 둘 사이를 중재했다.

"세인의 말도 맞소, 부인. 그럼 이렇게 합시다. 내가 영애를 에스코트할 테니, 부인은 세인과 대화를 하고 오시오."

"감사합니다, 공작 전하."

중간에 낀 카르세인의 입장이 영 난처해 보여서, 나는 재빠르게 감사를 표하며 한 걸음 물러났다. 그러고는 공작 부인을 향해서 살짝 고개를 숙여 보인 후 뒤로 돌아섰다.

"모니크 경, 아니, 지금은 드레스 차림이니 영애라고 불러야 할까?"

"어떻게 불러 주시건 괜찮습니다. 저는 기사인 동시에 모니크가의 장녀이기도 하니까요."

"그래, 그럼 일단은 영애라고 부르지. 지난 일주일간 열심히 일했더군. 수고가 많았네."

"감사합니다."

"그래, 요새 검술은 진전이 있나?"

"공작 전하께서 아량을 베풀어 주신 덕분에 라스가의 여성용 검술은 거의 다 익혔습니다."

"그런가."

울퉁불퉁한 돌로 바닥을 깔아 만든 탓에 산책로에는 군데군데 빗물이 고여 있었다. 물웅덩이를 피해 발걸음을 조심조심 옮기는 나를 말없이 바라보던 라스 공작이 입을 열었다.

"영애에게 뭐 하나만 물어봐도 되겠는가."

"물론입니다, 공작 전하."

"정녕 황태자비가 될 생각은 없는 겐가?"

"……."

"모니크가의 역사는 잘 알고 있네. 이제는 셋밖에 남지 않은 개국 공신 가문인데다가 제국이 세워지기 전 한 왕국의 지배자였던 시절까지 따지면 거의 천삼백 년에 가까운 명문가이지 않은가. 방계 혈족도 거의 없으니, 영애가 가문을 잇지 않는다면 사실상 케이르안에게서 대가 끊기게 된다는 사실도 알고 있네."

라스 공작은 깊은 한숨을 내쉬며 생각에 잠긴 듯한 눈으로 하늘을 올려다보았다. 일주일 동안 지독하게 내리던 비는 그쳤지만, 아직 구름이 잔뜩 낀 하늘에는 달은 고사하고 별조차 하나도 보이지 않았다.

"그렇기에 내 사실 영애를 후계자로 삼겠다는 케이르안의 결정을 은근히 지지하고 있었네. 모니크가는 분명 이대로 대가 끊기기엔 아쉬운 가문이니 말일세. 그 피를 타고 흐르는 맹세로 인해 황실에 없어서는 안 될 존재일뿐만 아니라, 계파에 있어서도 든든한 버팀목이 아닌가."

"……."

"그렇지만 말일세. 지금은 사정이 다르지 않은가. 영애 혼자 황위 계승권을 갖고 있었을 때야 맹세가 있으니 걱정하지 않았네만, 지금은 제나 공작가에 계승권을 가진 여아가 넘어간 상황이 아니냔 말일세. 신성력까지 가지고 있다고 하니, 혹시 모를 신벌이 두려워 암살을 시도할 수도 없지. 대응할 수 있는 유일한 방법은 영애가 황태자비의 관을 받는 것뿐일세. 영애 자신도 잘 알고 있지 않은가."

깊은 한숨이 나왔다. 모두 사실이었으니까.

혹시 모를 신벌 때문에 지은에게는 손끝 하나 댈 수 없는 상황에서 제나 공작이 그녀를 통해 황실에 간섭하는 것을 막기 위해서는 필히 황제파에서 정비를 배출해야 했다. '신탁의 아이'라 불리는 지은을 제치기 위해서는 그녀와 동등한 자격을 갖고 있는 나 말고는 답이 없었고.

하긴. 애초에 답이 있었다면 이런 어정쩡한 사태가 되기 전에 아버지께서 막아 주셨을 테지.

"대답이 없는 걸 보니 결심이 단단히 섰나 보군. 그럼 나와 거래 하나를 하지 않겠나?"

"네? 거래라니요?"

"이대로 간다면 계속 평행선이 아니겠는가. 영애가 황태자비의 자리를 모면하기 위해 몸을 사릴수록 제나 공녀는 점점 더 위협이 되겠지. 그렇게 되면 귀족파가 기세등등하게 나올 것이 뻔하고, 계파에서는 더더욱 영애를 놓아줄 수 없게 될 게야. 악순환일세. 영애도 그런 상황을 바라지는 않겠지?"

"네, 그렇습니다."

역시 계파의 수장은 다르다는 것일까. 나는 곧바로 핵심을 찔러 들어오는 공작의 말에 수긍하며 고개를 끄덕였다.

"그러니 이렇게 하지. 일단 나는 계파의 수장으로서 일 년이라는 유예 기간 동안 최대한 제나 공녀를 깎아내릴 생각일세. 황태자비로서의 능력이 없다고 말이지. 그 과정에 영애가 동참해 줘야겠네. 경쟁자인 영애와 비교될수록 능력이 없다 하기가 쉬울 테니 말일세."

"하지만, 그렇게 된다면……."

"황실에서 영애를 놓아주지 않을 거란 말이지? 일단 들어 보게나. 일 년 동안 제나 공녀를 상대하면서, 영애를 대신할 수 있는 황제파 영애를 찾게. 능력이 없는 황태자비를 대신해서 업무를 처리할 수 있는 태자빈감을 말이야."

의외였다. 나라는 확실한 카드가 있는 이상 어떻게든 이용하려 할 줄 알았는데, 설마하니 다른 누구도 아닌 계파의 수장이 위험 부담을 감수해야 하는 그런 방법을 염두에 두고 있었을 줄이야.

"그 두 가지만 지켜 준다면 내 이름을 걸고 영애의 선택을 지지해 주기로 하겠네. 폐하께는 죄송한 일이지만, 양 계파가 모두 찬성한다면 어쩔 수 없으실 테지. 뭐, 천 년 명가인 모니크가의 대를 잇는 일이니 의외로 그리 노여워하지는 않으실 수도 있고."

"진심이십니까?"

"그렇다네. 어쩌겠는가. 케이르안이 저토록 강경하게 나오는데. 간신히 귀족파와 균형을 유지하고 있는 현 상태에서 모니크가와의 관계까지 틀어져서 좋을 게 하나도 없으니 어쩔 수 없이 내가 져 줘야 하지 않겠나."

"……감사합니다, 공작 전하."

뜻밖의 아군을 얻었다는 생각과 동시에 믿어도 될까 하는 의심이 들었다. 이름을 걸겠다 했으니 믿어야 하겠지만, 그래도 아버지 앞에서 한 번 더 확인해 볼 필요는 있을 것 같았다.

그나저나 태자빈감이라. 그것은 나도 한 번쯤 생각해 봤던 계획이었지만, 나 자신이 벗어나자고 엉뚱한 영애에게 나와 같은 길을 밟게 할 수 없어 미뤄 뒀던 수단이 아니던가.

하지만 지금은 그것 말고는 별다른 방법이 없었다. 내가 황태자비가 되지 않는 이상은.

그렇다면 이건 어떨까? 과거의 나처럼 그의 마음을 바라는 것이 아니라, 황비 자리를 원하는 영애를 찾아내는 것. 사랑을 바라지 않는 야심 찬 영애라면 과거의 나처럼 아파하거나 다칠 일도 없을 테니까. 호락호락하게 제 권력을 빼앗기지는 않을 테니 계파의 입장에서도 좋을 거고.

조건에 부합할 만한 적당한 후보가 누가 있을까 곰곰이 생각에 빠져 있을 때, 급하게 다가온 시종이 허리를 숙여 예를 갖췄다.

"라스 공작 전하, 황태자 전하께서 전갈을 받는 즉시 알현실로 오라는 명을 내리셨습니다. 시간이 꽤 지체되었으니 속히 이동하여 주십시오."

"그런가. 알겠네."

'아, 그러고 보니 황태자 전하께서 백작 위 이상의 귀족들을 소환하라 하셨지.'

속으로 혀를 찼다. 뵙자마자 말씀드렸어야 했는데, 공작 부인을 보고 긴장한 탓에 까맣게 잊어버리고 있었던 모양이었다.

"모니크 영애, 영애께도 알현실로 찾아오라는 명이 내려졌습니다."

"내게도? 어째서?"

"이유는 잘 모르겠습니다만, 제나 공녀 역시 소환되신 것으로 알고 있습니다."

"잘됐군. 그럼 함께 가지."

곧장 걸음을 옮기려던 공작이 나를 돌아보며 말했다. 나는 그와 함께 알현실로 향했다.

알현실에는 이미 황제 폐하를 비롯하여 황태자 전하, 그리고 여러 귀족들이 자리하고 있었다. 작위는 낮으나 이 일의 담당자로 보이는 행정부의 관료도 다수 있었다.

상석을 향해 예를 갖춘 뒤 아버지의 옆에 앉자, 가장 말석에 앉은 지은이 슬쩍 입술을 깨무는 모습이 눈에 들어왔다.

"다 왔군. 그럼 이제 대책을 논의해 볼까."

"황제 폐하, 그 전에 한 가지만 여쭈어도 되겠습니까?"

"그게 무엇인가, 제나 공작."

"제 여식과 모니크 영애는 어인 일로 이 자리에 부르신 것인지요?"

"그동안 공녀에게도 검증받을 기회를 주어야 한다고 거듭 주장하지 않았던가. 그래서 이번 일에 대한 두 영애의 의견을 참고해 보고자 불렀네."

폐하께서는 피곤함이 역력히 묻어나는 표정으로 말씀하셨다. 여름 별궁에서 돌아온 지 그리 오래되지도 않았는데 급격히 힘들어 보이시는 모습이 어쩐지 걱정스러웠다. 어디가 많이 편찮기라도 하신 걸까.

"두 영애 모두 대강의 내용은 들었다고 보고받았네. 그러니 바로 묻지. 영애들의 생각은 어떠한가? 황태자비 후보로서 루모 강의 범람이라는 이번 사태에 대한 대책을 말해 보도록."

이번 사태에 대한 대책이라.

무엇부터 이야기해야 할지 머릿속에서 정리해 보고 있는 사이, 생긋 미소를 지은 지은이 어렵지 않다는 듯 입을 열었다.

"소녀가 먼저 발언해도 되겠습니까?"

"그리하게."

"우선 인접 영지의 피해가 극심하다고 하니 영지민을 안전지대로 대피시켜야 합니다. 자고로 백성이 있어야 나라가 있다고 하지 않습니까."

"흠."

"또한 황태자 전하께서 그토록 가뭄 끝에 올지도 모르는 홍수에 대해 대비하라 하셨음에도 제대로 된 방비를 하지 않아 작금의 사태를 불러온 책임자를 경질해야 할 것입니다. 해당 영지 귀족들의 작위를 몰수 혹은 강등하심이 옳습니다."

말없이 자신을 바라보고 있는 폐하의 눈을 당당하게 마주한 지은이 계속해서 말을 이었다.

"그리고 계속해서 피해를 입기 전에 임시로 제방을 쌓아 더는 강물이 넘치지 않도록 방비해야 할 것입니다."

"임시 제방이라. 어떻게 말인가?"

"모래주머니로 제방을 쌓는 것입니다. 성긴 천으로 커다란 주머니를 만든 후, 그 안에 모래를 잔뜩 퍼서 집어넣습니다. 이렇게 만든 주머니로 제방을 쌓으면 단시간 내에 임시 제방을 만들어 낼 수 있습니다. 들이는 노력에 비해 효과는 탁월하죠."

"오, 그런 방법이 있었는가."

회의에 참석한 이들의 놀란 듯한 눈빛이 지은에게 쏟아졌다. 미처 생각해 보지 못한 방법에 나 역시 지은을 놀란 눈으로 바라보았다.

화사하게 웃어 보인 지은이 검은 머리카락을 뒤로 쓸어 넘기면서 말했다.

"또한, 해당 지역 영지민의 구호를 위해 제국 전역의 귀족들과 부유한 평민들에게서 성금을 걷는 것이 어떻겠습니까? 각자에게는 적은 돈이라 하나 피해를 입은 자에게는 크나큰 도움이 될 것입니다."

"좋은 생각이군. 훌륭하네, 제나 공녀."

알 수 없는 눈빛으로 한참 동안 지은을 바라보던 폐하께서 고개를 끄덕이며 말씀하셨다. 나는 이쪽을 돌아보시는 폐하의 모습에 목을 가다듬었다.

'내 차례인가.'

"그래, 모니크 영애의 생각은 어떠한가?"

"제나 공녀께서 워낙 훌륭한 의견을 내주신 덕분에 그다지 덧붙일 것이 없습니다. 다만……."

"다만?"

"책임자를 경질하는 것은 나중으로 미뤄야 한다고 생각합니다. 해당 영지를 다스리고 있는 자들의 평소 인품이나 행실을 고려해 봤을 때 아무런 이유 없이 황태자 전하의 명을 어겼을 것 같지는 않습니다. 또한, 설사 그렇다 하더라도 홍수 때문에 정신이 없는 상황에서 지휘 체계가 바뀐다면 혼란만 가중될 것입니다. 그러니 우선 이 사태를 해결한 뒤 원인을 파악하여 책임을 물어도 늦지 않을 거라 생각됩니다."

누가 봐도 지은이 훨씬 훌륭한 의견을 냈다고 여길 만한 상황.

주위를 둘러보자 미소를 짓고 있는 미르와 후작 영식과 제나 공작의 모습이 보였다. 비웃는 듯한 보랏빛 눈동자가 나를 향했다.

"그게 단가?"

"그렇습니다."

"동의한다는 말 정도야 누구라도 할 수 있는 법. 황제 폐하, 어떠하십니까? 제 여식의 의견을 그대로 받아들여도 좋다고 생각됩니다만."

"좋네. 제나 공녀의 의견을 받아들이되, 모니크 영애의 말에도 일리가 있으므로 책임 소재에 대한 문제는 나중에 묻도록 하지."

나는 의기양양하게 나를 바라보는 지은을 향해 피곤한 미소를 지었다. 알 수 없는 적의를 불태우는 그녀 때문에 머리가 복잡했다.

"흠, 두 영애에게 마지막으로 한 가지만 묻지. 짐은 방금 전에 이 사태에 대한 대책을 말해 보라 했네. 혹시 방금 한 답에 덧붙여 더 할 말이 있는가?"

"없습니다."

냉큼 대답하는 지은을 보자 무슨 생각을 하고 있는지 얼추 짐작이 갔다. 그거면 됐지 뭘 더 바라냐는 듯한 눈빛.

'부디 그가 약속을 지켜야 할 텐데.'

나는 라스 공작을 물끄러미 바라보았다. 만일 그가 모르는 척할 경우 지금 이 답은 내 발목을 더욱 옭아매는 족쇄가 될 터였다. 불안한 눈빛을 알아차린 듯, 나를 돌아본 라스 공작이 작게 고개를 끄덕였다.

'일단은 믿어 봐야겠지?'

나는 작게 한숨을 내쉬고서 입을 열었다.

"방금 전에 세운 계획은 당장 이 사태에 대한 대책은 될 수 있으나 앞으로 또다시 이런 일이 일어났을 때에 대한 방비는 되지 못합니다. 그러니 이번 일을 교훈으로 삼아 향후 발생할 수 있는 가뭄이나 홍수에 대한 예방책이 필요합니다."

"맞는 말일세. 그렇다면 영애가 가지고 있는 장기적인 대책은 무엇인가?"

"루모 강은 수심이 그리 얕지 않다고 들었습니다. 그럼에도 범람했다는 것은 주변의 정비가 미흡했다는 얘기가 됩니다. 우선 루모 강의 지류 구간에 제방을 쌓고 나무를 심는 등의 방법으로 이를 정비하여야 할 것입니다."

"흠, 그리고?"

"음……. 홍수의 일부를 저장하는 저수지를 만들어 가뭄 및 홍수해에 대비하고, 가뭄이 자주 드는 이트 왕국이나 소노 왕국과 협의하여 가뭄에 강한 작물을 수입해서 재배하는 방법도 있을 것 같습니다."

딱딱하게 얼굴을 굳힌 폐하께서 사뭇 엄한 목소리로 말씀하셨다.

"그 모든 일을 누가 수행한단 말인가? 일손이 달리지 않느냔 말일세."

"물론 피해 영지의 영지민이 해야겠지요."

"영지민의 구호책을 겸하겠다? 보수를 후하게 주면서 말이지?"

"아닙니다. 망연자실한 상태에서 금전이 들어온다면 흥청망청 써 버린 후 자포자기하는 자들이 늘겠지요. 그러니 그보다는 일한 정도에 따라 차등을 두어 세금 감면 혜택을 주심이 옳을 것 같습니다."

푸른 눈동자를 빛낸 폐하께서 하문하셨다.

"어찌해서?"

"총 수확량의 일정 비율을 걷는 제국 세제의 특성을 고려해 볼 때, 감면 혜택이 후할수록 자신에게 생기는 몫이 늘어나게 되기에 더욱 열심히 일할 것이라 생각하기 때문입니다."

"영애의 말에는 문제가 있네."

제나 공작이 싸늘한 목소리로 이의를 제기했다.

"지금도 제국의 세율은 대륙 최저 수준이거늘. 여기서 세금을 더 줄이면 어쩌란 말인가. 하물며 감액도 아니고 감면이라니. 그 말인즉 면제를 할 수도 있단 말이 아닌가. 있을 수 없는 일일세."

"후우."

완고하기 짝이 없는 노인을 보자 깊은 한숨이 나왔다.

'이런 사람이 내 외외종조부란 말인가.'

진심으로 짜증이 났다. 대귀족이라는 지위에 지나치게 심취해 귀족의 존재 의의가 무엇인지를 망각한 모습.

권력이란 사람을 저렇게 만드는 것일까. 대귀족으로서 부귀와 영화를 누리고 있다면 그 권리에 걸맞은 의무 또한 져야 하는 것인데.

목을 가다듬으며 표정을 싸늘하게 굳혔다. 아무래도 오늘은 그동안 숨어서 사는 데에 급급해 되도록 꺼내 보이지 않았던, 과거 열일곱 해 동안 배웠던 것들을 드러내 보여야 할 모양이었다.

"공작께서는 제국 황실이 그토록 만만해 보이십니까?"

"무슨 소리인가."

"이 나라 황실이 고작 몇 년 동안 국민에게서 세금을 받지 않는다 하여 스러질 것으로 보이시냔 말입니다."

"뭐라?"

"대체 무엇이 선先이고 무엇이 후後입니까. 세금? 물론 중요합니다. 나라를 유지하는 자금이니까요. 그러나 이것을 기억해야 하지 않겠습니까. 백성 없이는 제국 또한 없다는 것을요. 어버이로서 자식 된 백성을 돌봐야 하는 것이 황실의 의무이며, 황실의 의무는 곧 황실을 보좌하는 우리 귀족의 의무입니다. 자식 된 국민이 가뭄과 홍수로 인해 피폐한 삶을 살고 있으니, 어버이 된 자로서 황실이 백성을 구호하는 것은 마땅한 도리가 아닙니까."

단번에 쏘아붙이느라 가빠진 숨을 몰아쉬었다. 그러고는 한 음절 한 음절 똑똑 끊어 발음하며 최대한 서늘하게 말을 내뱉었다.

"아, 그래요. 그렇게 황실에 대한 충정이 지극하시다면, 공작 전하께서 모자란 세금을 보충해 주시면 될 일이 아닙니까. 공작께서 그리하신다면 폐하께서도 아마 제나가의 충정을 잊지 않으실 것입니다."

"……."

"오, 좋은 방법이군. 고맙네, 제나 공작. 내 공작의 충정은 결코 잊지 않을 게야."

"……황공합니다, 폐하."

무척 즐거워 보이는 황제 폐하와는 달리, 제나 공작의 보랏빛 눈동자에서는 분노가 가득 뿜어져 나오고 있었다.

나는 슬쩍 입꼬리를 들어 올린 채 주위를 한 번 돌아보았다. 흐뭇한 미소를 짓고 있는 라스 공작과 베리타 공작, 에네실 후작 사이로 여전히 미소를 짓고 있는 미르와 후작 후계자의 얼굴이 보였다.

'어째서 웃고 있는 거지? 제나 공작은 그와 같은 귀족파가 아니었던가?'

이해할 수 없는 모습에 의아해 하고 있을 때, 폐하께서 한결 가뿐해진 모습으로 말씀하셨다.

"좋네. 두 영애의 의견만으로도 앞으로의 대책은 얼추 세워진 듯하군. 세부적인 사항은 재상과 행정부에서 협의하여 결정한 후 황태자에게 보고하도록 하게. 짐은 이 건에서 손을 떼도록 하지."

"명을 받듭니다."

"흠, 그러고 보니 지금 공녀를 위한 무도회가 열리고 있지 않던가. 모두 그만 가 봐도 좋네. 짐은 피곤해서 이만 쉬어야겠군."

"그럼 이만 물러나겠습니다, 폐하."

사근사근한 목소리로 폐하를 향해 예를 갖춘 지은이 상석을 물끄러미 바라보았다. 나를 한번 돌아본 푸른 머리카락의 청년이 천천히 자리에서 일어나 지은에게 손을 내밀었다. 그러고는 오늘의 파트너를 에스코트해서 사라졌다.

멀어지는 그의 뒷모습을 잠시 바라보는 사이, 서류를 챙긴 두 공작과 아버지, 그리고 에네실 후작이 내게 다가왔다. 만면에 흐뭇한 미소를 지은 베리타 공작이 말했다.

"아주 훌륭했네. 영애의 이런 모습은 오 년 만에 처음 보는 듯하군."

"아니지. 일전에 화재가 났을 때도 언뜻 보지 않았는가."

"뭐, 그렇긴 하네만. 그동안 계속 몸을 사리던 영애가 아닌가. 어쨌든 통쾌하구먼. 아까 제나 공작의 표정을 보았는가."

껄껄 웃는 공작을 보자 알렌디스가 떠올랐지만, 아버지께서 옆에 계시는 바람에 안부를 물어볼 수가 없었다.

그는 잘 지내고 있을까? 두어 번 베리타 공작가에 편지를 보내 본 바로는 사절단에서 벗어난 이후로 연락이 두절돼 그들 역시도 소식을 모른다고 했는데.

"라스 공작 전하, 약속은 꼭 지켜 주실 거라 믿습니다."

"약속? 이게 무슨 소린가, 아르킨트?"

"이런. 영애, 내가 그렇게 믿음이 가지 않던가. 알겠네. 일단 연회장으로 이동하세. 가면서 내 설명하도록 하지."

실소를 머금은 라스 공작을 보자 조금 미안한 마음이 들었지만, 그래도 확실하게 못을 박아 두는 것이 좋을 것 같다는 생각에 나는 어색하게 미소만 지었다.

심각한 태도로 '거래'에 대해 대화하는 네 사람을 따라 걷다 보니 어느새 연회장이었다. 나는 도착하자마자 황제파 귀족에게 둘러싸이는 두 공작과 아버지를 안쓰럽게 바라보며 조심조심 빠져나와 휴게실로 향했다.

푹신한 의자에 앉아 눈을 감았다. 몸이 물 먹은 드레스처럼 무거웠다.

'아, 피곤해. 오늘따라 유독 긴 하루를 보내고 있는 것 같아.'

머리 장식만 없으면 등받이에 편하게 기대고 늘어져 있을 텐데, 매무새가 흐트러질까 봐 꼿꼿한 자세를 취하고 있자니 피로만 점점 더 쌓이는 듯했다.

지끈거리는 관자놀이를 꾹꾹 누르고 있을 때, 누군가가 휴게실로 들어서는 소리가 들렸다. 무심코 그쪽을 돌아본 나는 황급히 자리에서 일어나 고개를 숙여 예를 갖췄다.

"제국의 작은 태양, 황태자 전하를 뵙습니다."

단정하게 넘긴 푸른 머리카락과 그에 맞춘 듯한 푸른 스카프, 티끌 하나 없는 새하얀 예복. 시선을 위로 올리자, 나를 바라보고 있는 바닷빛 눈동자와 시선이 마주쳤다.

그가 여기는 어쩐 일일까. 용도가 명확하게 정해져 있는 것은 아니지만, 휴게실은 대부분 여성들이 사용하는 공간인데. 게다가 그는 오늘의 주인공인 지은의 파트너가 아닌가.

"전하, 여기는 어찌……."

"……."

그는 말이 없었다. 깊게 가라앉은 바닷빛 눈동자로 나를 물끄러미 응시하고 있었을 뿐.

그와 눈을 마주하고 있는 시간이 길어질수록 입안이 점점 말라붙었다. 마른침을 삼키며 옷매무새를 점검하는 척 시선을 아래로 내리자, 계속해서 침묵을 지키던 그가 말했다.

"그대와 단둘이서 얘기할 기회를 잡는 것이 이렇게 힘든 줄은 몰랐소."

"……."

"아마 앞으로도 그렇겠지."

쓸쓸함이 가득 담겨 있는 어조에 말문이 막혔다. 차마 고개를 들 엄두가 나지 않아서 말없이 새하얀 드레스 자락만 매만졌다. 어색한 침묵이 흘렀다.

"……아리스티아."

두 번째로 듣는 이름에 흠칫 몸이 굳었다. 푹 숙인 고개 위로 한숨 섞인 목소리가 들려왔다.

"날 좀 보시오."

"……송구합니다, 전하."

쭈뼛쭈뼛 고개를 들자, 내게 고정되어 있는 바닷빛 눈동자가 눈에 들어왔다.

다시 한 번 깊은 한숨을 쉰 그가 입고 있던 예복의 목 부분을 잡고 흔들었다. 단정하던 매무새가 흐트러지는 모습에 눈이 휘둥그레졌다. 그만큼 많이 답답했다는 뜻일까. 본디 한 치의 어긋남이나 헝클어짐도 용납하지 못하는 사람인데.

그의 행동 하나하나에서 갑갑한 심정이 묻어 나오는 듯했다. 어쩐지 미안한 마음이 들었다. 가뜩이나 신경 쓸 곳이 많은데 나와 지은의 문제까지 덧붙여지는 바람에 머리가 더욱 복잡해졌을 테지.

"루모 강 사태에 대한 그대의 의견은 잘 들었소. 훌륭한 견해라 생각하오. 반드시 실행에 옮기리다."

"감사합니다, 전하."

"그동안은 어째서……. 아니, 아니오. 묻지 않아도 알 것 같군."

"……."

뭔가 말을 하려다가 멈칫한 그가 조금 전과는 다른 화제를 꺼냈다.

"그대에게 한 가지 양해를 구할 것이 있소."

"네?"

"오늘도 그랬지만, 앞으로는 공식 무도회에 제나 공녀와 참석할 일이 늘어날 것 같소. 미안하오. 시간을 벌기 위함이었으나 어쨌든 내 입으로 검증할 시간이 필요하다 했으니 어찌할 방도가 없소."

"아……. 저는 괜찮습니다, 전하."

이미 알고 있던 일이다. 아직까지 그의 공식 약혼녀는 나였지만, 지은에게도 나와 동등한 자격이 주어진 만큼 앞으로 공식 행사에서 파트너를 번갈아 가면서 하게 될 것은 자명한 사실이었으니까. 하지만 그가 이 일에 대해서 양해를 구해 올 것이라고는 전혀 생각하지 못했는데.

새삼스러운 눈으로 바라보는 나를 빤히 쳐다보던 그가 왠지 불편한 기색으로 말했다.

"그 드레스……."

"네, 전하?"

"……평소 그대가 즐겨 입는 스타일은 아닌 듯하군. 그러나 잘 어울리오."

"아……. 감사합니다, 전하."

무표정하던 가면이 슬쩍 흔들리는 모습에 문득 깨달았다. 그는 이 드레스가 어디에서 나온 것인지 알고 있다는 것을. 남성이 여성에게 옷을 선물하는 것에 담긴 의미 때문에 무언가 오해를 하고 있다는 것도.

문득 손끝이 차갑게 얼어붙었다. 그런 의미가 아니라고 해야 하나 망설이고 있을 때, 한참 동안 침묵을 지키던 그가 한발 앞서 입을 열었다.

"아리스티아. 그대에게 내 곁에 있어 달란 얘기는 아직 하지 않겠소."

"……."

"다만, 내게도 조금만 기회를 줄 수 없겠소?"

"……전하."

마음이 불편해졌다. 아무리 혼약을 한 사이라 하더라도 나는 그의 약혼녀이기 이전에 황실에 충성을 다해야 하는 황가의 신하일진대, 자꾸만 내게 약하게 나오는 그의 모습을 보자니 영 마음이 좋지가 않았다.

문득 궁금해졌다. 그가 이렇게까지 내 의사를 존중해 주는 이유가. 아무리 과거의 그와는 다른 사람이라고 해도 현재의 그 역시 황태자. 그러니 그가 명령을 내린다면 신하 된 나로서는 어쩔 수 없이 복종할 수밖에 없을 텐데.

"전하께서는……."

"음?"

"어째서 이렇게까지 제 의사를 물으십니까?"

질문을 들은 그가 나를 빤히 바라보았다. 그러고는 답답하다는 듯 깊은 한숨을 내쉬며 말했다.

"정녕 몰라서 묻는 것이오."

"……"

"내가 황태자로서, 그리고 약혼자로서 그대에게 권리를 주장한다면 그대는 어쩔 수 없이 주어진 의무를 행하겠지. 하지만."

"……."

"내가 바라는 것은 그런 것이 아니오. 나는 황태자이기 전에 한 남자로서, 가슴에 품은 한 여인의 진실된 마음을 얻고 싶은 거요."

깊고 깊은 바닷빛 눈동자에는 오직 내 모습만이 가득 담겨 있었다.

진심 어린 그 눈에, 간절한 그 목소리에 입맛이 썼다. 씁쓸한 미소를 지었다. 나는 그의 곁에서, 아니 그 누구의 곁에서도 살아갈 수가 없는데, 얼어붙은 이 심장을 바라고 자꾸만 다가오는 그가 조금은 안타까웠다.

"송구합니다, 전하. 저는……."

쓰디쓴 얼굴로 미안하다 말하는 내게 그가 손을 뻗었다. 그러고는 손을 얹으려다 말고 멈칫하며 돌아섰다.

"……알고 있소. 그대가 나를 꺼려 한다는 것쯤은."

"……."

"……먼저 나가 보겠소."

나는 휴게실 밖으로 사라지는 그의 뒷모습을 멍하니 바라보았다. 그가 남기고 간 마지막 말이 자꾸만 가슴을 찔렀다.

얼마나 시간이 흘렀을까. 나는 깊은 한숨을 쉬며 자리에서 일어났다. 여전히 입맛은 쓰고 마음속은 복잡했지만, 이제는 그만 나가 봐야 했다.

지나가던 시종에게서 잔을 받아 차갑게 식힌 음료를 들이켰다. 목을 타고 넘어가는 시원한 액체 덕분인지, 복잡했던 심정이 조금은 가라앉는 듯했다.

그때, 한 여인이 내게 다가와 깊숙이 허리를 숙였다. 샤리아 자작가 및 상단의 후계자, 엔테아였다.

"모니크 영애, 그간 안녕하셨어요?"

"오랜만이군요, 엔테아. 니아브와 사라의 결혼식 이후로 처음 보는 것 같군요. 그러고 보니 두 사람은 잘 지내고 있답니까?"

"그런 것 같습니다. 초반에는 수도를 떠나 영지로 내려가는 바람에 적응하기 힘들었던 모양이지만, 요새는 괜찮은 듯합니다."

"다행입니다. 카트린느도 곧 결혼한다고 하니, 이제 제 곁에는 엔테아밖에 남지 않겠군요. 그대만큼은 계속해서 내 곁에 있어 주길 바란다고 하면 지나친 욕심일까요?"

"그럴 리가요. 그렇게 생각해 주신다니 영광입니다, 모니크 영애. 항상 충성을 다하겠습니다."

사교계에 발을 들여야겠다고 결심했을 무렵 내가 자리를 잡기 위한 발판이 되어 주었던 네 명의 영애들. 니아브, 사라, 카트린느, 그리고 엔테아.

그중 시집간 두 사람과의 연은 끊어졌으나 이미 해당 네 가문은 본가의 휘하에 들어와 있었다.

양질의 보석 광산과 세공사, 그리고 상단 가문을 손에 넣음으로써 얻은 이익도 상당했지만, 무엇보다 가장 큰 이득은 엔테아라는 심복을 얻은 것이었다. 야심 차고 똑똑한 그녀는 사교계에서의 활동이 그리 활발하지 않은 내게는 없어서는 안 될 소중한 존재였다.

"가뭄과 홍수로 시끌시끌하던데. 상단은 괜찮나요?"

"지난 다섯 번째 달, 지나치게 더운 것으로 보아 대규모 가뭄이 올 것 같다고 하지 않으셨습니까. 미리 타 왕국에서 작물류와 음료 등을 수입해 온 것을 거의 원가에 가깝게 풀었습니다. 덕분에 상단에 대한 인식이 계속 좋아지고 있습니다. 얼마 전에는 황태자 전하께 크게 치하를 받기도 했고요. 모든 것이 각하와 영애 덕분입니다."

나는 그동안 있었던 일에 대한 보고를 받으면서 그녀와 함께 걸었다. 차분하게 이것저것 설명하는 그녀의 목소리를 듣다 보니 전하와의 만남으로 인해 복잡해졌던 머리가 점점 맑게 개는 기분이었다.

"다행이네요. 영지는 어떤가요?"

"그렇잖아도 가신들이 조만간 관련 서류를 올려 보낸다고 했습니다. 세부적인 문제는 그때 파악하시면 될 것 같습니다. 홍수야 뭐, 워낙 대비가 잘되어 있는 만큼 걱정하실 필요가 없지 않습니까. 가뭄이 문제였지요."

"그렇군요."

일단 영지에 대한 이야기나 재정에 관한 것은 그리 급한 것은 없어 보이니 남은 것은 사교계인가. 그동안 여름 별궁에서 지내는 바람에 쌓인 소식이 제법 많을 터였다.

눈치 빠르게 먼저 지은의 이야기를 꺼내는 엔테아의 모습에 미소를 띤 얼굴로 귀를 기울였다. 우선 보고를 들은 뒤, 그녀가 입수하지 못하는 고급 정보는 프린시아와 제노아 영애를 통해 수집하면 될 터였다.

"제나 공녀에 대해 요즘 말이 많습니다."

"그렇겠지요."

"하멜 영애와 알력이 있기를 내심 바랐습니다만, 의외로 단시간 내에 흡수한 모양입니다. 오늘 유심히 살펴보니 귀족파 영애들은 벌써 제나 공녀를 중심으로 똘똘 뭉친 것 같았습니다."

고개를 갸웃했다.

어떻게 그럴 수가 있지? 사람의 본성이란 그리 쉽게 변하지 않는 법인데. 시녀들에게까지 언니라고 부르던 사실이 알려져 비웃음을 사던 지은에게, 아무리 황후로서 산 세월이 있었다 한들 단기간에 자파의 영애들을 모두 휘어잡을 정도의 능력이 있었단 말인가?

조금씩 심장이 불안하게 뛰었다. 오랜만이라고 말하며 화사하게 미소를 짓던 그녀를 보았을 때에도 느꼈던 것이었지만, 그녀는 내가 알던 사람과는 달라도 너무 달랐다. 대체 무엇이 그녀를 그리도 변하게 했던 것일까.

"……그토록 단기간에 영애들을 휘하에 두게 된 이유 같은 건 없나요?"

"아마도 무도회가 열리기 전에 이미 여러 차례 모임을 가진 모양입니다. 거기에서 뭔가 있었던 것 같은데, 자세한 내용까진 입수하지 못했습니다."

"그렇군요. 그 외에 뭔가 특이점 같은 것은요?"

"제법 똑똑한 모양입니다. 공녀가 된 지 얼마 되지도 않았는데 귀족 명부를 얼추 다 외운 모양이었습니다. 감히 영애와 비교하면서, 영애보다 훨씬 더 훌륭한 황태자비감이라 떠받들고 있습니다."

그 정도야 회귀 전 지식을 활용하면 충분히 가능할 터. 결국 지은이 왜 그렇게 변했는지, 그리고 왜 내게 적의를 불태우는 것인지에 대한 이유는 알 수가 없는 건가. 아무래도 조금 더 자세히 알아봐야 할 것 같았다.

"흠. 정보가 너무 없군요. 아무래도 더 수집해야 할 것 같은데……. 중소 상단들을 포섭하는 일은 어떻게 되어 가고 있나요?"

"제나 공녀의 등장 이후로 조금 주춤하긴 했습니다만, 착실하게 진행 중입니다."

"최근에 포섭된 곳이 세 군데라고 했던가요? 귀족파 세력을 약화시키는 것도 중요하지만, 그에 못지않게 중립적인 성향을 가진 이들을 끌어들이는 것도 중요합니다. 정보야 많으면 많을수록 좋으니까요."

"항시 유념하고 있습니다, 영애. 조금 더 박차를 가해 보겠습니다."

"저야 항상 그대를 믿지만, 지금은 비상시국이니 조금만 더 힘써 주길 부탁할게요."

"물론입니다. 최선을 다하겠습니다."

나는 정중하게 고개를 숙여 보이는 엔테아를 응시하며 생각에 잠겼다. 가문의 정보 조직에만 추가 지시를 내리는 편이 나을까. 아니면 엔테아에게도 시키는 것이 나을까.

아무래도 양쪽 다 하는 편이 낫겠지. 들키면 다소 귀찮아지기는 하겠지만, 어차피 첩보전이야 양쪽 다 하고 있는 일이니 굳이 꺼려 할 이유도 없고.

"제나 공작가에 들어가 있는 정보원이 얼마나 되죠?"

"다섯 명 정도입니다."

"세 배, 아니, 다섯 배로 늘리도록 해요."

"하지만 그럴 경우 들킬 위험이……."

"공작저에 넣으란 얘기가 아닙니다. 공작가 산하 상단뿐만 아니라 가신들, 그리고 영지에도 분산해서 보내란 얘깁니다. 공녀 개인에게도 두셋 이상 붙이는 걸 잊지 말고요. 아무리 하찮다 생각되는 정보라도 일단 다 수집하도록 하고."

"알겠습니다, 영애."

이쯤이면 됐으려나. 어차피 아피누 자작을 비롯한 여타 귀족들의 포섭이나 귀족파, 그리고 지은에 대한 정보 수집은 가신들과 가문의 정보 조직에도 맡겨 두었으니 굳이 엔테아에게 더 시킬 필요는 없고.

적당히 말을 마무리하려다가 문득 떠오르는 생각에 멈칫했다. 그러고 보니 그 일이 있었구나.

"뭔가 지시하실 일이 있으십니까?"

"그 전에 하나 물어봐도 될까요? 최근 들어 비녀의 판매량은 어떻게 되죠?"

"꾸준히 잘 나가고 있습니다. 무더위 때문에 머리를 하나로 올리는 스타일이 유행이라서요."

"흠, 그래요?"

잠시 과거의 일을 곱씹어 보았다. 그때는 이런 무더위가 없었던 데다가 아직 비녀가 발명되었던 때도 아니었지만, 비녀의 탄생 이후 있었던 일들과 맞물려서 생각해 본다면 지은이 어떻게 나올지 알 수 있을 것도 같았다.

"아마도 조만간 제나 공작가 산하 상단에서 모슬린을 매입하려 들지도 모르겠습니다. 그러니 미리 최대한 많이 구매해 두도록 해요. 뒷말은 더 하지 않아도 알 거라 믿습니다."

"물론입니다, 영애. 차질 없이 준비하겠습니다."

"좋습니다. 그럼 어느 정도 대비는 된 것 같군요. 어쨌든, 현재로서는 제나 공녀에 대한 정보 수집이 가장 중요합니다. 그러니 그 부분에 가장 신경 써 줘요."

"알겠습니다."

이만하면 일단 됐겠지. 지시할 것은 얼추 다 한 것 같고, 야심 찬 영애를 물색하는 일은 프린시아와 의논하면 될 테니까. 게다가 당장은 너무 아는 것이 없으니, 지은의 목적에 대해 판단하는 것이나 나머지 대비책을 실행하는 일 등은 추가적인 정보가 들어온 다음에야 다시 시작할 수 있을 것 같고.

우르르 말을 쏟아 냈기 때문일까? 왠지 모르게 허탈했다.

문득 복잡한 심정이 들었다. 내가 지금 왜 이러고 있는 것일까. 이건 마치 황태자비가 되기 위해 용을 쓰는 것 같잖아. 어떻게든 그 자리에서 벗어나려고 하는 것이 아니라.

물론 원래 목적은 그게 아니었지만, 누가 보더라도 이건 내 자리를 뺏길까 봐서 그녀를 견제하는 것처럼 보일 게 분명했다.

하지만 그렇다고 해서 지은을 가만히 둘 수도 없었다. 이대로 두기에는 너무 불안했다. 넋 놓고 가만히 있다가 과거에 그랬던 것처럼 또다시 지금의 행복을 빼앗기기라도 하면 어쩐단 말인가.

"후우."

한숨을 쉬었다.

뭐, 됐어. 당장 내가 할 수 있는 것은 다 했으니까, 이제는 아랫사람들이 제 할 일을 제대로 하기를 기다리는 수밖에.

그러니 그때까지는 잠시 이 일을 덮어 두는 것이 나을 것 같았다. 당장 할 수 있는 일도 없는데 자꾸 생각해 봤자 머리만 아파 올 뿐이었다.

상념을 접으며 주위를 둘러보자, 뜻밖의 장면이 눈에 들어왔다. 프린시아와 일리아가 어떤 남자와 대화를 나누고 있었다. 물론 그것은 연회장 어디서나 볼 수 있는 평범한 모습이었지만, 문제가 되는 것은 그 광경 자체가 아니라 그들의 대화 상대였다.

땅에 끌릴 정도로 기다란 백발을 하나로 모아 늘어뜨린 남자. 어째서 그가 연회장에 있는 거지?

"엔테아, 프린시아나 제노아 영애가 대신관과 아는 사이였나요?"

"아뇨. 그런 얘기는 듣지 못했습니다만."

"그런가요. 그럼 일단 한번 가 봅시다."

"네."

나는 엔테아와 함께 그들이 서 있는 곳으로 향했다.

힐끔힐끔 바라보는 사람들 사이를 뚫고 들어가자, 공기 속으로 사르르 흩어지는 듯한 대신관 특유의 신비로운 목소리가 들려왔다.

"마치 한 떨기 붉은 장미와 그 꽃잎에 맺힌 이슬처럼 아름다우십니다, 부인."

"어머, 감사합니다, 예하."

"이쪽 영애께서는 한여름의 숲 그늘과 같이 싱그러운 암녹색 눈동자를 지니셨군요. 여름의 녹음은 피어오르는 생명을 상징하지요. 비타의 축복이 영애와 함께하심입니다."

"……감사합니다, 예하."

방긋 웃는 프린시아와는 달리 떨떠름한 어조로 답하던 제노아 영애가 나와 엔테아를 보고 반색했다. 눈에 띄게 기뻐하는 모습에 우리 쪽을 돌아본 대신관이 보일 듯 말 듯한 미소를 지으며 말했다.

"생명의 축복이 함께하시기를. 오랜만에 뵙습니다, 모니크 영애."

"오랜만에 뵙습니다, 예하."

"이쪽의 아리따운 영애는 방명芳名이 어찌 되시는지요?"

"처음 뵙겠습니다, 예하. 샤리아 자작가의 후계자, 엔테아 수 샤리아라고 합니다."

"하늘의 푸르름을 품고 계신 분이시군요. 생명의 축복이 함께하시길 기원합니다."

"감사합니다."

전혀 동요하는 기색 없이 차분하게 고개를 숙여 인사하는 엔테아를 바라보며 슬쩍 눈꼬리를 휜 대신관이 내 쪽을 돌아보았다. 나긋나긋한 목소리가 공기를 울렸다.

"마침 잘됐군요. 그렇지 않아도 영애를 찾고 있던 참이었답니다."

"저를요?"

"그렇습니다. 아무래도 잠시 제국을 떠나 있어야 할 것 같은데, 그 전에 영애께 드릴 말씀이 있었거든요."

"제국을 떠나신다고요?"

나를 비롯한 모두가 깜짝 놀랐다.

이것이 대체 무슨 소리란 말인가. 아무리 한곳에 정착하지 못하고 대륙 전역을 떠돌아야 하는 것이 대신관의 운명이라지만, 폐하께서 점점 쇠약해지시고 있는 이 시점에 제국을 떠난다니. 애초에 그가 제국에 들어온 이유도 폐하의 병세를 살피기 위함이 아니었나.

"그렇습니다. 아주 긴 시간은 되지 않을 것입니다만, 일이 하나 생겨서 말입니다."

"급하신 일인가요?"

"음, 짐작은 가지만 아직은 확실하지 않아서 말씀드릴 수가 없군요. 모처럼 신탁의 아이께서 물어 오신 것인데 대답해 드릴 수가 없어서 아쉽습니다."

슬쩍 미소를 지은 그가 말했다.

무슨 일인지 궁금하기는 했지만, 더 이상 물을 수가 없어 그저 고개를 끄덕였다. 보기 드물게 진지한 빛을 머금은 투명한 연두색 눈동자가 나를 응시했다.

"모니크 영애."

"말씀하십시오, 예하."

"조만간 뭔가를 듣게 되실지도 모릅니다. 너무 놀라지 마시고, 침착하게 대응하십시오. 주신의 가호가 언제나 영애와 함께할 겁니다."

"네? 아, 네. 감사합니다, 예하."

'무슨 소리지?'

고개를 갸웃하는 나를 바라보던 대신관의 붉은 입술이 호선을 그렸다.

사락사락.

기나긴 백발을 끌며 다가온 그가 내 오른손을 잡으며 허리를 숙였다. 사르르 흘러내린 새하얀 머리카락이 손등을 간지럽히고 부드러운 입술이 살짝 닿았다가 떨어졌다.

여기저기서 급한 숨을 들이켜는 소리가 들렸다. 놀란 것은 나도 마찬가지였다. 아무리 황실과 사이가 좋지 않은 탓에 신전의 권위가 많이 떨어진 상태라고는 해도 전 대륙에 여섯 명밖에 존재하지 않는 대신관인데, 그런 그가 묵례도 아니고 일개 후작 영애인 내게 허리를 숙여 하는 예를 취하다니.

너무 놀란 탓일까. 뭐라 말이 나오지 않아 입만 벙긋거렸다. 아니, 나뿐만 아니라 모두가 할 말을 잃고 있었지만, 대신관은 홀로 아무렇지도 않다는 듯 허리를 곧게 펴며 엷은 미소를 지었다. 투명한 연둣빛 눈동자가 웃음기를 머금고 춤을 추었다.

"뭘 그리 놀라십니까, 신탁의 아이시여?"

"예, 예하, 이건⋯⋯."

"저는 그저 주신 비타를 대신하여 영애께 축복을 전해 드렸을 뿐입니다."

"⋯⋯."

"아, 이런. 다른 분들께도 함께 축복을 드렸어야 했는데. 제가 그만 실례를 범했군요. 생명의 아버지께서 주신 아름다움을 찬미하라. 네 분 레이디에게 생명의 주 비타의 축복을 전합니다."

대신관의 말이 끝나자 그의 손에 하얀빛이 맺혔다. 사방이 꽃향기로 가득 차고 분홍빛 꽃잎이 하나둘 떨어지기 시작했다. 이쪽을 힐끔힐끔 바라보고 있던 사람들에게서 놀라움에 찬 탄성이 터져나왔다.

모두가 놀라는 가운데 홀로 태연하게 서 있던 프린시아가 방긋 웃으면서 말했다.

"이런, 축복을 받을 수 있는 기회는 흔치 않은데. 정말 감사드립니다, 예하."

"별말씀을. 아리따운 레이디, 당신으로 인해 받은 기쁨에 비하면 이것은 새 발의 피랍니다."

"어머, 감사합니다."

"그럼 인사도 드렸으니 이만 여장을 꾸려야겠군요. 다음 기회에 다시 뵙겠습니다."

"즐거운 여행되시길 바랍니다, 예하."

고개를 슬쩍 숙여 보인 대신관이 돌아서다 말고 나를 바라보았다. 티끌 한 점 없는 신관복이 새하얀 파도를 그리며 물결쳤다.

"모니크 영애."

"말씀하십시오, 예하."

"제가 드린 말씀, 잊지 마십시오. 그럼, 다시 뵙는 날까지 주신의 가호가 함께하시기를."

새하얀 옷자락이 다시 한 번 물결무늬를 그리며 펄럭였다.

나는 길을 비켜 주는 사람들 사이로 긴 백발을 사락사락 끌며 걸어 나가는 대신관의 뒷모습을 한참 동안 바라보았다. 뭐가 뭔지 알 수가 없었다.

이렇게 중요한 시기에 그가 제국을 비우는 이유가 뭘까. 뭔가 듣게 될지도 모른다는 말은 또 뭐지? 거듭해서 신의 가호를 빌어 주는 이유는?

"재미있으신 분이네요."

프린시아의 말에, 나는 그제야 상념에서 깨어났다. 연회장 입구 쪽을 물끄러미 바라보던 제노아 영애가 말했다.

"……속을 알 수 없는 유형이라, 저는 저런 분들이 싫습니다."

"어머, 일리아, 당신답지 않은 과격한 발언이군요."

"게다가 신전의 인물이 아닙니까. 무슨 이유에서 귀족파가 아니라 저희에게 접근한 것인지. 모니크 영애에게 대하는 태도도 그렇고, 여러모로 수상하기 짝이 없습니다."

"확실히 아리스티아를 대하던 태도는 좀 미심쩍긴 했지만, 어쨌든 덕분에 흔치 않은 축복을 받았잖아요? 좋게 생각하도록 해요, 우리."

"알겠습니다."

강대국의 왕녀 출신은 역시 다르다는 것일까. 내심 안타까운 생각이 들었다.

'태자빈에 저보다 적합한 인재는 없을 것인데.'

상대를 부드럽게 대하면서도 이성적으로 판단해서 상황을 이끌어 나가는 그녀의 능력이 너무나 아쉬웠다. 라스 경과 결혼해서 행복하게 살고 있으니, 이런 생각을 하면 그녀에게 실례이겠지마는.

그에 비해 제노아 영애는 명석하긴 했지만 아랫사람을 다루는 것이나 감정을 조절하는 능력이 조금 모자랐다. 지은의 행동을 봉쇄하면서 황태자비의 업무를 대신할 수 있는 태자빈이라면 황궁의 모든 사람을 휘어잡아야 하는데, 그녀에게 맡기기에는 조금 불안했다. 어차피 그녀야 곧 베리타 대공자와 결혼식을 올릴 예정이라 태자빈 후보로 추천할 수는 없을 테지만.

"그런데 말입니다. 전하께선 대체 무슨 생각이신 걸까요? 아무리 공녀라고 해도 그렇지, 왜 제나 공녀의 양녀 입적을 축하하는 자리를 황실에서 주최하는 것인지 모르겠습니다."

"글쎄요. 어쨌든 우리에겐 잘된 일이죠. 예정대로 제나 공작가에서 치렀으면 기세등등하게 설치는 꼴을 봐야 했을 것 아닙니까."

"그렇죠. 불참할 명분도 없으니, 가기 싫어도 참석해서 들러리나 되어 줬어야 했을 걸요. 전하께서 주최하신 덕분에 편안하게 즐길 수 있는 거죠."

엔테아의 질문에 제노아 영애와 프린시아가 답했다.

확실히 그렇기는 했다. 제나 공작가에서 주최했다면 귀족파들이 지금처럼 얌전하게 있지는 않았을 테지. 그러니 황제파로서는 지금의 상황이 훨씬 나았다. 이 일로 지은에게 다소 힘이 실린 점은 뼈아팠지만.

"티아, 여기 있었구나."

낯익은 목소리에 뒤를 돌아보자, 제2기사단의 정복을 멋들어지게 차려입은 은발의 기사가 보였다. 은실로 수놓아져 있는 창과 방패의 문장과 어깨에 달려 있는 세 개의 은빛 끈, 그리고 온갖 훈장들이 샹들리에의 불빛을 받아 반짝반짝 빛이 났다.

저절로 환한 미소가 떠올랐다.

제국의 창, 모니크가의 수장.

사랑하는 나의 아버지.

"아버지."

"안녕하세요, 모니크 후작 각하. 프린시아 데 라스입니다."

"일리아 세 제노아입니다. 각하를 뵙게 되어 영광입니다."

"오랜만에 뵙습니다, 각하."

무뚝뚝하게 고개를 끄덕여 세 사람의 인사에 답한 아버지께서 말씀하셨다. 매력적인 중저음이 울려 퍼졌다.

"즐겁게 대화를 나누고 있는데 미안하네만, 내 딸을 잠시 빌려 가도 되겠는가."

"물론입니다, 각하."

"고맙네."

뭔가 중요한 일이라도 있으신 건가 싶어 고개를 갸웃하자, 군청색 눈동자 가득 따스한 빛이 번졌다. 나를 향해 손을 내미는 아버지의 입가에 희미한 미소가 걸렸다.

"아름다운 아가씨, 제게 그대와 춤을 출 수 있는 영광을 주시겠습니까."

"아빠……."

보는 눈이 많다는 것도 잊은 채 나는 나도 모르게 아버지께 매달렸다. 애정이 가득 담긴 눈빛에 가슴이 벅차올랐다.

따스한 온기가 느껴지는 아버지의 손 위에 조심스럽게 손을 얹고서, 나는 길을 비켜 주는 사람들의 수많은 눈길을 받으며 댄스 플로어로 향했다.

"생각해 보니, 아버지와 춤을 추는 건 처음인 것 같아요."

"그렇구나. 내 딸이 사교계에 데뷔한 지 삼 년 차가 되었는데 그동안 아비가 너무 무심했던 것 같다. 미안하구나."

"아니에요. 원래 사교계 출입, 별로 안 좋아하시잖아요."

마주 보고 선 아버지를 향해 정중하게 예를 갖춘 후 손을 맞잡고 섰다. 마침 이번에 연주되는 곡은 느리고 웅장한 느낌이어서, 나는 여유롭게 아버지의 품에 안겨 빙글빙글 커다란 원을 그리며 돌았다.

샹들리에의 불빛에 반사되어 비치는 달빛과도 같은 은색 머리카락이 찰랑이며 파도치고, 몸에 딱 맞게 떨어지는 군청색 제복 자락이 펄럭이며 물결쳤다. 내게 고정되어 움직이지 않는 군청색 눈동자, 멀어졌던 나를 향해 뻗는 단단한 손, 그리고 포근하면서도 세상 그 무엇보다 듬직한 품.

허전했던 가슴이 가득 차올랐다. 조금씩 지쳐 가고 있던 몸과 마음에 생기가 돌았다.

"아까는 말이다."

"네, 아버지."

"아르킨트에게서 거래에 대한 내용은 들었단다. 일리 있는 말이더구나. 일부러 아비 앞에서 재차 약속을 받아 내려 한 것 같은데, 맞느냐?"

"네."

"잘했다. 이제는 모니크가 전체를 적으로 돌릴 마음을 먹지 않는 이상 말을 뒤집진 못할 테지. 회의에서의 모습도 그렇고, 점점 훌륭하게 크고 있는 것 같아서 흐뭇하구나. 아무래도 아비가 자식 복은 있는 모양이다."

절정으로 변하는 음악 소리에 잡고 있던 손을 놓았다. 가볍게 오른쪽으로 두 바퀴를 돌았다가, 나는 유려하게 몸을 타고 흐르는 드레스 자락을 너울거리며 아버지의 품으로 돌아갔다.

단단한 팔로 나를 끌어당긴 아버지께서 말씀하셨다.

"이제 좀 괜찮은 것이냐?"

"네?"

"언뜻 보니 얼굴에 그늘이 진 것 같아서 말이다."

"아……. 괜찮아요, 아빠. 걱정해 주셔서 감사해요."

혹시 그것 때문에 내게 춤 신청을 하셨던 것일까?

놀란 눈으로 바라보자 아버지께서는 민망한 듯 슬쩍 고개를 돌리셨다.

그때, 춤곡의 마지막 부분이 들려왔다. 나는 정중하게 허리를 숙이며 치맛자락을 살짝 들어 올려 인사를 마친 뒤 아버지와 함께 댄스플로어 밖으로 걸어 나왔다.

부러움에 가득 찬 귀부인들의 시선을 받으며 원래 있던 자리로 돌아오자, 엔테아는 이미 자리를 뜨고 프린시아와 일리아만이 남아 있었다. 생긋 미소를 지은 프린시아가 아버지와 나를 향해 말했다.

"정말 그림같이 아름다운 광경이었어요. 불빛에 반사된 두 분의 머리카락이 반짝반짝 빛나는 모습이 정말이지……."

"고마워요, 프린시아."

"그러고 보니, 제국에서 은발은 오로지 모니크가의 혈족에게서만 나타난다지요?"

"아, 네."

"희귀한 색이긴 하지만 그래도 신기하네요. 덕분에 아리스티아를 처음 봤을 때 한눈에 알아볼 수 있었지만요."

프린시아의 말에 일리아가 맞장구를 치며 말했다.

"그뿐만이 아니랍니다. 아시다시피 모니크가는 천 년 역사를 자랑하는 명문가잖아요? 그럼 한두 번 예외가 있을 법도 한데, 역대 후작들께서도 모두 은발이셨다고 하지요. 정말 신기하지 않나요?"

"어머, 그게 정말인가요, 아리스티아?"

'그야 그럴 만한 이유가 있으니까.'

속으로 쓴웃음을 짓는데 때마침 한 청년이 다가와 묵례했다.

"모니크 후작 각하, 여기 계셨군요. 세 분 레이디께서도 안녕하십니까."

여전히 창백한 피부, 어딘지 모르게 병약해 보이는 인상.

베리타 대공자를 보자 자동적으로 알렌디스가 떠올랐다. 에메랄드색 눈동자를 빛내며 따스하게 나를 바라보던 소중한 벗이.

"아버님께서 각하를 급히 찾으시더군요. 긴히 하실 말씀이 있으신 모양입니다."

"그런가. 알겠네. 티아, 얘기가 길어질지도 모르니 피곤하거든 먼저 가서 쉬거라."

"네, 아버지."

"라스 부인, 제노아 영애, 만나서 즐거웠네. 그럼."

나는 일리아와 대화를 나누고 있는 베리타 대공자를 바라보았다. 짙은 녹색 머리카락과 초콜릿 눈동자를 가진 그와 옅은 갈색 머리카락에 암녹색 눈동자를 가진 일리아. 병약해 보이는 인상의 남자와 차분한 인상의 여자. 어울리는 듯하면서도 묘하게 위화감이 드는 한 쌍.

왠지 모르게 좋지 않은 예감이 들었지만, 나는 애써 아무렇지도 않은 듯 웃으면서 인사를 건넸다.

"오랜만에 뵙습니다, 베리타 대공자."

"그렇군요. 그간 안녕하셨습니까."

"네. 조만간 일리아와 결혼식을 올리신다는 소식은 들었습니다. 축하드립니다."

"감사합니다. 아, 또 다른 감사의 인사를 드려야겠군요."

"네?"

"그동안 꾸준히 알렌디스의 소식을 물어봐 주신 점 말입니다. 연락이 전혀 없어서 가문 내부의 정보망을 활용해서 찾고 있습니다만, 아직까지 종적을 알 수가 없군요. 대체 어디에 있는 것인지……."

"……그렇군요. 알려 주셔서 감사합니다."

가슴이 서늘해졌다.

'알렌디스, 대체 넌 어딜 간 거니?'

마지막으로 헤어졌을 때 들었던 불길한 예감이 이런 식으로 나타나는 건가 싶어서, 아버지와 함께 춤을 추면서 잠시 따뜻해졌던 마음이 다시 비어 가는 것만 같았다.

"아리스티아."

"······네?"

"제나 공녀가 이쪽을 향해 다가오고 있군요. 무슨 얘기를 하려고 하는 것일까요?"

프린시아의 말에 앞을 바라보자, 정말로 지은이 홀로 우리 쪽을 향해 걸어오는 것이 보였다. 은빛 큐빅이 촘촘하게 박힌 검은 모슬린 드레스는 요즘 유행하는 스타일과는 다르게 발목 부분으로 갈수록 약간 모이는 스타일이어서 마치 한 송이의 장미를 연상시켰다.

그러고 보면 제나 공작가의 문장도 자수정 티아라를 휘어감은 검은 장미였지. 그런데 그는 어딜 가고 그녀 홀로 오는 거지?

의아해 하는 사이 내 앞에 다가온 지은이 화사한 미소를 지었다.

"다시 뵙습니다, 제나 공녀."

"그렇군요."

"전하께선 어디 가시고 홀로 남아 계십니까?"

"왜요, 신경 쓰이십니까?"

가르쳐 주지 않겠다는 듯 의기양양하게 웃어 보이는 모습에 잠시 침묵하는데, 베리타 대공자와 뭔가 대화를 나누고 있던 일리아가 이쪽을 돌아보며 말했다.

"아, 좀 전에 황제 폐하께서 부르신다고 하는 전령이 왔다 가는 걸 봤답니다. 참으로 안타깝습니다, 제나 공녀. 공녀께서 주인공이신 파티인데 하필 오늘따라 전하께서 이리 바쁘시니. 파트너라 함은 보통 함께 있는 사람을 일컫는 것인데 말입니다."

일리아의 말에 지은이 내 주위를 돌아보는 시늉을 하며 말했다. 새카만 눈동자가 반짝 빛났다.

"그렇군요. 그런데 말입니다. 함께 있는 사람이 파트너라고 한다면, 모니크 영애의 파트너는 어딜 가신 거죠? 그 기사분 말씀입니다."

"카르세인 경은……."

"형수님, 아리스티아, 여기 있었군요. 한참 찾았잖습니까. 이런, 제나 공녀께서도 계셨군요. 무슨 얘기들을 그리 재미있게 하고 계십니까?"

뭐라 답을 해도 변명이 될 것 같아 말을 고르고 있을 때, 시기적절하게 불쑥 등장한 카르세인이 싱긋 미소를 지으며 물었다.

방긋 웃은 프린시아가 답했다.

"마침 잘 오셨어요. 공녀께서 도련님의 행방을 궁금해 하시던 참이었는데."

"어, 정말입니까? 감사합니다, 제나 공녀. 이런 미인의 관심을 받다니 참으로 영광입니다."

"……과찬이십니다."

"그런데 또 홀로 계시는군요. 그것참, 전하께서는 이런 미인을 왜 자꾸 혼자 내버려 두시는지 모르겠습니다."

가시가 담겨 있는 카르세인의 말에 지은은 잠시 침묵했다.

화를 삭이는 듯한 모습. 놀라웠다. 항상 생각하는 바가 표정에 그대로 드러나는 그녀였는데, 이제는 가면을 쓰거나 말속에 숨은 가시를 담는 법도 알다니.

자신을 물끄러미 바라보는 내 시선을 알아차린 것일까? 검은 눈동자가 번뜩이며 나를 향했다. 붉은 입술이 서서히 열렸다.

"모니크 영애."

"네."

"같은 황태자비 후보로서 한 가지 직설적으로 말씀드리고 싶은 것이 있습니다. 부디 곡해하지 않으셨으면 좋겠네요."

"말씀하시지요."

"이렇게 남의 뒤에 숨는 분이 아니라고 생각했는데, 실망입니다. 전하를 보필하고 내조하려면 주위의 도움 없이 자신만의 힘으로 우뚝 서야 하는 것 아닌가요?"

느닷없이 쏟아지는 적의에, 나는 잠시 멈칫하다가 조용히 말문을 열었다.

"저도 그런 줄 알았습니다만."

"다만?"

"혼자 우뚝 서는 것만이 능사는 아니더군요."

"무슨 말도 안 되는……."

"제나 공녀, 제게 그대와 춤을 출 수 있는 영광을 주시겠습니까?"

뭔가 말을 하려는 지은을 막아선 카르세인이 그녀에게 춤을 신청했다.

나는 모두가 할 말을 잃은 가운데 혼자 태연하게 지은을 바라보고 있는 붉은 머리의 청년을 보며 고개를 갸웃했다.

'카르세인, 대체 무슨 생각이지?'

댄스플로어로 향하는 두 남녀를 바라보며 잠시 생각에 잠겼다.

'전하를 보필하기 위해서는 주위의 도움 없이 자신만의 힘으로 우뚝 서야 한다는 말, 그것은 과거의 내 생각이기도 했는데.'

지은이 그런 말을 한 이유가 뭘까 곰곰이 곱씹어 보고 있을 때, 댄스플로어 위의 남녀가 음악에 맞춰 빙글 도는 모습이 눈에 들어왔다. 검은 드레스 자락이 아름답게 펄럭이는 순간, 지은이 일부러 비틀거리는 척하면서 카르세인의 발을 뾰족한 굽으로 있는 힘껏 밟는 모습도.

"아!"

발등을 밟힌 카르세인의 아픔이 내게도 전해져 오는 듯해서, 나는 나도 모르게 탄성을 내뱉었다. 어느새 다가온 라스 경과 대화를 하고 있던 프린시아가 놀라 나를 돌아보았다.

"무슨 일이에요, 아리스티아?"

"……"

내게 와 닿는 시선이 느껴졌지만, 나는 지은과 카르세인에게서 눈을 뗄 수가 없었다. 그렇게 앙숙처럼 보이더니 끝없이 달싹이고 있는 입술하며 그토록 세게 밟고 밟혔음에도 너무나 평온한 얼굴이 내가 알던 그들의 모습과는 너무나도 달라 보였기에.

"아리스티아? 괜찮아요?"

"아, 네."

거듭되는 물음에 어쩔 수 없이 두 사람에게서 눈을 뗐다. 걱정스레 바라보는 프린시아에게 괜찮다고 답한 뒤 다시 돌아보자, 어느새 춤을 마친 두 사람이 이쪽을 향해 걸어오는 모습이 보였다.

카르세인, 과연 괜찮을까. 겉으로는 아무렇지도 않아 보이지만 무척 세게 밟힌 것 같았는데.

"즐거운 시간이었습니다, 공녀."

"별말씀을."

쌀쌀맞게 카르세인에게 답한 지은이 고개를 까딱하고 사라졌다. 그런 그녀를 일별한 녹색 머리카락의 청년이 말했다.

"그럼 저와 일리아는 이만 실례하겠습니다. 어머님께 가 봐야 할 것 같아서요."

"아, 네. 반가웠습니다, 베리타 대공자. 다음에 봐요, 일리아."

"린, 우리도 춤 한 번 정도는 춰야지요. 함께 나가 보지 않겠어요?"

"어머, 시안. 물론이지요."

일리아와 베리타 대공자가 사라지고 라스 경과 프린시아가 댄스 플로어로 나가자, 나를 돌아본 카르세인이 싱긋 미소를 지으며 말했다.

"파장 분위기인데, 그만 돌아갈까?"

"음, 그래도 되려나."

"이 정도면 있을 만큼 있어 줬잖아? 슬슬 빠져도 뭐라고 하는 사람은 없을 것 같은데."

"그래. 그럼 가자."

확실히 이만하면 충분한 시간을 보냈다 싶기도 하고 너무 많은 일을 겪은 탓인지 급격히 피로가 밀려오기도 해서, 나는 그만 돌아가자는 카르세인의 말에 찬성했다.

연회장 밖으로 나와 복도를 걸으면서 카르세인을 힐끔힐끔 바라보았다. 진짜 아무렇지도 않은 건가? 멀쩡하게 걷는 것을 보면 괜찮은 것 같기도 하고.
"뭘 그렇게 봐?"
"아, 그게……."
"왜, 새삼 또 멋져 보여? 하긴, 내가 생각해도 굉장히 시기적절하게 등장하긴 했어. 그렇지?"
"……."
"미안. 어머니께서 자꾸 잡으셔서 말이야. 그래도 어찌어찌 잘 도망 나왔는데, 그담엔 계파 영식들한테 잡혔지 뭐냐."
"아, 그랬구나."
하긴, 영애들의 모임이 있는데 영식들의 모임이 없을 리가 만무했다. 단지 영식들의 경우 고위 귀족의 자제가 제법 많았기에 굳이 참석하지 않아도 크게 문제될 일이 없을 뿐. 하지만 카르세인은 최연소 정식 기사인 탓에 평소 모임에 거의 참여하지 않음에도 인기가 무척 많았다. 그처럼 되고 싶다고 공공연하게 말하고 다니는 영식도 제법 있었고.
'그래도 의외네. 사교계의 일에는 영 무관심하길래 그런가 보다 했는데, 영식들의 모임에 참여까지 해 주고.'
마차에 올라 문을 닫자 그때까지 태연한 기색이던 카르세인이 갑자기 인상을 찌푸렸다.
고통스러워 보이는 듯한 표정에 나는 반사적으로 그의 발을 바라보았다. 태연한 모습에 괜찮은 줄 알았는데, 그저 사람들의 눈을 의식한 것뿐이었나.
"괜찮아, 세인? 아까 밟힌 것 때문에 그래?"

"어, 봤냐? 그 여자, 독하더라. 아주 온몸의 무게를 실어서 밟더만."

"그 정도였어? 괜찮아?"

"안 괜찮아. 사실 아파서 죽을 것 같다."

"정말? 많이 아파? 어디 봐. 다쳤으면 어떡해."

깜짝 놀라 카르세인을 붙잡았다. 어깨 부상에서 회복된 지 얼마 되지도 않았는데 또 다치면 어떡한단 말인가. 가뜩이나 몸을 써야 하는 기사인지라 잔부상도 많은 편인데.

자신을 이리저리 살피는 나를 저지한 카르세인이 싱긋 웃었다. 푸른 눈동자가 나를 빤히 바라보았다.

"진정해, 진정."

"응?"

"아니, 꼬맹이가 왜 이리 적극적이야. 이런 건 나중에 결혼해서 해도 늦지 않는다고."

"……뭐래."

어이가 없어서, 눈앞에 보이는 카르세인의 가슴을 툭 밀었다. 얼굴 가득 미소를 지은 그가 가슴을 움켜쥐고 너스레를 떨었다.

"아, 아프잖아. 티아, 너, 힘이 장난이 아닌데? 어째 발 밟힌 것보다 더 아픈 것 같아."

"아, 진짜."

"알았어, 알았어."

눈을 가늘게 뜨고 노려보자 카르세인은 두 손을 번쩍 들어 항복 표시를 해 보였다. 나는 그런 그를 한껏 노려보다가 창밖으로 고개를 돌렸다.

반쯤 드리워진 커튼 밖으로 점점 멀어져 가는 황궁의 모습이 보였다. 공식 무도회가 있는 날이라 잔뜩 불을 밝힌 중앙궁에서는 노란 빛무리가 뿜어져 나오고 있었다. 그 모습이 너무도 아름다워서 잠시 넋을 잃고 바라보았다.

어둠을 밝히는 빛, 아름답고 신비로운 모습.

마차의 바퀴가 굴러갈수록 노란 빛 덩이가 조금씩 멀어졌다. 답답했던 가슴이 차츰 뚫리는 듯한 기분이었다.

문득 한숨이 나왔다. 저리도 밝은 곳에서 멀어져 어둠 속으로 빨려 들어갈수록 편안해지는 호흡이라.

황궁 쪽을 향해 팔을 뻗어 보았다. 길게 내민 손끝에 닿을 듯 말 듯하다가 결국은 잡히지 않는, 이제는 작아져서 거의 보이지도 않는 중앙궁. 마치 내 손이 닿아서는 안 되는 곳 같다는 그런 느낌.

마지막으로 한번 더 밝디밝은 황궁을 돌아본 뒤 고개를 돌렸다. 반쯤 거두어져 있던 커튼을 온전히 드리웠다. 더는 보이지 않는 빛에 안도하는 자신을 느끼면서, 나는 의자에 몸을 깊이 묻었다.

길고도 긴 하루였다.

2. Queen vs Queen

무더위와 가뭄, 그리고 그 뒤를 이은 홍수로 정신없던 여름이 지나가고 어느새 아홉 번째 달에 접어들고 있었다. 무시무시했던 더위의 뒤끝인지, 평년대로라면 슬슬 선선해져야 할 때임에도 아직까지 몹시 더운 탓에 사람들은 모두 지쳐 가고 있었다.

나는 더위에 축 늘어지는 몸을 애써 곧게 펴며 연무장으로 향했다.

"왔냐, 꼬맹아."

"안녕, 세인."

"어째 요즘 계속 기분이 안 좋은 것 같다? 안색도 별로고. 어디 아파?"

"글쎄, 더워서 그런가."

"하긴 올해는 유독 더위가 오래가네. 어쩔래. 개인 수련? 아니면 대련?"

"대련으로 하자. 가슴이 영 답답해서 한판 신 나게 뛰고 싶어."

고개를 끄덕인 카르세인이 검을 들고 연무장의 빈 곳으로 향했다.

대련을 시작하자마자 눈빛이 돌변하는 카르세인. 요즘 아버지께 우리 가문의 검술을 배운다고 하더니, 덤벼들 틈도 주지 않은 채 쉬지 않고 몰아치는 그 때문에 정신이 하나도 없었다. 공방 모두 균형이 잡혀 있는 라스가의 검술과는 달리 강경 일변도인 것이 모니크가의 검술이었으니까.

'카앙!

강한 힘으로 부딪쳐 온 카르세인이 눈을 빛냈다. 저릿저릿한 팔 때문에 주춤하는 나를 몰아친 그가 검을 거세게 휘둘렀다.

흥, 그래 봐야 네가 구사하는 건 우리 가문의 검술이라고. 비록 신체 조건에 맞지 않아 습득하지는 못했다 하더라도, 검술 자체에 대한 이해도는 아직 내가 더 높을걸.

나는 체력 소모를 줄이기 위해 최소한의 동작으로 방어에만 집중했다. 다음 동작으로 넘어가기 위해 검을 회수할 때를 노리면 가능할지도 몰랐다.

기다린 보람이 있었을까. 카르세인이 검을 회수하려는 듯한 모습을 보였다.

'이때다.'

회심의 미소를 지으며 치고 들어가려는 순간, 갑자기 숨이 턱 막혔다.

뭐지?

잠시 호흡을 고르며 주춤하는 사이, 카르세인은 이미 다시 공격으로 나오고 있었다.

'이런. 간신히 잡은 기회였는데.'

혀를 차며 다음 기회를 노렸지만 이미 때는 늦은 뒤였다. 강하게 밀어 치는 카르세인의 검을 막던 팔에 결국 무리가 온 듯했다.

툭.

떨리던 손에서 검이 떨어졌다.

고개를 갸웃했다. 내가 원래 이렇게 호흡이 달렸던가. 요즘 너무 더워서 기초 체력 훈련을 조금 덜했더니, 그게 바로 몸으로 나타나는 걸까?

뭔가 찜찜했다. 분명 체력 소모를 줄이기 위해 방어만 했는데.

"야, 괜찮냐?"

"아……. 응."

"흠, 모니크가의 검술이 확실히 다르긴 하구나. 나한텐 우리 가문의 것보다 이쪽이 오히려 더 맞는 거 같기도 하고."

"그래? 좋겠다. 난 배우고 싶어도 못 배우는데."

"음, 아무래도 힘이 많이 필요한 검술이라 힘들긴 하겠다. 그래도 우리 꼬맹이, 많이 늘었는데. 몇 년 만 지나면 정식 기사에 도전해 봐도 되겠는걸?"

"설마. 말만이라도 고마워."

나는 떨어진 검을 주워 건네주는 카르세인에게 감사를 표하며 상념을 털어 냈다. 아무래도 내일부턴 훈련 시간을 다시 늘려야 할 것 같았다.

오전 내내 수련에만 전념하다가, 햇볕이 너무 뜨겁다고 느껴질 때쯤이 되어서야 보좌관실로 돌아왔다. 가득 쌓여 있는 서류를 보자 한숨이 나왔다.

'뭐 이렇게 할 게 많아.'

가뜩이나 검술은 느는 것처럼 보이지도 않는데, 다른 일은 왜 또 이렇게 산더미처럼 쌓여 있는 건지.

일단 머리라도 좀 식히고 하자는 생각에 나는 시녀를 불러 뜨거운 물을 가져오라 이른 뒤 찬장에서 다기茶器를 꺼냈다.

나를 지지한다는 의사를 간접적으로 표명하시기 위함이었을까, 아니면 여름 별궁에서의 추억 때문에 생각나신 것일까. 제나 공녀의 양녀 입적을 환영하는 무도회가 황궁에서 열린 다음 날 폐하께서는 내게 선물이라며 여러 종류의 차와 함께 다기 세트를 하사하셨다. 언젠가 별궁에서 폐하와 함께 사용한 적이 있는, 황실 전용 은다기 세트를.

은찻잔을 들고 한번 빙그르르 돌려 보았다. 모서리에는 금박이 둘러 있고 손잡이와 몸체에는 포효하는 황금 사자의 문장이 새겨져 있는 화려한 찻잔.

'아무래도 이건 집에 가져다 놔야겠어.'

황제 폐하께 하사받은 것이니 함부로 사용하는 것보다는 잘 보관해 두는 편이 좋을 것 같았다. 게다가 황실 전용 다기를 사용하는 걸 보면 귀족파에서 또 어떤 식으로 꼬투리를 잡으려 들지 모르는 노릇이었다.

하사받은 찻잔을 도로 집어넣고 평소에 쓰던 평범한 찻잔을 꺼냈다. 어떤 차를 마실까 고민하며 폐하께 받은 차 상자를 살펴보고 있는데, 갑자기 노크 소리가 들렸다.

똑똑.

누구지? 이 시간에는 찾아올 사람이 없는데.

"네, 들어오세요."

"오랜만이군요, 모니크 영애."

문을 열고 등장한 사람은 이곳에서 볼 것이라고는 전혀 생각지도 못한 인물이었다.

짙은 하늘색 머리카락을 틀어 올리고 화사한 크림빛 드레스를 입은 귀부인. 서늘하게 빛나는 푸른 눈동자와 마주하자마자 나는 나도 모르게 자리에서 벌떡 일어나 황급히 인사를 건넸다.

"안녕하세요, 공작 부인. 여기까진 어쩐 일로……."

"폐하께 상의드릴 일이 있어 입궁했던 차에 영애에게 할 얘기가 있어 잠시 들렀어요. 내게 시간을 좀 내줬으면 하는군요."

"물론입니다."

나는 시녀를 불러 쿠키나 파이를 가져오라 이른 뒤 폐하께서 하사해 주신 최상급 차 중 라벤더를 골라 우려냈다. 특유의 은은한 향을 음미하며 우아하게 차를 한 모금 마신 공작 부인이 말했다.

"라벤더로군요."

"네, 그렇습니다."

"흠, 뭔가 평소에 마시던 것과는 조금 다른 분위기인데……."

고개를 갸웃하는 공작 부인의 모습에 나 역시 내 몫의 차를 한 모금 마셔 보았다.

'잘 모르겠는데. 분위기가 다르다는 건 무슨 의미지?'

오랜만에 마셔 보는 황실 전용 차인지라 감회가 새롭다는 뜻일까? 아마 그 생각이 맞을 것 같았다. 원래 황녀였던 공작 부인으로서는 황실을 나가기 전까지 어린 시절 내내 마신 차일 테니까.

이리저리 추측해 보고 있는 나를 바라보던 공작 부인의 눈이 서늘하게 빛났다.
"영애도 알다시피."
"네."
"나는 영애를 그리 좋아하는 편이 아니라는 건 확실히 해 두겠어요."
"……."
"그렇지만 지금은 상황이 상황이니만큼 돕지요, 영애를. 그러니 실망하지 않게 해 보세요."
'뭘 실망하지 않게 해 보라는 거지?'
의아하게 바라보자, 찻잔을 내려놓은 공작 부인이 말했다.
"사실 요즘 체력이 예전 같지가 않아서 말입니다."
"아……. 어서 회복되시기를 바라겠습니다."
"고맙군요. 그래서 말이죠. 마침 폐하께서 두 황태자비 후보의 검증을 위한 시험을 필요로 하신다기에 겸사겸사 제 일을 부탁드렸습니다. 건국기념제 말이에요."
'건국기념제라.'
한숨이 나왔다. 한 달에 한 번씩 열리는 회의로도 모자라서 또 무슨 시험을 한단 말인가. 거기에서 검증을 할 만한 것이 뭐가 있다고?
"이번 건국기념제는 사흘 동안 진행될 것이에요. 나는 그중 하루만 맡고, 나머지 이틀은 제나 공녀와 영애가 하루씩 맡아 주최하게 될 겁니다. 알겠어요? 무조건 영애가 더 뛰어나야 합니다. 그런 근본도 모르는 천한 여자 따위에게 진다면 결코 가만있지 않겠어요."
제나 공작에게 거듭 들었기 때문일까, 아니면 대회의 이후로 사교계에서 간혹 수군거리던 뒷말을 들어 왔던 탓일까. 반사적으로 흠칫 몸을 굳히자, 나를 빤히 바라보던 라스 공작 부인이 무표정한 얼굴로 말했다.

"영애를 노리고 한 말은 아니었어요."

"……네, 알고 있습니다."

"바깥분에게 들은 얘기도 있고, 어쨌든 영애는 모니크가의 적녀니까요."

천한 피가 섞였는지 여부는 알 수 없으나 어쨌든 적녀라 봐준다는 식의 말. 문득 속에서 울컥하고 뜨거운 기운이 치밀어 올랐지만, 나는 솟구치는 화를 꾹꾹 눌러 참으며 애써 얌전하게 미소를 지었다.

"요는, 그 제나 공녀 따위에게 지지 말란 얘깁니다. 그녀는 결코 황태자비감이 아니에요. 지난번에 우연히 마주친 일이 있었는데, 어찌나 무례하던지. 차마 눈 뜨고 봐줄 수가 없을 정도였죠."

"그렇습니까."

지난번 일이라. 로즈 궁에서 있었던 일을 말하는 것일까.

대체 무슨 일이 있었기에 저 싸늘한 공작 부인이 저렇게까지 열을 내는 거지?

일전에 그에게서 한 번 들은 적이 있긴 했지만, 당시에 나는 대회의 결과 때문에 반쯤 넋을 놓은 상태였다. 그래서 로즈 궁의 이야기는 한 귀로 듣고 한 귀로 흘려버렸기에 정확한 사정은 알지 못했다.

"그때는 공녀로서의 지위를 손에 넣기도 전이니 한낱 평민에 불과했거늘, 저를 깔본 시녀를 아주 날치게 잡더군요. 시건방지기 짝이 없지 않습니까. 여름 별궁의 일로 잠시 궁을 비웠다고는 하나 궁내부의 일은 엄연히 내 소관인데 말이에요. 감히 내 앞에서도 시녀를 꾸중하고 있기에 한마디 했더니, 황태자 전하께서 로즈 궁을 자신에게 임시 거처로 내린 이상 로즈 궁의 시녀는 자기 소관이라 따지더군요. 내 참, 어이가 없어서."

"그런 일이 있었습니까."

나는 미지근하게 식어 버린 차를 버린 뒤 뜨거운 차를 다시 찻잔에 부었다. 새로운 찻잔을 받은 공작 부인이 우아하게 향을 음미했다.

그런데 시녀는 대체 언제 오는 거지? 지시를 내리고 한참이 지났는데.

'요즘 들어 왜 이리 일 처리가 늦는 것인지, 원.'

아무래도 한번 따끔하게 야단을 쳐야겠다고 생각하며 나도 찻잔을 들어올렸다.

"그랬지요. 전하께서 언제 제게 궁을 내리셨다는 것인지, 마치 제가 전하의 뭐라도 되는 양 설쳐대는 꼴이 정말이지 기가 막혀서……. 결국 전하께서 오신 후에야 그 사태가 해결됐지 뭡니까."

"전하께선 어찌하셨나요?"

"공녀를 손님이라 일컬어 모든 사태를 일단락 지으셨지요."

"아, 그랬군요."

고개를 끄덕였다.

최적의 해결 방법이었다. 시녀들에게 지은을 모셔야 할 사람이라고 상기시켜 주면서도 로즈 궁의 관할권은 여전히 라스 공작 부인에게 맡겨 두는 방법이었으니까.

그때, 노크 소리가 들렸다. 그제야 등장한 시녀가 김이 모락모락 나는 파이 접시를 공작 부인과 내 앞에 각각 조심스럽게 내려놓았다. 시나몬 가루를 잔뜩 뿌린 사과 파이였다.

못마땅한 눈으로 시녀를 바라보았다.

용납이 되는 선도 정도껏이지, 늦어도 너무 늦잖아.

아무래도 나중에 한 소리 해야겠다고 다시금 생각하며 내 앞에 놓인 파이를 작게 잘라 입으로 가져가는 순간, 강렬한 시나몬 향에 머리가 핑 돌며 손에서 힘이 빠졌다.

툭.

포크가 바닥으로 굴러 떨어졌다.

"무슨 일이죠, 영애?"

"아……. 죄송합니다, 공작 부인. 갑자기 현기증이 나서요."

"음? 현기증이라니. 어디 몸이 안 좋기라도 한가요?"

고개를 갸웃하는 공작 부인의 모습이 순간 둘로 겹쳐 보였다.

'갑자기 왜 이러지?'

이마를 짚고 밀려드는 어지럼증을 삭이고 있는데, 또다시 노크 소리와 함께 시종이 들어섰다.

"황태자 전하께서 보내는 전언입니다, 모니크 경."

"……얘기하게."

"시간이 된다면 황태자궁에서 차나 한잔 함께할 수 있겠느냐고 하셨습니다."

공작 부인에 이어서 이번엔 황태자 전하라.

'첩첩산중이군.'

가뜩이나 할 일도 많은데 어찌해야 하나 하고 망설이고 있을 때,

품위 있게 포크를 내려놓은 공작 부인이 입을 열었다.

"모니크 영애, 아무래도 지금 몸이 좀 불편한 듯하니, 전하의 초대는 다음으로 미루는 것이 어떤가요."

"아무래도 그래야겠습니다. 자네, 전하께 그리 전해 드리겠나? 송구하다는 말씀도 함께 말일세."

"알겠습니다, 영애. 그럼."

시종이 물러가고 난 뒤에도 계속되던 어지럼증은 몇 번 심호흡을 한 후에야 사라졌다.

혹시 시나몬 때문인가? 하지만 그렇다고 생각하기엔 뭔가 이상했다. 평소 썩 좋아하는 편은 아니었지만 그렇다고 해서 딱히 싫어하는 편도 아니었던 데다가, 이런 일은 여태껏 한 번도 없었으니까.

의아하긴 했지만, 왠지 향만 맡아도 현기증이 이는 것 같아서 파이 접시를 멀리 밀었다. 그런 나를 빤히 바라보던 공작 부인이 자리에서 일어났다.

"그럼 나도 이만 가 봐야겠군요. 배웅은 필요 없으니 볼일 보도록 해요. 그리고……."

"네?"

"아무리 견습이라고 해도 그렇지. 명색이 기사인데 이렇게 몸이 약해서 되겠어요?"

"……죄송합니다."

"뭐, 내게 죄송할 거야 없죠. 그럼, 다음에 또 봅시다."

싸늘한 기세로 돌아선 공작 부인이 보좌관실을 빠져나갔다.

나는 멀어지는 그녀의 뒷모습을 멍하니 바라보다가, 하늘색 머리카락이 완전히 눈에서 보이지 않게 되었을 때에야 의자에 털썩 주저앉았다. 그리 길지 않은 시간 동안 대화를 나눴을 뿐인데도 몹시 피곤했다.

아직도 울렁거리는 것 같은 머리에 정신적인 피로까지 겹친 상태에서 가득 쌓여 있는 서류 더미를 바라보니 절로 한숨이 나왔다.

'미치겠네. 할 일이 잔뜩 쌓여 있는데.'

더위 때문인지 몸은 자꾸만 축축 처지기만 하고, 주먹으로 두드려 봐도 가슴은 계속 답답하기만 했다. 뜨거운 공기에 얼굴마저 홧홧했다.

'대체 왜 이렇게 더운 걸까. 과거에는 이런 적이 없었는데.'

홍수가 날 정도로 비가 내린 덕분에 가뭄은 완전히 해소되었다지만, 다섯 번째 달부터 시작된 폭염은 슬슬 서늘해져야 하는 때임에도 여전했다.

"후우."

한숨을 쉬며 종이 뭉치를 집어 들었다. 하지만 여전히 집중은 되지 않았다.

한 장, 두 장 읽어 나가다가 열 장째가 되었을 때, 도저히 안 되겠다는 생각에 서류를 내려놓고 자리에서 일어났다. 아무래도 오늘은 더 이상 업무를 처리할 수 없을 것 같았다.

다음 날, 나는 황태자비 자격 검증을 위한 회의에 참석하라는 소

환장을 받고 황궁으로 향했다. 아버지께서는 가뭄과 홍수의 뒤처리 때문에 영지에 내려가셨기에, 나는 처음으로 홀로 회의장에 들어섰다.

상석으로 향하며 주위를 둘러보았다. 군데군데 빈자리 중에는 모니크가의 주인을 위한 자리도 있었다. 어쩐지 허전한 기분으로 자리에 앉자, 이미 앉아 있던 백금발 청년이 빙그레 웃었다.

"좋은 아침입니다, 모니크 영애. 오늘도 멋진 활약을 기대하겠습니다."

"감사합니다."

에네실 후작을 비롯한 몇몇 황제파 귀족들과 대화를 나누고 있을 때, 폐하와 전하의 입장을 알리는 시종의 목소리가 들려왔다. 서둘러 자리에서 일어나려는 순간, 갑자기 세상이 빙그르르 돌았다. 엄습해 오는 현기증에 아찔한 기분이 들었지만 나는 애써 침착하게 균형을 유지하며 단상을 향해 무사히 예를 갖췄다.

모두가 자리에 앉자, 두꺼운 서류 뭉치를 집어 든 베리타 공작이 한발 앞으로 나서며 말했다.

"오늘의 안건은 두 황태자비 후보의 자격 검증에 관한 것입니다. 사흘 동안 진행되는 이번 건국기념제 연회 중 각각 하루씩을 두 영애가 맡아 주최하는 것이 시험의 내용입니다."

베리타 공작의 말이 끝나자마자 발언권을 요청한 하멜 백작이 말했다.

"며칠째 연회를 어느 영애가 맡는 것입니까?"

"첫날 연회는 평소대로 라스 공작 부인에게 맡기기로 했으니 둘째 날과 마지막 날을 각각 책임지면 될 듯하오."

"어느 날을 선택할지에 대한 선택권은 누구에게 있는 것인지요?"

일동의 시선이 나와 지은을 향해 쏠렸다. 마지막 날의 비중이 다른 날에 비해 큰 만큼 귀족파에서 날을 세우는 모양이었다.

어쩐지 한숨이 나왔다. 어차피 황궁의 안주인으로서의 소양을 시험받는 것뿐인데, 어느 날인지가 그리도 중요한가. 지은 역시 황후로서 여러 연회를 열어 봤을 테니 어차피 이 경합은 비슷비슷한 결과를 얻을 것이 뻔한데.

나는 고개를 돌려 저 아래쪽에 앉아 있는 지은을 바라보았다. 그러고는 사교용 미소를 지으며 말했다.

"저는 아무 때나 상관없습니다. 제나 공녀께서 먼저 선택하시지요."

"……마지막 날로 하겠습니다."

"그리하시지요. 그럼 제가 둘째 날을 맡겠습니다."

선선히 가장 중요한 날을 내줬음에도 의외로 계파의 귀족들은 별다른 반발 없이 잠잠했다. 열 살부터 본가의 안살림을 도맡아 온 나를 향한 믿음이 상당한 모양이었다. 그에 비해 지은은 공녀가 된 지 몇 달 되지도 않았으니 많이 부족할 것이라 생각하는 듯했다.

이번 경합의 결과를 보고서 상당히 실망할 그들을 생각하자 머리가 지끈지끈 아파 왔다. 지은은 제대로 해내지 못하더라도 큰 손해는 아니지만, 나로서는 잘해야 본전인 셈이었다.

"건의할 것이 있습니다."

"그것이 무엇입니까, 휘르 백작?"

곰곰이 생각에 잠겨 있던 우리 파벌의 휘르 백작이 발언권을 요청했다. 그래도 이대로 순순히 넘어가 줄 수는 없다고 생각한 것인지, 그는 의미심장한 미소를 지으며 말했다.

"두 영애의 기량을 의심하는 것은 아닙니다만, 아무래도 두 분 모두 연회 전체를 총괄하는 주최자로서는 처음 나서는 것이니만큼 상당히 신경이 많이 쓰일 것으로 짐작됩니다. 그러니 각기 연회를 주최하는 날에는 주최자로서의 임무에만 충실하고 전하의 파트너로서의 역할은 상대방에게 맡기는 것이 어떠한지요? 모니크 영애가 주최하는 둘째 날은 제나 공녀가, 마지막 날은 모니크 영애가 맡는 식으로 말입니다."

"좋은 생각이군. 두 영애는 어찌 생각하는가?"

"그리하겠습니다, 폐하."

"명을 받듭니다."

귀족파가 뭐라 반발하기도 전에 쐐기를 박은 폐하께서 흡족한 미소를 지으셨다.

결국 똑같아지는 건가. 비중이 큰 마지막 날 연회를 주최하는 자는 지은이 되었지만 전하의 파트너로서 주목을 받을 사람은 내가 되었으니.

"그리되면 첫날은 어떻게 되는 것입니까? 그날 황태자 전하의 파트너는 누가 해야 하는 것인지요?"

"당연히 제나 공녀가 되셔야지요. 모니크 영애는 이미 전하와 함께 많은 파티에 참석하시지 않았습니까."

"무슨 소리입니까. 아직까지 전하의 공식적인 약혼녀는 모니크 영애임을 잊으신 것입니까? 당연히 약혼녀로서 모니크 영애가 파트너가 되심이 마땅합니다."

나는 논쟁을 벌이는 양쪽 파벌의 사람을 바라보면서 답답한 가슴 위에 슬쩍 손을 얹었다.

'그까짓 게 뭐라고 이렇게 입씨름을 하는 것인지.'

작은 것이 쌓여 황태자비 선발에 영향을 미치는 것임을, 그리고 제국의 차기 안주인 자리란 결코 작은 것이 아님을 알고 있음에도 자꾸만 짜증이 났다. 시끄럽게 싸우는 사람들의 목소리에 머리가 윙윙 울렸다.

"이렇게 하는 것이 어떻겠습니까?"

벌꿀색 머리카락을 단정하게 빗어 넘긴 미르와 후작 후계자가 미소를 띤 얼굴 그대로 말했다.

"이번 여름은 유독 혹독했지만 다행히도 큰 피해 없이 무사히 넘어가지 않았습니까. 그러니 주신 비타께 감사하는 뜻을 담아 아주 어린 소녀를 전하의 파트너로 삼으심이 어떠하신지요. 상징적인 의미로 말입니다. 마침 저희 가문에 다섯 살 난 여아가 있습니다만."

"흠, 미르와 후작가에서 말인가."

잠시 생각에 잠겼던 라스 공작이 고개를 끄덕여 승낙을 표시했다. 귀족파에 이틀을 넘겨준 것이나 마찬가지이긴 했지만, 어쨌든 지은이 이틀 연속 전하의 파트너가 되는 것만은 저지한 터이니 애초의 목적은 달성한 것이나 다름없었으니까.

"그럼 진짜 검증으로 넘어가지요. 이번 건국기념제의 예산 중 라스 공작 부인에게 배정된 일부를 제외한 나머지는 두 영애에게 반분半分될 것입니다. 이에 대해 두 영애는 분배받은 예산을 어디

에다가 쓸 생각인지 미리 서면으로 제출받았습니다. 각자의 앞에 배부해 드렸으니 질문하실 분은 하십시오."

베리타 공작의 질문에 하멜 백작이 손을 들었다.

나는 길게 이어지는 질문을 들으며 책상 위에 놓여 있는 잔을 입가로 가져갔다. 순간, 머리가 띵 울리면서 속이 메슥거리기 시작했다.

'왜 이리 향이 강하지?'

나는 치받기 시작하는 속을 진정시키려 애를 쓰며 태연한 척 잔을 내려놓았다. 등을 타고 식은땀이 흘렀다.

그러고 보면 회귀 전에도 비슷한 일이 있었던 것 같은데. 아마도 지은이 제국에 온 지 일 주년이 되는 것을 기념하는 파티에서였지. 하지만 당시에는 회임이었기에 그런 것이 아니었나?

"……영애?"

"아, 죄송합니다. 제가 잠시……."

"흠. 모니크 영애께서는 아직 준비가 되지 않으신 듯하니, 제게 먼저 질문해 주십시오. 답변하겠습니다."

나를 향해 슬쩍 비웃음을 지어 보인 지은이 검은 눈동자를 빛냈다.

"공녀의 계획을 보면, 예산으로 배정된 50스틴제국 화폐의 단위는 카나, 스틴, 골드, 실버, 브론즈로 나뉘며, 1카나=100스틴, 1스틴=100골드, 1골드=100실버, 1실버=100브론즈이다. 이들은 각각 동그란 원 형태의 동전으로 지름은 손가락 하나 정도 되는 길이이며, 금속 재질이기에 무게가 상당하다. 카나 단위는 황실 혹은 대귀족 정도가 아니면 평생 만져 보기 어려우며, 평민 기준으로 사 인 가족의 한 달 생활비는 약 4골드 정도이다. 중 우선 황궁에서 열리는 연회를 개최하는 데 20스틴 정도를 쓰고 나머지는 축제의 개최에 쓸 생각이라 되어 있는데."

"그렇습니다."

"그런데 수도의 중앙 광장에서 세 개 기사단의 사열식을 열겠다는 말이 있더군. 이 더위에 사열식을 하겠단 말인가?"

"더위로 인해 해이해졌을지도 모르는 기강을 잡고, 수도의 국민들에게 볼거리도 제공하고. 일석이조 아니겠습니까."

라스 공작의 말에 화사하게 웃어 보인 지은이 답했다.

절로 한숨이 나왔다. 서면에 쓰여 있는 지은의 의견은 그야말로 건국기념제를 위한 예산의 분배였다. 사열식에 대한 얘기는 더 그랬다. 물론 그리 나쁘지 않은 견해이긴 하지만, 이 더위에 고생할 기사들에 대한 생각 같은 것은 전혀 담겨져 있지 않은 계획.

'하긴. 나도 회귀 이전에는 전하와 나 자신을 제외한 나머지는 그저 돌보고 다스려야 할 사람들로만 생각했지.'

문득 씁쓸한 미소가 입가에 그려졌다. 개개인의 사정을 들어주기는 했지만 그들에 대한 어떠한 감정도 느낌도 없었던 당시의 나는, 아마도 오직 '황후'라는 자리를 위해 만들어진 인형이었을 뿐 사람이라 볼 수는 없었을 것이라는 생각이 들었기에.

"그 문제는 기사단과 협의가 필요한 일이네. 공녀 혼자 결정할 수 있는 일이 아닐세."

"확실히 그렇군요. 그 점에 대해서는 사과드리겠습니다, 공작 전하."

지은의 발언이 끝나자 좌중의 시선이 내게 쏠렸다. 발언권을 요청한 제나 공작이 차갑게 눈을 빛내며 말했다.

"아끼기만 하는 것만이 능사는 아니거늘, 모니크 영애는 아직 제대로 돈을 쓸 줄 모르는 것 같군. 황궁 연회를 개최하는 데 드는 10스틴과 각 영지의 지원에 드는 25스틴을 제외한 나머지는 행정부에 돌려주겠다니."

자꾸만 꼬투리를 잡는 것이 다소 짜증스러웠지만, 나는 빈정거리는 기색이 역력한 공작을 향해 애써 담담한 목소리로 말문을 열었다.

"아무래도 월권행위 같아서요. 용도는 서면에 적혀 있습⋯⋯."

생각을 정리하며 말하고 있는데, 갑자기 귓가에서 웅웅거리는 소리가 들렸다.

뭐지?

내 목소리가 점점 희미하게 들려왔다.

눈앞이 흐릿해졌다. 곧이어 강렬하게 여운을 남기는 음성이 머릿속을 울렸다.

"말라붙은 생명의 뿌리 위에서 새로운 싹이 돋아났도다. 해풍을 머금고 소금기 어린 땅에서 돋아난 새싹은 대륙을 향해 새 생명의 뿌리를 뻗어 나갈지니. 새로운 탄생을 찬양하고 기뻐하라. 경배하라, 생명의 여섯 뿌리를."

머릿속을 울리는 목소리에 경악했다. 불과 몇 달 전에 들었던 음성.

이것은 신탁이 아닌가.

새로운 싹의 탄생, 뿌리로 자랄 새싹, 경배받아야 할 여섯 뿌리⋯⋯. 설마?

"모니크 영애, 정신 차리십시오!"

나지막하게, 그러나 강렬하게 귓가를 파고드는 에네실 후작의 목소리에 흠칫 놀랐다.

여기가 어디더라?

아직까지 머릿속에 여운처럼 맴도는 음성을 애써 무시하며 주위를 둘러보았다. 싸늘한 눈초리로 나를 바라보고 있는 귀족파 사람들과 걱정스럽게 쳐다보는 몇몇 황제파 귀족들, 그리고 의아하다는 듯 나를 응시하고 있는 폐하와 푸른 머리카락의 청년이 보였다.

이럴 수가. 신탁을 듣느라 잠시 내가 있던 곳을 깜빡하다니.

"모니크 영애, 이 무슨 무례인가. 두 번씩이나 질문에 대해 묵묵부답이라니."

"혹시 다른 생각이라도 하고 있었던 것은 아니오?"

"황태자비 검증 중에 다른 생각이라. 이는 작게는 자신과 경쟁 중인 제나 공녀를 무시하는 행위요, 크게는 이 자리를 만드신 폐하를 능멸하는 행위가 아닙니까."

"건방지기 짝이 없음입니다. 마땅히 벌을 내려야 할 것입니다."

물 만난 고기처럼 열심히 나를 성토하는 귀족파 귀족들을 묵묵히 바라보던 폐하께서 오른손을 들어 올리셨다. 조용해진 회의장 안에 낮은 음성이 울려 퍼졌다.

"잠시 쉬었다가 계속하지."

"하오나 폐하."

반발하는 자들을 무시한 채 자리에서 일어난 폐하께서 회의장을 나가셨다. 나는 그 뒤를 따라 나서는 청년의 뒷모습을 바라보며 생각에 잠겼다.

숨기는 게 나을까, 아니면 미리 말씀을 드리는 것이 나을까.

모르는 척하는 방법도 있었지만, 신탁이 내린 이상 신전에서 곧 연락이 올 것이 뻔했다. 그러니 괜히 모두 있는 앞에서 재차 신의 징표 운운하며 확인을 받는 것보다는 그 전에 미리 말씀드리는 편이 나을 것 같았다.

생각을 정리하고 자리에서 일어나려는데, 또다시 현기증이 엄습해 왔다. 휘청이는 나를 붙잡은 에네실 후작이 놀란 목소리로 물었다.

"영애, 괜찮으십니까?"

"아, 네. 그저 잠시 어지러웠을 뿐이에요. 감사합니다."

"어디 불편하신 것 아닙니까? 안색도 썩 좋지 않으시군요."

"괜찮습니다. 신경 써 주셔서 감사합니다."

나는 재빨리 그에게서 벗어나며 감사를 표한 뒤 휴게실로 향했다.

알현 허락을 받아 안으로 들어서자, 찻잔을 기울이고 있던 폐하께서 나를 돌아보셨다. 회의에서 오고 간 대화를 적은 서류를 들여다보던 청년도 고개를 들어 말없이 나를 응시했다.

찻잔을 내려놓은 폐하께서 말씀하셨다.

"그래, 나를 보고자 했다고?"

"네, 폐하. 드릴 말씀이 있습니다."

"말해 보게."

심호흡을 한번 하고, 천천히 입을 열었다.

"실은, 방금 전에 어떤 말을 들었습니다. 그런데……."

"그런데?"

"그것이, 아마도 신탁인 듯…… 합니다."

"지금 신탁이라고 했는가. 어떤 내용이었지?"

푸른 눈동자가 번뜩였다. 바닷빛 눈동자도 놀라움을 가득 담고 나를 응시했다.

"'말라붙은 생명의 뿌리 위에서 새로운 싹이 돋아났도다. 해풍을 머금고 소금기 어린 땅에서 돋아난 새싹은 대륙을 향해 새 생명의 뿌리를 뻗어 나갈지어다. 새로운 탄생을 찬양하고 기뻐하라. 경배하라, 생명의 여섯 뿌리를.' 이와 같은 내용이었습니다. 아마도……."

"새로운 대신관이 탄생한 것인가. 해풍과 소금기 어린 땅이라면 바다가 인접한 곳이겠군."

고개를 끄덕인 청년이 말했다.

"제 생각도 같습니다, 부황 폐하. 여섯 뿌리라는 표현이나 새로운 싹이라는 것을 볼 때 대신관의 탄생이 맞을 듯합니다. 그들의 탄생은 신탁으로 알려진다고 하지요."

"정황으로 봐서는 거의 확실한데, 이상하군. 아직 세대교체가 일어날 시기는 아닌 것으로 아는데. 어차피 자세한 것은 신전에서 연락이 와 봐야 알겠지마는……. 어쨌든, 이제야 영애가 멍하니 있었던 이유를 알겠군그래. 그때 신탁이 내렸나 보지?"

"네, 폐하."

"그렇군. 짐은 또 영애가 혹시 어디 아픈 것이 아닌가 하고 걱정하였거늘, 신탁 때문이었다니 다행일세. 알겠네. 수고했네."

"네, 폐하. 그럼 이만 물러나겠습니다."

정중하게 예를 갖추고 물러 나왔다.

회의장으로 돌아가려다가, 계속해서 울렁거리는 속과 어지러운 머리를 달래기 위해 잠시 별실에 들러 휴식을 취했다. 눈을 감고 있는데, 문득 생각 하나가 머릿속을 스치고 지나갔다.

이것이었나. 대신관이 말했던 일이.

조만간 뭔가 듣게 될지도 모른다며, 너무 놀라지 말고 침착하게 대응하라고 말하던 대신관의 모습이 떠올랐다. 하지만…….

'그렇다면 그는 신탁이 내릴 것이라는 걸 알고 있었다는 얘기잖아. 어떻게 그럴 수가 있지? 새로운 대신관이 탄생한다는 걸 미리 아는 방법이라도 있단 말인가?'

물론 세대교체가 있음을 미리 안 것일 수도 있겠지만, 폐하께서도 말씀하셨듯이 아직은 그럴 시기가 아니었다. 대신관의 경우 통상적으로 십 년에 한 번씩 세대교체가 일어나는데, 마지막으로 대신관이 태어난 것이 칠 년 전의 일이었으니까.

얼마나 시간이 지났을까? 고민을 거듭하기를 한참, 나는 회의 재개를 알리는 시종의 말에 몸을 일으켰다.

회의장에 들어서자 반가운 이가 보였다. 찰랑이는 생머리를 기울인 채 심각한 표정으로 에네실 후작과 대화를 나누고 있는 은발의 기사. 근 한 달 만에 뵙는 아버지였다.

"아버지."

"오랜만이구나, 티아. 그런데 안색이 왜 이리 안 좋은 것이냐. 어디 아프기라도 한 게야?"

"아니에요. 저는 아무렇지도 않아요."

"아무렇지도 않긴요, 아까도 현기증 때문에 넘어질 뻔하지 않으셨습니까."

에네실 후작의 말에, 걱정스러운 표정으로 이것저것 물어보던 아버지께서 잔뜩 인상을 찌푸리셨다.

"현기증이 난다고?"

"음, 네. 요새 조금 무리해서 그런가 봐요."

"흠, 돌아가면 의원을 불러야겠구나."

괜한 걱정을 끼쳐 드린 것 같아 마음이 불편했다. 심한 것은 아니니 걱정 마시라고 말씀드리려는데, 때마침 폐하와 전하의 입장을 알리는 시종의 목소리가 들려왔다.

성큼성큼 들어와 단상 위에 자리를 잡으신 폐하께서 말씀하셨다.

"모니크 영애, 영애의 의견은 분명 훌륭하지만, 정작 기념제를 위한 예산은 지나치게 적은 것이 아닌가?"

"평년이었다면 소녀도 다른 곳에 예산을 배정하였을 것입니다. 허나, 이미 수도를 비롯한 많은 영지에서는 건국을 기념하여 자체적으로 축제가 열리고 있습니다. 예산이 보다 더 필요한 곳이 있는 상황에서 굳이 축제를 위한 지원금을 늘릴 필요는 없다고 봅니다."

"흠."

폐하께서는 별다른 말씀 없이 고개를 끄덕이셨다.

그때, 갑자기 대회의장의 문이 벌컥 열렸다. 모두의 시선이 그리로 쏠렸다. 나는 몹시 다급해 보이는 전령의 행색을 보며 슬쩍 고개를 끄덕였다. 신탁이 내려왔음을 알리는 사자임이 분명했다.

예상대로 신전에서 왔다고 밝힌 남자가 곱게 접힌 서찰 하나를 꺼냈다. 그에게서 새하얀 종이를 받아 든 시종이 폐하께 다가가 조심스럽게 건넸다.

서신을 펼친 폐하의 입가에 슬쩍 미소가 걸렸다.

"모니크 영애의 말과 일치하는군."

"그것이 무슨 말씀이십니까, 폐하?"

"조금 전 모니크 영애가 짐을 찾아와 신탁이 내렸다 말했거늘, 지금 이 서신과 내용이 정확히 일치하는군. 대신관이 새롭게 탄생하였다는 신탁일세."

일순간 모든 이들의 눈길이 나를 향했다.

'맙소사.'

눈을 질끈 감았다. 모두의 앞에서 공개되는 일을 피하려고 따로 말씀드린 것인데, 이런 식으로 뒤통수를 치실 줄이야.

자랑스러워 하는 계파 사람들의 모습과 분해 하는 귀족파의 모습을 보고 있자니 가슴 속이 꽉 막히는 기분이었다. 자꾸만 속이 울렁거렸다.

"후작, 잠시 날 좀 볼 수 있겠소. 영애도."

어찌어찌 회의를 마치고서 아버지와 함께 돌아가려는데, 불만에 가득 찬 제나 공작의 눈길을 무시하며 우리의 앞을 막아선 푸른 머리카락의 청년이 말했다.

'그냥 집에 돌아가게 두면 안 되나.'

나는 피곤에 지친 마음을 간신히 억누르며 아버지와 함께 그의 뒤를 따랐다. 별실에 들어서자마자 시종을 부른 그가 말했다.

"당장 황궁의를 불러오라."

"전하?"

"부황 폐하께서는 가벼이 여기셨을지 모르나, 나는 다르오. 아무리 봐도 그대는 어딘가 좋지 않아 보인단 말이오."

"전하, 저는 정말로 괜찮습니다."

"날 속이려 들지 마시오. 내가 그대를 봐 온 것이 몇 년인데, 그런 말로 그냥 넘길 수 있을 것 같소?"

그냥 조금 무리한 것뿐이라는데 다들 왜 이러는 것일까. 현기증이 조금 날 뿐인데 그게 뭐 그리 대수라고.

"찾으셨습니까, 황태자 전하."

"여기 모니크 영애를 좀 살펴보라."

"알겠습니다, 전하. 어디가 불편하십니까, 영애?"

나는 금세 나타난 황궁의를 보며 깊은 한숨을 쉬었다. 어차피 이렇게 된 것, 빨리 진료를 받고 넘기는 편이 나을 것 같았다.

"요즘 들어 속이 답답하고 앉았다 일어서거나 하면 현기증이 나곤 하네. 향이 강한 것을 접하면 속이 조금 안 좋기도 하고."

"그 밖에 다른 것은 없습니까?"

"글쎄, 별다른 것은 없네만."

"그러십니까."

고개를 끄덕인 황궁의가 다시 물었다.

"한두 가지만 더 여쭙겠습니다. 혹시 달거리 중이십니까?"

"……아닐세."

달거리라. 그동안 너무 바쁘게 살아서 깜빡 잊고 있었는데, 벌써 시작할 때가 되었던가?

그건 아닌 것 같은데. 회귀 전에는 분명 열여섯 살에서야 월경을 시작했으니, 그때와 비슷하다고 생각하면 아직 일 년 넘게 남았다고 봐야 하지 않을까.

"주로 어떤 것을 얼마나 드십니까?"

"음……."

"소식小食한다. 육류보다는 채소류를 즐기는 편이고."

나지막한 아버지의 목소리에 화들짝 놀랐다.

그러고 보니 아버지와 그가 있다는 걸 깜빡했잖아. 두 사람 앞에서 달거리를 운운했다니.

갑자기 얼굴이 확 달아올랐다. 나를 향해 고정되어 있는 바닷빛 눈동자와 군청색 눈동자를 마주하자니 자꾸만 민망한 기분이 들었다.

"수면은 충분히 취하십니까?"

"하루에 서너 시간 정도?"

"그러시군요. 음, 과로에 수면 부족, 가벼운 탈진 현상인 듯합니다."

"탈진 현상?"

역시 조금 무리한 탓이었나 보네. 더웠던 탓도 있고.

따끔따끔한 시선이 느껴졌지만, 나는 애써 딴청을 피우며 고개를 돌렸다.

"가뭄 이후에 하도 날이 더워서인지, 요새 많은 귀족 영애들께서 비슷한 증상으로 의원을 찾으신다고 합니다. 이런 날씨일수록 영양실조에 걸리거나 탈진 현상이 올 확률이 높으니, 섭생攝生을 잘하셔야 합니다. 물과 과일을 많이 드시고 식사량도 늘리십시오. 육류도 섭취하시고요. 물론 수면 시간도 늘리셔야 합니다."

"알겠네."

고개를 끄덕였다. 깊게 허리를 숙여 보인 황궁의가 물러나자, 묵묵히 진단을 듣고 있던 청년이 나를 돌아보았다.

"그러게 편식하지 말고, 뭐든지 많이 들라 하지 않았소. 얼마나 무리를 했기에 이토록 안색이 좋지 않단 말이오."

"송구합니다, 전하."

"어쨌든 크게 아프지는 않다니 다행이오. 직접 챙기고 싶은 마음은 굴뚝같으나, 그대에겐 아무래도 집이 편할 테지. 돌아가서 쉬시오."

"감사합니다, 전하."

"후작도 오늘은 그냥 돌아가시오. 다음에 입궁하면 얘기합시다."

"배려에 감사드립니다."

무표정한 아버지의 모습에 몰래 한숨을 쉬었다. 하지만 단단히 화가 나셨는지, 아버지께서는 황궁을 벗어나서 집에 돌아올 때까지도 내게 단 한마디의 말씀도 하지 않으셨다.

꽉 다문 입술, 잔뜩 굳은 표정.

'큰일 났네.'

나는 마차에서 내리자마자 성큼성큼 걸어가시는 아버지를 따라 종종걸음으로 저택 안에 들어섰다.

"어서 오십시오, 각하. 무사히 귀환하신 것을 환영합니다."
"오랜만이군, 집사. 그동안 잘 지냈나. 다들 별일 없고?"
"네, 각하."
"다행이군. 아, 내일부터 티아의 식단은 새로 짜도록 하게. 육류를 조금 더 늘리고, 전반적인 양도 늘려서 가져다주도록. 접시를 다 비우는지 반드시 확인하고."
"알겠습니다, 각하."

혹시나 했더니 역시나, 아버지께서는 집에 도착하자마자 식단부터 바꿀 것을 명하셨다.

슬쩍 한숨을 쉬었다. 요즘 들어 몸이 허해진 것은 사실이니, 아무래도 아버지께서 시키시는 대로 하는 수밖에 없을 것 같았다.

"안녕, 티아."
"세인? 여긴 웬일이야?"
"내가 각하께 검술을 배우고 있다는 사실을 잊었어? 원행遠行을 다녀오셨는데 당연히 인사를 드리러 와야지."
"흐응."
"뭐냐, 그 못 믿겠다는 표정은?"

옷을 갈아입고 식당으로 들어서자 뜻밖의 사람이 보였다. 퇴궁하고 바로 오는 길인지, 카르세인은 검은 제복 차림이었다. 보기만 해도 더울 것 같은 모습이었지만, 그는 늘 그렇듯 생기 넘치는 모습으로 내게 다가왔다. 그러고는 내 머리 위에 손을 얹고 쓱쓱 쓰다듬었다.

"꼬맹아, 오늘 회의는 잘 갔다 왔냐? 제나 공녀는 잘 눌러 줬고?"

"응? 눌러 주고 말고 할 게 어딨어."

"그 여자가 내 발 밟은 거 잊었냐? 복수해 줘야 할 거 아냐."

"카르세인 경, 오랜만이군."

"오랜만에 뵙습니다, 각하. 먼 길에 노고가 많으셨습니다."

내 머리를 꾹꾹 누르던 카르세인이 재빨리 손을 떼며 아버지께 인사했다. 나는 카르세인을 향해 몰래 입술을 삐죽이며 자리에 앉았다. 그러고는 줄줄이 나오기 시작하는 음식을 질린 눈으로 바라보았다.

'설마 이걸 다 먹으라고 하시진 않겠지?'

간절한 눈초리로 돌아보았지만, 아버지께서는 몹시 단호한 얼굴로 큼지막하게 고기를 잘라 내게 밀어 주셨다.

어색한 미소를 지으며 포크와 나이프를 들자 아버지와 나를 번갈아 가며 바라보던 카르세인이 의아하다는 듯 물었다.

"그거, 다 먹을 수는 있어?"

"아니. 하지만 다 먹어야 해."

"왜?"

"그게……."

"티아가 몸이 많이 허해졌다는군. 오는 길에 황궁의에게 진찰을 받았는데, 과로한데다가 더위 때문에 탈진이 왔다고 하네. 육류와 수분을 많이 섭취하라고 말하더군."

순간, 카르세인의 얼굴이 차갑게 굳었다. 서늘하게 빛나는 푸른 눈동자가 나를 향했다.

"어째 요즘 무리한다 했다. 그러게 좀 쉬엄쉬엄하라니까."

"……미안."

"자, 이것도 먹어. 다 먹나 확인해야겠다."

갈수록 태산이었다. 아버지께서 주시는 것만으로도 벅찬데 이제는 카르세인까지. 먹어도 먹어도 자꾸 쌓이기만 하는 음식 접시를 보자 깊은 한숨이 나왔다.

'이걸 언제 다 먹지?'

몇 번이고 포크와 나이프를 내려놓으려고 했지만, 그때마다 눈을 부라리는 두 남자 때문에 어쩔 수 없이 음식을 꾸역꾸역 입안에 쓸어 담았다.

아, 배불러. 이러다 체할 거 같아.

"그래, 검술은 많이 늘었는가?"

"네, 아주 흥미롭더군요. 이런 말씀을 드려도 되는지 모르겠습니다만, 제게는 모니크가의 검술이 더 맞는 것 같습니다."

"그런가. 경과 잘 맞는다니 다행이군."

"네. 그래서 말입니다. 각하께서 괜찮으시다면 내일부터 다시 배움을 청하러 와도 되겠습니까?"

"그리하게."

대화를 나누는 중간중간에도 카르세인은 내게 끊임없이 음식을 덜어 주었다. 무어라 한 마디 하실 법도 하건만, 어찌 된 영문인지 아버지께서는 그런 그의 모습을 말없이 지켜보기만 하셨다.

한 사람도 감당하기 힘든데 두 사람이 지켜보고 있으니 어떻게 할 방법이 없어서, 나는 결국 평소에 먹던 것보다 거의 두 배가 넘게 접시를 비우고서야 간신히 포크와 나이프를 내려놓을 수 있었다.

너무 배가 불러서 한입도 더 먹기가 싫었지만, 카르세인은 내게 디저트로 나온 파이까지 착실하게 밀어 주며 말했다.

"회의는 잘 마치셨습니까. 결과는 어떻게 나왔습니까?"

"참, 그 문제가 있었군. 건국기념제 연회 사흘 중 첫날은 공작부인이, 둘째 날은 티아가, 마지막 날은 제나 공녀가 주최하게 되었네."

"그렇습니까."

"그런데 내가 하필이면 둘째 날에 근무를 서야 할 것 같군. 그래서 말인데, 자네가 그날 티아의 파트너가 되어 줄 수 있겠는가?"

"물론입니다. 그런데 둘째 날이면 주최자로서 참석하는 날인데, 제가 파트너가 되어도 괜찮겠습니까?"

말없이 카르세인을 바라보던 아버지께서 희미한 미소를 지으셨다.

"잘해 줄 거라 믿네."

"감사합니다, 각하. 기대를 저버리지 않도록 하겠습니다."

"고맙네. 그럼 난 먼저 올라가 보도록 하지. 내일 보세나."

"네, 각하. 내일 뵙겠습니다."

"너도 슬슬 올라가거라, 티아. 앞으로 일주일은 푹 쉬도록 하고."

"네, 아버지. 내일 봬요."

자리에서 일어나 아버지를 향해 깍듯하게 고개를 숙여 보인 카르세인이 포크를 내려놓고 축 늘어져 있는 나를 보며 피식 웃었다.

"그러고 있으면 돼지 된다."

"아, 몰라."

고개를 붕붕 내저었다. 너무 배가 부른 탓인지 일어나기도 귀찮았다. 나를 물끄러미 바라보던 카르세인이 장난스럽게 눈을 빛냈다.

"그렇게 배불러? 내가 조금 많이 줬나?"

"조금? 그게 조금이었어?"

"넌 평소에 너무 적게 먹긴 해. 그러니까 키가 안 크는 거야, 꼬맹아."

"……."

"자, 그러지 말고 나가서 가볍게 산책이라도 하자. 보아하니 이대로 잠들면 체하겠네."

분명 맞는 말이긴 했다. 일어나기가 귀찮아서 그렇지.

미적거리는 나를 보고 다시 한 번 피식 웃은 카르세인이 벌떡 일어나 내게 다가왔다. 양손을 붙잡고 나를 끌어당기는 힘에, 나는 어쩔 수 없이 자리에서 일어났다.

더워서 그런가, 어느새 아홉 번째 달임에도 정원에는 가을꽃 대신 여름에 주로 피는 새하얀 델라꽃이 흐드러지게 피어 있었다. 하늘은 오늘따라 별빛도 하나 없이 까맣기만 했지만, 달빛을 머금은 은은한 하얀 꽃들 때문인지 주위는 생각보다 그리 어둡지는 않았다.

나는 델라꽃 특유의 달콤한 향을 맡으면서 정원 한가운데 조성되어 있는 산책로를 따라 카르세인과 함께 걸음을 옮겼다.

"티아."

"응?"

"연회 주최, 잘할 수 있겠냐?"

"음, 잘해야지."

"그래. 힘내라."

밤이라서 그런가, 살랑살랑 불어오는 바람이 제법 시원했다. 더위가 조금이나마 가셔서일까. 답답했던 가슴이 조금 시원해진 듯도 했다.

가볍게 묶어 둔 머리끈에서 빠져나온 머리카락이 조금씩 흩날리며 시야를 가렸다. 다시 묶을까 고민하는데, 커다란 손이 다가와 헐거워진 머리끈을 조여 주었다.

'어, 저건?'

나는 팔을 뻗느라 드러난 그의 하얀 셔츠 소매에 달려 있는 커프스단추를 보며 고개를 갸웃했다.

장미 모양으로 세공된 루비 커프스단추.

그것은 지난번 지은의 환영 연회에 참석할 당시 드레스를 선물받고 아무런 보답도 하지 않기가 미안해서 내가 그에게 보낸 것이었다.

그런데 카르세인. 요즘 들어 항상 저것만 하고 다니는 것 같네.

"세인, 그거……."

"응? 뭐 말이야?"

"그 커프스단추, 항상 하고 다니는 것 같은데. 그렇게 마음에 들어?"

"음, 너한테 처음으로 선물받은 거잖아? 왠지 기념비적인 느낌이랄까."

처음이라. 그랬나?

나도 모르게 멈칫했다. 적지 않은 시간 동안 친분을 쌓아 왔는데, 그동안 제대로 된 선물 하나도 하지 않았을 만큼 무심했다는 생각에.

미안해 하는 걸 알아차린 것인지, 카르세인은 기껏 정돈한 내 머리카락을 도로 흐트러뜨리며 말했다.

"답지 않게 왜 그런 표정이야? 왜, 이제야 이 오라버니에게 소홀했다는 걸 깨달은 거야?"

"……"

"하긴 네가 생각해도 조금 너무했다 싶지? 됐어. 네가 나한테 무심한 게 하루 이틀이냐."

"……"

"선물은 됐으니까, 넌 그냥 빨리 자라기나 해."

"응? 그게 무슨 소리야?"

고개를 갸웃하자, 잠시 나를 물끄러미 내려다보던 그가 말했다.

"많이 먹고 키 좀 크라고. 너랑 눈높이 맞추려면 내가 얼마나 힘든 줄 아냐."

"……나라고 작고 싶어서 작은 거 아니다, 뭐."

"나이도 어린 게 매일 무리하니까 그렇지. 이번 기회에 좀 쉬어. 아버지께는 내가 말씀드릴 테니까."

"알았어."

"아프지 말고. 이 오라버니가 마음이 아프다."

"……미안. 신경 쓰이게 해서."

나지막하게 말하자, 허리를 숙인 카르세인이 두 손으로 내 볼을 감쌌다. 그러고는 양쪽으로 쭉 잡아 늘렸다.

"너 말이야. 꼬맹이 주제에 누가 그런 표정을 지으래."

"내가 뭐어……."

"우수에 찬 눈빛 같은 건 아직 십 년은 이르다, 너? 어디 가서 이런 표정 짓기만 해. 지옥 훈련이 뭔지 확실하게 보여 줄 테니. 알았냐?"

"으응."

그제야 빙긋 웃어 보인 카르세인이 나를 놓아주었다. 얼얼한 볼을 문지르며 흘겨보았지만, 그는 아무렇지도 않다는 표정으로 나를 저택 현관까지 데려다 준 뒤 돌아섰다. 성큼성큼 걸어 나가는 카르세인의 뒷모습을 한참 바라보다가, 나 역시 돌아섰다.

방에 돌아와 간단하게 씻고 옷을 갈아입었다. 그래도 조금이나마 걸은 덕분인지, 조금 전처럼 너무 배가 불러 아무것도 하지 못할 정도는 아니었다.

푹신한 침대에 몸을 묻자 절로 미소가 나왔다. 이게 얼마 만에 느껴 보는 안온한 기분인지. 나는 안락한 그 느낌에 젖어들며 스르르 눈을 감았다.

얼마나 시간이 지났을까. 뭔가 이상한 기분이 들어서 잠에서 깼다. 허리가 땅기면서 배가 살살 아프고, 아래가 축축했다.

눈썹을 찡그렸다. 이거, 언젠가 경험한 적이 있는 느낌 같은데.

손을 뻗어 침대 머리맡에 놓여 있는 초에 불을 붙였다. 촛대를 가까이 하자, 하얀 시트에 묻어 있는 붉은 얼룩이 보였다.

이럴 수가. 왜 이렇게 일찍 시작한 거지? 과거에는 성인식을 훌쩍 넘긴 다음에야 초경이 시작되었는데. 당시에는 지금보다 건강이 훨씬 좋지 않아서 그랬던 걸까?

잠시 망설이다가 줄을 당겼다. 졸린 눈을 비비며 나타난 리나가 어리둥절한 표정으로 물었다.

"아, 아가씨, 이 새벽에 어쩐 일이세요?"

"그게 말이야, 리나."

아무리 소꿉친구와 같은 존재라고 해도 직접 말로 하자니 영 어색해서, 머뭇머뭇 이불을 걷어 시트를 보여 주었다.

멍하니 서서 눈만 깜빡이던 리나가 갑자기 환호성을 질렀다.

"어머나, 아가씨! 정말 축하드려요!"

"응?"

"아가씨도 이제 어른이 되셨군요! 조금 늦되신 편이라 성인식 이후에나 초경을 하실 거라 생각했는데. 이런 경사가 생길 줄이야."

"그랬니?"

"네. 아 참, 아가씨, 잠시만 기다리세요."

부산스럽게 뛰쳐나간 리나는 곧 시트며 새 잠옷이며 온갖 것을 잔뜩 들고 돌아왔다.

나는 그녀가 열심히 침대를 정리하는 동안 간단하게 씻고 나와 잠옷을 갈아입었다. 깨끗한 것으로 바뀐 시트 위에 몸을 뉘려다가, 사르르 아파 오는 배를 붙잡고 인상을 찌푸렸다.

아, 아파. 축축한 것이 영 신경 쓰이기도 하고.

"통증은 없으세요?"

"음. 좀 있긴 하지만, 그럭저럭 견딜 만해."

고개를 끄덕였다. 허리가 조금 땅기고 배가 사르르 아프기는 했지만, 너무 아파서 침대에서 몸을 일으키기조차 힘들었던 과거를 생각하면 버틸 만했다.

"다행이네요. 워낙 가녀리셔서, 많이 아프시면 어쩌나 걱정했거든요."

"그러니?"

"네. 아 참, 내 정신 좀 봐. 각하께 말씀드리는 걸 깜빡했네. 무척 기뻐하실 텐데."

"뭐, 뭘 말씀드리겠다는 거야. 하지 마, 그런 거. 응?"

당장 뛰쳐나갈 기세인 리나를 간신히 뜯어말렸다.

아버지께 말씀드리겠다니, 그게 대체 무슨 소리야. 황궁의에게 진찰을 받던 때를 생각하면 아직도 민망함에 얼굴이 달아오르는데.

하지만 그새 소문이 난 것인지, 저택의 시녀들은 싱글벙글하면서 내게 쿠키며 케이크 등을 가져다주었다. 그 바람에 조금 창피하기는 했지만, 그것만 빼면 제법 괜찮은 기분이었다. 요즘 들어 자꾸만 치밀어 오르던 짜증도 오히려 덜 나는 듯했다.

"더 드십시오, 아가씨."

"배부른데……."

"각하께서 접시를 다 비우시나 살피라 하셨습니다."

"아, 알았어. 먹으면 되잖아."

푸짐하기 짝이 없는 점심상을 물리고서, 나는 부른 배를 두드리며 수틀을 잡았다.

오랜만에 하는 거라 잘되려나 모르겠네.

천을 마름질해서 새하얀 기사용 장갑을 만든 뒤, 그 위에 천천히 수를 놓았다. 라스 공작가의 문장인 은빛 롱소드와 붉은 장미, 그리고 카르세인의 이니셜. 이것은 어젯밤의 일이 아무래도 마음에 걸려 만드는 선물이었다.

마지막 글자까지 완성하고서 크게 한 번 기지개를 켰다. 긴 시간 동안 앉아 있던 탓인지 원래부터 땅기던 허리가 더 아파 오는 것 같았다.

완성된 장갑을 보자 묘한 기분이 들었다.

검과 장미라. 내가 이것을 수놓게 될 날이 있을 거라고 누가 짐작이나 했을까.

회귀 전 황후 수업의 일환으로 배운 것 중 하나인 수예手藝. 어차피 황실에 들어갈 것이니 다른 것은 배울 필요가 없다며 오로지 황가의 문장만 연습했더랬지. 심지어는 가문의 문장조차 단 한 번도 수놓아 보지 않았을 정도로.

당시의 그는 몰랐겠지만, 그의 손수건은 모두 내가 만들었더랬다. 한 땀 한 땀 정성과 눈물, 그리고 당신의 레이디가 되고 싶다는 소망을 담아 새하얀 천에 황금색으로 빛나는 사자 문장을 수놓았지.

저절로 손이 새하얀 천으로 향했다. 부드러운 천을 반듯하게 마름질하고 금실을 바늘에 꿰었다. 회귀한 지 벌써 오 년이라는 세월이 지났음에도 손끝에 생생하게 남아 있는 감각이 하얀 천 위에 황금 사자의 모습을 그려 나갔다. 푸른 실로 사자의 눈동자를 완성하고 황실에서 사용하는 화려한 필기체로 그의 이니셜까지 수놓고 난 다음에야 바늘에서 손이 떨어졌다.

하얀 손수건 위에 금빛으로 반짝이는 그의 이름을 바라보자 찬물을 뒤집어쓴 듯한 기분이었다.

맙소사. 나란 아이는 도대체……

망연자실한 기분으로 앉아 있다가, 입술을 앙다물었다. 그러고는 가위를 들어 손수건에 가져갔다.

"……."

하얀 천을 사이에 두고 벌어진 가위의 두 다리가 부르르 떨렸다. 벌어진 틈이 좁아질수록 심장이 조금씩 내려앉았다. 이대로 조금만 더 힘을 주면 되는데 손가락에 힘이 들어가지 않았다.

한참을 망설이다가, 깊은 한숨과 함께 가위를 내려놓았다.

자리에서 일어나 옆방으로 향했다. 널찍한 책상의 첫 번째 서랍을 열고 곱게 놓여 있는 편지철 옆에 하얀 손수건을 조심스럽게 내려놓았다.

잠시 안에 있는 것들을 들여다보다가, 나는 서랍을 닫은 뒤 다시 내 방으로 향했다. 이번에는 오랜만에 아버지께 드릴 것을 만들어 봐야겠다고 생각하면서.

탁.

방문이 닫혔다.

"공작 부인을 돕는 것만으로도 힘들 텐데, 선뜻 도와준다고 해

서 정말 고마워요, 프린시아."

"무슨 소리예요, 아리스티아. 우린 친구잖아요."

"베아트리샤도 마찬가지예요. 정말 고마워요."

"별소릴 다 하네요, 아리스티아. 이렇게 중책을 맡겨 줬으니 제가 감사해야죠."

달거리를 시작하고 일주일, 푹 쉬어서 그런지 한결 가뿐해진 몸으로 나는 응접실에서 세 명의 여자를 맞이했다.

아무래도 달거리가 시작되려는 징조였던 듯, 그토록 답답하고 짜증이 나던 것이 이제는 훨씬 덜했다. 요즘 들어 무겁던 몸이 가벼워져서 그런지 기분도 날아가는 듯했다.

기념제까지는 앞으로 삼 주.

쉬느라고 아무것도 손대지 않고 있었으니 이제는 열심히 준비를 해야 했다. 하지만 기사단 일을 보면서 혼자 기념제 준비까지 하기엔 시간이 조금 모자랄 듯해서, 나는 궁리하던 끝에 친우라 부를 수 있는 두 사람과 영애 한 명을 초청했다. 프린시아, 베아트리샤, 그리고…….

"우린 초면이죠? 앞으로 잘 부탁해요, 휘르 영애."

"초청해 주셔서 감사합니다, 모니크 영애. 언니와 혼동하실 수도 있으니, 영애께서만 괜찮으시다면 그레이스라 불러 주세요."

"그리하겠습니다, 그레이스."

원래는 제노아 영애, 그러니까 일리아까지 초청할까 했지만, 결혼식이 막바지에 이르러 준비를 하느라 정신없이 바쁜 그녀에게 차마 이것까지 부탁할 수는 없었다.

그래서 나는 그녀를 대신할 사람을 찾기 위해 고심한 끝에 능력도 시험해 볼 겸해서 그동안 물색하던 태자빈 후보 중 한 사람을 골라 편지를 보냈다. 요즘 들어 사교계에서 좋은 평가를 받고 있는데다가, 프린시아와 내가 꼽은 태자빈감으로 상당히 높은 순위에 있는 영애, 휘르 백작가의 차녀인 그레이스 세 휘르에게.

내게 살포시 고개를 숙여 인사하는 그레이스를 보며 미소를 지었다. 소문은 들었지만 직접 얼굴을 대면하는 것은 이번이 처음이었다.

'예쁜 아가씨네.'

오목조목한 이목구비와 따뜻해 보이는 노을빛 머리카락, 짙은 갈색 눈동자, 그리고 부드러운 미소. 그녀는 전반적으로 보는 이에게 호감을 갖게 하는 인상이었다.

"이번 연회는 어떤 식으로 주최하실 생각이신가요, 모니크 영애?"

"음, 아무래도 폐하께서는 연회에 오래 참석하실 것 같지 않고, 전하께서는 자연스러운 것을 좋아하시니……. 옅은 색깔로 벽과 바닥 등을 꾸미고 향이 강하지 않은 생화 위주로 장식을 할까 합니다."

"좋은 생각이네요, 아리스티아."

"그러게요. 분명 아름다울 거예요."

왕녀 출신인 두 사람이야 익숙하겠지만, 그레이스는 이런 것을 직접 지휘해 본 적이 없을 것임에도 대화의 흐름을 잘 따라왔다. 여러 가지를 고려해서 초청하긴 했지만, 그래도 제법 괜찮은 선택이었다는 생각이 들었다.

한참 동안 세 사람과 이것저것을 의논했다. 그날 연주될 춤곡,

장식으로 사용할 생화의 종류와 색상, 태피스트리로 걸 천들의 문양과 색깔과 크기, 음식과 음료의 종류와 수량 등 결정할 것은 넘치도록 많았다. 게다가 내가 맡은 날은 둘째 날. 첫날 연회가 끝나고 다음 날 다시 시작되기 전까지 연회장을 완벽하게 준비해 둬야 했기에 장식을 배치하거나 꾸미는 데 드는 시간도 고려해야 했다.

"그럼 이건 이렇게 하고……."

"생화 종류는 엔테아에게 말해서 상단을 통해 조달하면 될 거예요. 나머지가 문젠데……."

"하나씩 해결해 보죠, 아리스티아. 일단 내일은 악사들을 불러 음악 문제를 조율하고, 모레는 요리사들을 불러 음식 문제를 해결하는 게 어떨까요?"

"그래야겠네요. 참, 세 분에 대한 감사의 표시로 이번 연회에 입으실 드레스는 제가 선물하도록 하겠습니다. 작은 성의라 생각하시고 받아 주세요."

"어머, 고마워요, 아리스티아."

"감사합니다, 모니크 영애."

나는 방긋 웃는 프린시아와 베아트리샤, 그리고 그레이스를 향해 살며시 미소를 지었다.

연회장 전체를 대략적으로 그린 그림을 펼쳐 놓고서 세 사람과 함께 전체적인 조화와 세부적인 모습을 고안해 나갔다. 사교계에 도는 평가가 거짓은 아니었는지, 안목이 뛰어난 그녀들 덕분에 몹시 흡족했다.

얼마나 시간이 지났을까. 기본적인 뼈대를 완성하고 나니 이미 날이 저물고 있었다. 모두가 지친 표정으로 나른한 한숨을 쉬었다. 피곤한 듯 연보랏빛 눈동자를 두어 번 깜빡거린 프린시아가 내게 물었다.

"그러고 보니 아리스티아, 당신도 사열식에 참여하는 건가요?"

"아뇨. 자꾸 특혜를 받는 것 같아 동료들에겐 영 미안하지만, 연회 준비도 있고 해서 빠지게 되었습니다."

"하긴, 지금도 이렇게 할 일이 많은데 그것까지 했다간 정말 쓰러지고 말 거예요."

프린시아의 말에 베아트리샤가 고개를 끄덕였다.

"설마 제나 공녀가 그걸 노리고 사열식을 건의한 건 아니겠죠? 아리스티아가 기사단 소속이라는 건 누구나 다 아는 일이잖아요. 연회 준비를 해야 하는 상황에서 사열식이라니. 참여를 하면 연회 준비가 소홀해질 테고, 참여하지 않는다면 분명 뒷말이 나올 거 아니겠어요."

"그럴 가능성도 배제할 순 없을 것 같습니다. 사교계에서 몇 번 마주친 경험에 비추어 보면 결코 만만한 분은 아니었거든요."

그레이스의 말에, 찻잔을 내려놓은 프린시아가 고개를 갸웃하며 입을 열었다.

"흠, 전하께서는 분명 뛰어난 분이시긴 하지만, 여성에게 그리 살가운 편은 아니신데. 어째서 그토록 황태자비가 되고 싶은 걸까요? 아, 이런. 미안해요, 아리스티아. 껄끄러운 주제를 꺼냈네요."

"아니에요, 프린시아. 그리 신경 쓰지 않아도 돼요."

"그래도……. 흠, 아리스티아, 그레이스, 저와 베아트리샤야 이미 결혼했으니 차치且置하고, 두 분은 어떤 남성을 좋아하시나요? 남편감 말이에요."

화제를 돌리려는 듯 장난스럽게 던진 프린시아의 말에 반색한 베아트리샤가 청록색 눈동자를 반짝 빛내며 나를 돌아보았다. 나는 부담스럽게 바라보는 그녀의 눈길을 외면하며 찻잔을 들어 올렸다.

딴청을 피우는 나를 보고 살며시 미소를 지은 그레이스가 먼저 말문을 열었다.

"속물처럼 보일지도 모르겠습니다만, 저는 되도록 유능하고 높은 작위를 갖고 있는 남성분이 좋습니다. 어느 정도 야망도 갖고 계신 분이라면 더 좋을 것 같고요."

"그런가요?"

"물론 사랑하는 사이라면 좋겠지만, 귀족가에 태어난 이상 정략적으로 결혼할 확률이 훨씬 높으니……. 저는 지방 영지에 내려가서 살고 싶은 생각은 없거든요. 자식이 작위를 물려받지 못해 마음고생 하는 것도 보기 싫고요. 그래서 되도록 작위를 갖고 있고 중앙에서 활동하는 분과 결혼하고 싶답니다."

피곤함에 지쳐 점점 무거워지던 눈이 번쩍 뜨이는 기분이었다. 순간, 나를 돌아보던 프린시아와 시선이 마주쳤다.

차기 공작 부인으로서 사교계에 많은 영향력을 행사하고 있는, 그리고 공작에게서 대강의 내용을 들었다며 친구로서 당연히 돕겠다고 말하던 그녀.

반짝이는 연보랏빛 눈동자에서 나와 같은 뜻을 읽었다. 미미하게 고개를 끄덕이며 미소를 짓는 프린시아를 향해 나도 마주 웃었다.

드디어 찾았구나, 지은을 견제할 태자빈감을.

어느 정도 미모가 받쳐 주고, 황제파의 여식이며, 야망을 가지고 있는 당찬 영애. 능력이야 차차 두고 봐야 알겠지만, 오늘 일을 처리하는 것을 봐서는 제법 쓸 만한 것 같기도 했다.

날이 너무 어두워졌기에, 나는 일단 내일을 기약하며 모두를 배웅했다. 그런 뒤 방에 돌아와 밤늦게까지 오늘 의논한 내용을 요약해서 적었다.

한참 동안 펜을 놀리다가 허리가 찌뿌둥한 것 같아 기지개를 켰다. 순간 책상 저 편에 놓여 있는 것이 눈에 들어왔다.

금빛이 감도는 푸른 봉투 세 개.

나란히 쌓여 있는 편지들을 바라보며 한숨을 쉬었다. 그것은 황궁의의 진찰을 받고 돌아간 이후로 그가 보내온 서신이었다. 너무 바빠 답장은 하지 못했지만, 세 통의 편지에는 전부 내 안부를 묻는 인사가 적혀 있었다.

답답한 마음 때문일까. 펜을 놀리는 손길이 점점 느려졌다. 해야 할 일이 태산인데, 정리해야 할 내용도 점점 생각나지 않았다. 다시금 한숨을 쉬었다. 이러고 있을 시간이 없는데.

그때, 뭔가가 발을 툭툭 치는 느낌이 들었다. 이제는 제법 자란 은빛 고양이가 황금색 눈동자를 빛내며 나를 바라보고 있었다.

"놀아 달라고, 루나야?"

잠시 망설이다 허리를 숙여 루나를 안아 들었다. 그렇잖아도 능률이 떨어지고 있는 참이었으니, 이참에 조금 쉬는 것도 나쁘지 않을 것 같았다.

흐릿한 눈을 비비다가, 어느새 밝아진 방 안의 모습에 깜짝 놀라 창밖을 바라보았다. 이미 밖에서는 동이 트고 있었다.

'이런. 아버지께서 아시면 또 야단맞겠는걸.'

그래서 그렇게 멍했던 모양이네. 난 또 몸이 안 좋아서 그런 줄 알았더니.

밤을 꼬박 새우고 말았다는 것을 깨닫자 갑자기 짙은 피로감이 몰려왔다. 나는 루나를 안아 든 채로 침대로 뛰어들었다.

"같이 자자, 루나야."

침대 위를 신 나게 뛰어다니던 은빛 고양이가 베개에 얼굴을 묻는 나를 원망스럽게 노려보았다.

나는 또다시 나를 툭툭 건드리기 시작하는 루나의 재롱에 작게 미소를 지으며 팔 안으로 끌어당겼다. 제법 자랐다고는 해도 아직 자그마한 은빛 고양이를 끌어안고 보드라운 털에 얼굴을 묻었다. 내일부터는 할 일이 태산이었다.

"야, 어째 요새 갈수록 안색이 안 좋아지는 것이 영 불안하다? 너무 무리하는 거 아냐?"

"안녕, 세인."

"한동안 괜찮아 보이더니, 왜 또 그래? 좀 쉬엄쉬엄해."

"이제 사흘 남았는걸, 뭐. 기념제만 끝내고 푹 쉴게."

뻑뻑한 눈을 몇 번 깜빡거리자 그제야 선명해진 시야에 걱정스럽게 나를 바라보고 있는 청년이 들어왔다. 나는 성큼성큼 다가와서 서류를 빼앗는 카르세인의 단호한 표정에 한숨을 쉬며 자리에서 일어났다.

보름이 넘도록 강행군을 했기 때문일까? 한동안 괜찮았던 것 같은데, 또다시 몸이 천근만근 무거웠다. 나는 답답한 가슴을 주먹으로 콩콩 두드리며 찬장으로 향했다. 완벽하게 일을 처리해야 한다는 생각에 너무 무리한 것 같았다.

시녀를 시켜 뜨거운 물을 가져오라 이른 뒤 찬장에서 로즈플라워와 로즈힙, 그리고 히비스커스 상자를 꺼냈다. 요즘 들어 하루에 대여섯 잔씩은 달고 사는 차였다.

"너도 마실래?"

"됐어. 아직도 덥잖아. 뜨거운 차는 사양하겠어."

"그래, 그럼."

상자를 내려놓고 푹신한 의자에 몸을 기대자 옆에 와서 털썩 앉은 카르세인이 내 이마에 손을 얹었다. 순간 새하얀 장갑에 수놓인 검과 장미 문장이 눈에 들어와, 나는 나도 모르게 스르르 미소를 지었다.

"뭐냐, 갑자기."

"그거, 마음에 들어?"

"음? 당연하지."

"그래? 다행이다. 다음에 또 만들어 줄게."

"정말? 우리 꼬맹이, 오늘따라 왜 이리 예쁜 말만 할까."

싱긋 웃어 보인 카르세인이 내 머리카락을 쓱쓱 쓰다듬었다.

그때, 노크를 하고 들어온 시녀가 치즈 케이크와 뜨거운 물이 담긴 주전자를 내려놓았다. 한결 빨라진 속도. 아무래도 일전에 한

번 따끔하게 야단을 친 것이 효과가 있었던 모양이었다.

나는 로즈힙 열매와 로즈플라워, 히비스커스를 잘 섞어 넣고 긴 시간 우려낸 뒤 찻잔에 따랐다. 로즈힙 특유의 새콤한 맛과 히비스커스 특유의 신맛이 어우러진 차를 한 모금 머금자 저절로 군침이 돌았다.

먹음직스럽게 보이는 케이크를 잘라 내어 카르세인에게 건네주고서, 내 몫의 케이크를 포크로 작게 조각내어 입에 넣었다. 사르르 녹는 케이크의 맛을 음미하고 있는데, 갑자기 참을 수 없이 속이 메슥거리기 시작했다.

대체 왜 이러지?

황급히 찻잔을 들어 새콤한 맛이 나는 붉은 차를 입안 가득 머금었다. 한 잔을 다 마셨지만 여전히 속이 울렁거려서, 빈 잔에 다시 차를 따랐다. 두 번째 잔마저 다 비우고 나서야 뒤집히던 속이 겨우 진정되었다.

'이상하네. 치즈가 너무 느끼했나?'

혹시나 하는 마음에 카르세인을 바라보았지만, 그는 이미 깨끗하게 비워 낸 케이크 접시를 내려놓은 상태였다. 한참 동안 나를 빤히 바라보던 카르세인이 의아하다는 듯 물었다.

"그렇게 목이 말랐어? 너답지 않게 왜 그리 급하게 마셔?"

"아, 그게……."

나도 모르게 튀어 나가려던 말을 황급히 삼켰다.

연회까지 앞으로 사흘이 남은 상황. 마무리 작업할 것이 산더미 같은데, 몸이 좋지 않다고 말하면 아버지나 카르세인은 나를 강제로라도 쉬게 할 것이 뻔했다.

"응. 나도 몰랐는데 그랬나 보네."
"으이구, 그러게 계속 일만 하니까 그렇지."
"그런가."
지끈지끈 머리가 쑤셔 왔다. 한참 전부터 무겁던 눈꺼풀을 느리게 깜빡거리자, 작게 소리를 내어 웃은 카르세인이 나를 끌어당겨 자신의 어깨에 머리를 기대게 했다.
"세인?"
"잠깐 눈 좀 붙여. 조금 있다가 깨워 줄게."
"그럴까. 그럼, 부탁해."
고개를 끄덕이고서 눈을 감았다.
아무리 더워도 제복을 갖춰 입어야 하고 그 어떤 향수를 뿌려도 안 되는 기사의 신분답게, 빳빳한 제복을 갖춰 입은 카르세인의 품에서는 어떤 향기도 나지 않았다. 하지만 그 대신 마음을 편안하게 해 주는 따스함이 있었다.
슬쩍 팔을 뻗어 어깨를 감싸 안는 그에게서 전해져 오는 온기에 자꾸만 몸이 나른하게 늘어졌다. 어느새 의식이 수면 아래로 가라앉았다.

얼마나 시간이 지났을까. 나는 화들짝 놀라 눈을 떴다.
'내가 얼마나 잔 거지? 언제부터 누워 있었던 거야?'
긴 의자에서 벌떡 몸을 일으키는데, 검은 재킷이 툭 떨어졌다. 허리를 숙여 떨어진 재킷을 주워 들며 두리번거리자 맞은편에 앉아 있던 붉은 머리의 청년이 소리를 내어 웃었다. 푸른 눈동자가 반짝이며 나를 응시했다.

"잘 잤어, 티아?"

"나, 얼마나 잔 거야?"

"음, 네 시간 정도?"

"정말? 어떡해. 할 일이 잔뜩 쌓여 있는데. 깨워 주지그랬어."

"괜찮아. 내가 다 처리했거든."

"응?"

고개를 갸웃하며 바라보니 자리에서 일어난 카르세인이 성큼성큼 다가와 내게 서류 뭉치를 내밀었다.

'이걸 다 처리했다고? 에이, 설마.'

혹시나 하는 마음에 직접 확인을 했다. 하지만 한 장 한 장 서류를 넘길수록 놀라움은 점점 커져만 갔다. 마지막 장까지 제대로 처리가 되어 있는 서류를 보고 눈을 동그랗게 뜨자, 피식 웃은 카르세인이 옆자리에 털썩 앉으며 내 이마에 가볍게 손가락을 튕겼다.

"뭐냐, 그 놀랍다는 표정은. 평소에 날 어떻게 봤길래 그런 반응이야?"

"음, 미안. 하지만 서류에는 전혀 관심이 없어 보여서."

"내가 어느 가문 사람인지 벌써 잊었냐? 기사단 행정 업무 정도야 당연히 배웠지. 형님도 계시니까 깊게 파고들지 않았을 뿐이야. 별로 안 좋아하는 거지, 못하는 건 아니거든?"

"아, 그렇구나."

하긴, 우리 가문이야 나밖에 없으니까 해당 사항이 없지만, 대부분의 귀족가에서는 후계자가 있다고 해도 만일을 대비해서 다른 직계 자손도 일정 수준까지 교육시키는 것이 관례였으니까. 우리 가문과 마찬가지로 대대로 기사단장을 맡는 라스 공작가의 직계인 것을 감안하면 카르세인 역시 그 과정을 거쳤을 테고, 기사단의 행정 업무 정도는 쉽게 처리할 수 있는 게 당연했다.

하지만 그래도 신기했다. 카르세인과 서류라니. 왠지 안 어울린다고나 할까.

"어째 계속 신기하다는 반응이다?"

"왠지 안 어울려."

"자꾸 까불래?"

장난스럽게 웃으며 주먹을 흔들어 보인 그가 말했다.

"그럼 오늘 할 일은 끝낸 것 같은데, 그만 돌아갈까? 형수님께서 널 애타게 기다리고 계실 것 같은데."

"그래."

자리에서 일어나다가, 엄습해 오는 현기증에 멈칫했다. 순간적으로 다리에 힘이 풀렸다.

의자 손잡이를 짚어 균형을 유지하는 나를 돌아본 카르세인이 의아하다는 듯 물었다.

"왜 그래? 어디 아파?"

"아, 아무것도 아냐. 오래 앉아 있었더니 잠깐 힘이 풀렸나 봐."

"한시바삐 어른이 되라고 빌었더니, 오히려 퇴행하면 어떡하냐. 걸음마부터 다시 가르쳐야 하나."

"……"

"농담이야. 괜찮아?"

"응. 이젠 괜찮아. 가자."

가빠 오는 호흡을 고르며 태연하게 미소를 지었다. 하지만 속마음은 복잡했다. 대체 왜 이러는 걸까. 어쩐지 전보다 더 심해진 것 같은데.

공연히 얘기를 했다가는 분명 난리가 날 터.

아무래도 연회가 끝나면 의원을 다시 불러 봐야겠다고 생각하며 나는 카르세인을 따라 걸음을 옮겼다.

건국기념제의 첫날.

나는 말 위에 올라 수도의 거리를 걷고 있었다. 말을 타고 중앙광장까지 가야 했기에 승마용 드레스를 입은 상태였다. 오랜만에 앉아 보는 옆안장귀족 여성들이 드레스를 입고 말을 탈 수 있도록 고안된 말안장. 아름다운 승마 자태를 위해 만들어진 것으로 전투용으로는 적합하지 않아 여기사들은 사용하지 않는다이 영 생소한 탓인가. 의도치 않게 자꾸만 몸이 움찔거렸다.

어느덧 열 번째 달에 접어들었지만, 오후의 태양은 여전히 그 기세를 버리지 않고 작열하고 있었다. 쨍쨍 내리쬐는 햇볕 아래 한껏 달아오른 수도의 거리는 몹시 더웠다. 그을리는 것을 막기 위해 팔꿈치까지 오는 장갑을 끼고 모자까지 쓰고 있음에도 온몸이 뜨끈뜨끈했다.

나는 은빛 갈기를 날리며 걷는 실비아의 고삐를 슬쩍 당겨 속도를 늦추며 크게 심호흡을 했다. 뜨거운 공기 때문인지 가슴이 영 답답했다.

옆에서 새하얀 말을 몰고 있던 푸른 머리카락의 청년이 나를 돌아보며 말했다.

"그대, 아까부터 안색이 썩 좋지 않은 것 같소. 혹여 아직도 몸이 불편한 것이오?"

"아닙니다, 전하. 그저 오랜만에 옆안장에 앉았더니 조금 어색하여……."

"흠."

"그보다 전하, 제나 공녀를 이대로 두고 와도 되는 것인지요?"

"그 건은 이미 부황 폐하께서 매듭지으시지 않았소. 그러니 그대는 신경 쓰지 마시오."

지난번 회의에서 지은의 건의가 결국 받아들여지는 바람에 수도의 세 개 정규 기사단은 건국기념제 첫날 사열식을 하게 되었다. 황궁 정문부터 행군을 시작하여 수도 광장에 도착한 뒤, 황제 폐하를 대신하여 참석할 황태자 전하 앞에서 사열식을 거행하기로 한 것.

소수의 인원을 제외한 근위 기사단의 대부분과 제1, 제2기사단 전원이 참석하는 가운데 황태자 전하께서만 참석할 예정이었는데, 갑자기 어제 정무 회의를 소집하신 폐하께서는 나 역시 사열식에 참가할 것을 명하셨다. 지은은 제쳐 두신 채.

수도의 백성 앞에서 그와 함께 나타나는 것만큼 차기 황태자비로서의 지위를 굳힐 만한 일이 어디 있을까? 그렇기에 명을 들은 귀족파는 반발했지만, 폐하께서는 몇 가지 간단한 논리로 그들을 간단하게 제압하셨다.

지은의 등장으로 인해 제국민이 혼란스러워 하고 있는 지금 상황에서는 우선 소문을 잠식시켜 그들을 안심시킬 필요가 있으며, 아직까지 전하의 공식 약혼녀는 나라는 사실을 망각하지 말라고, 그리고 만일 지은의 자질이 검증되어 다시 황태자비를 결정하게 된다면 그때 정정하면 될 것이라는 말씀에 귀족파는 모두 침묵했다.

한 가지 의외였던 것은, 정확한 이유는 모르겠으나 제나 공작과 지은이 생각보다 크게 반대하지 않았다는 것이다. 그 때문에 나는 지금 황궁을 출발하여 수도 광장으로 행군하는 기사단의 한가운데에서 전하와 말머리를 나란히 하고 있었다.

'그나저나 참으로 장관이네.'

돌아가는 상황을 생각하면 머릿속이 복잡했지만 눈앞의 광경은 그런 근심을 잠시 미뤄 둘 수 있을 정도로 멋졌다.

행렬의 가장 앞에서는 기수들이 황가를 상징하는 포효하는 사자의 문장이 수놓인, 검은 바탕에 붉은 테두리를 두른 제1기사단의 깃발을 휘날리며 행군하고 있었다. 기수들의 뒤를 이어 정복을 멋들어지게 갖춰 입고 붉은 수술이 달린 의장용 검을 허리에 찬 제1기사단이 정확히 간격을 맞춰 말을 몰았다.

제1기사단의 뒤에는 하얀 바탕에 금빛 테두리를 두른 근위 기사단의 깃발을 든 기수들이 열을 맞춰 행진했고, 그들을 따라 금빛 수술이 달린 의장용 검을 차고 새하얀 정복을 갖춰 입은 근위 기사들이 말을 몰았다. 그리고 그들의 호위를 받으며 전하와 내가 말머리를 나란히 하고 있었다.

그와 내 뒤쪽에서는 군청색 바탕에 은색 테두리를 두른 제2기사단의 깃발을 든 기수들과 군청색과 은빛 수술이 달린 의장용 검을 패용한 정복 차림의 제2기사단이 종과 횡을 맞춰 행군하고 있었다.

정확하게 맞춘 간격, 절도 있는 자세, 마치 하나가 된 듯 움직이는 기사단의 모습에 여기저기서 탄성이 터져 나왔다.

"제국에 영광을!"

"사자에게 충성을!"

"카스티나 제국이여, 영원하라!"

오랜만에 보는 황족의 행차, 그리고 평생에 한 번 보기도 힘든 정규 기사단의 행군을 보기 위해서 수도의 거리에는 수많은 인파가 몰려 있었다.

마실 것과 먹을 것을 판다고 외치며 돌아다니는 상인들, 아비의 어깨 위에 올라앉아 손을 흔드는 어린아이들과 선망의 눈길로 기사들을 바라보고 있는 아가씨들, 다정하게 팔짱을 끼고 행군을 구경하는 연인들과 침침한 눈을 비비며 제국의 차기 주인을 보기 위해 애쓰는 노인들, 빽빽하게 모여 서로 밀고 밀리는 사람들과 그런 그들을 통제하기 위해 진땀을 흘리고 있는 치안대.

구호를 선창하는 사람들의 뒤를 이어 수많은 인파가 외치는 환호성이 온 거리에 울려 퍼졌다.

머리가 윙윙 울렸지만, 나는 애써 부드러운 미소를 지으며 그들을 향해 손을 흔들어 주었다. 그것이 전하를 따라온 내 임무였으므로.

"……군."

"네, 전하?"

"참으로 아름답지 않소, 저들의 모습이."

"네, 전하. 그렇습니다."

"잇따른 재해로 인해 피해가 클 것이라 걱정했거늘. 희망과 생기가 넘치는 모습을 보니 참으로 다행이오. 물론 저 모습이 모두 진실이라 볼 수는 없겠지만 말이오."

그렇겠지. 본디 빛이 있으면 그림자도 있는 법.

겉으로 보기에는 기쁨만 넘치는 것처럼 보이는 이곳에도 어딘가에는 어두운 면이 있을 것이었다. 하지만 설령 그렇다 하더라도, 이 정도로 사람들의 표정에서 희망을 읽을 수 있다면 유난히 혹독했던 올여름을 제법 잘 견뎌 낸 것이 아닐까.

뜨거운 햇볕에 머리가 어질어질하고 텁텁한 공기에 점점 숨이 막히고 있었지만 나는 왠지 모를 뿌듯한 기분에 살며시 미소를 지었다. 그러고는 더욱 밝은 표정으로 환호를 지르는 인파를 향해 손을 흔들어 주었다.

수도에 있는 두 개의 중앙 광장 중 보다 규모가 큰 쪽은 역시 귀족 지구에 있는 것이었다. 기사단 사열식을 위해서는 최대한 넓은 공간이 필요했기에, 행정부에서도 오늘만큼은 귀족 지구를 평민들에게도 개방하도록 허가했다. 그렇기에 이미 귀족 지구에 있는 중앙 광장은 발 디딜 틈도 없이 빽빽하게 메워져 있었다.

행렬이 도착하자 수많은 인파 사이에서 함성이 터져 나왔다. 치안대가 공간을 확보하기 위해 그들을 통제하지 않았다면 기사단이 들어설 자리조차 없었을 것이다.

깃발을 든 기수들을 중심으로 선 제1기사단이 반씩 뭉치면서 좌우로 간격을 벌렸다. 붉은 수술을 휘날리며 의장용 검을 뽑아 든 기사들이 검신이 보이도록 검을 위로 세우면서 몸 가운데에 위치시켰다.

나는 그와 함께 근위 기사단의 호위를 받으며 검례를 올리는 제1기사단 사이를 지나 단상으로 향했다.

그가 내민 손을 잡고 조심스럽게 말에서 내려 단상 위에 올랐다. 강렬한 햇볕을 가리기 위해 설치된 차양이 드리운 그늘에 나란히 놓인 두 개의 의자를 보자 나도 모르게 한숨이 새어 나왔다.

역시 이럴 줄 알았어. 뭐, 하는 수 없지.

그의 왼쪽 자리에 착석하자, 몇 열로 나뉘어 겹겹이 단상을 둘러싼 근위 기사단이 좌중을 향해 돌아섰다.

어느새 정비한 것인지, 근위 기사단과의 사이에 제법 큰 공간을 비워 둔 채 좌측에는 군청색 제복을 입은 제2기사단이, 우측에는 검은 제복을 입은 제1기사단이 종과 횡을 맞춰 도열해 있었다.

팡파르가 울리자 색색의 깃발을 든 기수들이 앞으로 나섰다. 검은색과 붉은색이 섞인 제1기사단의 깃발, 백색과 금색이 섞인 근위 기사단의 깃발, 그리고 군청색과 은색이 섞인 제2기사단의 깃발을 든 기수들이 각각 깃발을 교차하며 행군했다.

연습하느라 고생했을 그들의 노고에 안타까웠지만 나는 금세 알록달록한 깃발이 만들어 내는 아름다운 색의 향연에 심취했다.

삼각과 사각 깃발이 기수들의 손놀림에 맞춰 화려한 무늬를 그렸다. 절도 있게 움직이는 깃발들이 일으키는 바람에 길게 드리워진 차양이 펄럭였다. 마지막으로, 단상을 향해 돌아선 기수들이 전하를 향해 기를 세워 예를 표한 후 각자의 자리로 돌아갔다.

"와아아!"

주위를 둘러싼 인파에서 엄청난 환호성이 터져 나왔다.

"장관이군."

"정말로 그런 듯합니다, 전하."

"그런데 어찌 표정이 그렇소?"

"과거였다면 그저 즐겁게 보았을 것이지만, 이제는 저도 기사이기에 저들이 그동안 기울였을 노고를 생각하니 마냥 즐길 수가 없어서……. 송구합니다, 전하."

"그렇군. 오늘을 위해서 다들 더위에 고생이 많았을 테지."

보일락 말락 하게 고개를 끄덕여 보인 그가 희미하게 입꼬리를 끌어 올리며 말했다.

"동참하지 못해 섭섭한 것이오?"

"아닙니다, 전하. 소녀의 부족한 실력으로 참여했더라면 폐만 끼쳤을 것입니다."

"그렇다면 즐기시오. 저들의 노고를 생각한다면, 최대한 즐겁게 봐 줘야 하지 않겠소."

하긴 그랬다. 나는 고개를 끄덕이며 다시 눈앞에 펼쳐진 광경에 정신을 집중했다.

기수들이 자리를 잡고 서자, 제1기사단의 가장 우측 줄에 선 기사들이 일제히 검을 뽑았다. 온갖 장식이 달려 있는 의장용 검이 햇빛에 비쳐 반짝반짝 빛이 났다.

말을 타고 있음에도 평지에 서 있는 것처럼 평온한 모습에 새삼 감탄하고 있을 때, 그들이 기기묘묘한 모양을 그리며 검을 돌리기 시작했다. 화려하게 뿜어져 나오는 검광에 모두 숨을 죽였다. 오른쪽에서 두 번째 줄이 검을 뽑아 동참했다. 곧이어 세 번째 줄이, 그리고 네 번째 줄이 합류했다. 새로운 기사들이 추가될 때마다 광장은 번쩍번쩍 빛을 뿜는 검광에 점점 더 휩싸였다.

"와아······."

절로 탄성이 새어 나왔다.

수많은 인원임에도 한 치의 오차도 없는 동작, 기하학적인 무늬, 검 끝에서 부서지는 아름다운 은색 빛줄기. 마지막으로 찬란한 빛무리를 뽑아낸 그들이 검신이 보이도록 검을 몸 가운데에 세우며 예를 취했다.

제2기사단의 차례 역시 장관이었다. 제1기사단의 기사들이 만들어 내는 검광이 붉은 수술과 어우러져 은빛과 붉은 빛줄기를 뿜어냈다면 제2기사단은 군청색과 은색 빛무리를 만들었다는 점이 달랐을 뿐.

모두의 검무가 끝나자, 양 기사단의 가장 끝에서 두 줄을 이루고 있던 기사들이 정렬해 있는 기사단의 뒤를 돌아 가운데 통로로 향했다.

히히히힝.

통로에 늘어선 그들이 고삐를 당기자, 말들이 일제히 앞발을 들며 울었다. 저절로 탄성이 새어 나왔다.

화려하게 검을 한 번씩 돌린 기사들이 통로를 지나 단상 앞으로 다가와 도열했다. 전하를 향해 검례를 취해 보인 후 각자의 자리로 돌아가는 그들을 향해 박수갈채가 쏟아졌다.

모든 기사가 한 번씩 행군을 마치자, 마지막으로 기수들이 통로를 지나 전하의 앞에서 다시 한 번 기를 세워 예를 취했다. 다시 한 번 주위에서 박수가 쏟아졌다.

기수들이 돌아가자, 단상 앞에 도열해 있던 근위 기사단이 왼쪽부터 차례로 검을 뽑아 검신이 보이도록 세우며 검례를 취했다. 순차적으로 뽑히는 검에 달린 금빛 수술이 화려하게 그림을 그렸다.
 모든 이들이 검례를 취하자, 이번에는 반대로 오른쪽의 근위 기사가 가장 먼저 검집에 검을 꽂았다. 화려하게 검을 돌린 후 철컥 소리를 내며 순차적으로 검을 집어넣는 근위 기사들의 모습에 여기저기서 탄성이 터져 나왔다. 마지막 기사까지 검을 회수하고 나자, 모든 이들의 시선이 단상으로 쏠렸다.
 주위를 한번 둘러본 청년이 느릿하게 자리에서 일어나 내게 손을 내밀었다. 잠시 그를 바라보다가, 내 손을 그 위에 살며시 얹었다.
 자리에서 일어나려는데, 또다시 세상이 빙그르르 돌았다.
 여기서는 안 돼. 제발.
 균형을 유지하려고 애를 썼지만, 결국 다리에 힘이 풀렸다.
 휘청하는 순간, 내 손을 잡고 있던 그의 손에 힘이 꽉 들어갔다. 나는 강하게 나를 지탱하는 그 힘에 의지하여 간신히 꼿꼿하게 일어섰다.
 간신히 추한 꼴은 면했나.
 안도의 한숨을 내쉬며 재빨리 화사한 미소를 지었다. 그러고는 그와 함께 단상 앞으로 걸어 나와 좌중을 향해 손을 흔들었다.
 "제국에 영광을, 사자에게 충성을!"
 "제국에 영광을, 사자에게 충성을!"
 기사들의 우렁찬 구호에 따라 광장을 가득 메운 사람들이 외쳤다.
 한참 동안 터져 나오는 구령과 환호성을 듣고 있던 그가 왼손으로는 여전히 내 손을 꼭 붙잡은 채 말없이 오른손을 들어 올렸다.

시끌시끌하던 광장이 금세 조용해졌다.

"위대한 카스티나 제국에 영광 있으라. 오늘은 제국이 건국된 지 963년째가 되는 날이다. 경사스러운 이날을 맞이하여 나, 황태자 루블리스 카말루딘 샤나 카스티나는 명하노라. 금일 사열식에 참여한 모든 기사에게 상급으로 한 달 치의 봉급과 열흘씩의 휴가를 내린다. 제국에 영광을."

"와아아!"

간격을 맞춰 도열해 있던 기사들 사이에서 함성이 터져 나왔다. 기뻐하는 그들을 바라보며 나도 살며시 미소를 지었다.

잘됐네. 가뜩이나 더운 날씨에 원래 해야 하는 훈련에 덧붙여 사열식 연습도 해야 했으니 모두 피로가 누적되었을 터, 이보다 반가운 소식이 어디 있을까.

오른손을 들어 올려 환희에 찬 기사들을 진정시킨 그가 말했다.

"또한, 기념제 기간 동안 한시적으로 수도의 모든 상거래에 대한 세율을 일 할 오 푼으로 낮춘다."

"와아아!"

"황태자 전하, 만세!"

"제국에 영광 있으라!"

이번에는 광장을 메우고 있던 인파 사이에서 함성이 터져 나왔다. 조금 전과는 또 다른 의미에서 미소가 새어 나왔다.

역시 그다운 방법이었다. 세율을 낮춰 민심을 사고, 그로 인해 촉진된 소비로 세수는 비슷하게 유지하는 방법. 제국의 입장에서는 수입이 크게 줄어들지 않아서 좋고, 제국민의 입장에서는 세율이 낮아져서 좋으니 여러모로 이득인 방법이긴 했다. 워낙 낮은 제국의 세율로 인해 항상 써먹을 수는 없는 방법이지만.

묵묵히 그들을 바라보던 그가 돌아섰다.

단상 아래로 내려가는 동안 계속해서 내 손을 꽉 쥐고 있던 그가 검은 말 앞에서 멈춰 섰다.

"먼저 오르시오."

"전하."

"어서. 보는 눈이 많소."

"……황공합니다."

그의 손을 잡고 말 위에 오르자 수많은 사람들의 시선이 내게 쏟아졌다. 나는 애써 태연한 척 미소를 지으며 속으로 한숨을 삼켰다.

이래서 스스로 오르려고 했는데.

어느새 말 위에 오른 그가 내 옆으로 다가와 멈춰 섰다.

기수들이 앞장서는 가운데 제1기사단이 먼저 광장을 빠져나가기 시작했다. 그 뒤를 이어 그와 나를 호위하며 근위 기사단이 말을 몰았다. 광장을 빠져나가는 기사단을 향해 다시 한 번 커다란 함성이 쏟아졌다.

어느 정도 시간이 지나 환호성이 잦아들었을 때, 나를 돌아본 그가 나지막한 목소리로 물었다.

"그대, 정녕 괜찮은 것이오?"

"괜찮습니다, 전하."

"얼굴이 몹시 창백하오. 게다가 좀 전에는 균형을 잃을 뻔하지 않았소."

"송구합니다, 전하. 소녀가 부주의하여 그만 심려를 끼쳐 드렸습니다."

"탓하려는 것이 아니지 않소."

답답하다는 듯 한숨을 쉰 그가 말했다. 바닷빛 눈동자가 나를 곧게 응시했다.

"기념제 준비를 한다고 너무 무리한 것 아니오? 황궁의도 그대에게 푹 쉬라 하지 않았소."

"괜찮습니다, 전하. 그리 무리하지는 않았습니다."

"그대는 항상 괜찮다고만 하는군."

"……송구합니다."

"와아아아!"

터져 나오는 함성에 놀라 고개를 돌렸다. 그새 세율 인하의 소식이 전해진 듯, 좌우에 빽빽하게 늘어선 사람들이 남녀노소 할 것 없이 황실을 찬양하며 소리를 질렀다.

반사적으로 미소를 지으며 손을 흔들자 더 큰 함성이 터져 나왔다. 뜨거운 공기에 점점 숨이 가빠 왔다. 여기저기서 울리는 환호성 때문에 머리가 지끈지끈 아팠다.

'찡그리면 안 돼. 이제 황궁까지 얼마 남지 않았어.'

나는 고삐를 쥔 손으로 답답한 가슴을 슬쩍 누르며 말을 몰았다.

"아무래도 아니 되겠소. 그대, 오늘 연회에는 참석하지 않는 것이 좋겠소."

황궁에 도착해서 말에서 내리려다가 또다시 엄습해 온 현기증 때문에 고꾸라질 뻔한 나를 잡아챈 그가 단호한 목소리로 말했다.

다른 날도 아니고 첫날인데 괜찮으려나? 내일 아침 일찍부터 연회의 준비를 해야 함을 생각하면 쉬고 싶기는 하지만, 그래도 이건 아닌 것 같은데.

사양하려 했지만, 서늘하게 빛나는 바닷빛 눈동자를 보자 말문이 막혔다. 머뭇거리는 나를 바라보던 그가 깊은 한숨을 쉬었다.

"내일 연회 준비도 해야 하지 않소. 내가 명을 내렸다고 하리다. 그러니 안심하고 돌아가서 쉬시오."

"……황공합니다, 전하."

"오늘 수고가 많았소. 그럼 내일 봅시다. 란크 경, 스트라 경, 모니크 영애를 자택까지 호위해 드리도록."

"명을 받듭니다."

나는 근위 기사들의 호위를 받으며 돌아서는 그의 뒷모습을 바라보다가 한숨과 함께 말에 다시 올랐다.

'이젠 나도 모르겠다. 어떻게든 되겠지.'

새하얀 정복을 차려입은 두 기사의 호위를 받으며, 나는 집을 향해 말 머리를 돌렸다. 오후의 햇볕이 따갑게 내리쬐고 있었다.

와장창! 쨍그랑!

은은한 음악이 흐르던 연회장 안에 날카로운 파열음이 울려 퍼졌다. 나는 저절로 구겨지려는 표정을 가까스로 평화롭게 유지하면서 바들바들 떨리는 입꼬리를 애써 끌어 올렸다.

'벌써 세 번째인가.'

솟구쳐 오르는 짜증을 꾹꾹 눌러 담으며 함께 대화하고 있던 귀부인들에게 양해를 구했다. 몇 발자국을 떼자마자 흥미롭다는 듯 수군거리는 목소리가 등 뒤에서 들려왔다.

어느새 나타난 카르세인이 내게 다가와 말했다.

"세 번째인가. 아주 작정을 한 모양인데?"

"그러게."

"어쩔 거야?"

"어쩌긴. 가서 수습해야지."

나를 빤히 바라보던 카르세인이 고개를 끄덕이고는 손을 내밀었다.

'혼자 가서 해결해도 되는데.'

나는 한숨을 내쉬며 그의 손 위에 내 손을 얹었다. 어쨌든 오늘의 파트너는 카르세인이니 함께 행동하는 편이 보기에도 좋았다.

"무슨 일인가?"

"죄송합니다, 모니크 영애. 제가 그만 뒤에 서 계시던 라니에르 영애를 미처 알아차리지 못하는 바람에 이런 실수를 범했습니다."

바닥에 흩어진 유리 조각을 주섬주섬 줍던 시종이 허리를 깊게 숙이며 사죄했다. 마음속 깊은 곳에서 울화가 치밀어 올랐다.

'실수는 무슨. 라니에르 영애가 일부러 시종의 뒤에 바짝 붙어서 있었던 것이겠지.'

황궁에서 잡일을 담당하는 자들은 상급 혹은 중급 하인이니, 이 자 역시 평민일 것이 분명했다. 그러니 자신이 잘못했다 백배사죄하고 있는 것이겠지.

나는 어쩔 줄 몰라 하며 자신의 드레스를 살피고 있는 모래색 머리카락의 여자를 향해 돌아섰다. 안절부절못하고 있는 모습을 보자 코웃음이 나왔다.

연기력이 제법이군. 이참에 아예 배우로 나가 보지그래.

"라니에르 영애, 그대의 드레스가 망가졌군요. 이를 어쩌죠?"

"그러게 말입니다, 모니크 영애. 제가 몹시 아끼던 드레스인데……. 오늘따라 시종들이 부주의하군요. 연회를 시작한 지 얼마 되지도 않았는데, 드레스를 망친 영애가 벌써 몇 명인지 모르겠습니다."

제법 귀염성 있게 생긴 얼굴로 전혀 귀엽지 않은 말을 내뱉는 그녀의 모습에 기가 찼지만, 나는 겨우겨우 인상을 찌푸리는 대신 미안하다는 듯한 표정을 만들어 내는 데 성공했다.

"아끼던 드레스가 망가졌다니 유감입니다. 이자의 일은 궁내부에 일러두기로 하지요. 그보다는 어서 옷을 갈아입으셔야 하지 않겠습니까. 별실로 시녀를 보내라 이르겠습니다."

"괜찮습니다. 데려온 아이더러 시중을 들라고 하지요. 시녀마저 부주의할까 봐 영 마음이 놓이지 않아서 말입니다. 그럼."

성의 없게 고개만 까딱해 보이고는 몸을 휙 돌려 사라지는 라니에르 영애.

그 모습에 다시금 치솟아 오르는 짜증을 꾹꾹 눌러 담았다. 카르세인의 손 위에 얹고 있는 손에 절로 힘이 들어갔다.

속으로 참자는 말을 다섯 번쯤 되뇌고 나서, 나는 고개를 숙이고 있는 시종에게 말했다.

"다친 곳은 없는가?"

"……네, 영애. 죄송합니다."

"그렇다면 됐네. 후우, 다음부터는 좀 더 주의해 주길 바라지."

다행히 눈치는 있는 듯, 문제의 시종은 내 말속에 담긴 뜻을 알아들은 모양이었다. 나는 감격한 눈으로 고개를 조아리는 그를 뒤로하고 몸을 돌렸다.

깊은 한숨을 쉬자, 불쌍하다는 듯 나를 바라본 카르세인이 말했다.

"많이 답답하구나. 어쩌냐. 자리를 비울 수도 없고. 잠시 휴게실이라도 다녀올래?"

"아냐. 그보단 시종장과 시녀장을 불러 좀 더 주의하라고 일러야겠어."

"정말이지, 해도 해도 너무하는구만. 이런 식으로 치졸하게 나오다니."

나는 고개를 절레절레 젓는 카르세인에게 내심 동의하며 지나가는 시종을 불러 시종장과 시녀장을 데려오라 지시했다.

그때, 몇몇 영식들이 나와 카르세인의 눈치를 살피며 쭈뼛쭈뼛 다가왔다. 화사한 미소를 지으며 그들을 돌아보자, 잠시 멈칫하던 회색 머리카락의 청년이 한발 앞으로 나서며 꾸벅 인사를 했다.

"안녕하십니까, 카르세인 경, 모니크 영애."

"음, 그레이 영식이시던가."

"맞습니다. 기억하시는군요."

카르세인의 말에 눈에 띄게 표정이 밝아진 그가 말했다.

'그레이가라면 아마도 자작가던가.'

곰곰이 생각하고 있는데 어느새 주위를 둘러싼 대여섯 명의 영식들이 너 나 할 것 없이 인사했다. 제일 먼저 인사했던 그레이 영식이 카르세인을 향해 물었다.

"경께서 요즘 모니크 후작 각하께 검술을 사사師事한다는 소문이 있던데, 사실입니까?"

"그렇습니다만."

"역시 검술의 천재라 불리시는 분답군요. 라스가의 검술도 무척 난해하다고 들었는데, 모니크가의 것까지……."

회색 머리 청년의 눈에 어려 있는 선망의 눈빛에 새삼스러운 눈으로 카르세인을 돌아보다가 고개를 갸웃했다.

'라스 공작가의 검술이 난해하다고?'

의아해 하는 나를 돌아본 카르세인이 피식 웃었다. 푸른 눈동자가 슬쩍 휘어졌다.

"그야 스승께서 워낙 훌륭하셔서 그런 것이 아니겠습니까. 본디 검술이란 개인의 자질도 중요하나 그에 못지않게 스승의 역량이 뛰어나야 하는 법이니까요."

"그야 물론이지요."

나는 카르세인에게 동조하는 영식들의 말을 흘려들으며 눈을 가늘게 떴다.

'지금 자신이 너무 뛰어나서 나를 잘 가르쳤다는 건가?'

그는 매우 훌륭한 스승이었으므로 그 말 자체를 부정할 생각은 없었지만, 그래도 왠지 조금은 억울한 생각이 들었다. 그걸 따라가느라고 내가 얼마나 힘들었는데.

마침 근처에 도착한 시종장과 시녀장의 모습이 눈에 들어왔기에, 나는 일단 양해를 구한 뒤 무리에서 빠져나왔다. 그리고 오늘은 각별히 주의할 것과 실내 장식의 상태나 음료와 음식의 잔량 등을 다시 한 번 확인할 것을 당부했다.

천천히 연회장을 둘러보았다. 화려하게 불을 밝히고 있는 크리스털 샹들리에, 발코니로 향하는 문에 기하학적 무늬를 그리며 드리워진 크림색과 옅은 하늘색 커튼, 벽면 곳곳에 걸린 초대 황제 폐하의 건국 과정 및 업적을 수놓은 태피스트리, 음식과 음료가 놓인 테이블을 장식하고 있는 옅은 색 위주의 꽃, 그리고 테이블 앞에 서 있는 연보라색 머리카락의 여자.

잠깐, 연보라색?

'이런, 하멜 영애잖아.'

또 무슨 수작을 부릴지 몰라 황급히 걸음을 옮겼지만, 이미 때는 늦은 다음이었다. 현기증이 난다는 듯 머리를 짚은 하멜 영애가 일부러 바닥에 드리워진 테이블보를 밟으며 넘어졌다. 순간 끔찍한 소리가 연회장 가득 울려 퍼졌다.

맙소사, 이건 너무 심하잖아.

입술을 깨물며 현장으로 걸음을 재촉했다. 어찌나 교묘하게 잘 넘어졌는지, 깨진 잔과 쏟아진 음료, 그리고 음식 사이에서도 그녀만은 별다른 피해 없이 멀쩡했다.

'진짜 해도 해도 너무하는군.'

나는 치밀어 오르는 화를 꾹 눌러 참으며 간신히 표정을 유지했다. 그리고는 주위에 있던 귀족파 영식의 부축을 받으며 일어나는 여자에게 다가가 걱정스러운 목소리로 안부를 물었다.

"괜찮습니까, 하멜 영애?"

"아, 모니크 영애, 이것 참 죄송하게 되었네요. 갑자기 현기증이 나서요."

"그렇군요. 그래도 다치신 곳은 없는 것 같아 다행입니다."

"그렇게 보셨다니 유감입니다. 바닥까지 드리워진 테이블보 때문에 크게 다칠 뻔한 데다가 정말 많이 놀랐는데 말이에요."

피식 웃으면서 비아냥거리는 모습에 뭐라 한마디를 꺼내려던 때, 누군가가 그녀와 나 사이로 불쑥 끼어들었다. 검은 눈동자를 사납게 치켜뜬 여자. 지은이었다.

"그게 무슨 말버릇입니까, 하멜 영애. 당장 모니크 영애에게 사과하세요."

"……제나 공녀."

화난 듯한 지은의 목소리에 하멜 영애는 억울하다는 듯 고개를 들었다. 순간, 나는 마주 보는 두 사람의 눈에서 스치는 비웃음을 보았다.

"후우."

눈을 한 번 느리게 감았다가 떴다. 가슴속에서 뜨거운 기운이 꿈틀거렸다.

'이런 식으로 신경을 긁겠다 이거지.'

나는 울컥하는 마음을 애써 가라앉히며 숨을 골랐다. 거듭해서 기가 막히니까 이제는 말조차 쉽게 나오지 않았다.

"어서 사과하지 않고 뭐하십니까?"

"아, 알겠습니다. 죄송합니다, 모니크 영애."

"……아닙니다. 많이 놀라셨다니 조금 쉬는 것이 어떠하십니까?"

"그렇게 해요, 라이아. 저와 함께 휴게실로 가요. 전하께서 기다리실 터라 오래 있지는 못하겠지만, 잠깐 정도야 이해해 주실 거예요."

"어머, 제나 공녀, 전하께서 기다리시게 해서야 되겠습니까. 저는 괜찮으니 어서 가 보셔요."

"아니에요. 전하께서는 그렇게 속 좁으신 분이 아니시랍니다. 어서 가요. 모니크 영애, 다음에 또 보죠. 그럼."

나는 하멜 영애를 부축하며 사라지는 지은의 뒷모습을 잠시 노려보았다. 그러고는 쭈뼛쭈뼛 다가오는 시종과 시녀를 지휘해서 어질러진 바닥을 치우고 테이블보를 갈도록 지시했다. 새로운 음식과 음료도 내오라고 명했다.

어느 정도 사태를 수습한 뒤 몇 발짝을 떼었을 때, 머리가 하얗게 센 노인이 앞을 막아섰다. 서늘하게 나를 응시하는 보랏빛 눈동자를 보자 저절로 짜증이 났다.

아, 진짜. 오늘 일진이 왜 이리 사납지.

"……안녕하십니까, 공작 전하."

"참으로 소란스러운 연회로군."

"……."

"이런 것 하나 통제가 안 되나, 원."

제나 공작이 혀를 차자, 주위에 몰려 있던 귀족파 귀족들이 동조하며 웃었다.

나는 치밀어 오르는 화를 꾹꾹 눌러 참으며 그들에게 가볍게 묵례한 뒤 자리를 떴다. 한참 동안 비아냥거릴 줄 알았는데 의외로 선선히 보내 주는 모습이 조금 의아했지만, 아무리 생각해 봐도 답은 나오지가 않았다.

바람이라도 좀 쐬고 싶은데 나갈 수가 없으니, 원.

발코니라도 잠깐 다녀올까 고민하고 있는데, 조심스럽게 내게 다가온 시종 하나가 잔 하나를 내밀며 허리를 숙였다.

"이건 뭔가?"

"황태자 전하께서 영애에게 보내신 것입니다."

"전하께서?"

시종이 흘끔거리는 곳을 바라보자 몇몇 귀족들과 대화를 나누던 푸른 머리카락의 청년이 이쪽을 돌아보는 모습이 눈에 들어왔다. 한참 동안 나를 바라보던 그가 고개를 까딱해 보였다.

'맞나 보네.'

"감사하다 전해 드리도록."

"알겠습니다, 영애."

벌꿀이라도 탄 것일까? 달콤한 맛이 나는 시원한 음료를 들이켜자 갑갑했던 기분이 조금은 가라앉는 듯했다. 하지만 가라앉은 기분만큼이나 몸도 축 처지는 것 같았다.

오늘따라 연회는 왜 이리 긴지. 회귀 전까지 합치면 그럭저럭 많은 연회를 열어 보았지만 이 정도로 힘겨웠던 적은 없었는데.

정신이 하나도 없었다. 노골적으로 신경을 긁으려 드는 귀족파 영애들을 상대하랴, 연회가 제대로 돌아가고 있는지 파악하고 지시를 내리랴, 욱하는 마음에 나서려는 황제파 영애들을 단속하랴, 몸이 열 개라도 남아나질 않을 정도였다.

"티아, 여기 있었구나. 한참 찾았네."

"왔어? 세인."

너무 피곤해서 그런지 카르세인의 얼굴이 흐릿하게 보였다.

멍하니 눈을 깜빡거렸다. 아무리 과로로 인해 정상적인 몸 상태가 아니라고는 해도, 이 정도로 힘겨울 것이라고는 생각하지 않았는데.

물먹은 드레스처럼 자꾸만 늘어지려고 하는 몸을 애써 곧추세우자, 고개를 갸웃거리며 나를 바라보던 카르세인이 심각한 목소리로 물었다.

"너, 왜 그래?"

"응? 뭐가."

"얼굴에 핏기가 하나도 없잖아. 뭐야, 무슨 일 있었어?"

"오늘은 내내 일투성이었잖아. 새삼스럽게 뭘 묻고 그래."

내 이마를 향해 손을 뻗던 그가 멈칫했다. 주위의 시선을 의식한 그가 파트너를 대하는 일상적인 자세로 돌아와 내게 손을 내밀었다.

가볍게 손을 얹자마자 흠칫 놀란 그가 말했다.

"손은 또 왜 이렇게 차? 그동안 계속 무리하더니, 어디 아픈 거 아냐?"

"음……. 있잖아, 세인."

"어. 말해."

"사실 나, 지금 좀 힘들어. 그럭저럭 견딜 만했는데 왜 이러지? 끝날 때가 되니까 긴장이 풀려서 그런가."

휘청이는 몸을 가누며 느릿느릿 하는 말에 카르세인의 얼굴이 딱딱하게 굳었다. 단호한 목소리가 들려왔다.

"너, 당장 집에 돌아가서 의원을 부르는 게 좋겠어. 이대로는 못 버텨."

"안 돼."

"안 되긴 뭐가 안 돼. 너 지금 식은땀도 흘리고 있는 거 알아? 얼굴은 창백하다 못해 새하얀 종이 같다고."

"그래도 안 돼. 이건 내가 주최하는 연회잖아. 가뜩이나 어제 연회도 빠져서 다들 난처한 입장일 텐데."

"네가 지금 계파 걱정할 때야?"

어릴 때 이후론 거의 보지 못한 카르세인의 화내는 모습에 힘없이 입꼬리를 들어 올렸다. 마치 그때로 돌아간 것만 같았다.

나는 밭은 숨을 몰아쉬며 자꾸만 잠겨 드는 목소리로 말했다.

"그러지 말고 나 좀 도와줘."

"너 진짜……."

"응? 부탁이야. 이제 채 한 시간도 남지 않았잖아."

"……."

한참 동안 답이 없던 카르세인이 깊은 한숨을 내쉬며 고개를 끄덕였다.

"알았어. 알았으니까, 끝나자마자 집으로 돌아가. 뒷정리는 내가 형수님께 부탁드릴 테니."

"하지만……."

"이것도 싫다고 하면 이대로 달랑 들어서 마차에 태워 버리겠어. 어쩔래?"

"……그렇게 할게. 고마워, 세인."

"하여튼 고집 하나는 알아줘야 한다니까."

"미안."

연회가 파하기까지 약 한 시간.

하루보다 더 길게 느껴지는 그 시간 동안 카르세인은 내 옆에 꼭 붙어 서서 나를 지탱해 주었다. 시비를 걸어오는 귀족파 귀족을 차단하고, 눈치 없이 달라붙는 황제파 귀족을 대신 상대하면서.

그리고 마침내 길고 길었던 한 시간이 겨우 지났다.

연회를 파하는 것을 알리는 시종의 목소리가 들리자 비로소 맥이 풀리며 살 것 같은 기분이 들었다. 나는 꺼져 들어가는 목소리로 간신히 프린시아에게 뒷일을 부탁한 뒤 카르세인의 부축을 받으며 집으로 돌아와 기절하듯 잠이 들었다.

"아가씨, 정말 각하께 말씀드리지 않아도 괜찮으시겠어요?"
"응. 괜히 걱정만 하실 게 뻔한데 뭐 하러 그래."

그동안 무리했던 것이 결국 누적이 된 탓일까, 아니면 어쨌든 무사히 연회를 끝냈다는 안도감에 긴장이 풀려서일까. 다음 날 아침, 눈을 떴음에도 나는 리나가 나를 깨우러 들어올 때까지 침대에서 단 한 발짝도 움직일 수가 없었다. 몸에 힘이 하나도 들어가지 않는 데다 자꾸만 현기증이 나서 일어날 수가 없었다.

당장 아버지께 말씀드리겠다는 리나를 간신히 말렸다. 어차피 마음 편하게 쉴 수도 없는 이상 공연한 걱정을 끼쳐 드릴 필요는 없었다. 전하의 파트너로서 연회에 참석해야 하는 날이니, 몸이 불편하다 하여 빠질 수도 없는 노릇이 아닌가.

침대에 누운 채로 곰곰이 생각에 잠겼다.

아무리 과로했다고는 해도 이건 좀 심한데. 간간이 현기증이 나거나 속이 울렁거리는 것까지는 그럴 수 있다고 치더라도, 어제 연회장에서 있었던 일은 분명 정상적인 것은 아니었다. 지금도 그렇고.

며칠 전에도 생각했었지만, 아무래도 오늘 연회가 끝나면 의원을 불러야겠다고 생각하며 줄을 당겨 리나를 불렀다.

"리나, 뜨거운 돌을 좀 가져다줄래? 오는 길에 차도 한 잔 가져다주고."

"알겠어요. 하지만 아가씨, 오늘은 어쩔 수 없다 쳐도, 내일은 꼭 의원을 부르셔야 해요? 안 그러면 당장 각하께 말씀드릴 거예요."

"알았어. 그렇게 할게."

"약속하신 거예요."

"응."

뜨겁게 덥힌 돌을 끌어안고 오후 늦게까지 침대에 누워 쉬다가, 연회에 참석하기에 빠듯한 시간이 되어서야 간신히 침대에서 일어나 준비를 했다. 거울 속에 보이는 얼굴은 몹시 창백한 데다 어딘가 그늘져 보여서, 나는 평소와는 다르게 화장을 조금 짙게 한 뒤 무거운 몸을 이끌고 황궁으로 향했다.

"……어제 많이 무리한 모양이오."

"네, 전하?"

"화장으로도 가릴 수 없을 정도로 안색이 좋지 않은 것 같소."

"아, 조금 피곤하여 그렇습니다."

"흠, 많이 힘들거든 바로 말하시오. 가뜩이나 약한 사람이 자주 무리하면 좋지 않소."

그렇게 티가 났나 싶어 살짝 고개를 숙이자, 잠시 침묵을 지키던 그가 말문을 열었다.

"어제 연회는 정말 마음에 들었소."

"황공합니다, 전하."

"경합에만 신경 쓰느라 건국을 기념하는 연회의 취지를 망각한 자들이 있는 것 같았는데, 아주 대처를 잘하더군. 수고가 많았소."

"그리 생각해 주시니 감읍할 따름입니다. 아 참, 어제는……."

"황태자 전하, 입장하실 시간입니다."

"알았다."

자리에서 일어난 그가 내게 손을 내밀었다. 나는 하려던 말을 삼키며 조심스럽게 손을 얹었다. 손에 힘을 꽉 주는 그 덕분에 자꾸만 축 처지는 몸을 한결 수월하게 일으켰다. 또다시 현기증이 날까 염려했지만 다행히 숨만 조금 가빠 올 뿐 어지럽거나 하지는 않았다.

"제국의 작은 태양, 루블리스 카말루딘 샤나 카스티나 황태자 전하와 미래의 달, 아리스티아 피오니아 라 모니크 영애 드십니다."

의전관이 외치는 소리와 함께 들어선 연회장은 어제와는 확연하게 달라져 있었다. 전반적으로 밝고 연한 색 위주로 꾸며져 있던 어제와는 달리 오늘의 연회장은 강렬한 색채의 대비를 이루고 있었다.

테라스로 향하는 문에는 전부 보랏빛이 도는 회색의 커튼이 드리워져 있고, 그에 맞춰 벽에도 같은 색의 천들과 검은 천에 금실과 붉은 실로 수를 놓은 태피스트리들이 걸려 있었다. 음식과 음료를 두는 테이블보는 붉은색이었고, 연회장 구석구석 보라색과 붉은색 천을 두른 역대 황제 폐하들의 조각상이 자리하고 있었다. 몹시 강한 그 색감에 저절로 눈이 휘둥그레졌다.

주위를 한번 둘러본 그가 낮은 목소리로 말했다.

"눈이 아플 지경이군."

"네, 전하?"

"그대는 알고 있지 않소. 본인은 짙은 색을 싫어하오."

"아……."

그거야 물론 알고 있었다. 나는 못마땅한 듯한 그의 목소리에 고개를 끄덕이다가 흠칫 몸을 떨었다. 그저 작게 끄덕였을 뿐인데 왜 이리 어지럽지? 대체 왜 이러는 거야.

왠지 모를 불안감이 엄습했다. 나, 정말 괜찮은 걸까.

"한 곡 정도는 춰야 할 것 같은데, 괜찮겠소?"

"……네, 전하. 괜찮습니다."

한 곡만 버티자, 아리스티아.

보통 처음에 시작하는 곡은 느린 박자니까 조심해서 몸을 움직이면 어찌어찌 해낼 수 있을 거야.

나는 애써 아무렇지도 않은 듯 미소를 지으며 댄스플로어로 향했다. 혹시나 하는 마음에 잔뜩 긴장했지만, 다행히 연주되기 시작하는 춤곡은 느린 박자였다.

안도의 한숨을 쉬며 그가 리드하는 대로 몸을 실었다. 나를 곧게 응시하는 바닷빛 눈동자가 불편해 시선을 아래로 내렸지만, 새하얀 예복에 푸른 드레스 자락이 한데 어우러지며 섞이는 모습을 보자마자 속이 몹시 울렁거리기 시작했다.

'이런, 안 돼.'

재빨리 고개를 들었다. 상태가 좋지 않은 나를 배려하는 것인지 묵묵히 이끄는 그에게 몸을 맡긴 채 가까스로 춤을 추어 나갔다.

울렁거리던 속이 조금씩 진정되려던 때, 춤곡의 절정 부분이 연주되기 시작했다. 파트너의 손을 놓고 왼쪽으로 세 바퀴 돌았다가 다시 반대 방향으로 빙글빙글 돌며 돌아와야 하는 부분.

'이것만 버티면 돼.'

입술을 꽉 깨물며 그의 손을 놓았다.

한 바퀴.

머리가 핑 돌았다.

두 바퀴.

사람들이 여럿으로 겹쳐 보였다.

세 바퀴.

시야가 흐릿해졌다. 휘청거리는 몸을, 한 스텝을 더 디디면서 간신히 버텨 냈다.

'조금만 더.'

이를 악물며 반대 방향으로 몸을 돌렸다.

'이제 돌아가기만 하면 돼. 그러니 제발.'

한 바퀴.

귓가에서 윙윙거리는 소리가 들렸다.

두 바퀴.

세상이 미친 듯이 빙빙 돌았다.
세 바퀴.
다리에서 힘이 풀렸다.
'제발……!'
꽉 깨문 입술에서 피가 흐르는 것이 느껴졌다. 깜짝 놀라 나를 붙잡는 그의 품에 그대로 무너져 내렸다.
"아리스티아!"
"송구합…… 니다, 전…… 하."
가까스로 뱉은 사과의 말과 함께 시야가 암흑으로 물들었다. 나락으로 떨어지는 의식을 느끼며, 나는 그대로 정신을 잃었다.

-버림 받은 황비 4권에서 계속됩니다.-

부록

설정집 Ⅲ.
독자 서평 Ⅲ.

설정집 III. 기사단에 관하여

전통적으로 카스티나 제국의 기사단은 총 다섯 개로, 근위 기사단, 제1기사단, 제2기사단, 제3기사단, 제4기사단으로 이루어진다. _{국경 지역의 기사단을 제외한 수도에 있는 정규 기사단의 경우.}

그러나 지금은 약 십 년 전에 있었던 미르칸 황제의 귀족파 숙청 사건으로 인해 총 세 개로 축소되었다.

과거에 정규 기사단의 총원은 6,300명이었으나 현재는 4,700명으로 기사의 숫자가 부족한 편이다. 그러나 정식 기사를 뽑는 기준에는 변화가 없으며, 그 때문에 견습 기사의 비율이 다소 늘었다.

A. 근위 기사단

a-1. 단장 가문
'제국의 방패' 카이실 공작가 [멸문].

a-2. 구성원
단장 1명, 부단장 4명, 일반 기사 295명.

총원 300명(전원 정식 기사).

a-3. 특징

견습 기사는 존재하지 않는다. 삼교대로 근무한다. 단장 가문이 멸문하면서 부단장 중 일인이 단장 자리를 승계받은 상태이다.

황족을 지근거리에서 수호해야 하는 근위 기사단의 특성상 황실에 충성하는 자들을 필요로 하기 때문에, 주로 단승 귀족 및 단성 귀족으로 이루어져 있다. 공을 세워 계승 작위를 갖고자 충성을 다하기 때문. 엄격한 테스트 및 신분 조회 후 황제의 재가를 받아 입단한다.

a-4. 주된 임무

황실과 직계 황족을 수호한다. 방계 황족은 자동적으로 제외된다. 황후를 제외한 황제의 부인들 역시 제외한다.

황족의 호위가 주된 임무이므로 일이 고되다는 단점이 있으나, 황족의 눈에 들기 좋고 공을 세우기 쉬운 편이기에 작위를 원하는 이들이 선망한다.

a-5. 복식

정복과 약식 제복 모두 새하얀 바탕에 금실로 수놓은 휘장으로 이루어진다. 다른 기사단과는 다르게 근위 기사단 제복에는 오로지 근위 기사단 휘장과 황실의 문장, 그리고 훈장만을 달 수 있으며, 가문의 문장은 달 수 없다.

과거에는 근위기사단장에게만 카이실 공작가의 문장, 즉 금빛 방패를 다는 것이 허용됐으나, 카이실 공작가의 멸문으로 현재는 허용되지 않는다.

B. 제1기사단

b-1. 단장 가문
'제국의 검' 라스 공작가[현존].

b-2. 구성원
〈원칙〉
정식 기사: 단장 1명, 부단장 4명, 일반 기사 495명
견습 기사: 1,000명
총원: 1,500명

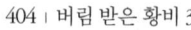

〈현행〉
정식 기사: 단장 1명, 부단장 6명, 일반 기사 693명
견습 기사: 1,500명
총원: 2,200명

b-3. 특징
전통적으로는 총원이 1,500명이었으나 현재는 다섯 개였던 기사단을 세 개로 축소하면서 총원이 약간 증가하였다. 기본적으로 사 교대로 근무한다.이틀에 한 번, 열두 시간씩 근무를 원칙으로 함.

b-4. 주된 임무

황실과 제국을 수호한다. 황궁을 경비하고, 직계 황족을 제외한 주요 요인을 경호한다. 유사시에는 수도 경비대와 연계하여 수도를 지키며, 일반 병사를 지휘한다.

b-5. 복식

정복과 약식 제복 모두 검은 바탕에 붉은 실로 수놓은 휘장으로 이루어진다. 제복 소매에는 황실의 문장, 가슴에 가문의 문장을 작게 수놓고, 어깨끈의 개수로 지위를 구분한다. 어깨끈 1개는 견습 기사, 2개는 정식 기사, 3개는 기사단장이다.

다만 단승 작위를 가진 자들과 중간 성을 가지지 못한 기사들은 가문의 문장을 수놓을 수 없다.

C. 제2기사단

c-1. 단장 가문

'제국의 창' 모니크 후작가[현존].

c-2. 구성원

제1기사단과 같다.

c-3. 특징

제1기사단과 같다.

c-4. 임무

제1기사단과 같다.

c-5. 복식

정복과 약식 제복 모두 군청색 바탕에 은실로 수놓은 휘장으로 이루어진다. 기타 사항은 제1기사단과 같다.

D. 제 3, 4기사단

미르칸 황제에 의해 기사단 규모가 축소되면서 해체되었으나, 현재 제1, 제2기사단의 포화 상태가 문제점으로 지적되면서 다시 창설하자는 논의가 진행 중이다.

* * * 카스티나 제국의 기사단 규율

1. 항상 단정한 복장을 엄수한다.

-. 복장
평시: 약식 제복(바지, 셔츠, 재킷, 휘장) 착용
의전/행사 시: 정복
전시: 갑옷

-. 무장

개인용 검과 단검을 항상 패용佩用한다.

마창술 연습 시에는 장창을 사용한다.

2. 향수 사용 불가, 액세서리 착용 불가.문장 브로치와 훈장, 배지 제외.

머리는 시야를 가리지 않도록 단정한 길이를 유지하고, 언제나 검을 빼 들 수 있는 상태를 유지한다.양손이 비어 있어야 한다.

3. 철저한 상명하복 준수

가문의 지위, 작위 여부 등과 관계없이 단장, 부단장, 분대장, 정식 기사, 견습 기사의 순으로 서열이 나뉜다.

4. 기본적으로 사 교대로 근무한다.근위 기사단 제외. 그들은 열두 시간 근무, 이십사 시간 휴식을 원칙으로 한다.

이틀에 한 번, 열두 시간씩 근무를 원칙.

5. 기본 업무

-. 제1~제4기사단: 황궁 경비, 주요 요인 경호(황족 제외), 유사시 수도 경비대와 연계하여 수도 수호 및 치안 유지, 일반 병사 지휘.

-. 근위 기사단: 오직 직계 황족만을 호위. 다른 업무는 하지 않는다.

6. 기본 일정

개인/단체 수련(검술, 마상술, 마창술, 그 외 각종 무기술), 업무 수행, 전략 및 전술의 이해 및 공부, 병사들의 지휘 연습.

7. 품위 유지 의무
　황실과 제국, 기사의 명예를 실추시키는 행동을 했을 경우 징계를 받을 수 있다.
　-. 징계의 수위: 제명, 강등, 정직, 감봉

독자 서평 III.
은빛 아가씨의 이야기에 대한한 독자의 단상 모음

작성자: 온새미로빛

1.

처음 회귀물과 차원이동물을 접했을 때 드는 생각들은 이랬었다. 회귀물에서 복수해 나가는 여자 주인공들은 참 쏘 쿨 So Cool 하네, 차원이동물에서 생활해 나가는 여자 주인공들은 참 불꽃같구나.

점점 비슷비슷한 내용들에 질려 가면서도 밝고 달달하며 먼치킨 _{원래는 TRPG 등 게임에서 말도 안 되는 능력치를 가진 플레이어들을 일컫는 말로 쓰이기 시작, 한국 판타지 장르에서는 무척 센 캐릭터 또는 한 방에 모든 것을 정리하는 상황 등에 확대해서 쓰이고 있다}을 좋아하는 성향 때문에 꾸준히 그런 소재의 작품들을 찾아보며 이젠 좀 질린다 싶었을 때, 나는 『버림 받은 황비』(이하 「버황」)을 만났다.

2.

처음엔 특이한 설정이 신기했었다. 뭔가 다른 설정. 차원이동물의 흔한 여주인공이 될 법한 지은이 주인공이 아니라, 악녀의 역할을 맡아야 할 티아가 주인공이라니.
하지만 그 참신함에 감탄하면서도 큰 기대를 갖지 않았었다. 티아가 회귀했으니, 이제 뭔가 달라져서 황태자를 사로잡고, 지은이와도 한 방에 걷어찰 수 있을 만큼 사랑하겠지? 예상 가능한 스토리로 변해 가리라 예측했기에 시리어스serious한 과거임에도 불과하고 초반에는 정말 마음 편하게 읽었다.

3.

그런데 이 소설 속 여주인공에 불과한 은빛의 아가씨가 내 뒤통수를 쳤다. '잘난 독자' 코스프레는 말라는 듯, 마치 스님에게 죽비로 경책을 받은 것 같은 뜨끔함에 뒤통수가 얼얼했다.
티아는 최초에 회귀하여 이인증의 증세—지극히 개인적인 견해로는—를 보인다. 이인증은 고통스러운 경험이나 갈등에서 자아를 방어하는 일종의 정서적인 반응으로도 볼 수 있는데, 쉽게 말하자면 꿈이나 어떠한 매체영화, 드라마 등 안의 주인공에게 감정이입을 한 것처럼 현실감을 느끼기 어려운 상태라고 볼 수 있다.
내 생각에 티아는, 아마도 죽는 순간까지의 삶으로 인해 외상 후 스트레스 장애를 겪는 듯했고, 그때부터 나는 진지한 마음으로

「버황」을 보기 시작했다.

4.

참고로 티아의 이인중 증세는 지극히 개인적인 견해라고 밝혀 두었지만, 티아가 루블리스를 만났을 때의, 생각보다는 괜찮은 태도에서 나는 더 강하게 그 증세라고 확신했었다. 그리고 이 부분에 대해—내가 예측하는 증세와는 다를 수도 있지만— 작가가 티아가 꿈과 현실을 구분하기 어려워하는 감정선을 치밀하게 묘사하는 것을 보며 감탄했다.

사실상 "날 죽인 놈! 복수할 테다!" 하고 티아가 루블을 보자마자 악바리처럼 달려들어야 한다는 주장들은 정말 '소설'에서나 나올 비현실적인 설정을 요구하는 것이다.

만약 당신이 티아라면, 비참하게 죽고 나서 회귀하자마자 정신을 똑바로 차리고, 한 나라의 권력자, 그것도 아버지가 충성을 바치는 황제의 아들에게 불꽃같은 원한을 태우며 반역을 꾀할 수 있겠는가? 실상은 길거리에서 뒤에서 따라오는 알 수 없는 이의 발걸음 소리에도 가슴을 떠는 이들이 어째서 회귀하자마자 한 나라의 예비 권력자를 상대로 원한을 불살라야 개연성에 맞다고 하는 것인지 이해가 되지 않는다.

5.

 솔직히 나는 티아가 루블리스를 향해 두근거려 하고, 심장이 뛰어야 하고, 기대하는 것이 당연하다고 봤다.
 혹자는 현실적으로 그게 가능하냐고 한다. 억지로 취해지고, 그로 인해 아이를 잃고, 아비를 잃고, 목숨을 잃었는데, 그게 가능하냐고 한다.
 하지만 나는 가능하다고 본다.
 왜? 그게 가능하다고 작가가 1권에서부터 무척이나 친절하게 설명하고 있었기 때문이다.
 개인적으로 강간이라는 표현에 약간 이견이 있는 것이, 과연 이러한 왕조 국가에서 부부강간죄가 인정될 것인가? 만약 후궁인 티아가 황제인 루블리스를 거부한다면 오히려 티아의 죄가 될 수 있는 것이 왕조 국가 체제가 아닌가. 나는 이런 부분에서 21세기의 사례를 들어 작가를 비난하는 댓글을 이해하기 어려웠다.
 회귀 전 티아는 스스로 독하다고 비난할 정도로 모성보다는 사랑을 택한 여자였다. 모성이 본능이라는 것은 때때로 심한 도전을 받는 주제이기도 하다. 배 속에 살아 있는 생명체를 살아 있다고 느끼고, 사랑을 다해 접하고, 아이를 위해 자신을 보살피는 일련의 과정 없이 티아는 아이보다는 사랑을 바라고 원했다. 그러다가 갑작스런 상황에 밀쳐져서 유산했으니 무조건 아이를 죽인 루블리스에 대해 모성적 분노를 느끼고 적대해야만 옳다는 주장은 난센스라고 본다.

6.

여자 주인공이 등장하는 판타지, 로맨스 소설의 경우 주인공의 성향이 활기찬 분위기가 아닐수록, 상황을 여자 주인공의 눈으로만 이해할 수 있는 1인칭일수록 복선이 짙어지는 경향을 보인다. 거기에 한 번에 쭉 정독하는 것이 아닌, 그때그때 뉴new가 뜨면 보게 되는 연재물의 경우 작가가 무척이나 중요시하며 다루었던 앞의 내용이 잘 기억나지 않을 때가 있을 것이다.

그러다 보니 심리 묘사는 기억 속에서 지워지고, 자극적인 사건들과 개인적으로 좋아하는 캐릭터들에 대한 에피소드, 명대사 등만 머릿속에 남게 된다.

그런 부분에서 티아는 독자들에게 억울한 비난을 받게 된다.

7.

수많은 이들의 관심을 받는 작품이어서인지 「버황」에는 다양한 성향의 댓글이 보인다. 특히 탄탄한 분석과 논문 같은 감상평이 많아 소설 외에 댓글을 보는 것만으로도 즐겁기까지 하다.

그런 수많은 보석 같은 댓글들 중에서 작가가 심혈을 기울여 그린 티아의 심리 묘사에는 전혀 귀 기울이지 않은 티가 나는, 온갖 욕설로 도배된 댓글을 볼 때마다 독자로서 또는 한 사람의 작가로서 소름이 끼칠 때가 많았다. 멘탈이 유리같이 약한 본인으로서는 좋아하는 남의(!) 소설의 댓글에도 예민하기 때문에 대부분의 내용을 외울 정도여서 이러다 「버황」을 다시 보지 못하는 것은 아닌가 하고 얼마나 가슴을 졸였는지 모른다.

그 외에도 여러 차례 좋지 않은 사건들이 공지로 등장할 때마다 나라면 손톱만큼도 감당하지 못할 사건에도 연중하지 않고 앞을 향해 나아가는 작가의 마음이 이 소설에 대한 애정과 진심으로 애독하는 이들에 대한 의리로 느껴져 늘 고맙다.

* 본 서평은 독자분의 글을 허락을 받고 올린 것입니다. 흔쾌히 허가해 주신 '온새미로빛' 님께 감사드립니다.

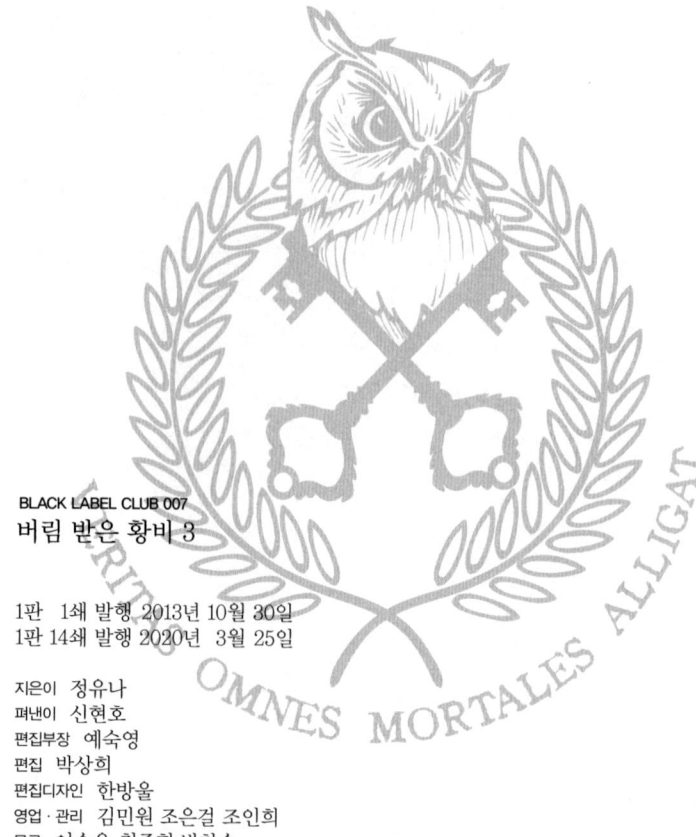

BLACK LABEL CLUB 007
버림 받은 황비 3

1판 1쇄 발행 2013년 10월 30일
1판 14쇄 발행 2020년 3월 25일

지은이 정유나
펴낸이 신현호
편집부장 예숙영
편집 박상희
편집디자인 한방울
영업·관리 김민원 조은걸 조인희
물류 이순우 최준혁 박찬수

펴낸곳 ㈜디앤씨미디어
출판등록 2002년 5월 1일 제117-90-51792호
주소 서울시 구로구 디지털로 26길 111 JnK디지털타워 503호
대표전화 (02)333-2513 팩스 (02)333-2514
전자우편 dncbooks@dncmedia.co.kr
디앤씨북스 블로그 http://blog.naver.com/dncbooks

ISBN 978-89-267-6192-2 (04810)
ISBN 978-89-267-6212-7 (SET)